北岳·中国文学年选

《名作欣赏》杂志鼎力推荐
权威遴选
深度点评
中国最好年选

朱向前　徐艺嘉 ◎ 主编

2018年
军事文学选粹

Selected
Military Literature

山西出版传媒集团　北岳文艺出版社
BEIYUE LITERATURE & ART PUBLISHING HOUSE
·太原·

图书在版编目(CIP)数据

2018年军事文学选粹 / 朱向前,徐艺嘉主编. —太原: 北岳文艺出版社,2019.1

(2018·北岳·中国文学年选 / 续小强主编)

ISBN 978-7-5378-5821-2

Ⅰ. ①2… Ⅱ. ①朱… ②徐… Ⅲ. ①中篇小说-小说集-中国-当代 Ⅳ. ①I247.5

中国版本图书馆CIP数据核字(2018)第297512号

书名:
2018年军事文学选粹

主　　编:朱向前　徐艺嘉
策　　划:王朝军
项目统筹:庞咏平

责任编辑:刘文飞
书籍设计:张永文
印装监制:巩　璠

出版发行　山西出版传媒集团·北岳文艺出版社
地　　址　山西省太原市并州南路57号
邮　　编　030012
电　　话　0351-5628696(发行部)
　　　　　0351-5628688(总编室)
传　　真　0351-5628680
网　　址　http://www.bywy.com
E - mail　bywycbs@163.com
经 销 商　新华书店
印刷装订　山西人民印刷有限责任公司

开　　本　787mm×1092mm　1/16
字　　数　315千字
印　　张　20.5
版　　次　2019年1月第1版
印　　次　2019年1月山西第1次印刷
书　　号　ISBN 978-7-5378-5821-2
定　　价　59.80元

目录

加西亚的石头

/裘山山

1

穿过马路，就可以看到目的地了，沙河。

罗毅阳看了一下手机，时间是八点三十五分，步数是 7100（五公里左右）。他是七点半从家里出发的，耗时一小时，他对自己的速度感到满意。若退回去五年，他肯定要不了一小时，再退回去三年，就是刚退休那年，他还可以做到徒手行走一小时六公里。当然不能再退了，再退就没意义了，谁没有生龙活虎的岁月？好汉不提当年勇嘛。

红灯亮了，他大步流星地穿过马路，直奔河边。浑身是汗，估计里面的衬衣已经湿透了。虽然已是十一月，但今天的最高温度有 25℃，这样的温度坐着晒太阳绝对舒服，这么长途奔袭就有点儿偏热了。

可以通知队伍原地休息了。他想。当然，是一个人的队伍。

河边有棵很大的香樟树，树下修了一圈石凳，他走过去，在石凳上坐下，脱掉夹克衫，从左边兜里摸出一瓶矿泉水，咕噜咕噜灌了几大口，又从右边兜里拿出毛巾，擦掉一脑门子的汗，然后长舒一口气。爽。

河边的景色真不错，都深秋了，草坪依然是绿的，香樟树也是绿的，广玉兰也是绿的，雪松更是绿的。低处的冬青和南天竹也毫无凋零的迹象。这就是成都的好，绿色可以一直保持到来年春天。即使进入寒冬腊月，大街上也没有枯黄衰败的景象——唯一变黄的是漂亮的银杏树。尤其是那些大香樟，一定会坚持到来年春天嫩绿的新叶生出来，才会让老绿褪去。这让他想起他的队伍，也跟这些大树一样，始终保持着浓浓的绿色。是那些一茬一茬层出不穷的新绿，让大树永葆青春、永不泛黄的。

可惜，自己是一片泛黄的老叶了。尽管他自己并不觉得老，但看到那些生机勃勃的新绿，那些脸庞上毛茸茸的新兵蛋子，就不得不认了。一转眼，他离开那棵茂盛的大树都八年了。八年前，他从罗司令一夜之间变成了罗师傅——街上的人见到他总喊他师傅：师傅，请问某某街怎么走？师傅，帮我们拍个照嘛。他每天出门，耳边都会响起这样的叫声，让他浑身不自在。这两年更甚，都有喊大爷的了。地铁上，小姑娘说，大爷你坐嘛。他真想说，我不是大爷，我是老兵。但他只能假装没听见，站得笔直，坚决不去坐那个让出来的位置，以示对大爷的一票否决。

其实罗毅阳身体还不错。虽然已经过了花甲，但退休这八年，他每天都坚持锻炼，游泳，跑步，打羽毛球，轮番着来。尤其走路，每天坚持一万步。如果遇到下雨或者其他原因没能出门锻炼，他就在家做俯卧撑，做平板支撑，或者一边看新闻联播一边原地踏步。哪怕战友聚会住在宾馆里，他也会在宾馆周围暴走一万步。所以他的体型完全不像一个六十三岁的人，结实，挺拔。

但毕竟是血肉之躯，内部一些该老化的部件还是在默默老化，该松垮的单位还是在偷偷松垮，你又不能像军改那样，把那些部件和单位都撤了。去年体检，肺部纹理明显增粗，他只好把烟戒了。血糖血脂开始增高，他只好控制吃肉。尿酸增加了，他只好减少喝酒。腰经常疼，一查是椎间盘突出，只好注重保暖。但总体还算不错，比之同龄人算是很健康了。

健康归健康，你只要被地球吸引力多吸引一年，那和少吸引一年的就是不一样的。尤其是，他的头发开始白了，那几乎是老迈的旗帜，人家看见你的旗帜在风中飘扬，叫你大爷完全是合情合理的。

所以，罗毅阳这些年是一边抵抗一边妥协，如同打仗时遇到了力量悬殊的敌军，只能是边打边撤了。

歇息了十分钟，他重新抖擞起精神，去完成他今天的科目。

2

今天的训练科目，是找一块石头。这是他老婆大人布置下来的。老婆大人目前是他的上级机关。

罗毅阳起身，穿过杂树丛走到河边，俯身栏杆往下看。河水平缓流淌，不清澈，也不浑浊，微微散发着河水特有的腥气。他沿着河岸扫视了两遍，非常失望，一块石头也没看到。他原以为入冬了，河水干涸，会有石头裸露出来。为此他还特意走到沙河来。离他家比较近的府南河，河两岸已经被石块砌得整整齐齐的，跟水渠似的，不可能捡到石头。他还指望沙河是原生态的自然河，能见到大石头呢。

判断失误。这可怎么办？专程走过来，竟然没发现目标。

今天早上，当他领受任务时，就有些犹疑：石头？找一块大石头？成都这地方，上哪儿去找大石头？

老婆大人不容商量地说，我不管，反正你得找一块。

罗毅阳说，这个任务有一定难度。

老婆大人说，你不是成天教育孩子要无条件完成上级交给的任务吗？你不是经常给下属讲“致加西亚的一封信”吗？我记得那里头的那个中尉还是你们罗家的嘞。

罗毅阳哭笑不得，是，那里面的主人公叫罗文，可那是音译的名字。故事说的是罗文中尉在纷乱的战火中，领受了一个几乎难以完成的任务，把一封重要的信送给不知在何处的加西亚将军。罗文力排万难，完成了任务。当然，他知道老婆是故意调侃他，老婆是大学生，退休前是某街道的党委书记，是他们家辩论赛永远的冠军。

罗毅阳在脑子里搜索了一番。在哪里见过大石头。他们家小区倒是有几块大石头，但那都是人家物业公司买来的，作为景观放在草坪里的，上面还刻着什么“我很娇嫩请不要踩踏”之类让他看了就倒胃口的环保标语。他总不能去把那个搬回家吧。而且，老婆说了，不用那么大，像他脑袋那么大就行。

石头，那得有山才行啊。罗毅阳脱口而出。

说出口的时候，潜意识里的遗憾又涌上心头。

成都这个地方，哪儿都好，夏天不太热，冬天不太冷，经济发展不输给一线城市，又没有一线城市的燥热喧嚣，总体还比较平和宁静，很适宜居住。但成都有一大缺点，没有山，这让罗毅阳很不适应。他在一个满眼都是高山峻岭的地方服役了二十年，突然回到一个平平展展毫无起伏的地方，很长时间不得劲儿，感觉脚都使不上劲儿。

老婆大人是地道的成都人，是他当年在军区大院度过短暂的“跑腿挨骂接电话”的参谋生涯时娶到的，他们家的根据地由此建立。老婆凡事都站在“成都怎么都是对的”的立场上。她反驳说，成都怎么没山啊，杜甫早就写过“窗含西岭千秋雪”了。我们家天气好的时候窗口也可以看到龙泉山。

罗毅阳说，那我就表达准确一点儿吧，成都三环以内没有山。三环以外当然多了，我还能不知道吗，龙泉驿有龙泉山，都江堰有青城山，大邑有西岭雪山，彭州有丹景山，名山有蒙顶山，再往远了还有峨眉山。我退休回家第一年，就已经把成都周边的地理状况摸得一清二楚了。作为军人，任何时候都要掌握自己所处位置的地理状况。

老婆继续为成都辩护（进入狡辩阶段）：三环以内怎么没山？我们川师（老婆大人的母校四川师范大学）有狮子山，总医院那边还有凤凰山和磨盘山。你们军区大院不是还有个武担山吗？

罗毅阳终于忍不住哼了一声：哼，亏你还是大学生，不知道真正的山长啥样吗？你说的那些个地方只能算丘陵，绝对海拔不到一百米。至于武担山，那就是个高约二十米、宽约四十米、长约一百米的小土包（他早就知根知底）。

老婆也哼一声：你不就是想说只有我们大云南的山才叫山嘛。

罗毅阳笑了，满脸都是得意：那肯定的嘛。我们云南到处是大山，高黎贡山、梅里雪山、哀牢山……就是昆明滇池旁边的西山，也有海拔两千多米嘞。你在云南随便一抬腿，一个不出名的山都够你爬上三天三夜的。

他说这话时，脑海里马上出现了那些山，那些盘山路，那些烈日下黑黢黢的脸庞，脸庞上滚落的大颗大颗的汗珠。他在野战部队从连长一口气干到团长，不知爬了多少回大山，他们的武装越野总是在山路上进行。后来调到了军分区，他还是喜欢和兵们一起在山路上跑。他那张黝黑的布满皱纹的脸庞，几乎就是云南大山的微型景观。

罗毅阳真是很想念那些山，那些触手可以摸到云朵的大山，那些像屏障一样的边关山脉。中国人对山的区别是很细的，有岭，有岳，有嶂，有峦，有峰，有岩，各司其职，为不同的地貌命名。而这些所有关于山的名称，无论是岭、岳、峰、嶂、峦、岩，在云南都可以用上，那片红土地仿佛就是为了托举起那些山而存在的。

老婆没时间听他关于山的深入阐述，再次重申到：我不管，今天你必须找块石头回来。那个罗文能无条件地把信送给加西亚，你也应该无条件地找块石头给加西亚。

跟着老婆又追了一句：反正你一天到晚也没啥事儿。他说，我怎么没事儿？我一天到晚都安排满满的。老婆说，不就是跑步游泳打球吗？少玩儿一天没关系。他说，我那不是玩儿，是训练，都是每天必须完成的规定科目。老婆说，那另外增加的训练科目叫什么呀？他上当了，回答说，叫自训科目。老婆说，好，今天请罗毅阳同志完成一项自训科目吧。他没话说了。

当然他也知道，就算老婆没那么能说会道，他也得去完成这个任务。毕竟老婆大人比他辛苦多了，带一个八岁的小孙子可不亚于他带一个团。儿子儿媳妇双双军医大毕业，今年年初时双双参加医疗队去了海外。小孙子就长期驻扎在了爷爷奶奶家。最近孙子上了绘画班，老师要求这个周末的素描作业是画石头。他的第一反应是去买个冬瓜回来给他画，老婆说不行，全班同学都画石头就你宝贝画冬瓜，你不嫌丢人？

真是可气。难道这老师不是成都人吗？他不知道成都没石头吗？完全不切合实际嘛。这相当于要求东北部队开展山地丛林作战训练，云南部队开展爬冰卧雪训练嘛。

老婆说，你就别发牢骚了，咱们儿子从小到大，从幼儿园到高中毕业，我完成了多少老师布置的作业？有一次儿子表演游击队，老师要我给他打绑腿，还有一次竟然要求我拿蔬菜做一套环保服。啧啧，往事不堪回首。相比之下，你这个算是很容易完成的了。你也是算补补课吧。

罗毅阳听到老婆说到环保服时，脑子里忽地闪出个念头，成都没有山，倒是有河，三条，府河，南河，沙河。其中沙河是原生态的自然河流，那下面应该有石头。

于是他打断老婆的唠叨，果断地说，行了，我去就是了。保证给加西亚找一块石头回来。

3

罗毅阳看到前方不远处有个缺口，通往河道，便走了过去，脱掉鞋和袜子往下走。简易台阶的侧面，写着“请勿下水嬉戏”“注意安全”之类的字样。罗毅阳满不在乎，只要没有铁链子把门，就说明是可以下去的。真要落水了，他就横渡一下沙河呗，河面的宽度最多五十米，小意思，游几个来回都行。

罗毅阳看着水面，忽然想起三十多年前的那场演习，当时他在工兵团舟桥一连当连长，刚从机关下部队才八九个月。他们连的任务是在渡口开设浮桥渡场。演习开始后，对岸桥段到位太快，他们这边几次都顶推不到位，水流湍急，距离太远，绳索怎么也抛不上岸。见情况紧急，他没多想就跳入了江中，用力拉住绳索奋力向岸边游去。他的兵一见，也纷纷跳入水中，二十多个人和他一起齐心协力地把桥段拉到位，顺利完成了任务。

当时是十二月，江水刺骨，气温在零下，他和他的兵上岸后全身湿透，冷得瑟瑟发抖，赶紧喝了几口江津老白干，在战壕里抱团取暖。他的兵把他紧紧围在中间，一双双眼睛里都写满了敬佩，他的心在那一刻充满感动，还有喜悦。是他自己主动申请离开机关到野战军来的，终于找到了当兵的感觉。演习结束后，营长把他带上主席台介绍给团政委，并小声汇报了他妻子即将临产，他却因为演习无法回家的情况。政委一听，二话不说，让自己的车送他去机场，让他赶第二天早上的飞机。于是他就穿着湿漉漉的的迷彩服去了机场，通讯员则同步送了一套干净衣服在机场等他。下飞机后他直接去医院，不到两个小时，儿子就出生了。两场战役都胜了。

那年他二十六岁。一晃三十多年过去了，儿子都有儿子了。

奇怪，罗毅阳从军三十八年，从军校到部队，从部队到机关，再从机关到边关，一直倔头倔脑的秉性未改，吃了不少苦头，也吃了不少亏，但每每怀旧，脑子里跳出来的全是愉快的记忆。

有这样的记忆垫底，老也老得踏实。罗毅阳想。

走到台阶最下一级时，他站住了，脚底下都是淤泥，他不确定淤泥有多深，淤泥下到底有没有大石头？他挽起裤腿，正考虑怎么下脚试探，忽听有人大喊，大爷，大爷，你要干啥子？不能下去哦，你是想抓鱼吗？

罗毅阳抬头，见一个穿着橘红色环卫服的老头在上面喊他，和他一样黑黢黢的脸庞满是紧张。他本来想说，我们两个哪个是大爷哦。但看到师傅以为他要抓鱼，忍不住乐了，他笑着学师傅的成都话说，不干啥子，我不抓鱼。

师傅说，那赶快上来，那个淤泥危险得很，赶快上来。

罗毅阳见他那么认真，就说，我马上上来，我想找块石头。

师傅说，那下面莫得（没有）石头，都是稀泥巴，赶快上来。

岸边又相继出现两个脑袋，好奇地朝下看。罗毅阳没办法，他要再不上来会被围观的。他走上来，擦擦脚，重新穿上鞋袜，同时跟师傅说了自己下河的目的，他要找一块大石头。

师傅没问他拿来干什么，只是笑说，嗨，这个事情你要问我嘛，我一天到黑都在街（音同“该”，四川方言）上转，哪里有石头瓦片儿都清楚得很。

罗毅阳大喜，真的吗？那我可得好好感谢你了。

师傅说，谢啥子哦。你跟到我走就是了。

罗毅阳就跟着师傅走，边走还边问了师傅的年龄，居然才五十五，都是天天风吹日晒闹的，看上去比自己还像大爷。他们走到一处缓坡，师傅指着地下说，这不是大石头吗？你要好多有好多。那个时候清理河道捞上来的。

罗毅阳蹲下去，果然看到草下面满是石头。顽强的草们从石缝中长出来，成了石头的伪装网，一般人不易发现。再细看，都是鹅卵石，罗毅阳有些失望。因为老师有圣旨：石头不能太光滑，要有阴影，适宜做静物素描。

罗毅阳说，怎么尽是鹅卵石啊？

师傅不明就里说，鹅卵石才好吵，不伤手。

罗毅阳无法跟师傅解释清楚他的（老师的）选石标准，就盯着地下来回来去的转悠，终于，在一堆鹅卵石里，他发现了一块不规则的石头，凸凹有致，大概属于石灰岩的。

太不容易了，在河中被水冲刷经年，还没变得圆滑。他赶紧拍照片发给老婆大人，老婆大人回了个 OK。

他抱起来掂了掂，也就五六斤重。就在这时，他心里咯噔一下，意识到自己犯了一个错误：完了，竟然没带背囊出来。没有背囊，战利品靠什么搬运？唉唉，这错误犯的有点儿低级。罗毅阳心下郁闷。他每天出来走路，就是一瓶水一条毛巾，今天也如此，竟然忘了增加了自训科目，需要搬运工具。

师傅见他抱着石头发呆，马上明白他是没带装石头的包，四下张望，也没找到合适的。他忽然取下自己头上的草帽说，你拿我这个草帽来装吧，反正已经烂了，我也不想要了。

师傅可真是个热心人。罗毅阳感激不已，有个草帽，总比赤手空拳抱着石头强。他摸出十元钱塞给师傅，让师傅去买个新草帽。师傅不肯要，罗毅阳差点儿脱口说，我们解放军不拿群众一针一线哦。但临出口，改成“你不要我就不要”，师傅这才收下，帮他把石头装进草帽，还念念叨叨地说，你看多合适，多合适。

他向师傅道了谢，又道了别，离开河岸，继续前行。

4

可是，走了不到五百米，罗毅阳就感到了别扭。

抱着一块石头，哪怕这石头只有几斤重，也让他无法像平时那样大步流星地走路了。平时走路，他虽然没像在队伍里那样把胳膊摆到第二颗扣子，但总是甩起来了的。现在，他的两个胳膊像被捆住一样，腰也佝偻着。实在是别扭，太别扭了。不但大大减缓了行进速度，最关键的是让他感到形象不佳，颠颠儿地走，真成小老头了。

罗毅阳当即决定改变今天的训练方案，将徒步行走改为“摩托化开进”：坐地铁回家。

他产生这个想法时，地铁口已经出现在眼前了。他抱着石头迅速进入地铁口，买了一张票。

哪知，过安检的时候，出问题了。当他很自觉地把草帽放到安检传送带上，再走过去取时，被地铁的安检人员给拦下了。

大爷，这石头是你的吗？

是我的。

你怎么拿这么大块石头上地铁？

我从河边找的，拿回家给孩子画画。

坐在监控前的那个女孩子说，大爷，带这么大个石头上地铁不可以的哦。

两个工作人员态度都很好，他们的肩上左右各飞驰着一辆地铁，臂膀上写着，地铁安检。罗毅阳态度也很好。他说，我本来没想坐地铁的，实在是抱着石头走路太不方便了。

小伙子和姑娘对看一眼，小伙子说，要不你把石头放这儿，你先坐地铁回家，以后再来取？

罗毅阳想，我怎么可能把战利品丢了自己回家？再说，我再来取，又怎么回家？他笑说，你们都叫我大爷了，说明我已经是老年人了，我保证只是把石头抱回家，没有其他目的。

女孩子说，不是我们不相信你。你想你抱那么大个石头，其他乘客看到了也会紧张啊。

这个罗毅阳倒没想过。其他乘客会紧张吗？至少他不会。可是他不能代表所有乘客。他说，我用草帽包严实，不让人看见。

两个人不吭声，又互相看一眼，显然还是不同意。

他们倒是很负责嘛。罗毅阳想，若是自己的兵，不还得表扬表扬吗？算了，不为难他们了。我不坐地铁了。

于是他说，好吧，我不坐地铁了。

他抱起石头，打算离开，却又被拦住了。

大爷你不忙走。那个小伙子说，我觉得，你抱着大石头走在街上，也不好……这样，你等一下嘛。

这时，一个警察走了过来。好嘛，竟然都叫警察了。也不知他们什么时候叫的。罗毅阳想，就看警察怎么处理吧。他把石头放到桌子上，等着。

警察四十岁左右，看肩上的牌子，两杠一星，罗毅阳判断，大概相当于部队里的少校吧。估计是这儿的负责人。

奇怪的是，警察走过来看了罗毅阳一眼，一句话也没盘问，就仔细去看他草帽里的石头，反复看，手还在石头上摸来摸去，难不成怀疑那石头不是石头是地雷？

罗毅阳耐心等待着，同时在心里想着下一步的应对方案。如果警察要把问题升级，那他只好亮出自己身份了，退休证他带着呢。

警察终于发话了，他不看罗毅阳，而是看着两个工作人员，他说，这个事情交给我来处理吧，我护送他回家。

这实在是出乎罗毅阳的预料。

对啊，只要警察陪着罗毅阳坐地铁，工作人员就可以放心了。尽管他认为没必要，但还是很感谢警察提出这么个方案。不然还真是不好办呢。两个地铁安检看上去也很吃惊，但他们除了点头，也说不出其他话来。

警察仍旧不看罗毅阳，他抱起石头就开走，罗毅阳连忙跟上。

站在车厢里，警察依然一言不发，是一副执行公务的表情。然后下车，出站，仍旧一言不发。罗毅阳几次表示自己抱石头，警察都不同意。但他不同意并不是不放心，因为他低声地说了句，还是有点儿重的，我来拿吧。这说明他纯属体贴老大爷。罗毅阳就随他去了。跟他比，自己真的是老年人了。

从背影看，警察很硬实，显然平时很注重锻炼。这让罗毅阳心生好感。他喜欢能把自己身体管理好的年轻人。不过这警察似乎很寡言，这么一路走着也不说话。今天这个事有意思，罗毅阳想，人家警察是学雷锋扶老太太过马路，这个警察是帮大爷抱石头回家。老婆知道了肯定得乐半天。他要告诉她，给加西亚找这块石头，其曲折程度不亚于送那封信。

5

出地铁，人流如水向出口涌去。罗毅阳跟着警察也涌过去。但是警察没跟着人流上台阶，而是拐了个弯走到一个岔口。那儿有间屋子，挂着民警值班室的牌子。他走了进去，罗毅阳也只好跟着进去。

还有什么过场吗？

屋里没人，警察将草帽石头一起放到桌子上，整了整衣服，忽然啪地一个立正，大声说：报告参谋长，我是您的兵赵向南，小赵。

罗毅阳愣住了，脑子里快速扫了一遍，他的通讯员里没有姓赵的，那么，显然是浩浩荡荡队伍里中一个，他带的兵太多了，认不完。说是他的兵，完全有可能。赵向南？可是，今天自己这副狼狈样，实在是不宜接见自己的兵。太尴尬了。

他条件反射般否认道，你认错人了吧？

赵向南说，没认错。您姓罗吧？那个时候您在军分区当参谋长，我在后勤部当炊事员。

警察此时的表情，已经和刚才完全不一样了，喜悦，开心，像个孩子：刚才我一眼就认出您了，只不过不想被他们看出来，所以一直没吭声。

罗毅阳想，果然，他也觉得自己现在这模样很没面子。

于是他再次否认说，我不是首长，我就是一退休老头。

赵向南有些犹疑了，您真的不是？您再想想？我那个时候特别胖，大家都叫我赵胖子？我现在瘦下来了，瘦下来之后，我就一直保持在七十公斤左右。

他的语气很自豪。

罗毅阳想起来了，想起他是谁了。他甚至想起他当年那张满月脸来了。赵胖子，变化真是太大了。

正在这时，一个民警走了进来，估计就是值班的。他一见赵向南就紧张地说，赵所，你怎么来了？有什么情况？这老头怎么了？

罗毅阳有些恼，显然，自己这个样子，警察一看就以为是惹了麻烦的老头儿。于是他一言不发，抱起桌上的石头就走。

赵向南连忙跟着追了上去，在后面大声说，就算您不是，我可不可以把我的故事讲给您听听？

罗毅阳不说话，噔噔噔往前走。

赵向南上前几步，抢过他怀里的石头，然后一边走一边开始说：

十八年前，我二十四岁，在分区机关当炊事员。二级士官满了想转三级。本来我以为我没问题的，我菜烧得不错，人缘也好。可是忽然听说，新来的参谋长把士官晋升的方式给改了，不像以往那样，个人申请、大家评议、领导批准了，而是要进行考核，有硬杠杠。考过了就进，考不过就走人。

“如果你们全部过关了，我就去帮你们跑腿要名额，如果过不了关，我宁可把分区的名额浪费喽。”罗参谋长在大会上说。

我一听就急了，我整天在炊事班待着，除了做饭，连早操都很少参加，怎么可能通过军事考核嘛。还有，我妈特别希望我在部队多干两年，现在回去她会伤心难过的。

赵向南继续说，罗毅阳继续一言不发。但两个人的步调很协调，好像有人在喊一二一。

我就买了两条软中华去找他。我说我就是个炊事员，你让我参加军事考核，我肯定通不过。你不如让我考厨艺，面饭面食川菜云南菜都行。你天天吃我烧的菜，你肯定晓得我没问题的。

参谋长面无表情地说，我不管你会烧啥菜，在我这里你首先是个军人，其次才是炊事员。不要以为在分区当兵就可以拉稀摆带，作为一个军人，我看你的体型首先就不合格，你看你胖成什么样子了？想转士官，先把这身肥肉去掉！

我看说不通，就把两条烟往桌子上一放，转身想走。他大喝一声，你给老子把烟拿起滚！我只好把烟拿走，出门后，就挂在他的门把手上，然后发了条短信给他：参谋长，烟在门把手上。

当天晚上，罗参谋长就提溜着塑料袋来找我了，我当时正无聊，坐在电脑前翻扑克玩儿。他进来看了一眼电脑屏幕说，你也真够出息的，连玩儿游戏都只玩儿这么低级的，你连个星际争霸都不会吗？你才多大？不到二十五岁吧？就打算这么混下去了？就你这么没出息的人还送我烟？我要是抽了我才没出息！

他把烟一扔就走了。

接下来一个月多，我就下狠心开始锻炼。咬着牙，每天早上六点准时起来，在操场上先跑十圈儿，然后是俯卧撑、仰卧起坐、举哑铃；到了黄昏，晚饭不吃，再跑十圈儿，再俯卧撑、仰卧起坐、举哑铃。一个月竟然减肥二十二斤。五公里越野很快过关了。接下来开始练四百米障碍，练投掷，练攀爬，练射击，每天都有进步。

到了考核日期，我虽然瘦了很多，但体重依然没达标，还超四公斤。军事体能的五项考核中，也有两项没及格。在司令部七个士官里排名第五。没能过关。

我心甘情愿地脱了军装。走之前我对罗参谋长说，如果分区早一年提出这些要求就好了，我肯定可以过关的。不过我还是特别感谢您逼我锻炼。您骂得对，是我没出息。这一个多月的锻炼，我感觉自己像换了一个人。我才知道我也是可以改变的。

罗毅阳想起来了，完全想起来了。其实当赵向南说他把烟挂在门把手上时，他就想起来了。他当时还有些担心，怕自己骂得太狠了，怕那小胖子受不了，没想到小胖子还是挺有心劲儿的。到他没过关，要离开部队的时候，自己都有点儿舍不得了。

赵向南接着说，我现在在公安局公交地铁分局工作。今天正好当班，他们打电话说有个情况不好处理，叫我去看看，没想到就遇见首长了。不，遇见让我想起首长的您了。

赵向南说，刚才一见到您，我心里就特别激动，太激动了。我真的特别感谢首长。全靠首长狠狠骂我，把我给骂醒了，不但把我的肥肉骂掉了，还让我明白不能再混日子了。我退伍后的第二年，正赶上公安局面向社会招交警，我就考上了。考上后，我又参加法律专业的自考，一门门过，有几门考了两三次才过的，前后花了七年时间，终于拿到了高等教育自学考试毕业证书。我现在是三级警督。

终于到家了。

罗毅阳掏出钥匙开门，转头对赵向南说，刚才听你讲了你的故事，挺感人的。不过我认为，你有今天，完全是靠你自己的努力。你想，他那个当官儿的，骂过的兵多了去了，并没有骂一个出息一个呀。

门开了，老婆迎上来说，回来啦？自训科目完成得怎么样？

罗毅阳从赵向南怀里取出那块石头，往老婆怀里一放说，拿去吧，加西亚的石头。

老婆一眼看到了赵向南，怎么，你还惊动警察了？

罗毅阳说，不是警察协助，我还回不来。

赵向南再次立正敬礼：谢谢首长！

罗毅阳说，要谢的话，是我该谢你。不是你，我今天还完成不了任务嘞。至于那个参谋长嘛，过去的就让他过去吧。你今天这么有出息，就是对他最好的感谢了。真的。他要是知道了，一定会非常高兴的。非常高兴。

罗毅阳不知为何，有点儿鼻子发酸，转身进屋去了。

老婆从冰箱里拿了瓶可乐出来，发现赵向南已经走了。门把手上，挂着一个破旧的草帽。

选自《解放军文艺》2018年第11期

对镜成三人

/文清丽

1

我冲进门，脱掉冬常服上衣，扔到正坐在沙发上的妈身上，趴在床上痛哭起来。妈细瞧着我的军衣后背说，怎么，领导骂你了，嫌我针线活不齐整？我只哭不言，三个月的儿子这时在床上哇哇大哭。妈边揭儿子的被子边说，怎么了？拉屁屁了，好，姥姥给你换尿垫。我娃不哭，没拉，那就是肚肚饥了，妈妈快来给娃喂奶，你看娃肚子都饿扁了。妈说着，抱起儿子，双手递我，我不接。她无奈地看一眼儿子，看一下我，手足无措地说，我给你惹祸了，对不？我仍伏在床上，抹眼泪。妈又说，是不是军装不能随便放？不放后背接缝，你穿不进去么。坐了月子，你发胖了。

妈，我被人顶了！妈要是识字，我就会跟她说起《人生》，讲我跟高加林一样，被人顶了的命运，可她一字不识，只爱看电视上的秦腔戏，边看边抹泪，还会跟你讲一番戏上的大道理。爱人在外地，帮不上忙，我只好又哭。天底下，只有没有地位的农民子弟才受人欺负，教书优秀的高加林被人顶了，我能写会说，也一样被人顶了。我恨不能把顶我者杀了。我想象她走在校园的湖边，我趁她不备，一把把她推进水里。或者月黑风高，让人把她装进麻袋里，扔进不远处的护城河。虽然我现在还不认识她，只知道她叫高红。对，从今后，叫高红的人，就是我不共戴天的敌人。高红，你等着，你别欺负头顶草屑的孩子。此后，我对她怨怼不已。

你当不成干部了？

妈，你说什么呢，我今去上班，领导说我调到别处去了。

你没问领导为啥你干得好好的要调你工作？你没给他说你不愿去？

妈，你以为部队是生产队，想不上工就不去了？事实是我一进政委办公室，还没来得及问政委寒假过得好不好，政委就开门让我见到可恶的山了，那山一下子压得我忘记了所有的言辞。本来我坐月子期间，关于学员队政治工作，是想了很多点子的，毕竟我是新闻系毕业的，现在孩子这个大包袱终于去掉了，春天了，也到了新的学年，我有精力也有想法，想大干一场的。从山沟野战部队调到省城这个花园般的校园，整天跟大学生在一起，我一个农村孩子，已知足了，当然就得好好干了，可是姚政委根本就没给我说话的机会，我锦囊里的妙计只好死在肚内。

调哪儿了？你走了我跟娃咋办？娃还三个月不到呀。

没出院子。

那有什么！妈长长地吁了口气，又跟小孩说起话来，嗯，娃不哭，妈妈快起来，给娃喂奶。你看小样子哭得多可怜呀。

儿子不停地哭，我不耐烦地抱过，朝着屁股就是一巴掌。天爷呀，这么小的娃娃你怎么下得了狠手。儿子哭得更厉害了。我掀起胸衣，给儿子喂起奶来，抹着眼泪说，要知道，就不急着放衣服了，干休所那个破单位，肯定都不穿军装。你看后背放宽一指，怎么也熨不展。

你不急着要上班吗？人家生娃都休息半年多，就你急。院里服务社又没开门。对了，你到新单位给人家弄啥呢，能拿得起不？

伺候老干部，你说我跟那些老家伙有什么说的！真是气死我了。我话一出口，马上后悔了，妈也是老人呀。妈没有生气，说，跟老年人在一起，你能学到很多东西哩，老年人，经的事多。

我说算了算了，跟你也说不清，想得美，让我下午就去报到，我不急，去那个破地方着啥急，八抬大轿请都没人去的地方。我这么年轻，去那儿不出一年，武功全废了。我一说不上班了，妈呆呆地站在床边，手不停地揪着衣角，一脸的焦急。我说了也白说，干脆闭嘴了。

午休起来，妈也不像往常那样爱说话了，好像做错了事似的，看看睡着的儿子，又看看我，又蹲着给孩子洗起尿布来。一间大的屋子充斥着一股尿臊味。我打开窗子，妈说，你别开窗，小心把娃冻感冒。

哼，就冻冻他，要不是生他，我能坐月子？才三个月，我的位子就被人抢了。从野战部队调来，我只上了俩月的班，就生孩子，多少宏伟的设想都没来得及实现呢。说实话，那时挺着七八个月的大肚子，我还是蛮认真的。报到时，因为天冷，穿得多，上到四楼，学员队姚政委看了看我，皱着眉头说，身体不好，上个楼就这么气喘？学员队当干事，跟队长差不多，每天要跟班呢。

我擦擦头上的汗水，笑了笑，没敢解释，调新单位，我跟谁都没敢说怀孕的事，要说了，哪个单位都不会要的，这就是女同志的悲哀。

一直到第二天跑操，我才说了实情，当时姚政委看看我的肚子，说真有七个月了？我说是，他黑着脸，自己带着学员队跑向了操场。

也许他一直就不满意我，所以高红走了他的关系，也未可知。但天地良心，这两个月我虽然没有主动干活，但分内工作还是蛮尽心的。我主要带二队，因为队长去学习了，我带着学员去上解剖课，看着学生拿着刀子一层层地剔遗体的脂肪，我胆汁都吐出来了。挺着大肚子跟四个学员挤一间集体宿舍，吃食堂，结果我们这个宿舍的人大部分人都豆角中毒。我吃得少些，没太大反应，半夜起来上卫生间发现中毒的学员躺在地上口吐白沫，挺着大肚子跑到一楼，报告了大队，把好几个中毒的学员都送到了医院检查。当学员们送到检查室时，妈说，你也检查一下吧，我这时才想起了自己。虽然我没中毒，可是跑得急，都流了红，妈以为我流产了，吓得哭个不停。学员队为此表扬了我。两个月，我在校报还发了三篇稿件，半月一期，也就是说几乎每期都有我采写的稿子，反映的都是我们学员四大队的先进事迹呀，这在八个学员队，都没有过。结果落了这么一个下场。我生孩子时，学员队发生了什么事？高红用什么手段挤掉我的？通过学校领导，还是走了学员队姚政委的门子？我百思不得其解。

妈看看我，放下手中的衣服，把窗子开小了点，让风吹向她，说，我看到有人上班了。你听，门响了，咱间壁吴助理也起来了。

妈，你能不能别管我，我要睡觉。

那也得上班呀，你是军官，不去上班，人家让你复员了怎么办？

行了行了，你怎么这么啰嗦。我起来强打精神穿上军装，妈在我军上衣的后面拿手抚摸了半天，说，是穿着不好看呀，放宽的地方怎么这么皱巴巴的。晚上回来，妈拆了，重新让人家裁缝给你做。你穿着军装，妈瞧着喜欢。

我系上扣子，戴帽子时，在组合柜前的大衣镜前，上下打量了一遍，一想起马上要中尉肩章换成没有星星的文职肩章，泪水又一次涌了出来，又把高红骂了一通。

别哭了，好好干，伺候老干部也是公家人，三四千块的工资呢，坐在办公室，风吹不上，雨淋不着，这是神仙过的日子。你看咱庄稼人，一年四季起早贪黑地干，老天爷好了，还有收成，要是他老人家恼了，给你下冰雹、干旱，你哭都没眼泪。听妈的话，好好干，哪儿都缺能人，对不对？

我出门碰见吴助理。我们这套团职房，住了三家。跟我对门的是教体育的刘老师，她是个老姑娘，平素吃食堂，回来就是睡个觉，平时很少见她。即便见到她，我们也不主动打招呼，好像陌生人似的。吴助理住的房子最大，也有阳台，他的女儿两岁了，他妻子不上班，照顾着孩子。他朝我笑笑，说，上班。我说是，你也早。说着，朝对门看了一眼，门还关着。我开大门，让吴助理先走，自己再锁大门。吴助理说，怎么了，好像你情绪不高？我说没睡好。

吴助理在机关财务处上班， 一下楼，人不停地跟他打招呼。我在学员队时，给我打招呼的人就少，现在我要去干休所，更不会有人跟我打招呼了。我暗想。吴助理朝前走了，前面有机关漂亮的大楼，有门前开满梅花的学员队，而干休所朝后走，就在后门，离院墙只有几米。衡量一个人工作的重要性当然是单位了。而单位的重要性，当然是所居的位置了。气派的飞机形机关楼，当然直对着神气的大门，楼前还站着戴钢盔的哨兵。学员队，虽远离机关，在院子中腰，但因为有充满朝气的年轻人，也蛮快乐的。干休所，你听听位置，在后门跟前。人家走后门是好事，我走后门，背霉运。想到这，我又想哭，看着来来往往的人，又赶紧把眼泪挤了回去。

在幼儿园门口，碰到校报的王主编，他说，怎么不去上班，这是去哪儿？王主编对我很好，我就说了实话。王主编从自行车上跳下来，把头发往后用手指划了划说，别难过，是英雄，总有用武时。唉，我一直缺得力的人，那个小于你知道，学音乐的，你说到编辑部，根本不能挑大梁。

人比人，气死人。我鼻子一酸，眼泪又掉出来了，拿手背抹了一把。王主编说，别哭了，我肯定你不会在干休所待多长时间的，这几年咱学校调来的干部中，你是唯一一个新闻系毕业的，别灰心，好好干。说着，骑上了自行车，朝我摆摆手，说，继续给我写稿子啊，在哪儿都别放弃写作。

老头老太太，快进坟墓了，有什么新闻？我嘀咕着，走过银行、邮局，走过服务社，朝后门走去。后门，除了三排家属楼，没有像办公楼的，更没牌子。我打量半天，问路边服务社的一个年轻小伙子，他说，干休所就在我们这栋楼里，往后走，一单元。

一个单位在家属楼里？还能是正经单位？我再次骂高红，你是我的敌人，我与你誓不两立，哪天见到你，我要朝你脸上狠狠啐一口，不，我要把曾属于我的中尉肩章从她身上扒下来，扔到她脸上，把我现戴的该死的文职肩章还给她。

2

一单元黑乎乎的，我跺了两脚，还是黑的，只听见不知谁家的电视机在响，细听，里面放着电视连续剧《甄嬛传》的插曲："小山重叠金明灭，鬓云欲渡香腮雪，懒起画蛾眉，弄妆梳洗迟，照花前后镜，花面交相映，新帖绣罗襦，双双金鹧鸪……"我左右瞧了一眼，左边一家门楣上是：神州春晓。上联：春风送福千家暖。下联：时雨润花万树春。右边一家，没对联，只倒挂一张福字，福字右半边没了，电视机声音就是从这家传出来的。门口堆的鞋差点把我绊倒。

还没到二楼，已传出打牌声。我看了看，传出打牌声的左边门上写着"干休所办"，右边写着"所部"。所办门开着，里面是间小厅，有卫生间，有厨房，但不像做饭的样子。两间办公室都锁着门。我走进左边所办，打牌声是从上面写着财务室的门里传出来的。我走进去，三男一女在打牌，女的下巴上贴着长长的纸条。她面向着我，看到我，头也不抬地说，找谁？

我来报到的。

新来的学员？

我没听说学员还给授衔。

我这一说，三个男人扭头打量我，一个胖子说，对面人都不在，去太平间了。

一听“太平间”，我的心抽搐了一下，不知他是何用意，勉强笑笑，站着看牌。

胖子点了个炮，兴致颇高，说，对了，你是顶高红的班？

我说是。

哈哈，那你来对了，马上就有事让你干了。他们说着，大声笑起来。笑完，胖子说，对了，你怎么进来的？

门没锁。

你们谁开的门？万一老林知道了，又该给咱们上教育课了。快去锁好。我看屋里的四个人都没有动，只好去关。

我没再进去，在客厅看了一会儿报纸。再进去时，他们已经把牌收起来了，四个人有两个坐在桌上，说，你这么年轻跑到干休所来养老了吧。干休所没啥好的，不，有好处，就是每年转业名额多。说着，大家又哈哈笑起来。胖子端着水杯说，我姓年，是车管助理，瘦高个是管军需的杨助理，张敏和李明是财务的，你们政治办的两干事是所长政委的红人，转业也不会轮到你们，你们是管这事的嘛。

咱们有空房子吗？

当然有了，只不过看老林给不给你了，顺便告诉你，他喜欢抽红塔山。正说着，外面有人敲门，他们立即坐回办公桌前，在电脑上假装看起来。胖子朝我努努嘴，说快去，老林回来了。

所部跟所办格局一样，政委老林和所长老田是一个办公室。林政委听到了我的来意后，说，干部处已经给我打电话了，你来了，正好现在是忙时，你明天就到机关查档案，给刚去世的老干部写生平，对了，对面就是你跟赵干事的办公室，赵干事高龄怀孕，在家保胎呢。现在组干宣保就你一人挑，用点儿心。说完，看我还没走，说，你还有什么事？

写生平？难道有老干部没了？

当然人去世了，才能盖棺定论。你是新闻系毕业的，这都不懂？

我这才回想起胖子说太平间不是开玩笑的。

明下午陪着家人去买骨灰盒。后天，是张政委的告别仪式。你现在去试下哀乐，不要到时放不出去，就出洋相了。对了，我给高红打电话，让她来跟你交接一下。

我坐到办公室，一一拉开抽斗，全装得满满的。桌前还放着一个女人穿着便装的照片，想必她就是高红了。如果她没顶我，我认为她长得还不算难看，可一看到她那样子，我忽然就恶心起来，狠狠地把相框反扣着扔在窗台，窗台上土真厚，在相框落上时，腾起一股灰尘。

我没找到录音机。墨绿色的两组保险柜上面，堆放着锦旗、报纸，还有鞋子，土黄色的布沙发黑得在阳光下泛着油色。两张桌子上都堆着文件、报纸，还有高红的体检表、请假条，还有一张纸上，写满了字，全是一个个的“飞”字。看来她不但把飞落在了纸上，也落到了行动上，可是她是怎么从干休所飞到学员队的呢？我很想展开联想的翅膀好好琢磨下，可手头的事不容我细想。

我坐到桌前，脑子里全是太平间、生平、骨灰盒、哀乐，平生第一次被这些让人产生恐惧的词吓住了。一直到下班，高红也没有来。下班时，财务的刘助理把钥匙递给我说，高红说太忙，让我把钥匙交给你。我一看，到下班时间了，可是哀乐还没有试，万一明天一上班政委问呢？再看看桌上堆的，抽斗里装的，甚至脚跟前放着的三四个塑料袋和纸袋里，上面落满了尘土。我打开保险柜，里面文件哗地全掉出来了。磁带扔得到处都是，根本不可能一下子找到里面有哀乐的。我锁上柜子，准备回家吃饭，晚上再来加班。

回家时，我已经不生高红气了，这样没有条理的人，根本就不是我的对手，我连想看她一眼的心都没了。

吃完饭，母亲问，第一天就去加班呀？

事多。

那你把事干完就回家。我知道这是我第一次晚上加班，而且是有了孩子后的第一次，母亲不知是不放心我，还是怕一个人带着孩子不放心，神态很不安，一手抱着孩子，一只手不停地搓着大腿。

我说妈没事儿，吴助理一会儿就回来了，她爱人也在家，有啥事，让他们给我办公室打电话。我说着，把办公室电话写到一张纸上，压到了冰箱贴上。

我出去时，吴助理爱人正在洗碗。小小的厨房，我们两家杂物堆得到处都是，但我们相处还可以。我说要去加班，吴助理爱人说你去吧，家里有事，有我呢，放心。

保险柜实在太乱。我先把磁带归好类，放到大信封里。总算找出来了写着哀乐的磁带，我手拿时，哆嗦了一下，好像里面真有鬼。我把它插进录音机里，刚一放进去，阴森的哀乐立即响起来，我怕楼下楼上听见骂我，立即关小，边听边收拾东西。

所有带密级的文件，放进文件盒，准备明天缴回保密室。一般的通知、学习文件放进蓝色文件盒，急办的都归入红色文件盒，每个盒上都注明标签已办、待办或急办。

保险柜整理完后，我从楼下小卖部要了三个箱子，把高红的东西全放进去，桌子全收拾干净，然后看了一遍，想，我是热爱工作的，在哪儿都要干好。

看时间还早，我把抽斗里关于老干部拔河、唱京剧、开运动会的照片全挑出来，拿大袋子装好，想着有空去买个大影集，插进去，就一目了然了。

收拾完，环顾四周，忽然喜欢上这个宁静的办公室来，比我在学员队，三个人的办公室，强多了。

刚收拾完，要关门，大门响了，我出去一看，政委进来了，他愣了一下，说，你在办公室？我心一喜，又感遗憾，他要是看到我刚才收拾东西多好呀。唉，说穿了，还是没有好运气。这么一想，我说，刚试完录音机和带子，都好着呢，然后把东西收拾了一下，高干事的东西我放纸箱了。明天我就去档案室，先把积存的保密文件上缴，然后查老干部档案，还有下午去跟家属买骨灰盒。

我说得语速缓慢，咬字清晰。政委点点头，在我出门时，又说，明天上午先写派车单，给司机班要好车，再去机关。

我不知道派车单在哪，交给谁，但没问，我知道问谁，都不能问领导。我说好的，政委，你也早些休息。说完，我留了客厅的灯。

回到家，吴助理在洗衣服，母亲抱着孩子在屋子里转，一看到我，说，忙完了？我说是。吴助理说，你调干休所也是好事。我说是。他说真的挺好的，那儿清闲，趁此把孩子养大，再调机关。我嗯了一声。他又说，对了，干休所，那一栋楼都是他们的，房子多，你给领导要房子吧。

我说刚去，等以后再说。

十点多了，我们都躺下了，妈说，累吧？我说还行。妈说，你好好干，只要好好干，就不会吃亏的，解放军么，都是好人。

我说，妈，你别操心了。

你别给领导要房子，刚去就好好干，那个吴助理，人心眼多，想占咱房，却不明说，让你去得罪领导，咱不干那事。等女婿回来，妈睡沙发。

知道了，睡吧。

3

生平我没写过，到保险柜找了半天干休所历年来的通知、年终总结、经验材料等，没一份生平，难道过去就没去世过老干部？我一来就摊上事了。略一思索，决定一切从零开始。我想生平，是对人一生的总结，当然写人家好的，基本上都是写经历，再加两三件感人的细节。一上午搞定，交到政委那儿。悄悄问大胖子年助理派车的事，还有骨灰盒大约多少钱。他说派车的事，找政委签字后，交给他就行了，骨灰盒多少钱，让我问财务，然后叮嘱说，有些家属难缠，你要坚守原则，否则一件事搞砸了，你在老林手下就是鲤鱼，也没法翻身了。

我说以后少不了年助理多费心。我说，司机知道哪儿买骨灰盒，还有他知道张政委家吧？我可是两眼一抹黑，一切都得从头来。

年助理笑着说，这都是咱们的家常便饭，行政跟着所长走，政治跟着政委走，至于对付老干部，就两条：一、不笑不开口；二、他们无论反映什么，你都说，好的好的，首长，我会尽快向领导汇报。无论怎么难缠的老干部，你只要掌握了这两条，就八九不离十。

如何跟咱们的同事处好关系呢？

咱所总共十一个干部，外加汽车班十二个战士，对干部，你只要虚心请教，没有人不好意思不给你说。对战士，你可不要怠慢，他们手里握着方向盘，大小二十多辆车呢，有急事，打个招呼，啥事都给你解决了。原则上说派车得经政委和所长，还有我这个车管助理，可你想想，有急事，是来不及走程序的。你比如办公事时，可以捎带办下个人的私事：换煤气，买袋粮，接个站，不就多踩一脚的事？可是如果你瞧不起他们，你办事时，他会给你出难题，说车坏了、没油了什么的，这里面学问大着呢。

我感觉年助理是我打开干休所的万能钥匙，心里不禁对他高看几分。瞬间就把他当成了导师，对他总是笑脸相加。你看，我马上就用上了。

买骨灰盒时，跟我去的是老干部的女婿。人都说，一个女婿半个儿，此话差矣。挑骨灰盒时，我真是开了眼界，没想到一个普通的小盒子，有些要上万块，据说是楠木的。在老家，给老人做棺木，最好的我只听说是松木的，最差的是柳木。没想到城里人，也一样讲究。老干部的女婿在骨灰盒上倒没太挑，选了一个价格适中的，却没有要拿的意思。我想他是害怕，比我大十几岁，还男人，让我瞧不起。我不想在他面前露怯，勉强抱着。刚穿过一条长着槐树的巷子，有一年轻小伙儿从大杂院冲出来，拿着铁锹就来打我，我急着找那女婿，他躲到一棵槐树后，好像要急于跟我撇清关系。我问怎么回事，我好端端走着路，你凭空就出来打人，是何道理？搞了半天，才知道人家怕我手里抱的东西给自己家带来霉运，忙再三解释：我是新手，办公事，请大哥谅解。我想下次就有经验了，得把这不祥的盒子拿布包着。一场惊吓，搞得我浑身是汗。

坐到车上，那女婿倒解释个不停，说什么今年是他的本命年，不能碰不吉利的东西，流年不利。我一句话都懒得接。想着这么一个男人，怕在单位也没什么担当，越想越瞧不起他。他还在一边讪讪地解释着，他没经过这事，一下子被吓蒙了。他没经过这事，好像我就经过这事。真是的。

晚上政委让我跟他到太平间去，我嘴上说好，腿直打战。

太平间在附属一院一栋偏僻的平房里，天已经黑透，外面车水马龙，这儿甚是静寂。我跟政委并排走着，他高大，稍胖，背有些驼，走路，晃着双肩。一栋平房里，只有一间亮着灯，一位清瘦的老人给我们开的门。政委说，这是家属让人换的衣服，你辛苦了。一切都准备好了吧。

老人接过政委给他的烟酒，笑着说，放心，人比平常还帅气。

我一听想笑，马上知道场合不对，赶紧闭了嘴。

你们还看人不？

我紧张地看着政委，希望他说不用了，可是政委说，看一下吧，明天校领导都要来，一点儿马虎不得。

老人拿着一串钥匙走在前，政委跟在后，我既怕走在后面，又怕前面，紧紧跟着政委，进门时，手一把抓住了政委的后襟。

你害怕，就别进去了。

谢谢政委。

当我一个人站在外面，又后悔了，里面至少有灯光，还有两个人在身边。现在倒好，我一个人站在黑乎乎的地方，说不定这周围全是遗体呀。我忽然想起不知从哪看的，说一个女人从黑夜的太平间跑出来，遇到的第一个人，不管那人是谁，她都会扑到对方的怀里。忽然一阵声音响起，我赶紧往太平间走，眼前一片片白床单像雪花朝我扑来，政委跟老头都不在，我返身往门外走，撞上了一团黑影，我吓得大叫：政委，林政委，你在哪儿？

原来黑影就是政委，鬼知道他们怎么从门外进来了，吓得我嘴唇颤动不已。回去时政委说，这事以后会越来越多，第一次紧张，后面就习惯了。

我嘴上说是是是，心里还是怕得要命。当我们走到校园主干道上，看到路灯闪亮，我的心才放松了，与政委保持了一定的距离。再回头望那平房，不远处有间婚纱影楼，再不远，还有一家川饭馆，在灯光下，跟那平房也就二三百米的距离。不知那饭馆和影楼的生意好不？

第二天，我们干休所全体干部战士提前布置了告别室，挂在室正中的老干部一身戎装的照片跟躺在鲜花丛里的他判若云泥。真实的人瘦得只剩骨架了。儿女们不时跟来人说着话，脸上没有伤感，我们工作人员更是，虽然胸前别着小白花，但不时也有笑声，告别的亲友和其他老干部，脸色倒是凝重，但也让人感觉好像就是来走个过场。

所长话不多，站在一边，不时跟来来往往的老干部示意，校领导来了，他一步不离左右。

我没想到我写的生平，政委一字没改，他念时，在座的好几个，包括老干部的亲属都哭了，连我的鼻子都酸酸的。不过，进太平间抬遗体时，我不敢进去，借口去检查录音机，站在一边，可是我又怎么能躲得开呢，我站的不远处就是灵车。当所长、政委、年助理和财务助理抬着老干部的遗体往灵车放时，我远远地站着，心里紧张得要命。这时，政委看我，我忙跑过去，握着担架一边，眼睛朝远处望着，感觉手里硬硬的，一看，原来老干部的脚露出了白布单，真是吓死我了。

火化时，我双腿直哆嗦。不知谁说，快，快看，人坐起来了。我赶紧闭上了眼。年助理真好，他是替我进去的。不过在火化单上，仍需我写上自己的名字，我手哆嗦了半天，写的那字跟小学生差不多。

城里火化遗体真不人性，我老家，给去世的人穿上寿衣，装进棺材，打墓时，墓道挖得深深的，里面还有暗室，棺材是放进暗室的，还点着灯。里面铺着地板。墓头，也要挂三晚上的灯，使去世的人夜间好回家。城里人没想到去世了，还要用火烧，真是残忍。

日有所思，晚间就做梦，梦见去世的老干部活过来了，说，我把他的腿抓痛了。我一下子惊醒了，妈说，怎么了，怎么了？我说了给老干部处理后事的事，母亲说，娃，人没了不要怕，你干的这是积善行德的事，他还感激你呢，怎么会吓你？母亲的话，让我心里一下子豁然，再处理此事，心里也不害怕了。养牛就得对牛有感情，种地就要对地有感情，跟老干部在一起，就要对他们有感情，就当他们是自己的爹妈。你爹当队长，你以为全村人服他就因为他是队长？不是的，是他比队上谁都了解咱那儿，了解咱队上的人。摸不透，你队长就是个空架子，没人会服你。谁的心不大，谁不想指挥人？不要怪命不好，咱老戏上唱得好：姜子牙钓鱼渭河上，孔夫子在陈绝过粮。韩信讨食拜了相，百里奚给人放过羊。莫把穷人太小量，多少贫贱做栋梁……你好不容易考上军校，当了干部，这是咱祖宗修的业好，娃呀，要珍惜。睡了一夜，细思量，母亲的话虽啰唆，理却对。

妈非让我第二天晚上到十字路口给老干部烧纸钱，说，这样，我晚上就不做梦了，我不干。妈瞒着我去烧了。不知是时间久了，还是妈烧纸管用了，反正，我以后再也没梦见老干部。

寄存骨灰盒，跑民政局，领抚恤金，终于忙完，我到干休所已经一月了。

这时，我更不恨高红了，我如果像她那样在干休所待了四年，我也要想尽一切办法调离。四年呀，送走了多少老干部，跑了多少火葬场，为老干部供应了多少次鸡蛋，听了多少桩老干部家里的鸡零狗碎的烦心事呀！

政委说，你最近表现不错，老干部家都表扬你呢。对了，你现在住在哪儿？政委一听说我妈帮我带孩子，提了牛奶和鸡蛋就要去我家。

只有一间房子，政委只好坐在沙发。政委看了三家合用的厨房和房子，一句话也没说。下班时，政委说，你孩子小，住到那边不方便，搬到办公楼五层吧，有一套房子，但你级别太低，所里锁了一间。小厅吃饭，厨房卫生间都是单独的，内室不小，阳台也很大。

妈一看房子，高兴地说，你才二十四岁，吴助理都三十岁了，你比他厉害，好好干。

政委找了汽车班的六个小伙子帮我搬了家。

年助理把另一间的钥匙悄悄给了我，说，让大妈晚上住进去，白天你把行军床收起来就行了。

妈说咱不干那事，房子已经够住了。

我搬房子那天，年助理正指挥着战士们搬，忽然说，你见过她吧？说着，眼睛示意我去瞧一个女中尉。

我一眼就断定她是高红。高红推着车子过来了，她跟年助理打招呼。我借故走开。她比照片漂亮。她看上去并没我想象的那么脸色好，姚政委我知道，毛病多着呢，就凭她那个马马虎虎的工作水平，我相信挑剔的姚政委对她会不满意的。

年助理说，高干事高升了，详细给我们分享下你的幸福？

就是忙，跟着学员出操、上课，家根本顾不上，说要小孩，也得等等了。

我就说嘛，要调到机关，学员队也是基层单位，那些学生，一个比一个事多，你肯定累多了，你看，脸色多不好。 年助理说着，朝我挤了下眼，在余光中，我发现高红看了我一眼，她一定也知道我是谁，但是我们谁也没有主动开口。年助理刚要介绍，我扭过头对战士说，咱们走吧。

年助理一路又说她瘦了，你看你比来时滋润多了。

我说哪呀，虽如此，我心里还是高兴的。哼，等着瞧，看谁笑到最后，我就不相信我没有咸鱼翻身那一天！

至少目前，我就比你高红幸运，我有了房子，听说她本来在干休所有间宿舍，调走后，干休所让她搬出，现在和别人混合住。想到这里，我心里平衡多了。

4

一晃，到干部晋职、调级，评定职称的时候了，政委说，你把咱们所干部情况全部搞清楚，千万不能漏一个。去年漏了刘助理，他差点把我吃了，后来虽补了，但是搞得自己很狼狈，都怪高红，工作不仔细。

干部工作我没搞过，但是干部晋升政策我是知道的，比如说文职干部九级以下，都是三年一调，到八级须满四年。还有，晋升高级职称，对每个业务干部都很重要，如果有了副高职称，八级调七级就顺调，否则即便调了七级，也不能享受副师的待遇，戴副师的胸牌，干休所卫生所有六个医生，今年有三个人竞争副高。

高红真不是个好干事，我在野战部队时，看见过干部花名册，干部姓名、职务、任现职时间等，一目了然。随着干部职务升迁，花名册须要经常更新。可是我翻遍所有柜子，都没找到这样的本子，我问政委，政委说都在高红那儿。一听就是一笔糊涂账。

我查看了所存的干部调级晋职命令时间，查到有限的几个，然后重制了新的名册，怕漏掉，又跟本人进行了一一确认。

三个晋高级职称的，我办得更是仔细，将他们的述职报告，发表论文，英语、计算机成绩，还有立功受奖情况、工作业绩等，一一准备好，按综合实力排好一二三顺序，先给所领导做了口头汇报，然后所有资料交给每位常委，供常委们开会时研究。

我把新的干部花名册和老干部花名册给所长、政委各打了一份，把压的命令全部交卫生所、军需办、财务办，该增加钱的，该提高待遇、发放相应军阶的，都给相关部门做了一一交代，忙了好几天，总算理清了头绪。

有天卫生所一位医生找到所长说，他已调六级了，结果昨天到医院看病，医生说没有接到命令，他还是八级。师职就是高干了，看病不用排队。

政委黑着脸，只说对不起。虽然不是我经的事，我办妥后，又查出往年压的许多遗留问题，进行了一并处理。

调级是关系到每个干部的大事，怎么可能掉以轻心呢。

组工宣保一担挑时，因为身上的责任，我得看大量的文件，得懂干部政策，得熟悉干休所工作人员和老干部实际情况。我得带着老干部跳舞，得陪着他们去春游秋游，供应东西。在做这些时，我第一次感觉自己才真正走进了生活，才真正能挑大梁了。到地方跟民政部门、菜市场小贩打交道，也锻炼了我跟各类人打交道的能力，这恰恰是我的弱项。

见了老干部，也不再低头走过，跟他们热情地说话，学着认公鸡母鸡，学着分鸡蛋，熟悉各类菜蔬的价格，跟着小贩们讨价还价。跟着老干部学听戏、钓鱼、下棋，我感觉所有的工作，并不是我想象的那么枯燥，相反，只要你投入进去，也蛮快乐的。

老干部参加全校文艺演出，我站在主席台上给他们打拍子。第一次站在了全校的舞台上，我心里充满了自豪。我不知道高红在不在，是不是注意我，但是我是想见她的，我想，我比你干得好，至少在学员四大队大合唱的指挥台上，没有你。还有学校的校报上，我们干休所经我撰写的报道每期都有，干休所第一次不再被人遗忘了。

老干支部学习，老干部春游，老革命给青年学生讲传统，电视、报纸上，干休所老干部活动比年轻的学生还活跃。

当我做完这些时，我感觉自己办事沉稳了，脾气也不急躁了。有时，我不无阴暗地想，如果高红还像她在干休所那样干，在学员队肯定不会有好结果的。

5

到干休所待久了，就体会到了它的诸多好处。比如有很多时间可以看书。看得多了，就想写东西。每次写完，我先给校报一份，再投到军报，没想到《走在人生的边上》，发在了《解放军报》。刚好总部要搞演讲比赛，学校拟选拔参加的苗子，趁此准备搞一台青年演讲比赛晚会，庆祝五四青年节。在全校范围内，抽了三人，协助校组织处青年办把关演讲稿。三人有宣传处校报编辑部的编辑于然、学员四大队的干事高红，还有干休所的我。我们的任务是从一百多篇稿子里选上十篇，先由本人演讲，选十篇登到校报上，再选五篇报到总部，由他们荐给军内外报刊。

吴干事已经上班，干休所领导同意我去机关帮忙。

组织处没有多余的办公室，我们临时在校报编辑部办公。王主编一个屋，于编辑和一个已经退休又返聘回来的林编辑一个屋。我跟高红共用一张办公桌，她去得早，理所当然坐到桌前了，我只好坐到桌子反面。因为腿没地方搁，我每次都斜坐着，王主编让于编辑把一个放满稿件的空桌子腾给我，于编辑说好，但半月了也没动。六个学员队加三个附属医院、直属单位和机关，共一百一十篇稿子，我跟高红各看一半。

这是我第一次正式见高红。客观地说，她长得还说得可以，也会讨领导喜欢，上上下下，蛮喜欢她的，唯一不足就是坐不住，文字就更别提了。她会不会写东西我不清楚。因为我们是来临时办公的，我除带了水杯和书外，其余东西都没带，带了也没地方放。我的半边桌子上，多一半还放了高红的东西。高红桌子上，放着小镜子、相框，还有巧克力、糖块什么的，每天一来，她就分给大家。林编辑是返聘的，她不穿军装，性格比较孤僻，听说是一位首长夫人，懂医，主要管二、三版面，于编辑管一、四版。高红给林编辑吃时，林编辑总蹙着眉头摇摇头，低头继续干活。于编辑最爱吃，边吃边说好吃。里屋排版的小陈，也会得到高红的好吃的。给我，我也不要。高红有时会哼着小曲，林编辑看她一眼，她就停了。不一会儿又哼，林编辑就很不高兴，但也不说什么。

我以为在干休所工作了一年，我已经原谅了高红，但当她坐到我面前时，我感觉那股恨又像潮水般涌来。我想把一杯热水泼在她脸上，给她茶水里啐一口，甚至想找人揍她一顿，或者说话时，话里话外捎带着讥诮，可是我啥都没干。不但啥都没干，还跟她说话心平气和，因为我知道工作事大，一切恩怨在工作面前，都得让位。

她却不这样想，有时还故意挑衅我。比如有天，她忽然说，你给老干部处理后事还能睡得着不？

我反问道，你呢？

她睁着一双大眼睛说，我当然害怕了，所以我要调走。给你说，在干休所待四年，我人老了不说，都对生活没激情了。

我不再说话。

高红又说，那个破地方，就不是人待的。

林编辑咳了一声，高红止了口。

于编辑，叫于然，大眼睛，一头直发遮住了大半张脸，话不多，但声音动听。不知为什么，对我一直有种敌意。比如，我给她要信封，她头都不抬地说，没有了。林编辑对我谈不上好，但也不热情。在我要信封得不到时，她一句话没说，直接拉开她的抽斗把一叠信封递给我。

我选中的稿件里面没有高红那个大队的，也就是我曾经战斗的地方。

四大队共交了七篇稿子，只有两篇还算稿子，但全是大话套话，言之无物。在最后交组织处时，我还是动了脑子。不报，怕高红说我公报私仇。报了，处长说我水平太差，因为我听说组织处这次要调人，有可能在我跟高红中间选。所以我思索再三，在呈报处长前，还是把那两篇稿子撤了下来。我选了七篇稿子，其中有我的一篇，名字叫《为霞满天我骄傲》，写的就是我在干休所一年来的真实体会。

高红报了多少，我没问。

组织处长拿到我们稿子后，说你们再把对方选的稿子互相看一下，淘汰一些，总数不要超过十篇，然后再送校报王主编统一审定。

说实话，我希望高红的稿子漏洞百出，这样，就可体现出我的水平了。可是遗憾的是，高红选的稿子还真不错，跟我的不相上下，不但内容好，而且每篇几乎找不出一个错别字来。说是十份稿子，莫如是十发核弹头，打得我晕头转向。我怔了半天，最后又重读了三遍，决定拿掉两篇弱的。

因为下班前就要交稿，高红看得不认真，她一会儿翻这一篇，翻那一篇，好像都举棋不定。到下班前，我说，我换下了你交的两篇，你看看，是你送给王主编呢，还是我给王主编？她把撤下的稿子，看了半天，说，我送给他吧。

我说好。我说着，拿包准备下班。她却说，你能不能把我们大队的稿子加一篇，撤下你的一篇，我们那么出名的大队，没一篇稿子，你怎么给政委交代？

我挑出四大队的七篇学员稿，说，你看看，这些稿子语句都不通，怎么上报？在她看稿子时，我扭身下楼。

林编辑在旁边叫住了我，她提着毛料军服问我，干洗房今天开门不？

我说周三开。她唉了一声，没再说话。下楼，我看她提着衣服一会儿换到左手，一会儿倒到右手，我说我来提着。她说不用，我说给我吧，我骑自行车了。军服都是冬装，至少有四五套，当然沉了。到车棚了，她说我拿着，你去推自行车。

我笑笑，说，自行车没气了。其实我没骑自行车。

林编辑要提，被我挡住了，她非要提，我们俩就共同提着袋子，穿过初春的校园广场，花园里开满了花，海棠、榆叶梅，一树比一树漂亮。春天真好。我说。没有花草，春天就没啥可看了。林编辑接口道。没花草，还有水、鸟，还有天空、云彩呢，对了，还有地上的虫子呢。我说着，仰起脸，林老师，你看，那片云多美，像彩练。林编辑停下脚步，看了我一眼，说，我喜欢你乐观的性格，听说你跟爱人两地生活，一个人带孩子，真不容易。

我妈帮我带着，还可以。日子每天总是越过越好的。林编辑家在一区，她要衣服，我说，我明天送到干洗店不就完了，放心吧，我家离干洗店不远。林编辑不好意思地说，这怎么行？我说，顺手的事，再见。林编辑还要说什么，我已经走远了。

第二天，我刚进卫生间，林编辑也来了，她好像是无意中来了这么一句，帮咱们校对的老李给高红看的稿。高红文字不行，投的不少稿，都是我给改的，她来了，对我却不冷不热的，她知道我只是个返聘人员，对她没用，所以瞧不起我。

我看了她一眼，她拍拍我的手，说，事干好，心好，啥事都能办成。林编辑的一席话，在我脑子里转了大半天。

对了，这天还有一件事须提一下，我有了办公桌，是林编辑帮我腾出来的。事情是这样的。王主编进来看报纸大样时，发现我还坐在桌背面，说，于然，你怎么没有把桌子腾出来？于然笑嘻嘻地说，这几天忙，等这期报纸出来了，再腾。

林编辑这时忽然站起来，说，我来腾吧。这些稿子都是去年的，我先收进纸箱里，明天放库房。

王主编一走，林编辑果真立即腾起来，我也跟着干起来。我俩不时地抬眼看一下对方，感觉好像心中有了共同的秘密。

下午刚上班，四大队的姚政委打电话让我到他办公室。我一听就猜出他啥意思，本不想去，但一想，他毕竟是我过去的领导，便说，现在手头忙，下班前，我过去。出了机关楼，我才想起应让稿子说话，又回去给高红要稿子。高红大概知道我要去哪儿，脸上掩饰不住笑容。

自从离开学员队，我再也没有回去过。四大队挨着网球场，学员们在里面打球，路边的月季红、黄、粉，参差不齐地开着，远远飘来一股芳香。我朝楼两边的宣传栏看了看，黑板报上，全是密密麻麻的字，歪扭不说，还一点儿美感也没有。这要是学员队比赛，肯定倒数第一。想当年，我办的，哪次不是第一？新闻系的高材生连个黑板报都办不好？那不就蠢蛋一枚？我可不想把墙报办成老掉牙的报纸新闻摘抄，我有新闻摘要，更多的是我们本大队的新闻，每周必换，有大队重要新闻，还有优秀学员感言。学员队没有报纸，黑板报就是门面呀。

现在这样的门面，姚政委心里是啥滋味呢？我暗自思忖着，挺胸昂头迈进了学员四大队。正是下课时间，学员们三三两两出出进进，一见我，都不停地跟我打着招呼。跟我曾住过的空医系的孙蒙，跑过来说，李干事，你来了，到我们宿舍去吧，我们可想你了。

我摆摆手，忍着眼泪，朝一楼政委办公室走去。

姚政委个儿矮，偏瘦，戴副白框眼镜，人看着斯文，嗓门却不小，每次站到队列里，我老怀疑这声音不是从他嘴里发出来的。他此时正低头在写什么，我整了整军装，微笑着说，政委好。

我想了一路他兴师问罪的样子，特别是第一句，一定要狠狠骂我一顿，比如说我公报私仇之类的。想当初我休完产假的第一句话他应当问我一下，毕竟我成了母亲，毕竟我还在他手下干了两个月，即便我马上要调走，至少面子上应客气一下，还必要吧。谁知他那开门见山，让我心如死灰。现在，他会如何骂我呢？

结果，大大超出了我的想象。

我说政委好后，他马上站了起来，要跟我握手，我一时没防备，怔了一下，还是接过了他胖乎乎的手。个儿矮，手却很大。过去他的手就这么大吗？我怎么没留意过。

快坐。宋助理，来，给李干事沏茶，这可是我从我老家带的，绝对的新鲜，安吉白茶，听说过吧。

政委，我来跟你谈谈咱们学员的稿子。我不想让他跟我套近乎，直奔主题。

急什么呀，来，先喝茶。听说你在干休所干得很好，还分了房子，出去都有车坐，不像咱们学员队，穷得只有学生了，我这个正团职的政委，都没车坐。

我笑笑，说，谢谢政委关心。学员的稿子真的有问题，语句都不通，或者想到哪儿，写到哪儿。政委你是秘书出身，你看这样的稿子，换你，能通过吗？我说着，把稿子放到他跟前，接着说，当然，学医的学员不擅长写文学作品，所以就要咱们大队把关。其他学员队、各系把关都很严，护理系的干事几乎是一字一句给改的。政委，你可不能认为我是公报私仇，再说咱们没有仇，友谊长青着呢，我调到咱们学员队，还是政委您亲自从干部处接的我，我是知恩图报的人。

哈哈哈，怎么会，怎么会。姚政委笑着，把茶杯递到我手里，说，今天请你来，一来叙旧，再则请你亲自操斧，给咱们改出几篇像样的稿子来，咱学员四大队是一个英雄辈出的大队，在省上，全军都是挂上号的，这不只是个学校演出任务，而是全军的政治任务，四大队不发出声音，怎么说得过去？怎么给校领导、总部首长交代？你给咱润色润色，你看，文学，我不懂，那个高干事，也不行。刚才，我从窗里看你看我们的板报了，唉呀呀，一言难尽，咱不说了。改稿，你说怎么改，咱就怎么改。我给你找地方住，你就在这加班改，好不好？

机关那边还有事，我孩子还小。这样，政委，我对四大队是有感情的，我毕竟是从这儿出去的，你让空医系的孙萌找我，我知道她文笔好，上中学时，文章就上过《少年文艺》呢，再说她说普通话也标准，让她写，参加演讲，应没问题。还有，张鹏、李扬都很不错呀，为什么不让他们写？

孙萌？高干事说，她通知了各队好多次，你说的这些人都没交稿呀。

她当干事快一年了，谁能干什么她都不知道，当得也太不合格了吧。亲爱的读者，写到这里，我不得不说，我不是神，也不高尚，这时，我的确是公报私仇了，原谅我，我真的很爱我的学员队，虽然我只在学员队待了两个月，可我能叫出全大队学员的名字，能知道他们每个人的爱好，还跟他们中的好几个都成了能说私话的好朋友呢。谁让我离开了他们？我能不恨她?!

果然，孙萌写的稿子不错，参加了校演讲比赛。

最终，我们推荐的五篇稿子，有两篇发在了《解放军报》，还有三篇发在了《解放军生活》上，校政委狠狠地把组织处表扬了一番，处长当然也表扬了我们。这些稿子里没有我的那篇，最后是我决定拿下了自己的，加了孙萌的稿。孙萌的稿刊在了《解放军报》，还到北京参加了全军青年演讲比赛，夺得了二等奖。我建议姚政委给孙萌报请三等功，姚政委说，没问题，你不是在组织处帮忙吗？给他们打个招呼，我们这边抓紧报。

孙萌是八个学员队第一个立功的，她高兴得抱着我儿子直转圈，吓得我妈说，姑娘，轻些，轻些，别吓着娃娃。我儿子非但没吓着，还咯咯地笑。

6

演讲结束了，文章也登出来了，按说没我们事了，高红也回去了，因为我手头有王主编交的一篇稿，我打算忙完再回所。

王主编交的稿，是学校王政委的一篇理论文章，是宣传处几个笔杆子推出来的。宣传处处长刚从国防大学博士毕业，一直搞干部工作，心里没底，就把此任务交给了王主编，王主编把我叫到办公室，让我看稿子质量如何。

我接受任务后，没敢轻易表态，两个推稿子的，一个是少校，一个是中校，都是老江湖了，一旦意见不对，那肯定得罪人。我吃过晚饭，安排好孩子，到了校报编辑部，上网查了全军有名的学报和理论刊物。通过跟上面的文章比较，感觉这篇理论文章本身没问题，就是写的问题没特点，也就是说没有跟我们学员实际挂钩。如果从学校人才培养，特别是从政委一直强调的名校名系战略方面入手，会更好。

王主编同意我的看法，问我能否写。我说写没问题，只是情况不熟。王主编说，我请示了政委，这样，你先不要急着回干休所，扎扎实实集中到各学员队去调查研究，然后写出一篇有理有据的理论文章来。我说好。

接到任务，我才知道自己口夸大了，我除了写些新闻通讯稿和散文、小说和毕业论文外，理论文章，一个字都没写过。

愁得我吃睡不香，妈看着我，心疼半天说，要不，还是回干休所吧，干休所挺好的，有房子，出去还有车坐，冬天发白菜，夏天发西瓜，每月还供应鸡蛋、肉之类的，又不忙，这是神仙过的日子。爱人跟妈一个意思，他休假，站在宽大的阳台上，比画着要把厨房和卧室相通的阳台包起来，说，可以种花种草。我说别，咱不会长期住这儿的，我调到机关，会分到经济适用房的，即便分不到，也会住更大的公寓房。

爱人望着楼下的汽车班，说，也是，楼下整天晚上车声不断，怪吵的。兴许你调到机关，认识领导多了，就有可能把我从外地调回来呢。

我说，你想得美。

妈说，当然要想得美了，想到了才能去做，你们总不能一直就这么分着呀。

一想起爱人的工作调动，我就头痛，说，行了，我去加班了。我去的是学员队，晚上学员队事少，我可以跟学员队干部聊天，有在的学生，也插空跟他们聊。

当然我还是先找的我的四大队。姚政委看我还没回干休所，对我更热情了，再三给我说，学校虽然有不少单位，但毕竟是教学为主，我深扎学员队的思路是对的。然后问我要干什么，我说跟学员聊聊，他就不问了。

我一方面跟学员聊天，一方面又跟分到了三个附属医院工作了的年轻医生聊天，问他们学到的知识和实际的应用情况，这么一来二去，一个月不觉间就过去了。我不听有领导在场的座谈会，不听别人介绍，全与个人聊的，感觉这次收获满满，也对我以后创作积累了丰富的素材。

调研完，我用了十天时间，拉出了初稿。

王主编看完，说，不错，很不错。我听到这话，心想肯定没写好，感觉辜负了他的信任，我说我明天就回去了，感谢王主编的信任。

王主编说，就是写得挺好嘛，当然问题是有的，观点提炼得还不够，但是材料翔实，论据充分，是一篇好稿的胚子。标题要新，标题新，才能给材料内容增色，增强内容的感染力、说服力。你看，文中的一级标题，要语句对称、均衡、和谐，符合人们传统审美习惯。二级的可以参差不齐、错落有致，运用得好，同样能够给人以美感。对了，你对校报的编辑工作，有什么想法？放开来，讲一讲。

这一说，我来劲了，我说我这次到学员队和几个附属医院调研，好多学员都说咱们这次连续发演讲稿很好，每期有延续，大家就不得不看，而且咱们的主题又紧扣强军建校。下一步，咱们把学员队工作放在重点，这是咱们学校的重点工作嘛，比如，每期开个栏目，就叫我们的学员队，讲故事，讲见闻，讲感想，什么都可以。

好，那你先不用回去，负责这个栏目的约稿、编辑，好不好？

当然好了，这个事我轻车熟路。结果，老司机偏走了麦城，现在一想起，后背还会骤然发凉。

7

政委的稿子，王主编修改后，我又细细看了一遍，改得真好，特别是大小标题，对偶、工整又严谨。我看了三遍，感觉没问题，打印好后，交给了王主编。

我们校报一版决定全文刊登。一般每期报纸王主编看后，再由主管我们的宣传处处长把关，然后发排复印。

可这次稿子是政委写的，所以处长看了，政治部副主任和主任又细细审了，层层领导都签了字，让我对文字，特别是发在头版的字敬畏得不行，所以下厂前，我又从头到尾反复看了好几遍，才交给排版的小陈。对了，我原来就说过，于然编辑头版和四版，林编辑主要编三版的医疗和学员队工作。

于然说这一期稿子都是你看的，我这个责任编辑好轻松呀。

我说，你再看看，你是责任编辑嘛。

报纸核红都是你核的，我就不看了，经了那么多人的手。于然说。

结果，还是出了问题。还不是当时发现的。我们每期报纸要给总部、省军区协作办、各大友邻单位寄，还要给各下属单位发，谁料报纸出来的当天晚上，王主编半夜敲我家的门，说，出事了。

“出事了”三个字，立马让我的腿软得直不起来了。

到了办公室，于然和林编辑都在，处长、政治部主任随后也来了，我们刚坐下，政委黑着脸进来了，原来报纸把国家一个重要领导人的名字打错了。

报纸给总部寄了没？

寄了。

军区呢？友邻单位呢？

都寄了。

统统给我追回来销毁，一份报纸都不能外流。还有你们宣传处、政治部，要查清此事，对有关人员要严肃处理。

外寄的我不知道怎样要回的，反正发下去的，统统收回来销毁了。谢天谢地，学员队和附属医院还没有发，我骑着自行车，在直属单位挨个收回了。

肯定是于然坏的事，她把我当成了自己的眼中钉。可是当时于然不在办，稿子从头到尾都是我改的，我虽有三稿已改过的稿子为证，可我在电脑上看过版样的。王主编说有可能是手碰错了键，替我求情，但都无济于事。排版的小陈哭着说，我不让李干事上机，可是她非还要看一遍，她又不懂排版。我狠狠地看她一眼，却没法证明我没动过领导人的名字。

虽然没处分我，但调组织处的事就此泡汤，只好回了干休所。

分管组织处的吴副主任是个不苟言笑的人，订材料你针订得稍偏了，或者文件有个水滴，他都会把文件扔到你身上，大发雷霆。现在发生了如此大的政治事故，他坚决不同意我调到组织处，说工作如此不严谨，没法在组织处这么重要的岗位工作。王主编跟吴副主任是同年兵，虽然再三解释，仍没通融的余地。王主编最后叹息道，事情这么简单，连个小孩都知道，为什么领导就不相信呢？你出现其他错，我都相信，可是国家领导的名字写错，这绝对不可能的，本身你打的就是词组，再说，我反复看了，打出的三份清样上都没有错，你看看，这哪有错。这种低级的问题只能是人品更低的人才可能干的。我去找了政委，政委说，年轻人，下去锻炼下有好处。宣传处处长看王主编气得咳个不停，笑着说，莫生气，莫生气。

王主编说，你放心，存心不良的人，看起来阴谋得逞了，没人管了，这不是什么好事，只能助长她身上恶的成分。不定哪天，要犯大事呢，我把这话放在这，你看着。我知道她害怕你顶了她。人有危机感，正常，只要你努力，就可能化解危机，否则总有一天会结成恶果，不信，等着瞧！

我回到干休所，所长、政委和大家对我都挺好，政委说机关没啥可干的，整天加班也没啥意思，还是在干休所好，对不对？我们每次发东西都没有少你的。回来好，好好写反映咱们老干部工作的新成绩、新业绩。老干部工作虽然繁琐，但不会出大问题，特别是政治问题。说得我难过得低下了头。年助理倒笑着说，咱们干休所挺养人的，你看，你家小孩多可爱，我们大家都喜欢他的。还有，马上要春游了，你又要忙起来了。

吴干事回来后，她管了宣保，领导让我管组干，但是写稿还是我的。因为工作轻车熟路，倒也过得清闲。

两个月后，王主编说，政委稿子发到了《全军政治工作研究》上，还上了内参，总部首长还写了按语呢，政委表扬了我，让我不要灰心，他心里是有数的。

我当这是安慰话，同意爱人的想法，包了阳台，准备种花种菜，再说孩子上了幼儿园，还得每天来回接送，我觉得机关工作并不适合我。

这期间倒是碰到了高红，我在服务社买菜时，看到了她。我装作不认识，她却主动走到我跟前，跟我说了半天闲话，最后，说，干休所挺好的，你好好干吧。话好像挺好，但那胖脸上写满了幸灾乐祸的表情，我也懒得跟她说话，转身离开。

我还不时地给校报写稿，当然还写小说，不时地往军内外文学报刊投。

让我奇怪的是，王主编见了我，却不再像过去那么热情了。我一次去拿我们所的报纸，到他办公室坐了一会儿。他半天才说，唉，于然老在领导跟前说你这不好那不好，还说得有鼻子有眼的，一会儿说你跟你们干休所一个姓年的男同志关系不正常，一会儿又说你跟某个老干部走得很近，逼着让人家给你想办法调动呢。我前阵跟处长说调你，处长就跟我说了这事。看着于然也怪可怜的，家在农村，快四十了，还没对象。不像你，适应能力强，你理解下吧。没想到这几天于然好像脑子有了病，见人都说你不好，工作呢，也常常出错，丢三落四的，搞得我头痛得很。王主编说到这儿，看着我。我不知道该如何接口，说我理解组织的难处，那证明我已经把自己到机关的路堵死了。如果我还再求他，是不是让他感觉我愚笨，不能理解当领导的难处，不适合在机关干？思前想后，我只能默默地看着他，轻轻地叹了一口气，站了起来。王主编也站了起来，说，你也别灰心，组织决定让于然转业，你调到校报又有希望了，我昨天找了政委，他初步同意了。

我唰得眼泪就流了出来，想说感谢的话，却觉得所有的话都轻飘飘的。情急之中，一把抓起王主编桌上的杯子，想给他倒水，却发现杯子是满的。王主编笑了，我很不自然地也跟着笑了。

下楼时，碰到了排版的小陈，她告诉我，是于然让她给我出情况的，说我六亲不认，到校报工作了，就没她好日子过。还说我说过，不是东风压倒西风，就是西风压倒东风，人与人之间，就是要斗争的。我想兴许她已然知道于然已经成了明日黄花，才跟我说这话，我点了下头，自顾下楼。

关于于然的小道消息越来越多，听说有天她忽然冲到王主编办公室，端着一杯水，说，王主编给她杯子下毒了。又有一天，她拿着报纸找到处长说，李小音把领袖的名字写错了。大家才知她病越来越重了，只好送到了医院。

听说我的调令也快下了。

此时，我已在干休所待了两年，孩子也上幼儿园了。我拿出没有舍得上缴的中尉肩章跟妈说，我又要重新带上它了。妈抹着眼泪说，我就说么，咱农民种地，只要扑下身子，总有好收成的。我笑笑，抬望眼，阳光真好，芒种到了。当然，我会把工作都整理好移交下一任的。妈说了，人前留名，雁过留声，一辈子，长得很哟！

有一天，于然的妈妈提着一大袋水果到我家里，说，于然病很重，让我去看看她，假装说我不去校报了，兴许她病就好了。老人的哭让妈心软了，妈说，什么工作不是人干的？她不去就不去了，娃病要紧。我翻了妈一眼，冷冷地说，我又不是医生，去了也无用。

我硬着心没有去，妈却背着我去了，还提着牛奶、麦乳精之类的。妈回来后才告诉我的。妈说，娃呀，人心不好，干啥都不长，你要记着这话。我说你不知道她害得我多惨。妈望着天，说，天下冰雹，把地里的果子都打得落地上了，咱庄稼人就咒天吗？我说这是两码事，她于然是天吗？她是我的地狱，她得病，是报应。我话还没说完，妈一把捂住我的嘴，说，吐一口，就把这话收回去了。娃，这话说不得。快给老天爷说，你说错了。我挣开她的手，我有什么错？行了，我去接孩子了。

但我并没有调到校报，最后到校报去接替于然的是一个刚从经济学院毕业的女孩。有人说，小姑娘来头不小。也有人说，校领导怕我去，更加重于然的病情，只好调了别人。妈说，都怪我说了那话，老天爷惩罚我哩。我说，高红把我挤到了干休所，她做了恶事，老天爷怎么没惩罚她？那个刚毕业的学员，我跟她无冤无仇，她又挤了我，老天爷怎么也没惩罚她？

妈半天才说，不要那么想，娃，不要那么想。人在做，天在看，老天爷眼睛可亮了。你心里不能有恶的想法，一有，老天爷就知道了，就要惩罚哩。我看过一个秦腔戏，说一个男的本来能考上状元的，就因为他想考上了就把头发稀少的老婆休了。结果这个念头让老天爷知道了，就让人把他从头名状元的榜单上抹掉了。我哼了一下，说老封建。妈拿起床上的扫把，就朝我身上砸了过来。

一年后，我调到了北京的一家军队大报，十年间，从助理编辑一直干到栏目主编，晋升少校军衔。我调走时，高红还在学员队。走时，在妈再三说服下，我去医院看于然，她穿着病号服，拿着一张发黄的校报，对我说，你看李小音又把领导名字写错了。

我就是李小音。她已不认识我了。

选自《作家》2018年第3期

我的两个战友

/陶纯

有一天，年轻女作家小夏有些忐忑地叫住我说："陶老师，昨天下午，我在龙山公园遇到一个人，那人五十来岁，穿一身军队的迷彩服，眼神好像不大对劲，嘴里嘟嘟囔囔的，也不知说啥，后来他唱起军歌，嗓门挺大。别人问他话，他也不搭理。我老觉得，那人像您一个老战友……"

我摆摆手，示意她不要说了。小夏像做了什么错事，头一低，拎上包跑掉了。

下午，我从市文联大楼溜出来，没坐车，步行沿着喧闹的街道，朝龙山走去。马路对面有一个壮阔、整齐的院落，那是原军区机关所在地。军区大院和市文联相隔不远，里面有我的老战友，以前我常进去，现在听说改换了门庭，变成某某战区了，因为老战友退休，我有半年多没迈进这个大院了，所以具体情况我也不得而知。

原军区大院过去不远，就是龙山公园。龙山是我们这座城市的制高点，山上郁郁葱葱，满山遍野都是松林和白杨，市民们喜欢到这个地方来遛弯儿锻炼，这里每天都人气旺盛，歌声喊声不断。我沿着青石板铺就的台阶，朝山上走去。快爬到半山腰时，就听到前方的松林里，有个熟悉的嗓门在吼歌。路边树下，有几个老头老太太在交头接耳议论什么。

不用说，就是他了。

其实，小夏对我讲的时候，我就猜到是他。

他叫李和平，我最亲密的战友之一，曾经是军区宣传部长，大校军衔，现在变成了老百姓，而且是老百姓眼里的异类……

一九八二年春夏之交，原八十四军政治部在军直教导队举办了一个新闻报道培训班，前来学习的都是各基层单位的年轻干部，每团一到两个名额，学员须有一定的文字功底，热爱新闻报道工作，上级殷切希望这些苗子日后能够成为各单位的新闻骨干。

我本是A师政治部宣传科电影组的放映员，彼时刚从军区步兵学校毕业回来，还没有任命职务，依惯例我得下连当排长带兵。而我想留在师部，当电影组长也行，在师部文化站当个干事也行，图个轻松自在。听说军里要办这么个学习班，就去找宣传科长磨叽，终于争取到一个名额，盘算着先混过三个月再说。

欢天喜地到教导队报到，房间里已经有一人先我而至。此人中等个头，面相白净，吐字清晰，文质彬彬的样子，一看就是个军中秀才。果然他自我介绍说，他名叫李和平，B师步兵三团宣传股副连职干事，兼职新闻报道工作，已经有数十篇稿件被军报、军区报社等新闻单位刊用。

一个房间住三个人，另一位当天迟迟未露面，第二天上午才匆匆赶来，学习班已经开课，他少上了半节课。此人一进教室我就料到，他是我们同一个宿舍的。看上去他有一米八的个头，身板笔挺，浓眉方脸，面相忠厚，稍显木讷，有个标准的军人模样。午饭后回到宿舍，这位名叫张无私的后到者介绍说，他是安徽人，C师警卫营一连的排长，本来是他们连副指导员来学习，可是昨天正要来报到，突然接到电报，老婆早产，副指导员赶回河北老家了，营里请示师里后，临时把他派来顶替。他搓着大手，坦率地说："我是来充数，咱干别的还行，就是玩笔杆子不灵。"

后来的事实证明，张无私不是谦虚。

四十七个同学里面，若论文笔，李和平似乎是最棒的，他个人也自信满满，一副舍我其谁、当仁不让的样子，除了我内心有些不大服气外，其他人都是这么认为的。噢，忘了介绍一下我自己——我是龙城人，打小就热爱文艺，琴棋书画、吹拉弹唱都会两下子，尤其爱好写诗，上高中时就在《龙城青年》杂志上发表诗作，曾在学校引起过不小的轰动，高中毕业特招入伍，被选到A师电影组工作——电影组的几个放映员个顶个都是小能人，没有两把刷子是进不来的。入伍后，我写诗的热情不减，前前后后在军区报纸上发表过十几首短诗，在师里也算挣到了一点名气，有一件事为证：我名叫陶鲁，特喜欢聂鲁达的诗，不知从何时起，有人给我起了个绰号——陶鲁达——把我跟大诗人聂鲁达连到一起，对此，我不仅不反感，反而沾沾自喜，暗暗得意，做梦都想当中国的聂鲁达。正因为有这些特长，我被师里推荐上军校，提了干。写诗，当诗人，在那个年代，用如今的话说，那叫高大上、帅、酷！不像现在，你说某某是诗人，那跟讽刺挖苦他差不多。在那时，我一个有点名气的诗人，跟他们这些搞新闻报道的人相比，谁高谁低，还用说吗？在本人眼里，新闻报道，无非是写点豆腐块、萝卜条，要文笔没文笔，要才华无才华，有什么值得显摆？

当然，我并不是有意贬低李和平们，我只是内心自我感觉良好。半月后，三人混熟了。一个月后，三人已经熟得不能再熟了。李和平知晓了我的成色，在我面前不再托大，他与我，就算是惺惺相惜，彼此佩服吧，关系迅速推进。至于张无私，他永远是那么谦恭，脸上挂着善意而自卑的微笑，把扫地、拖地、打开水、擦窗户之类的杂活全包了。轮到我和李和平出公差，比如帮厨什么的，他也是抢着去。他说自己来这里纯粹受罪，他以后也不可能搞报道写稿子。“唯一的收获是，认识了你们两个大才子。”他由衷地说。

说心里话，我和李和平没怎么把张无私放眼里。那时的部队，像他这样老实巴交的人很多，你看不出他有多大前程。有一天，李和平揶揄道：“无私呀，你都有哪些拿手的？亮一下给我们瞧瞧嘛。”张无私吭吭哧哧想了半天，竟然冒出一句：“我喝酒可以。”

这话把李和平和我逗得眼泪都掉下来了。

几天之后，培训班搞了一次聚餐，大伙儿把目标对准我和李和平这两个所谓的大才子，轮番过来敬酒。我二人都不胜酒力，很快缴械投降，洋相频出，要不是张无私站出来保驾，我二人是下不来台的。结果就是，他当场把自己灌醉，几乎不醒人事。我和李和平把他架回房间，他一边走一边吐，搞脏了我们的鞋和裤腿。其实他的酒量并没有我们想象的那么大，也就半斤多的样子，只不过是他人实在，敢喝，不要命罢了。

第二天早晨起床，我发现，我们脏了的鞋子和裤子，都被他连夜洗涮清理干净。这让我二人不由得对他刮目相看。

培训班临近结束时，我心血来潮，突然冒出个念头，说："和平、无私，咱们仿效桃园三结义，搞个军营三结义，好不好？"

张无私积极响应。李和平略一犹豫，最终点了点头。我们都笑了，笑得特别开心。

三人都是一九五八年出生，一九七七年入伍，李和平月份最大，张无私次之，我最小。我总结说："古有刘关张，今有李张陶，哥仨以后就是铁杆兄弟了！"

说起来，我们三人性格迥异，文雅老成的李和平确实有点像刘备；忠厚能干、相貌堂堂的张无私蛮像关羽；我虽爱好诗文，本应儒雅一些，但我为人做事粗粗拉拉、大大咧咧，缺乏心机，性格使然，倒更像张飞。

散伙儿的前一天，李和平作为老大，主动到营区门口的小饭馆置办了一桌酒饭，既是庆祝兄弟结义，也是为了告别。喝到高兴处，"苟富贵，勿相忘"之类的话，重复了无数遍。酒足饭饱，觉得还不尽兴，便冒雨跑到一块庄稼地里，手挽手吼起《战友之歌》——

战友战友亲如兄弟，
革命把我们召唤在一起，
你来自边疆，
他来自内地，
我们都是人民的子弟……

我们相约，五年后，到军部聚齐。军部所在地阳城，是一个繁华的地级市，交通便利，生活条件优越，是个居家过日子的好地方，基层的兄弟最想去的地方就是军部，感觉那地方就跟天堂一般。

五年不到，我和李和平实现了当初的志向，先后调到了军部。

李和平最先调过来。从培训班回到团里不到一年，他就因为上稿多，成绩卓著，先是被B师宣传科要了去。三年后，军宣传处又盯上了他，想调他过去当教育干事，也就是说，不再让他搞报道，而让他改行写公文材料。

这时候的李和平，相当春风得意，据说不光是军宣传处看上了他，干部处也在考察他，他非常抢手，面前的路子很宽。大凡脑袋清醒点的人都知道，干部处是管干部的，职能相当于地方的组织部，是最有实权的部门，能迈进去，近水楼台，好事落不下，想不上去都难，厉害呀！应该毫不犹豫去干部处。

但是，李和平却出人意料地选择到宣传处报到。他的理由是，到干部处当干事，只能填填表格打打电话，他的文字功夫会荒废掉；到宣传处才有用武之地，至于改行写材料，他不但不怕，反而很乐意接受新的挑战。

多少年之后，提起这件事，张无私感慨道：“清高害了他，他错过了人生最好的机会之一。”又说：“光会耍笔杆儿顶什么用？会办事才顶用，来干部部门，才能够多交朋友多办事。”而我记得，张无私曾经很羡慕我们这类耍笔杆子的秀才，看来人的世界观是不断变化的。

我是踩着李和平的脚后跟来军部的。在A师当了四年多的电影组长，我厌倦了，烦了，想换个环境。当然，这一时期我发表的诗歌也越来越多，属于狗掀门帘，不时地露一小手，混成了本军乃至军区的文化小名人。恰逢军宣传处下属的文化站缺人，我稍一用力，就调了过去——那个年月，会写点文艺作品还是挺招人喜欢的，不像现在，你得藏着掖着，生怕别人知道笑话你。

就这样，李和平和我都成了军宣传处的人，不同的是，他在机关，我在下属单位。

年底，就在我们都认为张无私拖了后腿时，有一天，他给我和李和平分别打电话，说他马上要过来。

后来了解到，张无私调阳城，颇有戏剧性。此前他在C师司令部军务科当队务参谋，不显山不露水，这个岗位能混个科长就算不错，更难有往上级机关调动的机会。

但是，他抓住了一个不是机会的机会。

军里杨政委带工作组下到C师搞调研，每天杨政委的座车都数次经过营门口，他总是见一个青年军官站在警卫战士身旁，此人身材高大，相貌不凡，目光专注，腰板笔挺，敬礼的动作刚劲有力，一点不比仪仗兵差。遇到的次数多了，杨政委就问同车的C师领导，这人是谁。师领导看首长很欣赏这人，自然垫了不少好话。

据说，杨政委离开C师那天，凝视着一如既往顶着北风站在营门口、身上落满了积雪的张无私说，在军部，我就没见哪个人动作有他好，把他调军务处吧。

就这样，张无私赶在新年的钟声敲响之前，来军部报了到。

在向张无私表示祝贺之后，李和平却又对他颇有微词："就凭会敬个礼，就能调到军部？这也太那个了！"

唯有我清楚，为了练好敬礼这个动作，张无私下了多大工夫。有一年我去C师找他玩，房间里找不到，有人告诉我，他在操场上练呢。外面下着雨夹雪，我以为他练习踢正步，到了操场发现，他在练习敬礼。天气寒冷，呼气成冰，虽然他原地不动，却是浑身热气腾腾。我问他："你怎么不练正步？"

他说："练正步有什么用？我又不到天安门阅兵。你们笔头子硬有饭吃，我会什么？我得想点自己的招。"

"你练个敬礼，顶屁用！"我不屑一顾。

他咧嘴笑笑，憨憨地说："管他有用没用，先练好一门功再说，等到有用时再学，就赶不上趟了。"

果然让他赶上了一回。看来机会都是留给有准备的人的，这话一点没错。

不管怎么说，三兄弟齐聚军部，可喜可贺。

而这时候，我们八十四军经过整编，番号变成了第八十四集团军。

让人瞠目结舌的事情，接踵而来——有一天，张无私给我打电话说，他马上要调整到司令部办公室，给政委当秘书。

杨政委选他做秘书，在机关曾经引起不小的轰动，很多人想不明白，就连我们的老大李和平也想不通——你看吧，他不能写不能画，嘴皮子也笨，着急上火时还有一点点结巴，他凭什么到首长身边？或者换句话说，杨政委看上他哪一点了？

起初我也是有点蒙，但我相信首长不会随便用人，首长自有首长用人的原则，首长一定是高明的。渐渐地，我想通了一点：张无私缺点是不少，但是优点也不少啊！我对李和平说：“你瞧，无私忠厚老实，吃苦耐劳，嘴巴严实，心也细致，杨政委看中的，也许就是这个吧？”

李和平轻哼一声：“我更愿相信傻人有傻福。”

他刚当上政委秘书那一阵，很多人等着看他笑话，看他怎么出洋相。作为兄弟，我与和平也着实为他担心。有一天，我们凑到一起喝酒，我把担心说了出来。他便讲了两件事情给我们听。

其一是，跟上首长，应酬多了，为了提高自己的酒量，更好地为首长保驾护航，每天晚上临睡前，只要身体允许，他都要空腹喝上大半瓶，然后倒头睡觉，这样练了一阵，酒量已大有进步，喝一瓶不在话下，喝两瓶也不至于出洋相。本来他就实在，酒风好，即使喝倒，也从不耍奸使滑，所以政委已经好几次在重要场合夸奖他说，酒品即人品，你们都要向无私看齐。

其二是，首长就餐时，他十分注意观察——菜上来，首长爱吃哪一口，盘子里的菜，哪一种剩得多。以后再陪首长参加宴请时，他心中有数，首长爱吃的菜，多给他布一点；不爱吃的，不给他夹。为此，政委对他很满意。

听到这里，我算放心了。和平微微一笑说：“侍候人，真不简单哪！我是干不来，打死也干不来。还是安心写自己的破文章吧。”

我知道和平打内心里是不大瞧得起无私的，一直瞧不起。本来我二人与无私走的是不同的道路。路是路，桥是桥，各走各的道，世界很丰富的，这都正常，只要兄弟情谊永远在，就可以了。

给杨政委当秘书的头两年，张无私可谓风光一时。军里主要是杨政委说了算，他这个秘书自然跟着吃香。他很快调了正营，本来他职务比李和平慢一级，现在竟然跑到了和平的前面，更是把我远远甩在后头。我当然不在乎这个，只要多给我一点自由，让我多写点诗，我可以什么都不在乎——诗人嘛，就得有超然物外的禀性。

但李和平是在乎的。我们身边很多人都在乎。

一天，谈到无私坐直升机一般的进步，和平说了这么一句话：“一时之功在于力，一世之功在于德。”显然，他话里有话，对无私是有看法的。

凭良心说，无私并没有因为是首长身边人而张狂，尾巴夹得还算紧。但是因为他调级够快，扶摇直上，把同龄人压在身下，因此在别人眼里，他就是不一般。他再谦虚也是假的。

张无私风光的时候，也正是李和平最难熬的时光。

和平搞新闻报道，相当成功，集团军数得着，但是让他另起炉灶，转而写公文材料，起初他认为没有什么能难住他，不过是下这张床上那张床的问题，实际上并不是那么简单。

头两年，他写的材料一直不过关，从处长到政治部主任，再到副政委、政委，都对他甩过脸子，领导原本想把他作为材料大王培养的，后来发现，他似乎不是那块料，充其量是个平庸的写手，难成大器，处长都有了让他重搞新闻报道的想法。

他为此失眠、焦虑，到后来简直快把他逼疯了。他嘴上不服气，心里开始怀疑人生，难道自己这辈子只能写豆腐块萝卜条，驾驭不了大材料？这时候，他撂挑子脱军装转业的心思都有了。

我和无私劝他坚持，绝不能退缩，尤其不能改当新闻干事。无私说：“好马不吃回头草，真改回去，别人立马看扁了你，会认为你除了写报道，别的啥也干不了。”

我们都清楚，当初他乐意改行，就是担心领导认为他路子太窄。光靠写报道，想当个处长都困难，更遑论往上走。在政工部门，尤其是在宣传部门工作，材料为王，那些能够驾驭大材料的人，才是唱主角的，领导真正看重的是这种人。搞新闻报道，不过是雕虫小技，锦上添花，顶多算敲边鼓而已。也正因为如此，调来军部时他才不惧另起炉灶——如果能够华丽转身，在领导眼里，他就成了可堪大用的“全才”。

这个时候，怎么能够退缩？我和无私为他的前途着想，拼命给他打气助威。还好，咬着牙又熬过了一阵，他给王军长写的一份讲话稿，破天荒获得了军长首肯，军长还在小范围内表扬了他几句。这层窗户纸一旦捅开，他就可以甩掉包袱，轻装前进了。

从此，他找回了自信。那个曾经妙笔生花的笔杆子李和平，终于又杀回来了！

作为兄弟，我和无私都很为他高兴。无事闲聊时，他洋洋得意地把写材料的法门透露给我们。我主搞文艺创作，无私当秘书，现在的秘书都不亲自写稿，所以他也无须担心我们把他的窍门“偷”去。

依他的经验，写材料主要注意四点：一是跟，笔端的事尽量往上级精神和首长指示上面靠；二是新，观点论点一定要别出心裁，要新颖，不能人云亦云；三是抄，天下文章一大抄，就看会抄不会抄，平时多积攒收集好的材料、文章，以备抄用；四是编，要学会做无米之炊，料不够，靠拼凑，不会拔高的写手，不是好写手，就好比不会兑水的调酒师，不是好的调酒师……

此后很长一段时间，和平成了军里不可或缺的人物，凡是重要的公文材料、首长讲话等等，领导都会点名让他参与进来。由此看来，他前途一片光明。

然而，对于和平“两耳不闻窗外事，一心只想写材料”，无私却有他的看法，一次，他忍不住对我唠叨：“和平光闷头干活哪行，得多交朋友，不能上炕只认老婆，下炕只认得鞋，上班只认材料。不然，领导把讲话稿念完一扔，谁还记得你？”

他的意思是，和平这样下去，会成为书呆子，光会写材料还不行，得多几条路子，那样才能走得远。

世上什么最公平？要我说，天最公平——给你点甜头，马上再给你个苦头尝尝。

这不，张无私遇到麻烦了。

麻烦不是一个，而是两个。

先说第一个。他作为随员，跟随杨政委去军区开会，住进军区一所。要进会场了，政委脱下便服，换上缀有少将牌牌的军装，这都没问题。但是问题紧接着来了——政委伸手取军帽，顿时愣了！

一旁的张无私等人，惊愕地看到，政委那顶将军帽的黑色塑料帽檐，不知何时折断了！此刻提在政委手里，帽檐耷拉下来，像大鸟折断的一根翅膀，十分刺目。

首长的军服，原本盛在一个特制的小皮箱里，每次外出，都由秘书负责保管。后来人们回忆，可能是他们乘火车从阳城来龙城的路上，小皮箱不小心被一个大箱子压住，压折了政委的将军帽檐。

不论怎么说，不管什么原因，这都是秘书的重大失职。张无私心乱如麻，大气也不敢出。

问题是，马上要进会场，政委的帽子却不能戴了，几个随员都是校官，校官的帽子与将官的帽子差别很大，无法替换。人们为此急得团团转。

要不是随行的干部处陈处长想了个办法，政委可真要出情况了——不戴帽子，会场上见到军区首长，连个礼都不能敬。

在这紧要的关头，干部处陈处长想起招待所斜对面是军区司令部的干休所，干休所里有一位刚退下来的老将军，陈处长认识他，于是陈处长顾不上打电话，百米冲刺一般跑去了老将军家，借来一顶大檐帽，才把事情圆过去。

本来这事过去就算了，偏偏有好事者瞎琢磨胡分析——帽子呢，戴在老百姓头上叫冠，戴在大官头上叫冕。冠，很平常，甚至连猴子都可以戴；冕就不同了，那可是身份地位的象征。将军帽，绝不是一般的帽子，折了，断了，不吉利啊，预示着什么？预示着杨政委的仕途，到头了！

话传来传去，总有传到杨政委耳朵的那一天。于是在张无私眼里，政委的脸子，越来越不好看。

无私感受到了无形的压力，抽空跑来找我减压。我安慰他："人有错手，马有失蹄，这很正常。谁没有一点点失误呢？要相信首长大人大量，不会计较的。"

真让我说对了，这事并没有影响到无私。

但是不久，第二个麻烦来了。

麻烦出在北京。张无私等人跟随杨政委到北京开会——看来一离开营区，就容易出幺蛾子。

会议期间，杨政委想上街转转，并且决定不带随从，独自行动，不要车，坐出租。无私当然不干，保护首长安全是他最重要的职责，让首长一个人坐出租车外出，万一路上遇到情况，出点事咋办？所以他坚决不同意，死缠着政委不放，一块出了宾馆，执意陪同。政委拗不过他，苦笑一下，只得点头。

杨政委吩咐司机拉他去通州——那时候还叫通县，并且自言自语打哈哈说，去看一个老熟人。至于什么样的老熟人，政委只字未露，无私也不便问。到了通县的一个小区门口，下车后政委让无私先回，不要等他，他自己想办法回宾馆。无私嘴上答应了。政委进了小区之后，他没挪地方，蹲在路边看人修理自行车，一直等到政委四个小时后露面，他迎上来，竟然吓了政委一跳。

还好，看上去政委心情蛮不错，并没有责怪他。政委只是轻描淡写地提醒道，来通县，最好不要对外人讲。

不就是去趟通县吗？无私并未当回事，很快忘到脑后。回到阳城军部后，有一天，政委夫人李阿姨与他闲聊，无意中说，她有个熟人在通县，老头子去北京开会，一去那么多天，也不知道抽个空去看看人家。无私急忙解释道："去了，阿姨，政委确实去了，在通县待了四个小时呢！"

闻听此言，李阿姨愣了半天，脸色由白变绿，两手都在哆嗦。

后来无私才知晓，事情牵扯到一个叫于小凡的人。于小凡曾经是军部的打字员，北京女兵，号称八十四军一枝花。在我们三个调来军部之前，她已经退伍回通县了，所以我们都没见过她，只是偶尔听人提起过，她复员后好像在邮电部门工作。

那几天，政委家里内战不断，政委脸上还被划了一道指印。无私知道，自己闯了大祸。他预感到，这个秘书当到头了。

不久，无私给调整到政治部干部处当干事。前面说过，干部处是最令人羡慕的单位，按说这个安排还算不错。

和平不以为然，私下对我说："无私差不多给废了。"我不解："怎么废了？那么好的单位，多少人进不去。"

和平深刻地分析说，单位是不错，可你看看他分管什么？不管任免，不管调配，让他管老干部，显然把他边缘化了。最要命的是，杨政委还有五年才到点，政委不走，他别想翻身，人生好时候能有几个五年？识相点的话，他最好早点向后转，再待下去没啥意思了。

和平的分析把我吓了一跳，冷静想想，他说得没错，无私以后很难有机会了。

一个周末，我二人把情绪低落的无私拽出营区，拉到街上散心，陪他喝酒。我们用苍白的语言劝他想开点，不当那个破秘书更好，伴君如伴虎，世界上最难办的事就是侍候人，换个环境，重打锣鼓另开张，凭自己本事，照样能干好，不是吗？

无私表现得很平静，平静得甚至有点吓人。他诚恳地检讨自己，说帽檐事件也好，通县事件也好，都是自己的原因造成的，走到这一步，不能怪首长，要怪只能怪自己粗心，不慎重，不成熟，不老练，太毛糙。当秘书的没能保护好首长，给首长添那么大麻烦，造成那么大后果，他很痛心，很后悔。都说吃一堑长一智，但愿以后还能有机会补救……

那天怕他喝多，我只带去一瓶酒，而且大部分让我和和平抢着喝了。和平近来状态极好，已经有人视他为全集团军最棒的笔杆子，多年难得一遇，他最困难的时候过去，最好的时候到来，甚至有传言说，下一步他要破格当副处长，所以他扬眉吐气，意气风发，抢着说话，抢着喝酒。酒桌上，他提出，愿手把手教无私写材料，保证不出两年，把他带出来，让他成为干部处最好的写手。和平拍着无私的膀子说："有了金刚钻，能觅瓷器活，到那时候，谁还能不用你？谁还敢忽略你？你一定会东山再起的。"

看我们俩脸红脖子粗，要醉的样子，无私反而安慰起我们，说："人这一生总有几个坎，邓小平主席还三起三落呢，毛主席也落难过，对不对？关键是不能服输啊，如果服输，那可就真输了。"

他又说："人生如棋，赢也罢输也罢，都是人生的一部分，我不会太在意。今天输的，明天我要想办法赢回来，到老了时，你们会发现，我是赢的一方。"

无私一番话，把我和和平说愣了。老天爷，敢情他不需要我们劝，他内心蛮强大的，好像并不是装的，看来在首长身边几年，他确实进步很大。如此说来，受点折腾，值了。

都以为无私会是第一个向后转的，结果呢，第一个向后转的，是我。

在一个地方搞业余文学创作，时间长了，有了点小名气，难免就翘尾巴，到末了，领导一定烦死你。

有一天，宣传处长热情地对我说："陶大诗人，你怎么不想想办法调军区创作室，那地方更能发挥你的长处呀。"

这分明是下逐客令了。不错，军区是有个创作室，养了十几个专业作家、画家，我很想去，我家是龙城的，正好可以调回家乡，一举两得。

创作室主任老韩是个老诗人。同行是冤家，写好了，他防你；写不好，他瞧不上你，反正左也不是，右也不是。我折腾好一阵，眼看快办成的时候，杀出一匹黑马，八十五集团军一个业余女诗人捷足先登过去了。那好吧，我只剩下华山一条路——此处不要爷，自有爷去处，往后转，回龙城！

年底，我确定转业。离开部队的头天晚上，和平、无私大张旗鼓地为我饯行，我们喝了很多酒，都醉了，还流了泪。喝到最后，扯起嗓子吼歌，反反复复唱《战友之歌》。那晚我们说了很多话，仿佛要把未来大半辈子要说的话说尽，到最后，话都记不住了，只记住一件事：我提出，给他二人三年时间，三年后，希望二人都能调到军区机关去，兄弟三人到龙城相会。机关大，庙堂就大，当和尚的，好混日子。

然而，这个愿望终归没能实现。

大约有两年时间，我与和平、无私没再见面，我们只是电话里偶尔聊两句，聊的都是不疼不痒的话题。离得远了，感情也许会变浓，但是可聊的话题，似乎越来越少。

当初转业安排时，有两个单位可供我挑选。一是税务局，我妻子的表舅在那当局长，可以安排我当局办公室副主任，这种单位福利待遇好，有社会地位，转业干部打破头想挤进去；二是电视台，龙城电视台的书记与我家沾点亲戚关系，可以通过他帮我在台文艺部谋一个小职务，电视台也算是个蛮不错的平台，肯折腾的话，名利双收是能够做到的。但是，我孤傲成性，最大的臭脾性恰恰是不愿求人。况且我是个颇有点名气的诗人、作家协会的会员，视写作为生命，靠笔杆子安身立命足矣，我凭什么非要靠关系低声下气地找饭碗呢？

最后，我义无反顾、拼了命一般不可阻挡地进入市文联，当了创作员，这个岗位没有转业干部跟我争，因此进来得很顺利——不能进军区的创作室，我回地方上当专业作家，也算是了却我一个心愿吧。

文联当然是清水衙门，没什么油水，用我老婆的话说，全世界最差的单位就是它，猪不理狗不闻，苍蝇都不绕着你飞，无人待见。由于非要进这个“破单位”，我老婆三个月都没怎么搭理我。

以前我在部队，我们两地分居，感情还好，现在住到一起，关系反而变糟，这让我不由怀念起在部队的光棍生活。文联工作唯一的好处是不用坐班，但我不愿意在家看老婆脸色，每天都去单位，周末也不落，早出晚归，名义上抓紧搞创作，实际上也没写出多少有分量的东西——以前搞业余写作，新作不断，真当了专业作家，有了大把时间，反而激情骤减，作品量变少，质也没见提高，真他妈邪性！想出本诗集，出版社早就定了稿，却以订数不足为借口，迟迟不开印，责编提出让我包销三千本，首先我老婆就不同意，说只要把书拉回来，她立马就卖到废品站去。

我开始怀疑自己，是否入错了行。

李和平当上了副处长，我妻子不知道怎么听说了，对我又是一顿讥讽，说人家李和平写文章，为做官，能做官，做了官；你写那破东西，图个啥？换回什么了？今年过去一半了，那点小稿费，也就能买三筐苹果；同事问我，你挣多少外快，吓得我头都不敢抬，转身就溜……

对此，我真是烦不胜烦，晚上都不想回家了。

这天下午三点多，我靠在椅子上打盹，一个传呼吓了我一跳，低头拨弄一下 BP 机，看到一行新留言：“陶鲁达，我在你单位门口，速下来。”后面并没有署名。起初我以为是什么人搞恶作剧，换个姿势继续打盹——突然意识到，本市无人知道我这个外号，呼我的，一定是老部队的人，脑子立马清醒，急忙披上衣服下楼。

大门口果然有个身影站在那里朝这边张望，手里提着一个旅行包——没想到竟然是张无私！他怎么突然跑来了？连个招呼都不打，给我搞突然袭击吗？我顾不上想别的，拔腿跑过去，与他又是握手又是拥抱，激动得眼泪都快下来了，好久没这么开心，仿佛他是专门来给我送快乐的。

本想请无私到我办公室坐坐，看一眼我战斗的地方，却又想到办公条件那么不好，破桌子破椅子破门破窗户，墙上都是地图，漏雨造成的，索性不请他进去了，直接带他去了附近的一个茶室，打算先泡壶茶喝，傍黑再就近找个饭馆请他好好喝一顿。

两年不见，无私变化不大，还是那么精干。不像我，脱下军装，感觉突然间变老了，腰都有点弯了。以前电话里听和平说起过，无私在干部处半死不活地混日子，随时可能会步我的后尘向后转。但是此刻看上去，他心情蛮不错，像是藏有什么喜事，却又不便唐突问他。

坐下后，他说领导派他送几个老干部的档案过来，昨天半夜坐上的火车，今天中午到的，下午一上班就去了军区老干部处，很快把事情办妥，出了军区大院，抬眼看到文联的牌子，一下想起我在这里工作，便就近找了个公用电话亭给我打传呼。

他没有谈自己当前的处境，只说到和平干得风生水起，军区宣传部早就盯上他，想调他过去，军里不放人，和平本人也不着急过来，想趁热打铁，当上处长再说。我提醒道："不要忘了咱们当初的约定，你们两个将来都要过来。"他淡淡一笑说："争取吧。"

无私可能看出我有点颓废，给我打气说："陶鲁达，到了新单位，得有个新气象，你得好好干，给自己定个目标，争取五十岁前当上文联主席。"我诺诺称是，心里发虚。他又说："你写的东西我虽然看不太懂，但我觉得比和平写的东西有味道，他写的那些材料，都是应景的，到底有什么用，鬼才知道。"

大约五点钟的时候，无私抬腕看看表说，他得走了。他说走就走，如此神秘，饭也不吃，像做地下工作，令我感到很吃惊。我坚决不同意，说什么也要留他住一晚。他这才透露说，此次出来，他主要目的是去北京办一件事，一件很重要的事，因为不方便请假去北京，便借来龙城出差的机会，迂回到北京去，六点半的火车，票已买好，明天晚上之前必须赶回阳城军部。至于什么事，现在不能说，事情办成了，一定告诉我；事情办不成，就没必要说了。

看我发愣，他又补充说："这个行程目前只有咱俩知道，我连老婆都瞒着。"我明白他的意思，事不秘则废，怕我告诉和平，于是再三表示不会向任何人说起。

我陪他到外面打车，想到他连晚饭都没吃上，赶紧跑到一个水果摊那儿，买了一网兜水果塞给他，他没推辞，默默接过。临上车前，他说了一句让我永生难忘的话：“男人到世上来，不是混饭吃的，而是来争口气。”

无私坐上出租车，很快消失了。我感觉眼窝里湿漉漉的，想必那是泪。一时没搞清他说这句话是给我打气，还是自我打气。

张无私正迎来他生命中的重大转折。许久以后，我才陆陆续续知道他两年来的一些真情实况。

他名义上负责老干部工作，实则没有多少事情可做，每年军里会有一些到龄的干部离退休，他帮助办办手续，移交一下完事。另外，阳城南郊有一个干休所，住有一百多户离休干部，这个干休所编制不在军里，而是直属于军区政治部，军里只负责就近代管。所里编有所长、政委和数十个工作人员，所里的具体事务不需要他管，遇有情况，他只负责上传下达；八一、春节两个节假日陪同领导象征性地走访一下；再就是哪位老干部去世，他协助所里张罗一下后事。都是一些程式化的事项，不需要费多少脑筋。

龙城干休所的老干部，都是早早退下来的师、团级，年龄最大的九十二，小的也有七十多。更高级别的老干部都去了龙城或者其他大城市安置，由于此处没有重要的老干部，加上建所较早，七十年代末就落成了，每家都是面积不大的简易平房，因此这个干休所条件差不说，主要的是冷冷清清，平时少有人光顾。

有人觉得，老干部退下来，时间一久，没啥用处了。张无私可不这么认为，离开杨政委之后，他的“资源”就是这些老干部了，他相信这些老干部里面，一定会有“金子”的，因此，有空他就去南郊干休所“摸情况”。当然，发现哪位老首长家里有困难，需要帮助，他自会不遗余力地进行反映，积极协调，尽量给人家解决，都是老革命，老了老了，更应当尽心尽力照顾好他们。

果然就摸到了一位。

这位老首长名叫林法五，七十五岁，是名老八路，老家是阳城本地，离休后叶落归根，从外省移交过来安置的。前些年，有传言说，北京总部的一位大首长，战争年代曾当过林老的部下——这位大首长威名赫赫，不便直呼其名，就称他为C首长吧。有一段时间，经常有人从龙城，甚至从北京赶来看望林老，八十四集团军近水楼台，看探望他的人更多。奇怪的是，林老对来人一概否认他与C首长的关系，只说二人抗战期间在一个团待过不假，但不是一个连队，二人素无交往，他不熟悉C，C也不可能熟悉他。他说：“这都过去多少年了？半个世纪了！我倒想认识认识他，可能吗？你们谁帮我引见引见？”

碰壁的人一多，无人再上门，林老渐渐被人遗忘了。

张无私不信这个“邪”，无风不起浪，他觉得事情不会这么简单。他认真查了林老的档案副本（主本在军区干部部），查到林老抗战时期的经历主要在晋察冀军区一分区三团工作，分别担任过该团三连战士、三连排长、二连连长、一营副营长、该团副参谋长。紧接着他去查C首长的革命经历，当然无法查档案，只能从各种出版物上去寻找。军里有个小图书馆，他从一本书上查到，C首长抗战期间也曾在三团工作，分别担任战士、班长、副排长等职务，但这个结果于事无补，因为林法五早就说过，他与C确曾在一个团待过，这已无须证明。

现在最需要的就是有资料能证明林法五与C在同一个时间段、同一个连队有过交集。

大约半年时间里，张无私成了阳城图书馆的常客。苍天不负有心人，就在他查无可查就要放弃时，从一本解放军出版社一九六八年出版的《星火燎原》上，看到曾担任过三团团长的一位著名战将写的回忆文章，里面有一句话让他跳了起来——某次战斗中，他命令排长林法五率领战士C某某去炸鬼子的一个碉堡！

自此，张无私终于松了一口长气。

干休所的所长告诉张无私，林老是个怪人，几乎不和任何人来往，包括住在一个院里的老干部们。他有一双儿女，但都不在身边，儿子在深圳，女儿在南京，都非军人；他老伴儿身体不好，很少出门，老太太见了人也不大吭声，像个哑巴。每家的小院里都有一小块空地，勤快点的，就种些菜和花什么的，林家的小院啥也不种，常年荒芜着，稀稀拉拉冒出一些杂草。

张无私说：“老人最好有点爱好，有利于健康长寿。”

所长说：“林老不抽烟不喝酒不打牌，如果说爱好，只有一个——打太极拳。”

张无私专门抽出两个月的业余时间，练习打太极拳，本来他身形好，有打军体拳的基础，对各种动作领悟快，这回又经当地一位名师的指点，水平提高很快，两个月后，名师夸奖他说，你可以去参加比赛了。

一天凌晨，他精神抖擞地去了“赛场”——南郊的小清河边。河边一片空地上，氤氲水汽笼罩下，已经有一个精瘦的老头在聚精会神地打拳。他在一旁观察了一会儿，老头的拳打得并不怎么样，但动作认真，心无旁骛，一副完全入定的样子。他选一个地方，不看老头，同样入定一般，一招一式丝毫不含糊地打自己的拳。

一连打了七个早晨，二人各打各的，并不搭话。老头收身走了之后，他急忙收拾衣物，骑自行车赶回单位，有时顾不上吃早饭，直接去办公室，换上军装按时上班，饿了啃一块干面包。

第八天早晨，老头打着打着，停了下来，饶有兴味地看他打。他目不斜视打完一轮，收势，面不红心不跳，冲老头笑笑。老头也冲他笑笑，说：“你比我打得好。”

他说：“打拳打的是心情，心情好，比啥都好。”这是教他的那位名师说过的话。

老头若有所思地点点头。

他往老头这边靠了靠，不再说话，定定神，重新开打。老头居然跟着他的节奏，在他侧后方打了起来。从这以后，二人每天早晨都在这里碰面，一起打拳，但很少说话。

老头从未问过他是哪个单位，干什么的。他也从不问老头任何问题。他想老头一定猜出他是个军人——只有军人和军人站到一起，才这么和谐吧！

这种无声的交往持续了大约三个月。这年的八一建军节那天，他跟随政治部副主任到干休所慰问走访，走进林法五家时，老头一眼看到穿军装的他，张开缺牙的嘴，极为开心地笑了。

这以后，他以军里负责老干部工作的干事身份，再来林老家里，就显得很正常了。林老家里的陈设十分简陋，见不到一件值钱的东西，一套布面沙发用了二十年都不止，一坐上陷进去半个屁股，吓人一跳。这里不像一个正师职离休干部的家，而像一个下岗老工人的家，太寒酸了，让他感到心酸。

下了一场大雨，林老家的房子进了水，整修房子时，他一直在场守着，爬上爬下，搞得一身泥水，比干活的工人都卖力。他不是刻意表现，而是打心眼里敬佩林老这样的老军人。林老革命一辈子，三次负伤，老部下如今在北京身居高位，而他默默无闻，对生活的要求如此之低；再想起自己当秘书时，经常出入首长们的家，看到的都是豪华和排场……一时他拿不准，哪个是自己的榜样呢？

破沙发进了水，他劝林老借机丢掉，换新的。老头让人抬到外面晒晒，想接着用。他咬咬牙，照着老沙发的样子，从商场里买了一套新的，运了来。老头脸红了，说："我不是没钱，我的钱花不完，只是从小到老，节俭惯了。"他以为老头会让他把东西运走，但老头没那么做，爽快地收下了，可是钱必须自己付。

他与林老前后交往了一年半左右的时间，老头没收过他一块钱的礼，就连老人过生日那天，他送去一个蛋糕，临走时老头竟然送还他一瓶酒，非要让他带回去喝。他彻底服气，知道自己的事情永远说不出口了。

早晨到小清河边打拳的日子仍在继续，直到有一天，打完一轮后，老头说，今天就打到这。这可能是最后一次来这儿打拳。他愣在那里。老头说，他和老伴儿要到深圳投奔儿子，儿子靠自己的本事发了财，买了别墅，非要老两口过去住，这一去，一时半会儿回不来了。

他脑袋嗡嗡地响，不知道该说什么。

老头说："年轻人，需要我做点啥？"

他欲言又止。对这样的老人，他虽然有要求，但是张不开嘴呀。老头拉他在河边坐下，对他讲起一个人——一个让他心惊肉跳的人。老头说，以前他不承认北京的小C是他老部下，是因为自个帮不了那么多蜂拥而至的人，再说，想通过这种途径往上爬，很不合适。

"你也是这个想法吗？"老头目光炯炯望着他，似乎要把他的心事看穿。

他困难地摇摇头，说："我不是，我不是……"

“不是就好。小伙子，谢谢你陪伴我。”老头轻松地一笑，站起来，穿上衣服。

他眼冒金星，感到面前有一根线，这根线颤动着，似乎马上要断掉。他咬咬牙，追上老头，喘着粗气说：“林老，我不求升职，只想调走，到军区去，就为换个单位重新开始……”

老头停下步子，拍拍他肩膀，示意他不要紧张。他憨憨地一笑，抹抹脑门上的汗珠。老头再次拉他坐下，讲起他和C的过去，说1942年，小C家的房子被鬼子点火烧了，是他动员小C参加了八路军，头一回上战场，小C吓尿了裤子，打了两仗，就啥也不怕了。抗战后期，小C随大部队去了东北，从此后他们再也没见过面，但他相信小C不会忘记他。解放后，小C官越当越大，他从未找过小C，没给小C添任何麻烦。

“他快退了吧？现在找还赶趟。老林麻烦小C一次，我想，他会很高兴。”老头咬咬嘴唇，一副沾沾自喜的样子，像小孩子一样冲他腼腆地笑笑。

他差一点儿晕过去。

一九九五年秋天，张无私怀揣林法五写给C首长的一封信，秘密去了北京。

写信容易送信难。拿到林老的亲笔信后，他犯了愁——怎样把信送到C首长手上。

邮寄一是怕邮局给弄丢，二是怕C首长身边人把信扣下，到不了首长手里，这种事太正常了。

他未来的命运就系在这张纸片上，最好的办法就是亲自送去，确保万无一失。直接请假去北京，找不到合适理由，幸好眼下有几份老干部档案，需要送军区，可以拐个弯去北京——这个问题迎刃而解。

然而，更大的问题迎面而来，C首长身居高位，绝不是他说见就能见上，且不说搞不清C首长在哪办公，家住哪里，即使是到了门口，层层给人拦着，他也进不去。

他绞尽脑汁去想，北京有何人能帮他搭个桥牵个线，总部机关倒是有几个从本军调过去的人，但他与这几人交情不够，仅仅认识而已。他先打电话找了其中一个，刚说了个开头，对方马上就为难地说，不在一个院办公，更高攀不上C首长身边人，随即把电话挂了。

他想到了一个老乡老黄，老黄是军报记者，老家和他一个县，安徽肥西。有一年老黄来军里采访，宣传处长知道他与李和平的那层关系，委托和平找到他，提出想请杨政委百忙中出个面，陪黄记者吃顿饭。他想办法把政委给搬了出来，那晚大家都喝得很开心，老黄感觉非常有面子。那以后互相通过几个电话，还曾相约，抽空一块回趟故乡。但他不当秘书后，没再联系过，他唯一担心的是，老黄不再认他这个老乡。

往报社打老黄办公室电话，接电话的人说，老黄出差了。又问外出多长时间，对方说，刚走，半月左右。他心凉了小半截。他不想等，翻腾出了老黄的BP机号码，牙一咬心一横拨打了传呼。

但是老黄半天没回。早过了下班时间，天黑透了，他饿着肚子，不想走，怕错过老黄回话。

晚上九点多钟，他饿得实在受不了，打算关门走人。正要锁门时，座机突然响了，他扑过去拿起电话，谢天谢地，正是老黄！老黄说他来新疆军区采访，忙了一天，刚刚抽出点时间，问他什么事。他硬着头皮把要求说了。

电话里，老黄愣了好一阵，才说，以他的经验，不能去单位，太惹眼，能去家里最好。他赶紧说，希望能给个地址。老黄又是一阵发愣，末了说，他试试看，就把电话扣了。

一连三天没有等到老黄的消息，他的心凉了大半截。处长催他赶紧送档案，他暗自决定，就是搞不到地址，也得去一趟北京，到了北京再想办法。从家里去火车站的路上，突然接收到老黄打来的传呼，屏幕上显示着一个北京地址。那一刻，他激动得热泪盈眶，心想在部队，有个好老乡，是多么的难得……

去北京的那晚，虽然买了卧铺票，但是由于脑子是乱的，说不上兴奋还是担忧，他一夜没怎么合眼。天亮到了北京站，下火车之前，他去厕所仔细洗漱了一下，又把军装换上，出了站，费了好大劲才打到一辆黄面的，奔向传呼机显示的那个神秘的地方。

还剩最后一道关口——怎样面对面把信交出去。面见C首长，他当然不敢奢望，到了首长家门口，他家里的人总可以见上吧？

尽管做了心理上的准备，到了地方后，还是急出他一身汗。门口执勤的警卫战士，既不给往里面拨电话通报，也不负责寄存转交物品，说这是规定；当然更不可能放他进去，只是让他直接联系王秘书。要是能联系上王秘书，他何必跑一趟？那战士或许是大官见多了，他一个少校军官根本不放在眼里，懒得再搭理他。他赖着不走，战士冷冷地警告他，这地方不能多待，赶紧离开。

他傻眼了。

真是从来没遇到过这么难的事。

他到附近的马路边溜达，感觉时间在身边嗖嗖地流走，一会儿工夫仿佛苍老了十岁。不知过了多久，他又鬼使神差转悠到那个门口，看到哨位上换了副新面孔。他鼓起勇气，上前再一次提出，麻烦给C首长家通报一下，他要呈送一封重要的信。

结果与前次一样，不行。

他简直要绝望了，真想把那封信甩到门口走人——再耽搁，恐怕赶不上回阳城的火车了。

天无绝人之路——走出几步后，他依稀品味出，这个兵说话带有浓浓的安徽口音，便停下来，改用安徽腔说："班长，我家是肥西的，咱俩是老乡吧?"

那战士笑笑说："我家肥东。"

事情顿时有了转机，小老乡态度立马转变，左右看看，给他支招说：可以用门卫电话打军委一号台试试，就说找C首长的王秘书，兴许他接电话。并且说，王秘书也是安徽老乡。

他脑子豁然开朗，按照小老乡提供的一号台号码，居然顺利地找到了王秘书。王秘书听他磕磕巴巴讲了几句，不冷不热地说："你等着。"

那边电话挂了。

不一会儿，一个精干的小战士从院里跑出来，是C首长家的勤务兵。他恭恭敬敬把信递上。这一刻，他感觉世界是那么美好。

两个多月后，我接到无私打来的电话，他笑呵呵地上来就说："陶鲁达你听好，以后你到北京，有人管你饭啦！”

“……怎么了？”我有点蒙。

“我接到调令了，去北京！”

原来林老给C首长写信时，临时改变了主意，说：“去军区干啥？好不容易求他一回，要办就办个大的！干脆去北京！你挺会侍候人，让他把你留到身边，这多好！”

“这样行吗？”他心里打鼓，怕胃口太大，给搞砸了。

“只要小C还认我这个老排长……当然了，人会变的，这要看你小子的运气啦。”

调令从军区下到军里，知道的人都很吃惊。没有不透风的墙，人们终于相信林法五与C首长确有很深的故交，老家伙够狡猾的，隐藏了这么多年才露出马脚。但是这时候林法五已经携老伴儿去了深圳，想动个心思再找他帮忙，已经晚了。

张无私再次成为军里的焦点人物，本来他已经被遗忘。就这么一下子，他的风头盖过了冉冉升起的笔杆子李和平，很多年以后，他都是八十四军的人嘴里的一个传奇人物。

办好手续，就要去北京总部报到，该告别的，张无私都告别了，唯有杨政委那里，他一直没去。自从不当政委秘书之后，他一次也没进过政委办公室，更没去过政委家。因为他只是个普通干事，首长不叫，不能擅闯，况且由于自己工作严重失误，影响到首长，他也没脸再往上贴。

现在他可以“趾高气扬”去告个别，却又不想真给首长留下趾高气扬、小人得志的印象。

他打算临走前，给杨政委打电话道个别，就不见面了，只要礼数尽到就行。

星期五下午，他最后一次参加干部处党小组会，学习江主席重要讲话。会前突然接到通知，政委要亲自来参加，弄得大家手忙脚乱的，赶紧打扫卫生隆重迎接。杨政委到后，处长认真宣读了几份文件，众人又轮流发了几句言表态，说的基本都是重复的话。

最后请杨政委发表重要讲话。杨政委简略讲了几句，话题转到即将到新单位上任的张无私身上，杨政委大大地夸奖了他一番，说他是“难得的人才”“八十四的骄傲”，叮嘱他到了总部好好干，给军里争光，并且以后“常回家看看”。

真是给足了他面子，让他感到心里暖融融的。望着政委远去的背影，他突然意识到，政委来参加党小组会不过是走过场，真正目的是借机来跟他告个别，这样既避免了单独见面场面尴尬，又补偿了对他的亏欠。首长想得真细，令他好生感动。这就是水平啊！

和平打来电话向我“汇报”，说专门置办了酒席为无私饯行，还代表我给无私敬了三杯酒。他略带伤感地说：“军营三兄弟，以后就分别在三个地方了，想聚到一起，难了。”

我说：“你赶紧调龙城来，或者想法调北京去，大地方好发展。”

他说：“我还是先扎根基层好。我的原则是，明明白白做事，干干净净做人，万事靠自己，不想求人，不走歪门邪道。”

和平对于凭关系办事历来反感，认为应该凭真本事进步。他话里的意思，显然是挖苦无私。

这二人表面和气，其实互相不服气，一直较着劲呢。和平刚当上副处长时，无私曾给我打电话发过牢骚，说，一颗好心，顶不上一张好嘴，会做的不如会说的，像和平他们宣传部门，不就是耍嘴皮子，玩笔杆子的吗？就会玩虚的。

兄弟二人在军界混，就像运动员上跑道比赛，都想抢到前头，互相有点不服气很正常，这也正是他们继续前进的动力之一。不像我，给甩到了地方上，到一个狗都不理的单位，没人会羡慕妒忌我这样的人。想到无私、和平都在不懈努力，我决定以后少睡懒觉，少找人扯闲篇，多写作品，多获奖。

总不能给那二位兄弟丢脸吧？

张无私到北京后，并没有被安排到C首长身边工作，他去了总部直属的机关事务管理部当参谋。这个安排让他颇有点失望。

他当的是队务参谋，他给杨政委当秘书之前就干这个岗位，算是干老本行。这个岗位在总部机关不显山不露水，因为机关的兵并不多，稀稀拉拉，不需要出操走正步，他感觉有劲使不上。

总部机关太大，人太多，水太深，他初来乍到，人生地不熟，总感觉分不清东南西北。如果一直在这个岗位上待下去，他永远会默默无闻，会被时间湮没。而这不是他来北京的真实目的。

硬着头皮上了几个月的班，他愈发对自己的未来感到失望。李和平说得没错，他不会说，不会写，没有自己的专业，连配发的电脑都不会用，他来北京干什么呢？喝西北风？

那一阵子，他打给我的电话比较频繁，述说自己的苦恼，说他现在真的很羡慕和平，那么能写会编，口才也好，机关很需要能写材料的人，各级领导都喜欢能说会写的人，偏偏他不行。

我劝他不要急，北京那么大，机关那么多人，并不是人人都能写会说，人家能混，你为什么不能？说到底，这个世界，能人干将是少数，大多数人是平庸的，混吃等死的，你把本职工作应付过去，不出差错就可以了。我还举自己为例说："你知道，早先我想做中国的聂鲁达，心比天高，看不起这个，瞧不上那个，现在我发现，我也就是个平庸的诗人，前不久评龙城文学奖，我以为会稳拿把攥，结果落选。怪谁呢？我老婆怪我没活动，我只能怪自己没写好。对不对？"

他自顾自说："我还是得想办法发挥自己的长处。"

他真正的拿手戏是侍候人，说好听一点，会服务。这一点林法五看得很清楚。如果不发挥自己的这个长处，以己之短比人之长，永远会落在人后，这是毋庸置疑的。

来北京后，他朝思夜盼C首长哪一天能想起他来，召见他一回，给他个当面向首长说一声感谢的机会，却又不敢过分奢望——首长身居高位，日理万机，不可能召见每一个施恩过的人，他一个小萝卜头，恐怕早给忘到脑后。

转过年来，C首长退休，他更不抱希望了。

突然有一天，桌子上的电话急促响起，军委一号台来电找他，说是王秘书通知，让他本周六下午四点来C首长家一趟。

放下电话，他愣在那里，半天没回过神——不会是假的吧？

这无疑是天降大喜，或许是他有生以来最重要的一件事！

他开始纠结，带什么东西过去，总不能空手吧？在安徽老家，即使是随便串个亲戚，也得提一只鸡割一块猪肉什么的，何况是去见这么大的首长。他考虑来考虑去，列了几个方案，总是不满意。眼看到了约见的时间，还是定不下来，急得心里蹿火，眼皮子直跳。

最后的关头，他索性大胆决定：任何礼品都不带，就空手去。因为据他过去的经验，首长家啥也不缺，带去反而是累赘。这个决定使他不再纠结，变得很放松。

他顺利地踏进了C首长的家门，院门口和家门口的警卫只扫了一眼他的军官证，痛快地放行，一点儿都不拖泥带水，完全不是他想象中的严格盘查。他早到了近半个小时，那个上回去接他信的小勤务兵把他领进会客厅，说，首长去游泳了，一会儿就回，请他稍等。

小勤务兵给他倒上一杯清茶，一转眼不见了，偌大的客厅里，就他一人，他有点紧张，坐在沙发上一动不动。他看到客厅里的摆设出乎意料的简朴，丝毫谈不上奢华，他还看到木头茶几下面，有缕缕灰尘，沙发缝里，灰更厚，地板砖上也有星星点点的尘迹。心想闲着不如干点事，暖气片上搭有一块干抹布，他起身拿到手，从一个浇花的塑料壶里倒出一点清水，湿了抹布，开始擦起来……

他干得很仔细，很投入，就像在自己家里，以至于有人进屋，他都没有察觉——似乎觉得不对劲，转过身，仰起脸来，突然看到一个过去电视上、报纸上经常见到的熟面孔，赫然立在客厅门口，门外还站着一个四十出头的军人，估计是王秘书，二人脸上都带着平静的微笑，欣赏地望着他。

他急忙利索地站起来，弹一下衣服，上前几步，稳稳地立定，庄严地抬手向首长敬礼。敬礼是他的强项，一点儿不比仪仗兵差。一个军礼就能看出一个人的素质，他是过硬的，见过大场面的首长，一眼就能看出来的。

那天下午，C首长和他谈了不到二十分钟，主要问了问林法五的情况，他把知道的都如实说了。当说到林老家里的沙发时，他观察到首长的眼圈红了一下，首长突然举起大手，用力一挥，感慨道："现在我们需要的，就是要找回这种精神啊……"

临走，首长非要把他送到小院门口。首长在他这个陌生人年轻人面前所展露出来的慈祥和平易近人，令他终生难忘。正所谓"阎王好见，小鬼难求”，往往越是大首长大领导，越是态度和蔼，越是好说话。

经过院门口的警卫身边时，想起去年站在这里的那个肥东籍小老乡，他问了问。对方回答，去年底复员了。

那个小老乡有同情心，很灵活，不死板，是个值得培养的好兵苗子，放走了挺可惜。

而那些太死板太较真的人，总是不讨人喜欢的。

时间过得很慢，一年之后，张无私终于在苦熬中等来了机会。

C首长的警卫参谋孙士国提了副师，到一个局担任副局长，据说是王秘书推荐的张无私。来前，单位领导严肃地找他谈话，一再强调他仅仅是去“帮助工作”，至于能否正式到首长身边，关键要看他的表现。

这些不用说他也知道。他对自己有百分之百的信心。

从到C首长身边第一天起，他就把自己“拴”在了首长家，“试用”期满之前，他不允许自己有一丝一毫的失误。

C首长退下来后，外出活动少了，作为首长身边的警卫参谋，安全保卫工作并不重，要做的无非是陪首长散散步，游游泳，处理一些与首长有关的杂事，担子并不重。其工作重心主要是忙活首长家里的事。

C首长的家事，主要是侍候好两个人——首长老伴曲阿姨、小孙子俊杰。另外还有胜利——胜利是条狗。

先说小俊杰。俊杰八岁，父母都在美国工作。俊杰长相可爱，白胖白胖的，像个洋娃娃，也很聪明，就是淘气，十分的淘气。俗话说，七岁八岁狗都嫌，他这个年龄正是淘气的时候。用曲阿姨的话说，小男孩淘气，是好事，不是坏事，淘气是聪明的表现，那些蔫不拉叽的小孩子，往往长大了很愚笨。

孙参谋与张无私交接时，悄悄嘟囔了一句：“在首长家七年，最头疼的就是小俊杰。”需要每天开车接送俊杰上学。无私头一回开车送他，车未停稳，他就开门下车，差点被一辆自行车撞上，吓了无私一头冷汗，一把拉住他，刚要说他，没想到小家伙张嘴就咬了无私手臂一口，让他领教了一回厉害。

他清楚，小俊杰生在这样的家庭，被爷爷奶奶和所有人哄着宠着，调皮捣蛋不听话是难免的、必然的，一言不合，就爱咬人踢人，当然他不敢欺负爷爷奶奶，只对付其他人，也很少当着爷爷奶奶的面咬人。他不是爱咬人吗？无私想，索性就让他咬个够。一天，放学回家的路上，无私有意找茬批评他几句，惹恼了他，扑上来就咬。无私把车停好，把他提溜到路边的小树林，看看周围无人，挽起袖子，把胳膊伸到他嘴边，闭上眼睛让他咬。他正在气头上，真敢咬，几口下去，无私胳膊上血淋淋的。无私一动不动，瞪着红眼珠子恶狠狠地说："咬呀！再咬呀！狗崽子！"

俊杰竟然害怕了，往后退了退，抹抹嘴上的血，左右看看，呜呜地哭了起来。

从那以后，俊杰居然很少咬人。

没人知道是无私治好了他的毛病。

无私的儿子张凯，比俊杰小一岁。以前在家，无私很少抱儿子，也很少带他玩，带孩子做家务全靠老婆刘婷。现在无私把小俊杰当成张凯，真心地爱护他，疼他，为了照顾好俊杰，他做什么都愿意，再累再苦也心甘。

再说胜利。胜利是条大狗，来首长家七八年了，差不多和俊杰一样的年纪，首长和曲阿姨都很喜欢胜利，尤其是曲阿姨，视它为"二孙子"，它一撒欢，曲阿姨就高兴；它闷闷不乐，曲阿姨也跟着不开心。无私每天的工作之一，就是照顾胜利，傍晚或下午必须带它出去遛弯，时间至少一个小时。

以前孙参谋喜欢在首长驻地遛狗，这个院子住着七八家高级首长，有的尚在职，无私怕其他首长家有意见，只要天气好，他都带胜利到外面去转悠，从院子后门出去，走不远就有一个开放的街边公园，那地儿宽敞，非常适合遛狗。

小公园对面是一家军队干休所，住在里面的全是些级别较低的离退休老干部，军级居多，不少人认识胜利，知道它是C家的狗。时间长了，无私也认识了一些老干部，他发现大多数老同志都是令人尊敬的、友善的，当然也难免有不友善的、刻薄的。

这天，他就碰上了一位。这位老同志爱发牢骚，无私对此人有点印象。这天下午，他牵着胜利刚到一会儿，那位老同志转悠过来，眯起眼睛瞧了瞧胜利，又眯起眼瞧了瞧他，慢条斯理地问："你什么职务？"

他回答："副团。"

刚说完他就后悔了，预感到面前这位可能要发难——也许说自己是个士官就好了。果然，对方冷哼一声，指点着他道："你堂堂一个团级干部，应该到部队带兵，对不对？你爸妈要知道你在外面给人家带狗，会不会难过？啊？"就差没指着鼻子骂他"狗秘书"了，把他噎得不由倒退两步。

无私发现，战士入伍一年之后，经过教育，这时候他觉悟最高，上战场，他会不惜命，是抛物线的最高点。以后随着职务升高，官越大，有人觉悟开始下降，到后来，什么都计较。有了车，嫌车不好；有了房，嫌房子不好，就知道攀比。有的成了军以上高级干部，待遇那么高，还是想不通，整天骂骂咧咧，好像党和国家欠他很多。个别退下来的老同志，脾气大，爱训人，看谁都别扭，看什么都不顺眼，生怕别人怠慢自己，尤其特别喜欢攀比，总觉得自己这辈子吃了亏，相当难缠。军级离退休干部每户只配一个司机，不配炊事员，更不可能配秘书和警卫人员，跟上面的大区副相比，待遇差好多。C 作为总部首长，待遇更高，退下来后，秘书、警卫人员、司机、炊事员、勤务员都是配全了的。无私牵着 C 家的大狗整天晃荡，有人是有气的，看不惯的，今天这位就是一个代表。

望着眼前这位说话不留情面的老同志，无私虽然心里有些不快，但不会表露出来。他非常理解这些老同志的心情，谁老了都会添些毛病，看不惯就要放炮，他们有这个资格。于是，他恭敬地笑笑，温顺地说："老首长！谢谢您的关心。请您多多保重。"

老首长气哼哼把脸扭向一旁。无私觉得此地不宜久留，便带胜利拐向别处。从那以后，他基本不再到这片地方来，换了一个遛弯的地方。他不希望因为自己和胜利，而使某些老同志对 C 首长有意见，他得像保护自己眼睛一样保护首长的声誉。

侍候人不难，难的是有人难侍候。

后来无私告诉我，让他苦恼的并不是上面说的那些，而是曲阿姨。

开头几个月，曲阿姨确实给他出了不少难题。

我去北京参加一个文学创作活动，其间给无私打了一个电话。他让我在宾馆等他，他要等首长一家休息后，才能够脱身。

一直等到晚上快十点，他才匆匆赶来见我。我们在宾馆附近找了一家夜市，喝扎啤撸烤串，他讲了三个故事给我听，当然都与C首长夫人曲阿姨有关。

第一个是听来的。说是若干年前，生活困难时候，曲阿姨时常防着炊事员，怕他偷吃。有一回她跑到厨房，炊事员正在切肉片，她悄悄数了数，一共有多少片肉。菜端上来后，她又数了数，发现少了几片。不久，这个炊事员就给换掉了。

无私是想通过这个故事告诉我，曲阿姨比较难缠。

第二个是五天前刚刚发生的故事，无私亲自经历的。他爱人刘婷带张凯来北京探亲——他调北京后，刘婷和儿子尚未来得及办随军，仍然生活在阳城。首长听说他爱人孩子来了，特意给他放三天假，让他带娘俩好好逛逛。刘婷和张凯都是头一回来北京，第一站自然奔天安门。那天上午，刚到天安门，他包里的“大哥大”响了，他知道不会有好事，硬着头皮接了电话，一号台的话务员通知说，请他速回驻地，曲阿姨找他。

刚离开就叫他回，他以为出了什么事。打辆出租车急匆匆赶回C首长家，却原来是曲阿姨服药时，不小心洒了一粒药，药丸滚落到柜子底下，老太太年纪大了，行动不便，弯不下腰，捡不起来，一着急，便摸电话找他。

第三个故事，是前天发生的。他带老婆孩子到了颐和园，刚要上船，“大哥大”又响了，还是一号台电话，还是曲阿姨找他。他心想，不会又洒了药吧？憋着一股气返回驻地，这回更绝——老太太说，刚切了个西瓜，吃不完，怕浪费，请他回来吃块西瓜。

晚上，刘婷听说后，哭了起来，说你这是过的什么日子？不行咱别干了，北京不好待，你转业回阳城去。哪里不能混饭吃，非要受这个洋罪。他耐心地分析说，曲阿姨绝对是个好人，没有坏心眼，这么折腾他，是有原因的，原因就是她不希望孙参谋走，孙参谋在C家七年，老太太离不开他了，她不想让孙走，老头子偏让孙走，她有意见。可是，首长总得关心部下的成长吧？有个好机会，给孙提职，不放他走，就耽误了。就为这个，老太太有气，不把气撒到他这个新手身上，又能撒到谁身上？

刘婷根本听不进去，她受够了，执意要带儿子回去。昨天一大早，娘俩儿离开的。他与他们娘俩儿已经有一年没见面，本来刘婷请了一个月探亲假，可是连来带回才五天，珍贵的假期全糟蹋浪费了，他今年肯定回不去，再要见面，最快也得明年。

听完三个故事，我怒骂一句，闷头喝下满满一大扎，噎得直打呃。抬头看，我发现无私情绪非但不见低落，反而很亢奋，目光坚毅，炯炯闪亮。他认为这是上苍对他的考验——既是重大考验，更是重大机会。林法五写信推荐他时，他就曾暗暗发誓，一定要成长为一个最会侍候人的人，绝不辜负林老的期望。曹操说，男儿要胸有大志，腹有良谋，这个他做不到，水大漫不过堤，他只会侍候人。现在机会来了，遇到一点小困难，受点小委曲，算什么呀？再苦再累也要熬下来。过去有句老话：吃得苦中苦，方为人上人。现在不能这么说了，干什么都是革命工作，为C首长全家做好服务保障，是他的本职，更是他的福气——并不是人人都能有这种机会的！不是吗？

想起他曾经说过：男人到世上来，不是混饭吃的，而是来争口气。如今我终于参透了无私的想法——事情明摆着，侍候好一个人，比啥都强。C首长虽然退下来了，但是威望仍在，瘦死的骆驼比马大，当今中国，永远不要小瞧老干部的能力。他一个农村孩子，没任何背景，也没有什么出众的才干，若想进步，再没有个强有力的支撑，他能走多远？

无私跟我碰了碰杯子，抿一小口酒，有些动情地说，小时候听艺人说书，有句话给他的印象最深，永远忘不了：没有刘备，张飞就是个卖肉的，关羽就是个编筐的。所以，他无比珍惜这样一个难得的机会，任劳任怨不抱怨，愿意把C首长一家人当成自己的亲人一样对待。他相信自己一定能在C家站稳脚跟。

见他毫无委屈之意，反而信心满满、斗志旺盛，我也随之平静下来，肚里不再有气。无私只能喝一扎啤酒，不敢喝多，他害怕夜里首长那边有什么紧急情况，他得时刻保持清醒，不能放纵自己。

看上去他很疲惫。时候不早了，我想让他早点休息，便提议散伙。

榜样的力量是无穷的，正是由于李和平、张无私这两个老战友作为榜样对我无形的鞭策，才使我没有在人生的道路上落下太远。那几年里，他们当仁不让的进步，我撅起屁股拼命追赶，在北京、上海的大刊物上相继发表了几组有点影响的诗作，自费出了两本薄薄的诗集（自费出书的事，可不能与外人说），获了几个小奖，加入了中国作家协会，当上了文联下属的市作协副主席。

一切看上去很美。

但我当然不会止步，特别想在北京的某国家级出版社出一本厚一点的诗集，因为同样的作品，换个有影响的出版社出版，更容易引起重视，获奖概率更高。但是这需要更大的成本。我的画家朋友齐大伟建议我放下身段，“以书养书”，他路子广，介绍我给郊区的一个著名企业家写一本报告文学，由企业家出钱包销我的诗集，这样出版社没有销售压力，自然愿意为我出书。

齐大伟带我去郊区古镇与老板洽谈，争取签个正式合同。那位企业家姓于，专门做矿产生意，刚刚荣获全国五一劳动奖章，从北京载誉归来。酒过三巡之后，于老板说了一件事情：他到北京人民大会堂开会，中央领导接见他们这些获奖者，他特别想弄到一张江主席亲切与他握手的合影，然后放得大大的，挂在办公室和家里，多气派、多荣耀啊！谁看到都得高看咱一眼。可是因为不让带照相机，只能求助于现场拍照的记者。会后，他“抓住”一位某中央级新闻单位的记者，提出了要求，记者答应挑选一张发给他，他再三表示感谢。今天上午，记者主动打来电话，说照片效果非常好，保证于老板满意。紧接着，却又提出要照片可以，但要按老规矩支付三千块钱。

这笔钱相当于一个县级干部两个月的工资，虽然对于一个大企业家来说，不算什么，但是于老板总感觉心里面不大舒服，就跟对方讨价还价。对方态度还挺霸道，说一块钱不能少，爱要不要，只给三天时间，不要就把照片删除掉。

于老板太想得到这张照片了——照片无比珍贵，一辈子恐怕难再有与最高领导人握手的机会，说实在的，对方就是要一万，他也干，所以他决定伸脖子挨这一刀。没想到齐大伟一拍桌子，腾地站起来说：“于哥不能给钱！因为这不是钱的问题，而是面子问题！于哥作为一个全国著名企业家，不接受敲诈勒索！”

于老板微微一笑，没有表态。

齐大伟目光转悠到我身上，我心想坏了，他要打我的主意，以前我曾经向他吹嘘过张无私和李和平。果然他道："于哥，我提议请陶主席找人试试，他部队老战友多，能量大。"

我坐着不动，齐大伟给我使眼色。借着酒劲，我起身到屋外，先给和平挂了个电话。他现在是集团军宣传处长，长年不断有中央级媒体的记者到军里采访，他应该认识那位记者所在媒体的人。和平一听就火了，说一分钱都不能出，绝不能助长这种歪风邪气，这人肯定不是头一回干这事，宁可不要照片——老板要照片不就是为了抬高身价自我炫耀吗？现在的老板说出事就出事，他出了事，家里却挂着最高领导人接见他的照片，影响多不好……

总之，和平虽然认识那家媒体的领导，却不愿意扯这事。他这人眼里揉不得沙子，我不怪他。挂了电话，我一时愣在那里，不知往下该怎么办。这时，齐大伟出屋踱到我身边，满嘴酒气凑近我说："一会儿你就告诉于老板，基本办妥了。老哥你别怕，大不了三千块钱我掏。要让于老板看看你的能量，明白吗？"

当然，我也不死心，打算再找无私试试。自从无私进京后，我还从未找他办过任何事情呢。今天我想看看，无私到底有多大能耐，人是否变了。

拨通他的手机，我把情况简单一说，他咕哝一句：不就要一张照片嘛，多大点事呀。嘱我即刻把那位操蛋记者的名字以及其人所在的单位发个短信给他。

结果那晚的饭局尚未结束，无私就回了短信，说是已找人说妥，让我赶紧发个邮箱过去。我不太相信，当场打电话验证，无私说，他找了中宣部一位领导的秘书，秘书刚才直接找了那家新闻单位的一把手，你说这事还能不成吗？

张无私的话，在场的人都清清楚楚听到了。齐大伟感到很有面子，连说北京的这位老兄路子广，够意思，要精心画几幅画送他以及他的老首长，以示酬谢。酒足饭饱，与于老板等人握手道别后，齐大伟悄悄告诉我，包销三千本诗集的事，已是板上钉钉。

没过多久，齐大伟真的画了两张大尺寸的山水画，装裱好之后，由我保价邮寄给了无私。

他这么做，让我在无私面前也很有面子。电话里我问无私，首长喜欢老齐的画吗？无私说，首长不太懂书画，不论谁送给他，他都会说好。

我老婆知道了这事，很不高兴，说，就老齐那破画，扔大街上不见得有人要，你让人家无私和老首长收他的画，那纯粹是抬举他，等于免费给他做了活广告。

老齐的画扔大街上都没人要，这话是我以前常说的。近来老齐进步较快，我已经不那么说了。

这位老齐，经历和我相仿，年龄比我小两岁，也当过兵，在海军，也当过电影放映员，在部队期间学了点写写画画的小本领，与我不同的是，我后来选择了文学创作，他选择了美术。他的绘画底子当然不如我，这也是我看不上他的原因之一。据说是因为他私下与女兵谈恋爱，才没有提干，复员后安排到龙山区文化馆工作，五年前调到市文联下属的美协当创作员。他有一股子钻劲，一边拼命提高绘画水平，一边花钱上各种名人录、名人大词典等，特意把那些比砖头还厚能把人拍晕的大词典摆在画室的醒目处，借以抬高身价。几年下来，居然有了点名气。

文联是个大杂烩，下有作协、美协、书协、曲艺家协会、民间文化协会、摄影家协会等等，到底有几个协会，连我都糊涂。有的协会只挂了个破牌子，基本见不到人。由于都当过兵的缘故，也算是老战友吧，我和齐大伟走得最近，时不常地凑一块喝点小酒，和其他部门的人则是老死不相往来。我的级别比老齐高一级，他在别人面前狂，在我面前很谦虚，处处把我往前推，说他这辈子最大的心愿就是把我推到文联主席的位置上，让我这个内行来领导龙城的文学艺术创作，比现在的外行领导不知要强多少倍。他不遗余力地帮我找企业家赞助出书，就是为了让我快点出名，尽快升到更高的岗位上去，以便多做贡献。

摸清我和无私的底细之后，有一天老齐提醒我，应该利用好这个关系，合适的时机，请无私给中宣部、中国作协的人打打招呼，争取让我获一个鲁迅文学奖诗歌奖，有了这个奖，就会比较容易当上省作协的副主席，将来当市文联主席，顺理成章。他说，同样的作品，获奖与不获奖，给人的感觉那是大不一样的，就像同一个人，当官与不当官大不一样一个道理。

我当然明白这个道理，这个奖我做梦都想获。但我这个人偏偏有一个臭毛病——清高，万事不想求人。对我来说，求人办事，比揍我一顿还让我难受。我这辈子，如果说还有一点特别之处，那便是我的清高。曾经我自命不凡，现在没有了，只剩下清高了，所以我得抵挡住，坚守住，不可再失去清高之心。即使将来张无私和李和平当了再大的官，有了再大的权力，我也不会为自己的事情去麻烦他们。这是我给自己定下的规矩。

我不会为自己的事情求人，现在却要为齐大伟的事情麻烦张无私，这是没有办法的事情。

这已经是三年之后，我的身份是市文联副主席兼作协主席，齐大伟担任了美协主席，若论起来，他也算是我的部下。他要到北京中国美术馆办个人画展，请柬一批批发出去，答应参加开展仪式的领导和名家却寥寥无几，尤其是连一位中国美协的副主席都请不动，这可急坏了老齐，嘴上长出了一串水泡——如果到场的都是些小萝卜头，个展等于白办，花了几十万冤枉钱不说，以后再想有“轰动”的机会，恐怕这辈子难了。

他想到了我的战友张无私，说：“陶哥，能不能请老张把老首长搬出来，给剪个彩？老首长肯出面，局面立马就会改变。”

我考虑了一个晚上，天亮时决定帮他。到了办公室，把老齐叫来，当着他的面，给无私打电话。无私说：“首长一般不参加这类活动。”

“首长不能老憋家里，经常出来转转好。无私，你得给我想想办法。”

“我试试看吧。”

“好，我等消息。”

放下电话，我心里反而踏实了——即使请不动，老齐不会怪我了。

隔了一天，无私打电话过来，严肃地说：“陶鲁达，你要想好。”

我有些发蒙：“想好什么？”

“这个老齐，以后会不会——威胁到你？”

“什么威胁到我？”我还是不解。

“如果画展搞成功，他的名气，会不会盖过你？”

我终于明白了无私的好意，淡淡一笑：“我和他不是一行，隔行如隔山，不要紧。如果他借此火了，那也是人家的福气，我不会眼红。”

“除了名气，还有职位，你们毕竟在一个单位嘛，将来他会不会跟你争，甚至挤掉你？”

尽管心里咯噔一下，但我表现得很平静——同样还是因为清高——我不想让无私认为我小肚鸡肠小家子气，好像有意要打压老齐似的。当然我心里也有底气——老齐想在文联跑到我前面，并不是那么容易的吧？

于是，我郑重道：“这个你放心，不会。”

听我这么一说，他才转入正题：“我想了想，只有一个办法能请动首长。”

“什么办法？”

“以办红色画展的名义邀请，兴许能请得动首长。”

“你这个主意好。”

按照无私的要求，老齐需备几幅红色题材作品。他以前画过《井冈风云》《沂蒙颂》《大别山恋》《太行雪中情》，原本此次不展出这几幅作品，担心这类题材参展拉低他整体作品的“艺术含量”。现在顾不得什么艺术含量了，只要能请得动C首长就行。于是紧急通知北京办展的公司，更换部分作品，又专门为C首长印制一份画单，把四幅红色题材作品放在打头位置。

忐忑不安中等来了无私的确切消息：首长同意到场剪彩。我代表老齐向无私表示感谢，他说：“没什么好谢的，你的朋友就是我的朋友。”

最后他着重提出：首长参加活动不接受任何礼品纪念品，包括字画和土特产，这是纪律。

这让我和老齐都很有些感动，老齐的眼泪都下来了，说：“还是咱部队上的人好。”

一个月后，齐大伟的个人画展取得了巨大成功！由于德高望重的C首长到场剪彩，那些前期收到请柬而不想来的领导和各路专家纷纷前来捧场，数家重要媒体进行了大篇幅的报道，效果大大超出了预期。

从此以后，老齐在画界平步青云。

他眼含热泪对我说：“陶哥，你是我的大恩人，以后你需要画，随时来拿；想让我给谁画画，你下个命令就行。”

从内心里，我还真没看上他的画。我也不刻意收藏国内任何当代画家书法家的作品，因为在我眼里，他们的作品大都是重复制作，像木匠做桌子椅子一样，成批地做，不像我们文学作品，每一篇必须都是原创。

我就是这么个臭毛病，文人的清高。

一天，我接到一个紧急通知：定于某日中午一点整在龙城七宝山殡仪馆，为原八十四集团军杨正群政委举行遗体告别仪式。

杨政委临近退休时出了点事，他收了一个干部的钱，因为没办成事，钱也没退，被那个干部告了，杨政委因此受了一个党纪处分，提前半年免职，后来到龙城某干休所安置休养。晚年的杨政委心情不佳，今年初查出肺癌，不到半年，人就走了。

告别那天，本市凡在八十四军工作过的人基本到齐了，熟悉的聚拢到一块感叹岁月无情。仪式即将开始时，张无私突然风尘仆仆地出现，引起不小的轰动。死者家人对他感激有加，众人也都向他投去敬佩的目光。

事先他并没有通知我一声，所以我更感惊讶。仪式结束之后，我赶紧把他拉到我的车里，他告诉我，事出突然，他昨晚才得知杨政委去世，无论如何也要赶来送老首长一程，便向C首长请假。C首长知道一点儿他与杨政委当年的“过节”，对于他不忘旧情表示赞许，痛快地给了他两天假。但他打算今天就赶回去，四点半的飞机，所以我们只能在车上聊几句。

送他去机场的路上，他主动提起当年的帽檐事件、通县事件，说这么多年来，他从没有恨过杨政委，反而一直感激，因为杨政委当年对他有知遇之恩；而且正是由于那两次失误给自己造成的挫折，才使他吸取了教训，后来再也没发生过类似的事情。他真正的成熟，就是从那时开始的，所以他千里迢迢来送别杨政委，不是做戏给人看，而是真情实感的流露。不论跟谁干，他都是一样的忠心耿耿。

八年前，他去北京办事经过龙城，我们还能坐下喝一杯茶，这一次，连喝一杯茶的工夫都挤不出来，我表示深深的遗憾。他说，咱们兄弟，一切的一切都在心里，不在乎形式了。

换了登机牌，还有点时间。我们站在安检口外面，抓紧时间再聊几句。我察觉到，他有一丝忧虑在心头，忍不住问他：“近来有啥不开心的事情吗？”

他沉思片刻，犹豫片刻，终于还是说了。

他在C首长身边已有七年时间，不久前刚刚晋升为副师职警卫参谋。在首长身边搞警卫工作，一般到正团，就该挪地方了，他的前任孙参谋就是干到正团走人的。他不想走，想在首长身边多待两年。若要留下，最好的办法就是改任首长秘书。机会是很好的——此时，王秘书平调到郊区的一个机械化师担任师政委，等待提将军，空出的位置正好可以补上。

然而问题也是实实在在的——他文笔太差，不会写材料，而给首长当秘书，即使不是材料高手，最起码文字上要说得过去。首长虽然休息了，但也会经常参加各类活动，要协助准备讲话稿；还要协助题词、写回忆文章等等，恰恰这方面是他最大的短板。这时候他不由羡慕起李和平来——当年如果跟他学几招就好了。

前一阵子，C首长在他走与留的问题上一直犹豫未决，这时刻，王秘书的意见显得尤为重要。令他没有想到的是，王秘书却向首长建议，为了他的成长进步，应尽快把他调整出去，比如平调到机关某一个局，先当副局长历练一下，这样对他好。

首长身边的警卫参谋其实就是个大警卫员，能升到师一级，已经算是破天荒了。王秘书压根就不提他接任秘书这一档子事，而且积极帮首长物色好了新秘书，还领到家里来让首长见了见，可见此人眼里根本就没有他张无私。

我问无私：“你哪个地方得罪了王？”

他缓缓摇摇头。王秘书和他是安徽老乡，当年进这个门时曾经帮过他，也算是个恩人。七年来，他一直看王秘书脸色行事，从未说过一句王秘书坏话，从未做过一件对不起王秘书的事，可是到头来，王秘书却不帮自己。原因在哪里？

“我想来想去，只有两个原因：一是王认为我确实不是当秘书的料，他是因公不为私，对事不对人，并不是因为我哪儿得罪了他；还有一个可能，就是所谓的争宠吧，每天我在首长、阿姨身边时间久，家里杂事承担得多，首长、阿姨夸我就多一些，王心里不舒服，久而久之，就结下了梁子，关键时刻搞我一下。当然，我这只是瞎猜。”

我叹口气说：“到总部机关当一个副局长也不错嘛，又不是离京。你干吗非要待在首长身边呢？侍候人的滋味难道真好受？”

他摇头道：“陶鲁，这个你就不懂了。如果我有个首长秘书的履历，那就是个金字招牌。我数了数，王秘书之前，首长的四任秘书都提了将军，王秘书也跑不了。可是前面几任警卫参谋呢？据我知道的，顶多干到正师。当然了，主要是我这人没什么大本事，只会侍候人，不让我侍候人，我还能干什么？离开首长，我感觉自己就像断了线的风筝，无着无落的……”

我握住他的手说：“无私，既已如此，还是听天由命吧！做好你自己，剩下的，让老天来安排。不论怎样，你都是我最好的战友，最好的兄弟！”

他眼圈红了红，用力握一下我的手，转身走向安检区，像去参加一次战斗那样。

无私做好了离开的准备。

他心里失落，但绝不会表现出来，每天像往常一样，在C首长家干这干那，一直到首长全家人休息，他才骑自行车悄悄回自己的家。

一天晚上，正要离开时，他听到二楼传出剧烈的咳嗽声，C首长咳得惊天动地，他急忙跑上楼，看到首长咳得眼珠子都快掉出来了，样子很可怕。打昨天起，首长就咳嗽，众人劝他到医院去，他就是不去。首长一辈子身体好，感冒发烧的时候都很少，这一回，遇到了生命中的一道大坎——没等救护车赶到，竟然昏迷过去，把全家人都吓坏了。

紧急送到301抢救，医生初步诊断是胸膜炎，为病毒或细菌刺激胸膜所致的胸膜炎症，来势凶猛，症状为胸痛、咳嗽、胸闷、气急，呼吸困难，并伴有高热。幸亏及时送到医院，否则会有生命危险。

尽管C首长很快脱离了生命危险，但病情依然在肆虐，首长的身体恢复得很缓慢，要绝对卧床休息。这时候王秘书已经履新离开，新秘书尚未到位，在病房里侍候首长的担子，责无旁贷地落到了无私肩上。当然，首长有司机，还有勤务兵，也可以帮忙照顾，但这些战士粗手大脚的，他不放心，那些日子，他吃住都在首长病房，常常彻夜难眠，实在困极了，和衣躺在外屋的沙发上眯瞪一会儿，但凡首长发出一点动静，他立马爬起来，靠上去照顾……

正所谓福不双至，祸不单行——首长入院第六天早晨八点多，他接到一个电话——姐姐从老家打来的。姐姐上班时间打电话，他就预感到大事不妙，以前家里人不想影响他工作，很少主动打电话，更不会上班时间打电话。

果然，姐姐电话里哭着说，父亲凌晨突发心梗，住进了县医院急救中心，医生说病得很重，母亲希望他回来见父亲一面。

整整一上午，他都恍恍惚惚的，几次想张嘴向首长请假，然而他望着病床上身体虚弱、紧闭双眼、正在输液的首长，目光又都移开了去，望着天花板呆呆地出神……

这个时候，他怎么能张得开嘴要求走人？他实在张不开这个嘴啊！

C首长功勋卓著，德高望重，是国家、军队的宝贵财富，而他的父亲，不过是一个普通的乡民。照顾好首长，既是他的本职工作，更是他的政治职责，他必须义无反顾。父亲呢，有姐姐、姐夫和母亲照料，他是放心的。再说，自古忠孝难两全，让他赶上了，他得先尽忠，后尽孝……考虑来考虑去，他咬牙决定，不论家里出现什么情况，他都不能回去，只能是首长康复出院之后，再回去看看。

他寄希望于父亲能挺过来，转危为安。

他把病床上的首长，当成父亲一样尽心侍候。

又过了八天，首长终于彻底康复，回到驻地。他这才急慌慌赶回老家，而这时候父亲的“头七”都过完了。他跪在父亲坟前，哭得伤心欲绝，肝肠寸断。边哭边想，父亲会原谅他的，家人会原谅他的……

父亲早年曾经干过收破烂的营生，在镇上开了个废品收购站。他记得父亲常常对他说，金银铜铁锡，金最值钱。做人嘛，得做金子；做不了金子，也要做银子做铜，不能做铁，铁到最后都是废品。

他硬挺着不回来，就是想做金子银子，父亲一定不会怪他。他一个乡民的儿子，成为副师职干部，已经为父亲争大光了。父亲在村里很得意，很有面子。

天下什么最大？面子而已。

自从调到北京后，他只回过一次老家，那已是四年之前。这一次，他在家待了三天，寸步不离陪伴母亲。

第四天，他打起精神回到北京。C首长问他：“小张，你父亲咋样了？”

他忍住泪水说：“首长，我爸已经去世十多天了……他生前不让家里告诉我，怕影响我工作……”

他颤抖着，说不下去了。C首长眼圈红了，扭过脸去。

后来，无私电话里告诉我，这件事对C首长刺激很大，首长对老伴儿感慨道：“国家给我配个秘书，等于咱们多了个儿子，你看，我大病一场，亲生儿子都不回来，全靠小张照顾，他比亲生儿子还孝顺！就为这，我也要一辈子感激国家。”

曲阿姨说：“老头子，小张还不是秘书呢。”

C首长一锤定音：“让他改任就是了。”

该好好说说李和平了。别说你们，连我都快把他忘记了。

岁月匆匆，转眼到了二〇〇五年，秋天的一个中午，我突然接到他打来的电话，说他现在军区大门口，请我过来一趟。和平从不开玩笑，我知道一定是真的，赶紧跑去了。他果然站在大门外面的停车场边等我。没等我发问，他一脸笑意，步履轻快地迎上来说：“陶鲁，我来向你报到！”

我一时没反应过来，他又道：“怎么，不欢迎？”

我这才意识到，他调过来了，上前紧紧握住他的手说：“和平，这一天我终于盼到了！”

在此之前，他是我老单位A师的副政委，任现职已有五年，眼前有两个岗位可选，一是到B师担任政委，二是到军区当宣传部长。都很重要。他几乎没有犹豫，选择来军区机关工作，因为宣传部长一职，更能发挥他写材料的作用。多年来，他是军里最好的笔杆子，这是毋庸置疑的，一旦当上宣传部长，他相信自己一定是全军区最好的笔杆子。

昨夜他坐火车赶来，上午政治部首长同他谈过话，这事就定下了。一会儿他要赶回去交接工作。

自从我转业后，我们虽然联系不断，但见面的机会并不多。我特别想留他住一晚，兄弟二人喝顿大酒，好好聊聊。他摇着我的手，笑着说：“以后我就是龙城人了，我们想不见面都难啊，你急啥呀？”

这时，开过来一辆军车，送他去车站。目送他上车，我注意到，他后脑勺的头发已经稀疏，他的腰背也有一点儿驼了，估计是长期伏案写材料造成的吧。想想我们都是四十七岁的人了，到了人生之秋，应是收获的季节，我离文联主席的位置已不远，下一届换届选举，我希望蛮大。和平和无私更是都在各自岗位上接近了人生巅峰，作为老战友，我期待他二人都能有一个成功的军旅人生——作为军人，能够站在将军的台阶上，无疑便是成功的人生。

差不多这个时间，无私也升了一级，调整为正师职秘书。

我和无私电话里议论过和平这次升迁，无私认为，和平应该选择当师政委，不应该来当这个部长，说："我就是不太明白，他怎么那么痴迷写材料呢？无非就是编来编去，闭上眼说假话大话空话，吹喇叭抬轿子，搞形式主义花架子，文章狗屁不如，搞坏了风气。去当个师政委，带带兵，干点实事多好！"

我说："和平可能是为下一站考虑，未雨绸缪吧。"

到了正师这个台阶上，唯一的目标就是提副军，当将军，这是显而易见的。据说，二十多年来，军区先后六任宣传部长，除了有一位因身体原因提前退休外，其余五位都上去了。和平坚信自己也能上去。而去基层带兵，一个师近万人，压力太大，出几次事，前程也就耽搁了，不如在机关稳妥。

我把这个看法说给无私听，并且说，还是你好，在首长身边更稳当，熬年头耐心等着就是了。无私却说："我真没想那么多，只想干好每一天的工作，照顾好首长，让老人家有个幸福的晚年。我没和平那么大志向，他望得太远，脖子伸太长，当心要被鞋带绊倒的。"

类似尖刻的话，和平也说过。有一次谈起无私，和平不屑地说："他不就是靠人身依附吗？说穿了就是个家奴，风气都是他们搞坏的。德不配位，必有殃灾。小胜凭智，大胜靠德。光靠拍马屁，即使上去，也会被人戳脊梁骨。我一路走来，全是靠自己，凭本事往上走，从没想过找个靠山。我是坦坦荡荡的，身边的同志们都可以作证。"

这二人虽然远隔千里，平时联系也极少，但互相不服气，互相看不惯，似乎是与生俱来的。我真担心有一天，他们坐到一起时，话不投机半句多，会不会不欢而散？

年底，无私工作也有了变动，他离开C首长，平调到机关老干部局当局长。对于这次工作变动，他不仅没抵触，反而很乐意，因为有了秘书经历，再有个机关部门领导的工作经历，履历更显丰富，对后续的成长进步更有利。老干部局无非是为老干部服务，这个他不陌生，干起来得心应手。

和平调过来后，我们见面的机会确实多了起来。他忙得很，出不来，我去看他的时候多。每次去找他，要么他在开会，要么在写材料，主要是大领导的讲话稿，或者带一群人钻进小会议室“推”材料——对着投影仪屏幕，逐字逐句地抠，绞尽脑汁反复斟酌，常常为一个字、一个词，甚至一个标点符号争来争去。我不解——领导念讲话稿，又不读标点符号，逗号也好，分号也好，有必要这么争来争去吗？他说，这是工作态度问题，首长的文稿，不能有一丝一毫的马虎。

写材料其实是最苦逼的活儿，我们地方上的人，把写材料的，叫作文案狗，每天改到死，能把人逼疯。和平干这个却是乐此不疲，上瘾，一天不写心里空，三天不写心里慌，五天不写心里闷。有一回我去他办公室，见他在一张《人民日报》上勾勾画画，原来他在改人家的一篇社论，说这个词用得不当，应该这样；那个标点标得不对，应该是分号，而不是句号。我笑了，心想你把大好时光用到这上面，真不知生命的意义何在。

现在的风气，都是一切围着领导转，溜须拍马往前蹿。领导下台，讲话稿就成了废纸；领导上台，就一窝蜂地加班加点写讲话稿。领导大会上讲完，各单位还要开小会讨论，人们夸领导的讲话磅礴大气、高屋建瓴、是个纲领性文件之类的话，和平听到了，开心得很——这可都是他写的呀！

政治部徐副主任分管宣传部，徐副主任离了稿子不会讲话，哪怕他参加再小的活动，哪怕是几句主持词，或者是几句慰问的话，都要为他准备稿子，而且要求还挺高，得反复为他改。人们私下编了个小段子，说是在路上碰到徐副主任，你上前打招呼说：徐副主任好！这时他也要掏出稿子，认真念道：你好！有人私下对徐副主任有意见。和平却认为，这很正常，他是首长，他混到了这个份上，他有这个资格啊！等你混上去，你也可以这样嘛。

几年之后，作家莫言获得诺贝尔文学奖。和平半开玩笑对我说：“如果设立诺贝尔材料奖，我可以去争一下。”

两位战友蓄势待发，我却遭遇一次“重创”——说好的文联主席，让老齐抢去了。

自从在北京搞个展大获成功后，老齐的画技尤其是画价突飞猛进，用他的话说，卖画收钱，经常数得手指头抽筋。他赶上了好时候——那是腐败比较严重的年代，一张画卖十几万几十万，稀松平常，老齐赚得盆满钵满。据说从市里到省里，有头有脸的领导，家里藏有他画作的，不计其数，当然都是请托办事的人雅送上去的。

换届之前，老齐嘴上说，一定不和我争，全力保我。但我心里有数——败给他是必然的，他在上层的人脉，他的经济基础，决定了他想不当文联主席都难。

结果就是这样，老齐高票当选。他一脸惭愧地对我说：“老哥，我当主席，你来掌舵，好不好？要不，我就干一届，下届你来。我他妈说到做到。”

其实，他们都误解我了，我真的没太拿这个当回事，我自由散漫惯了，真让我衣冠楚楚主持会议讲个话什么的，我会很难受。不当主席，图个清静，符合我一贯的风格。

想不通的是我老婆，老娘儿们发牢骚说：“男怕入错行，女怕嫁错郎。这两个错，怎么都让我们家摊上了。”前一句是指我不该当这个破诗人，而应该像老齐那样当画家；后一句，自然是打我脸了。我内心总结说，老子这辈子，当个诗人其实蛮快乐的，就是因为有个爱唠叨图虚荣的老婆，整天这山望着那山高、吃着碗里瞧着锅里，没个满足的时候，才使我的快乐打了大大的折扣。男人这一生，功名利禄其实都不重要，重要的是找个不让你讨厌的老婆。

没当上官，那就发愤写诗。出了本新诗集，印数还是羞于启齿。有一次请和平两口子吃饭，我老婆多嘴多舌，提出“请李大部长买五百本发给部队”。和平笑笑，没表态。回家后我怪老婆，不该给和平出难题。女人振振有词：“他一个宣传部长买点书，还不是小菜一碟！”

这事说说也就罢了。没想到有一天，和平把我请到他办公室，指着一堆书说："陶鲁，这是你的大作。但我向你坦白，我不能动用公款帮朋友买书，这不符合规定，请你理解。我个人买一百本送人，你辛苦一下，签上大名吧。"

签名的时候，我的手直抖，既感到有点尴尬，如芒刺在背，内心不停地怪老婆多嘴多事，同时也颇为感动——和平还是蛮够朋友的。

后来得知，这一百本诗集，他一本也没送出去，他怕别人怀疑他用公款购买的，因为无法去解释。

无私听说后，一阵大笑，当即表态，他要一千本，说："至于用什么款，你甭管了。把发票寄来，给你报销打款就是，书一本也不要，你自个留着送人吧。多大点事呀！藏着掖着的，怕什么呀！谁没有个三朋六友？公款买几本书怎么了？谁没买过？"

这便是无私与和平的区别——无私实在、忠厚、灵活；和平虚妄、孤傲、死板。

他继续感慨道："中国是个人情社会，总是你照顾我，我帮助你，不能什么都按规定来。人就得既有原则性，又有灵活性。一是忍耐，你尽量不能出头；二是原则性灵活性要统一，没有原则性，要犯错，没有灵活性，没朋友。我就不相信他李和平什么都按规定来，如果你对他有用，五千本书他也敢买。"

无私的意思，和平是假正经、虚伪，是做秀。这令我哑口无言。

军区新上任的陈司令要在大礼堂对全体机关干部做一次报告，写讲话稿的重任毫无疑问地落到李和平身上，他带几个笔杆子不分日夜，拼命干了半个月，拿出讲稿，信心满满地交给陈司令审阅。无人能想到，陈司令对此稿非常不满意，具体的表现就是，大会上，陈司令把那篇稿子扔到一旁，而是拿着自己拉的两页纸的提纲，侃侃而谈，讲的都是大白话，大实话，效果居然出奇地好，大礼堂掌声雷动。有人统计，两个小时的报告，响起十五次掌声，平均八分钟一次。

坐在听众席上的和平，原本是要享受掌声的。但是这掌声完全不属于他。这对号称军区第一笔杆子、高度自信的他来说，无异于当头一棒。

事情并没完。过了一段时间，陈司令又把他主持写的一份重要材料扔到了地板上。

陈司令是有名的务实派，人称“陈大炮”，总部首长都敢顶撞，批评人从不留情面。陈司令小范围批评道：“形式主义的东西，军区政工部门表现得尤为明显，写出的材料看上去引经据典，滔滔不绝，实则内容假大空，文过饰非，没几句实话、真话、良心话。”他对文稿的要求就三个字：短、实、深。他还借用毛主席的话，评价宣传部搞出的那两份材料，像老太婆的裹脚布——又臭又长，是典型的党八股、“军八股”，令人反胃。当前机关转作风，首先要从转文风抓起……

和平自信心因之受到重挫，机关不少人开始对他侧目。他不由得怀疑自己，二十多年的历练，难道跑偏了方向吗？

这一时期正是他升迁的关口，正师四年了，上头该考虑他了，却由于不期然撞到陈司令枪口上，让他失分不少。

事情还没完。宣传部大张旗鼓推出一个典型，是某基层单位的指导员，带兵有方，思维超前，各大媒体纷纷报道，称赞他是创新型革命军人，在军内外反响较大。但是墙内开花墙外香，那个典型所在单位却有人不买账，给上级写信反映情况，认为过度拔高，水分太大，不实事求是。事情传到陈司令耳朵里，老头把政治部主任以及李和平等人叫去，当众拍了桌子，斥责他们工作不实不细，好大喜功，肆意拔高典型，败坏风气。并且道：“你们不能为了材料而材料，把主要精力用到写材料上，效率低下，浪费惊人——听说为了搞一个演讲会的材料，不到两万字，兴师动众，居然抽调几十号人，住宾馆开小灶，花费几十万，有这个必要吗？……”

陈司令说的都是实情。众人大气都不敢出，个个像霜打的茄子。

有人私下揣测，陈司令与政工口的人“屡屡过不去”，是因为他与军区胡政委有矛盾，或许是有意拿胡政委欣赏的人出气，杀鸡给猴看。曾几何时，胡政委是很赏识李和平的。

不管什么原因，让陈大炮瞧不上眼的人，升迁之事，暂时就别想了。

无私迎来了一次重要机会。

总部机关空出一个副军职的位置，一群人竞争，明里暗里，八仙过海，各显神通。无私也是人选之一，但他优势不明显，如果不努把力，也就是个陪太子读书的角色。

电话里给我说起这事，他居然有点难为情的样子，讷讷道：“一个农民的儿子，成为正师职干部、大校军衔，按理说我该知足了。可是，可是，久在江边站，必有望海心，既然有机会，也就想再冲一冲。陶鲁，你说我没错吧？”

我鼓励他，有机会一定抓住，不要留遗憾，别像我，败给齐大伟，终生是桩憾事。

他最大的优势就是C首长。当年他离开的时候，老爷子曾说过，小张，以后你的事，我还会管的。有了这句话，他才下决心离开，否则他真想在老爷子身边干到底，直到为夫妇二人养老送终，然后退休。

一天晚上，他硬着头皮去了首长家，磕磕巴巴把要求说了。以前他从没张口要过官，这可是大姑娘上轿头一回，搞得脸红脖子粗，后背都湿透了。首长威严地坐在那里，一声未吭，半天不语。他坐不住，慌里慌张告辞出来，给我打电话。这种事他只能说给我听，在北京找不到一个可靠的听众。

他说：“可能要坏事。首长很正派，不会为我坏规矩的。”

我安慰他道：“你只要努力过，听天由命吧，不成再等下一个机会。机会还会有的。”

听我这么一劝，他便把事情放下，专心干工作，任别人争来争去，传言满天飞，他不再去关心。

一天上午，接替他的刘秘书打电话说，首长让他下午三点半，务必来家一趟。他忐忑不安地赶去，一进门，见总部分管干部工作的赵主任坐在客厅里，原来赵主任今天专程来登门看望老首长。

C首长冷冷地指指沙发，示意他坐下。他搞不清老爷子葫芦里卖的什么药，紧张地坐下。老爷子眯起眼睛问：“你正师几年了？”

他答：“四年半多，快五年了。”

老爷子一拍沙发扶手，满脸不悦，道：“你怎么干的？我身边出去的，个个是将军，就你无用！”

他诺诺称是，冷汗直淌。

一旁的赵主任赶紧道歉，大声说：“首长！是我们工作疏忽，没好好考察培养，不怪小张。他很好，工作没得说，人也正派、老实！”

老爷子这才拊掌一笑道：“小赵呀，你这一说，我就不生气啦！”

一个多月后，无私胜出，被任命为总部机关一个部的副部长。他第一时间跑来，向老爷子报喜。老头得意地说：“我早知道会是这么个结果。所以呀，凡事别急。过去打仗，最怕心急。寻找到合适的战机，才是胜利的保障嘛。”

据说，C首长曾对老伴念叨：“不为别的，就为我的面子，咱也得帮小张一回。他跟我这么多年，上不去，我这张老脸往哪搁呀？”

无私获提之后，和平见到我，心里虽然还是不服气，但他并没有发牢骚讲怪话，而是深沉地说：“张无私——他是笨功夫，大智慧。”

两年很快过去，和平还是原地踏步。我都跟着着急，打电话给无私，请他帮和平想想办法。无私嘴巴不饶人，说：“一个只会写材料的人，当上将军，他有什么用呢？”又说：“李和平自认为是个人才，可是，人才，人才，才是人用的，不用你，你这才，啥也不是。”还说：“军队几十年不打仗，机关的人，整天开会、写材料，再这样下去，军人会生锈的。”

他不说帮，也不说不帮，每次都是打太极那般，绕来绕去。我相信无私一定会帮和平一次，只是需要耐心等待时机。

二〇一二年初夏，八十多岁高龄的C首长要来龙城休息几天，无私作为主要随从陪同前来。这时候，陈大炮已经调往南方军区任职，胡政委也已到龄退休，新到任的黄政委是C首长的老部下，黄政委几番邀请，正是在无私的鼓动下，老爷子才同意离京。来龙城路上，无私就吹风说，他有个“最好的战友”，在军区机关工作，非常崇拜首长，特别想见首长一面，了却半辈子的心愿。老爷子很开心，发话说，可以找个时间安排见一下嘛。

黄政委在龙山半山腰的八一山庄隆重宴请C首长一行，这当口把李和平拉来作陪，是最好的时机。但是这种高规格的场合，和平是靠不上边的，无私便打着C首长旗号，向黄政委秘书提出要求，秘书报告黄政委后，打电话把李和平叫来了。

谁也没有想到，酒桌上，和平急于表现自己，闹了个大洋相。刚上来几个凉菜，他就开始敬酒。他端起满满一杯茅台，足有二两，先是代表军区宣传部全体同志，向崇拜已久的C首长敬酒，豪爽地一口闷；接着代表自己八十七岁的老父亲，向C首长敬了第二杯，又是一口喝下。随即他转向黄政委，继续表演。无私劝他停一停，劝不住，结果喝完第四杯，他出溜到桌子底下，被两个战士抬了出去。

无私鼻子都气歪了。

好在酒宴的气氛没怎么受影响，C首长哈哈大笑，说："这个李和平可真够实在的，和我年轻时一模一样。"无私却认为，首长这是替他撑脸面，因为出洋相的人是他喊来的。

临走之前，无私才打电话告诉我，他来龙城了，简单把和平的表现讲了讲。并且说，原本想三兄弟单独一聚，因为和平闹了这么一出，只能以后再找机会了。

老齐现在已被人尊称为大师，他的国画很有名，近几年又转攻油画，据传也不错。他自我标榜说，他属于"左右开弓，齐头并进"。社会上绝大多数人其实并不懂艺术，人们只看名气，某些人只要名气一大，他创作的狗屁作品，都有人大唱赞歌。我认为齐大师就属于这一类。

给上头的人送字画，自然要选名家作品。

和平委托我找一个有名的画家，为总部的谷副部长画一幅标准像。他家与谷家是邻县，两家直线距离不超过五十公里，算是很近的老乡。以前就有人提醒过他，想办法和谷攀上关系。他迟迟未动。因为他过于自信，一副舍我其谁不求人的劲头，他不想学张无私，非要找个靠山——他曾经那么瞧不起无私。

然而现在他五十四了，再不进步，就没机会了，军旅生涯该画句号了。他通过老家的县领导和谷副部长的亲弟弟搭上了关系，谷弟回话说，已给大哥打过招呼，大哥欢迎他这个老乡来北京家中做客。

对于和平来说，这是一个好信号，谷副部长权势熏天，能量惊人，他这点事，一个电话就解决了。但是去登人家的门，总不能空着两手。想来想去，决定请一位有名的画家给谷画一幅标准像，这样做不俗气，甚至显高雅，对方易于接受。

我实在不想请老齐帮忙，可是扳着指头算来算去，本省的名画家，哪个都不好求，北京的就更不用说了，都是眼盯着钱，谁出高价给谁画。不得已，还得回头求老齐，毕竟是老关系，老兄弟，当年没有我，也没有他今天，他总得给我个面子吧？

和平不便出面，一切都交给我办。我在龙城大酒店请齐主席吃饭，从家带去珍藏了十几年的一瓶茅台，把谷副部长的几幅照片和五万元定金装在一个小箱子里。事先我问过老齐的助手小张，得知老齐当下画一幅标准尺寸的人物油画，市价不低于八十万元。我合计，看我的面子，给老齐三十万，他不画也得画。

尽管和平为这个价格惊得张大嘴巴，但还是默默接受了。他叹了口气说：“这世道，肥了这些画家。”

我笑笑说：“只要一加大反腐力度，画价就得噌噌往下掉，可是咱们等不起。”

和平开玩笑道：“谷副部长要是喜欢诗歌就好了，我买你一千本书送给他，才多少钱？比买个画便宜多了！”

我叹口气：“都怪我，要是一开始我不写诗而是画画，此刻就不用求人了。”

和平摇头苦笑：“你不写诗，我们就不会到一块学习，也许这辈子都不认识呢！”

几杯酒下肚，趁着齐主席高兴，我把想法说了，并且把小箱子打开，请他过目。他豪爽地说：“照片留下，钱拿回去。咱们哥们儿，这点事还要钱，不像话嘛！”

他坚决不收定金，这让我很是感动。

约定的两个月时间到了，我找老齐要画。他竟然说，还没开画呢，最近太忙，要给谁谁谁画，还要给谁谁谁画，都是以前应下的。腰也不好，老疼。老哥，多担待啊，再给我两个月，好不好？

我感觉不对劲，又去问他的助手小张。小张把我拉到一旁小声说：“陶主席，别人求画，可都是把全款提前付了，或者至少付一半。您一毛钱没拿，您说齐主席先给谁画？”

我瞪眼说：“是他不收定金，不怪我啊！”

小张摇摇头说：“我给您说实话，他不收定金，就是不想给画。这您明白了吧？”

我脑袋嗡嗡地响，想起鲁迅先生说过的话，人一阔脸就变，这话用在齐大伟身上，真是再合适不过。和平躲在郊区的一个仓库写材料，我坐上车去找他，把情况一说，他脸都绿了，半天才道：“拿八十万买画，不如把这钱送出去。再说，时间也耗不起。”

他决定即刻去一趟北京。

他一路走来，直至当上正师职的宣传部长，从未给上级送过礼。而今，他只能放手一搏。

“心诚求之，虽不中亦不远矣。”登上去北京的高铁时，他就是这么想的。

三个月后，和平得到确切消息，提拔的事情定了，他将回老单位八十四集团军，担任军副政委。

他特意请我喝了顿酒，兴奋之情溢于言表。他老父亲奋斗了一辈子，仅仅混到小县城工商局的小科长退休，连个局长都没当上。他就要当上将军，但现在还不敢告诉老人，怕老头一激动，心脏受不了，得慢慢给他说。他写了半辈子材料，几乎把人写死，还好，以后就不用写材料了，开会讲话要念别人写的稿子。

命令没下达之前，他要我为他保密。我连老婆都不告诉，但我得告诉无私，因为无私关心过他，因为我们仨是兄弟，让无私也分享一下他的喜悦，那是必须的。

我打通了无私的电话，并且忍不住透露说，和平专程去过谷副部长家。闻听此言，无私呆愣了许久，我以为电话断了，喂喂叫了几声，打算挂掉重拨。这时，他才语气沉重地说：“他这是在弹药库玩火，弄不好给炸飞，都不知怎么死的。”

我给吓得一激灵。

无私此时已经获悉谷副部长出事的消息，只是不便与我明说。当然我也猜到了七八分。他不满地嘟囔道：“陶鲁，你为什么不制止他？”

我难以作答，沉默着。

最后他说：“是福不是祸，是祸躲不过——能不能躲得过，就看他运气了。”

不久，谷出事的消息传开。和平的任职命令最终没能下达，他被谷案给卷了进去。

他去谷家走动，带去一个皮箱，内装一百万元。他并没有傻到在箱子里面留简历和电话，开始谷也没有交代他，这点钱在谷眼里，也许真不算啥，懒得说。办案人员偶然调看谷家大门外马路边的一个公共监控探头，寻找线索，其中有一个中年男子下了出租，提着一个皮箱进了谷家大门，恰恰专案组里面有一个从龙城调来帮助工作的人，这个人脱口而出：“呀！这不是李部长嘛。”

他就这样暴露了。

因为没能帮他弄到画，才造成后来他铤而走险去送钱，我为此感到愧疚。如果仅仅是送一幅画，应该不算是多大问题吧？老齐又不是徐悲鸿张大千，他那破画算个屁！

后来才搞清楚，李和平提升，与送钱无关，姓谷的根本没为他给军区打招呼，提拔他，完全是军区党委的意见，他当宣传部长七八年，没有功劳也有苦劳，只要没有大毛病，组织上一定会认真考虑的。他还是太急了，战机没寻好，应该再坚持最后五分钟。说到底，最可靠的依靠是组织，而不是某个人，组织可能帮不了你，但是组织绝对不会害你。

身陷囹圄的李和平，得知这么个结果，一定会悔青肠子的。

转过年来，我去北京领一个诗歌奖，与无私小聚了一次。他的司机开车送我们去吃饭，离老远他就让司机停车，我们下车，车子掉头开走，我们步行走过去。他是怕被人拍到军车牌号。

这条街上有几家特别高档的餐饮，全北京都有名，我以前来，无私经常在这里招待我。如今那几家名店是不敢去了，他在这附近找了个路边小店，我们钻进一个小包间，要了四菜一汤。他自带了一瓶茅台。在这种小饭馆喝茅台显得很不协调。

我们边喝边聊，话题绕不开时下轰轰烈烈进行的反腐。无私消息多，对这个很敏感，他说的多，我说的少，基本都是听他讲。他嘴里一套一套的，真应了那句话：官越大，水平越高。他说：“这回可是动真格的，不像以前那样走走过场。做官的黄金时代过去了，春江水暖鸭先知，我身边不少人都开始收手。有道是‘明者见危于无形，智者见祸于未萌’，《道德经》里还说，‘飓风过岗，伏草惟存’，都是这么个道理。小心点没错。但话又说回来，中央也真该好好抓抓了，不抓真要完蛋了……”

我隐隐为他担心，端起酒杯祝他平安顺利，每天都能睡个安稳觉。他听出我话里的意思，轻拍着胸脯说：“我不怕，说出来你不信，我家里一百万都拿不出来。我既没收过，也没送过。都说升官要花钱，我当上将军，一路走来，没花一分钱。如果要树一个不买官的典型，我觉得我够格。这么些年，C 首长老是送我东西，从茶叶、土特产到酒，我都记在小本子上，而首长家，我只送过五斤红枣、十斤小米——那年回安徽，从老家带来的，首长就很不高兴，说咱们之间，不搞庸俗那一套。以后再回老家，我一根草叶都不敢带了。”

我相信无私说的都是真话。

无私又说：“很多人都是被钱害了，就像李和平，敢送钱，说明家里钱多。”

我摇头道：“他也没钱，他送的一百万，有二十万是借小舅子的。这个我可以作证。”

无私不信：“他当了七八年部长，能没钱？宣传部虽然说是清水衙门，我听说经费也不少的，管着好几个直属单位，每年这费那费的，几千万总有吧？他当部长，能不捞一点儿?”

我郑重地说：“他真没捞。他送的那点钱，是他家全部的存款。这个我敢保证。”

闻听此言，他默然许久，道：“李和平他一辈子不可谓不卖力，不可谓不努力，不可谓不尽心，不可谓不干净。可是他干的事，基本就是形式主义战车上的一颗螺丝钉。”

我点点头。

话题随之转到我身上，他说：“人这一辈子，能干自己最喜欢的事，就是幸福，比如你。世上什么最珍贵？我认为，是自由。陶鲁，你多自由，想睡懒觉就睡，想骂谁就骂谁，想写就写，想不上班就在家待着，每天不用看谁脸色，不用猜别人的意图。说实话，我不羡慕那些中将上将，我羡慕你。”

他说的是真话，我能感觉出来，他不是讽刺我，他是真心羡慕我。我一个名气不大的诗人，能得到一个将军的羡慕，说明自己这一生，路没走错。

大约半年之后，李和平的事情有了结果，因为问题并不太严重，他没有被刑事处理，而是做了组织和行政处理：开除党籍，正师降为副师，安排退休。

这已经算是很好的结局了。

我去他家看望他，他闭门不见。第二次去，还是不见。第三次去，仍是不见。给他打了无数次电话，就是不接。他爱人说，老李精神状态不大好，老是嘟囔一句话：那么多人没事，为什么偏偏是我？他不想见任何人，你们的心意领了，以后请不要打扰他了。

我不觉悲从中来，潸然泪下。

后来就听说龙山公园里，经常有一个穿迷彩服的中年人，在那儿哼唱军歌，别人问他话，他一概不理。

那天下午，我在龙山公园半山腰徘徊了两个多小时，从不远处的松树林里，传来断续的军歌声。李和平把我所知道的军歌都唱了一遍，有的唱了好几遍，比如《战友之歌》。

听着他沙哑的歌声，我的心感到刺痛。我很想上前，同他一起歌唱。

年轻时我们风华正茂，那时唱这支《战友之歌》，浑身是劲。数十年来，一些无聊的事情，耗费了人们太多的精力。军营变成了官场，人人都被职务、金钱这两只狗追得魂都掉了。如今年华老去，现在来唱，徒添悲凉。

如果大家都少一点功名心，这世界就会更精彩。

那天下午，我几次鼓起勇气，想上前去，同李和平一起歌唱，然而最终迈不开脚步。太阳落山时，我踽踽下山去了。

年底，张无私以军改后新成立的某部正军职副司令的名义，来龙城参加一个会议。一天下午，我闯进他开会的地方，强行把他拽出来，拉他前往龙山公园。我们迎风上山，刚下过一场中雪，山上游人并不多。走着走着，就听到半山腰的一片树林里，传出一个人的歌声。我停下脚，无私狐疑地望我一眼，渐渐被那歌声吸引。

他听出来了，是李和平。

这时，李和平又在唱《战友之歌》。他的歌声感染了我，也感染了无私。我们迟疑片刻，然后大步走向那片小树林，来到一个高处，我们看到李和平一身迷彩服，正动情地引颈高歌。

大约二十年前，我们曾经相约，兄弟仨到龙城相聚。这是分别二十多年后，我们第一次聚到一块，没想到，是在这样的场合，以这样的方式相聚……我的心里暖暖的，我看到无私眼里闪着泪光……

我和无私随着和平，大声唱起来——

战友战友亲如兄弟，
革命把我们召唤在一起，
你来自边疆，
他来自内地，
我们都是人民的子弟……

和平望见高处的我们，略显无神的眼睛，忽然间变得明亮起来。

我们唱呀，唱呀，到后来，都禁不住流下了眼泪，感到热血沸腾。我想，太久不打仗，本该单纯的军人都变复杂了。我虽然早已不是军人，但我还是想说：让我们出征吧……

让我们仗剑出征吧！

选自《十月》2018 年第 4 期

胴 寺

/西元

佛家有云：放下屠刀，立地成佛。那普天下编故事的人，莫不是劝人向善，没听说哪一个劝人向恶的。但泱泱中国之大，有一个正的，必有一个反的，有一个高的，就有一个矮的。正应了阴阳相生之理。我这里便有一段放下屠刀，复又拿起屠刀的故事。说奇也奇，说不奇也不奇。细细想来，世间善恶未必一定，大恶似善，大奸似忠，大智若愚；反过来，大善似恶，大忠似奸，大愚若智，也是有的，只看你有多大的心怀。要知那复又拿起屠刀之人可否真成了佛。列位看官且耐住性子，任我一路分解。

1

连长王大心坐在土墙下。眼睛黑肿，看不出是睁着还是闭着。

这是个废弃的造纸厂，围墙里密密层层的尸体。要不是冬天，气味一定很可怕。每天要杀上千人。早晨来的时候，日本军人的制服是淡黄色的，到了晚上，那衣服像是在血水里洗过一样。尸体和尸体之间积满了溪水一般的血，日本人的皮靴踩上去啪啪直响。

傍晚时分，日本军人仿佛干了一天重体力活的工人，筋疲力尽地坐在造纸厂的旧板凳上，白米饭来了也咽不下。他们麻木了，直勾勾地看着十几个幸存下来的中国人用铁钩子将尸体拖上平板车，倾倒在不远处的小河沟。仿佛无数死掉了的鱼漂在河面上，缓缓而行，最终流到长江里。

入夜，王大心不清楚自己是活着还是死了。什么也看不见，耳朵却听得真切。寒风吹过草尖，吹过死人的头发，吹动了尸体上的衣襟。远处江水发出沉重的隆隆声，震得地皮微微颤动。还有从死尸的伤口里汩汩地流着的血，怎么也流不完。那声音像一群人在聊天，你说几句，我说几句，或三五个人一起争辩几句。

王大心的脑中一片空白，当然，说一片黑暗也行，都差不多。没有恐惧，没有仇恨，没有惭愧，没有情意，他心灰意冷地倾听着这个人世间。声音越来越弱，已经来到半夜，冷风刺骨，皮囊里的血渐渐流干，仿佛空掉了，他想，这回大概是快死了。然后，就失去了知觉。

不知过了多久，一把被血锈蚀的铁钩子刺进王大心小腿上。不是很疼，好像那腿不是自己的。无论如何，有一丝光亮从肿胀的眼缝中射进来。王大心觉得自己在泥水里被拖了很远，又给重重地扔在平板车子上，胸前是僵硬如石头一样的尸体。嘴和鼻子正贴在一个死人冷冰冰的前额上，有股腥气，有股稻草味，像被雨淋过的坟地。

颠颠簸簸地过了好久，车子猛地一倾，王大心和十几具尸体被丢到江水里。江面早已挤满了浮尸，王大心躺在这些浮尸上，半浸在水中，忽忽悠悠地没有沉下去。天空摇摇晃晃，灰雾中淡粉色的太阳像钟摆一样，从东跑到西，从南跳到北。

2

再睁眼时，王大心发现自己躺在一条青石上，滑溜溜的。头顶上是光秃秃的树枝，惨白的枝丫上挑着一面白月亮。不知什么鸟在远处咕咕叫了下，那声音掠过发脆的树皮，把几片枯叶震落下来。

王大心隐约记得是几个当兵的把他从江水里拖出来，背着他向北逃，又上了山，走了好一段山路。后来，他们可能实在是筋疲力尽，又或许觉得王大心没救了，就把他放在这儿，往他嘴里塞了片盘尼西林。

伸手可及的地方，是一道石门槛，光滑如镜，中间凹了下去。王大心奋力撑起头，向门里望去，月光下朦胧有座深红色的小庙子，没有灯光，窗子是破的，有几团黑乎乎的罗汉身影，枯黄的叶子积了尺把厚。看样子是没人。但王大心能感到湿冷的空气中有一缕热气，是人的气味。他挣扎着往门里面爬，像在枯叶的海水中飘游。

爬到小庙子门口，一块月光照进去，银闪闪的。王大心趴在那儿，惶惑地打量着红脸或蓝脸的罗汉，看着他们或怒气冲冲或喜笑颜开的神情。他又转过头，月光照不见的黑暗里，有一座金身坐像，不过，黄漆剥落，露出灰色泥胎。再仔细看，那泥像头没了，坐姿却很端庄，手指柔软修长，活灵活现。

王大心呆住了，他冥冥中感到，有什么东西是不生不死的。你看那泥像，没头了，一定是死了，可你看那姿态，又像活着一样。王大心疲惫地把脸贴在石板上，一滴泪水流过鼻梁，溅在灰尘里。他愣愣地盯着夜空里的白月亮，一时间竟忘了害怕，忘了爬进来是为了找人相救。

他莫名其妙地自言自语道，原来是在这里。他趴一会儿，再爬一会儿，绕过泥像，向庙子后面找去。那里有三五间石砌的矮屋子，不过，都没有灯火。他向中间的屋子里爬过去，用肩撞开薄木板门，因为那里有团热气。好久才适应了里面的黑暗，看到在角落里，有个人面对石墙坐着。那人不言语，王大心也沉默着。他放下心来，觉得在庙子外面，自己是一条在火上烤的鱼，现在，被放回温暖的湖水里。无缘无故地，他觉得得救了。

那人问，你来了？王大心愣了一下，答道，我来了。

3

王大心睁不开眼，也动不了。眼皮像块巨大的幕布，一会儿是鲜亮的红色，一会儿是绝对的黑暗。迷迷糊糊之中，他知道那是昼夜在轮回。眼皮之内，身体像颗烧红了的炮弹，不断地膨胀，随时要爆炸似的。

不知从哪里流进来一股清凉的水，带着甘甜。最不可思议的是，王大心竟然在黑暗之中闻到一缕女人的味道。这味道伴随着凉丝丝的水而来，抚过耳畔，掠过鼻尖。而且这味道还散发着淡橘色的微光，让王大心身体之内无限的黑暗里有了一小片光亮。

又不知过了多少个轮回，他再次睁开眼，阳光差点刺瞎眼珠子。随即，所有记忆被抹去。他躺在一团稻草上，头顶半尺之上有扇石窗，一只蜘蛛吊在阳光里，浑身的绒毛射着金光。王大心愣了很久，想起废弃的造纸厂，想起浑浊的血水，想起疲惫的日本军人，想起挤满尸体的江岸……于是一切戛然而止。他呆呆地望着被冬日阳光晒得半透明的稻草，想，我还活着，可我该死！这念头是如此顽固，以至于他觉得脑子被掏空了，只剩下这两句话，仿佛两个灰色的人扭打在一起。

有人推开木板门，弯腰进来。王大心动了下眼珠儿，打量过去。这人头发半寸长，衣服由各种碎布拼缝起来，走到近前，有股雨水浸湿的树皮味道。他把一碗野菜玉米粥放在王大心面前，点点头，翘起嘴唇，微微一笑。王大心眼角有点湿，大口把粥灌进肚子里，想说点什么，可喉咙仿佛堵住了，便把碗放在稻草上，无神地向石屋顶望着。

来人又笑了笑，道，你好好休息吧。便退了出去。这是河南一带的口音，让人想起乡间土路上的行人。许久，王大心动了动身子，爬起来，从小石窗子望出去。外面是悬空峭壁，有灰白色的云飘过窗口。长江像蛇样的水银镜子，蜿蜒在远处，罩着薄薄的雾气。再向南，是一片灰蒙蒙的城。

一想起那城，王大心便窒息了，心里空空荡荡的。他懒懒地坐回稻草里，歇了片刻，试着走出石屋。外面是个很小的院子，铺着碎石，有几簇浓绿的竹子立在院角。那救了自己的僧人正蹲在一口石槽边刷洗陶碗，选过之后，水不倒掉，而是就着几粒粥喝进肚子。

王大心走过前去，给那人磕了三个头。磕过之后，泪流满面。可他竟然不知自己为什么哭，更不知自己该说点什么。那僧人忙站起身，有点跌跌撞撞地跑过来，抱起王大心，说道，礼重了，礼重了。你本是护国的军人，性命尚且不惜，我也不过是几碗粥的功德。惭愧，惭愧。

几句话愈发说得王大心止不住泪水，忙背过身去，拾起院角里的背篓，费力地对那人说，救命之恩，不说报答，也理应供养。现在的山下已同地狱一般，山上怕是也很窘迫，我去寻些粮食来。那人说，我本是个行脚的僧人，无牵无挂，饥饱不忧。你伤好了，去了便是，不必儿女情长。

王大心摇了摇头，拿起背篓，一步三晃地向庙子外面走去。

4

庙子外面是片野林，有条若有若无的土路。真是奇怪，王大心愣了很久，心想，这庙子是如何生在荒无人烟之地的？空气湿冷湿冷的，有些石子洒在泥土里，又滑又硌脚，勉强算是条小路。

拐弯处有块大青石，石背后倒着一具军人的尸体。脸色黑黄，深陷的眼眶里突出着灰白的眼珠子，大张着嘴，茫然地望着天空。王大心低声说，你要是再坚持几步路，或许就有救了。尸体腰间挂了把手枪，王大心拿过来，卸下弹夹，只剩下三发子弹。他又翻了翻，手腕子上有块表，不过停了。裤兜里有两块银圆，上衣兜里有一张证件和一封给家人的信。这信被水打湿了一半，但还能辨得清家乡所在。王大心又道，枪我用一用，信和银圆一定给你寄回去。

走到山下时，灰色的太阳已快到天空中央。山路上零零星星地横着死尸，大多数是伤兵。王大心从草丛中钻出来，迎面是个水塘，水塘那边有个小村子。不过，静悄悄的。

水塘上蒙着铅色的晨雾，又略带粉色。透过雾气，可以看到几十具上百具尸体堆在水塘边，还有一些漂在水中，泡得肿大，快把衣服撑开了。再往村子里走，有条土狗拴在木桩上，大概是吓得傻了，蜷着身子，躲在木桩后面，不吭一声。土路上，扔着一头开了膛的水牛，肉给割走了，肠子内脏丢了一地，牛皮牛头牛蹄挂在旁边的木删栏上，牛血积成了一大片深深浅浅的水洼。

王大心掏出枪，静静地倾听周围的声响。似乎没什么活着的了，只有水塘里不知什么东西冒了几个气泡。他钻进一座茅草屋，有个尸体背后挨了一刺刀，身子下面压着一口陶缸。他推开尸体，下面是小半缸糙米。不过，已经被血水浸透，而且凝固了，有白白细细的蛆虫在上面爬。王大心扯掉死尸的裤子，扎紧裤腿，把黏糊糊的糙米捧进去，又在水塘里洗了又洗，勉强洗出了点黄白色。不过，凑近一闻，还是会隐隐嗅到一股陌生的臭味。

王大心把米拎回去，煮了一锅饭。那僧人皱着眉嚼几下，哇地吐了，问道，这米里怎么有这么大的血腥味？

5

王大心把一锅饭吃了。尽管心里一直想着那个溃烂的尸体、密密麻麻的白虫和黏稠的血迹，他还是一口一口地把饭吃干净了。不仅是想让自己活下去，还在摧残自己的心。这个心又失望又疲惫，不知所措，也不知何去何从。

半夜里，王大心梦见一条漂亮的鱼游在河里，可不知为什么，那条鱼就给煮到锅里，又被啃得只剩下鱼刺。然后，他又梦见自己坐在山路上，遍体鳞伤，精神恍惚，马上快完蛋了。这时，有个人拍了拍他的肩，又抬起他的下巴，说了几句话。他虽然没听清话的内容，却突然泪流满面。他刚要抬起头，将那人看个仔细，就醒了。

醒来之后，王大心竟然愈发控制不住自己的情绪，用头撞石壁，撕心裂肺地号叫。额角流了血，却有更厉害的剧痛从内往外喷涌。他满地打滚，把炭火盆碰翻了，几块红炭烧得后背嗞嗞响。如此还是不能缓解剧痛，他又拔出枪，对着自己的大腿来了一枪。折腾了很久，王大心感到自己又奄奄一息。天快亮时，那僧人才仿佛听到声音，走进小石屋，在王大心的伤口上抹了些药末。包扎一番过后，他坐在稻草边的一块青石上，沉默不语。

王大心恢复了知觉，有些愧疚地收好枪，低声说道，抱歉，抱歉，如此净土，我却动起了凶器。那僧人道，不必道歉，净土在心里。依我看，你似乎正在降伏自己的心，只是还摸不到门径。王大心想问一问这门径是什么，可也知道，这僧人一张嘴，必又是一套佛家的道理，便没了兴趣。

石窗外渐渐而来晨光，这僧人抠了下指甲上的泥，掏出把油亮的大铁剪，贴着下巴剪胡子。他的下巴清瘦、健康，隐隐泛着青色的光。而且，他剪得特别入神、专注，让王大心相信，这僧人吃斋念经也一定是如此心无旁骛。王大心又很好奇，这样一个人居然在乱世活得好好的，没被伤害，也没困扰，真是不可思议！

王大心问，你看样子有三十岁吧？那僧人说，差不多。刚出生就被家人给了寺里，至今不知父母是谁。后来，寺里僧人们因兵灾散了，我不愿还俗，行脚至今，已经忘了哪年哪月。

王大心又问，怎么未见你的经书？那僧人道，从小读经，脑子里一二十种经文是有了，每天做的只是复习功课。出家人重在修行，等天下太平了，再好好读经也不迟。

这天下何时能够太平？

一段因果了了，一缕妄念消了，天下就太平了。我每天会诵一个时辰

《金光明经》，为天下众生祈平安。

有用吗？

平心静气，至真至诚，必会有用。

王大心叹了口气，暗道，这人倒也诚实得可爱。不由得喜欢上了他。

6

山上冬日很冷。虽不结冰，但在石屋子里说话，仍然冒着股股白气。六七天过去了，王大心的伤口剧痛、发炎、愈合，还有高烧，种种折磨一言难尽。不过，他觉得自己有点变了，随着这些苦痛慢慢消尽，自己也在变得平静。他忘了一些东西，想活着了，不再摧残自己，也不再觉得自己罪大弥天。

一日早晨，那僧人竟然在舔王大心刚喝过粥的陶碗。他知道，山上没有吃的了，于是折了根粗树枝，带上枪，又一次摸回那个被屠戮过的小村子。

山路上的死尸开始膨胀腐烂，衣服或军服给撑得鼓鼓的，好似刚灌的香肠。有的扣子绷开了，有发红发黑的脓水或腐肉流出来。尸体的头脸也早看不出模样，一个个肿得像颗剥了壳的鸡蛋，双眼突出，牙齿焦黄，有点像在哭，又有点像在笑。而且，所有死尸的表情竟然都一样。

可是，树林子依然苍翠，鸟在叫，声音幽远。淡淡的雾气徘徊在树枝与树叶之间。让人觉得，这些尸体不过是偶然来到这儿，然后，倒下，发胀，腐烂，化成水，消失，最终融入泥土。他们只是这里的过客，而剩下的，才是几百年、上千年的常态。

王大心进了村子，这里依旧没有一个活人。那条狗大概是饿得疯了，咬断了绳子，正歪着脑袋扯出水塘边一具尸体的肠子。这狗眼睛红红的，鼻子、嘴边和脖子上沾满了血。它远远看了王大心一眼，眼光疯疯癫癫的，又有一丝不舍。它犹豫了一下，索性不再理他，埋头继续啃尸体的脚指头。

王大心一个草房子接着一个草房子找下去。他发现，其实每座房子里都有些粮食，虽然不多，但必定有，只不过这些粮食都藏了起来，你得花很多功夫找出来。他想了想，明白了，这村子里的人在被抓起来集体杀掉之前，都还是指望着活下去的。

他如上回那样，扯下尸体的裤子装了些米，又捡了件棉被。他还想再拿点东西，可一条瘸腿不允许了。他坐在某户人家的灶台前，铁锅里还有点残羹剩饭，不过早已干涸了，并且长着霉花。

王大心呆呆地坐着。那条狗来到门口，冷冷地看着他，心存侥幸地对他抽了抽鼻子，又伸出前爪，装模作样地伸了个懒腰。他对它吹了声口哨，那狗马上站好，腰身抖了抖。王大心想，这可怜的家伙活在世上，不知受了多少惊吓。而且，我饿了。

他招了招手，狗半信半疑地小步走过来。他抚摸着它的脖子、后背，抓着它的下巴。狗放松了警惕，半闭上眼睛。王大心看着它，它血淋淋的，沾满了尸体上的脏东西，皮毛板结、扎手。狗也看了眼他，眼睛昏黄，好像在说，再没什么可相信的了，你就是我最后的希望。

王大心把狗脖子搂在臂弯里，猛一用力，把它勒死了。又找到一把生锈的菜刀，扒了狗皮，熬了一锅肉。他使劲填饱肚子，嘴上蒙了厚厚的油脂，想着，又能活上一段日子了。还剩下两条狗腿，王大心放在装米的裤子里带回去。

7

第二天早晨，那僧人看见王大心一边喝粥，一边啃狗腿。他皱了皱眉，道，你的伤也好了，走了吧。王大心的牙齿硌在骨头上，愣住了，心道，这人毕竟救了我一命，恩还未报，怎么就走了呢？他咬了咬牙，把嚼着的狗肉吐出来，连同两条狗腿扔到了庙子大门外草丛里。往回走了两步，还看得见，又扔得远一些，想着来年那儿的草会长得更茂盛。

回来时，他又给那无头的金身像拜了一拜。拜过之后，眼角竟有些湿润，叹道，天下还有如此信仰的人可是不多了。再抬头看时，周围几个泥罗汉也亲切了几分。

那僧人紧了紧腰间的草绳，拿起布袋陶碗，向外走。王大心忙问他干什么，僧人道，你化来的缘总有股血腥味，还是我去化吧。唉，也怪自己，真是太懒了！王大心说，等等我，咱们一块儿去。僧人停住身，没吭声。王大心带上枪，拄着树枝，吃力地跟在僧人身后。

两人下了山，走进村子。僧人呆呆地看了很久，回头瞧了一眼王大心，好似明白了什么。僧人毅然向村子外走去，王大心想说点什么，又叹了口气，正了正腰间的枪，紧跟着他。

通向远方的小路满是雾气，一边是荒芜的稻田，一边是灰白色的河。王大心走进雾气之中，不辨了方向。前方，隐隐约约有条土路，可不知通向哪里。后面，走过的路慢慢消失在雾气中，仿佛从来不曾有过。

这时，僧人转过身，拦住王大心的去路，问道，你到底要去哪里？

一时间，王大心惊呆了，脑子里一片空白。他问自己，我要去哪儿？是的，这人世间能去的地方很多，可是，这里和那里又有什么区别？到处是血腥和屠戮，到处是尸体和静寂，到处是灰心失望与冷酷无情。看似有无数条路，其实都是绝路。我手中有枪和子弹，可是面对那无边的黑暗，他们又有什么用处？对啊，我要去哪儿？

他痴了，觉得眼前黑沉沉的。所有的景色都是真实的，可又瞬间成了一幅画，或者说铜墙铁壁，走不进去，也走不过去。他有种窒息的感觉，好像稍一失神就会死掉。

王大心失魂落魄地跟在僧人身后，一瘸一拐地走。来到江边，江水白茫茫的，江心飘着零星动物和人的尸体，一沉一浮。岸边停着一溜从江那边飘来的尸首，一下一下撞着泥土和卵石。还有一条无主的小船搁浅在枯萎的芦苇丛里。

已经中午，两人都没吃东西，也没东西可吃。他俩各靠着一棵槐树，默不作声。江面上有一艘挂着太阳旗的铁皮军舰，嘟嘟地叫了几声。不久，它带起了一波一波巨大的水浪，拍打在岸上，哗哗直响。

王大心犹豫着说，当我们的人被抓到一起打死时，我觉得，他们，或者说我们，早已经不想活了。僧人困惑地看了看他，显然是觉得他的话过于古怪。

王大心盯着江边的某一具尸体。那尸体是个女人的，脸朝上，双腿屈起，两只乳房露在水面上，好像在水中生孩子。她浑身赤裸，显然是被侮辱过，还被杀死了。可是，这个被江水浸泡的尸体，一点儿表情也没有，空洞无神地望着天空。她在水中一摇一晃，仿佛岁月就是如此，所有的苦难都是她理应承受的一样。

不远处，还有十几具尸体围成一个放射形的圆圈，原来是每个人的肩胛骨都被铁丝穿起来了。他们也无声无息地漂在江面上，好似一朵惨白色的菊花。

8

王大心问，我说的话你能明白吗?

僧人望着江水，想了想，点点头，道，当然，你说的是另一回事。你说的是心，是吗?

王大心仿佛丧失了思考能力，脑筋锈住了似的，不能正常说话。但奇怪的是，他却又一开口就停不下来。

他嘴唇颤抖着说道，我也不知道我在说什么，但是，这种感觉最真实。当我看着日本人三八式步枪顶着我的额头，当我看着黑洞洞的枪口，当我看着寒光闪闪的军刀刀刃把一颗颗脑袋像砍南瓜一样血淋淋地砍下来时，我发现，我们已经完蛋了。

王大心失神了，喃喃地说，我们的人被屠杀时不叫喊不反抗，比一只猪一条狗还温顺。我看过他们的眼神，空荡荡的，什么都没有。难道他们都不想活了吗?是的，是的，我们早就不想活了，早就知道大难临头，这一回在劫难逃了!

这个世界要死了!就像夏天过了冬天要来，或者一个婴儿降生，总有一天他会成为一个垂死的老人。而我们就在那个最黑暗的时刻。黑暗降临，我们等着太阳再一次升起。可是时间是如此漫长，我们等不及了，所以，就不想活了。

日本人带来了一样东西。当然，这东西原来也不是他们的。这东西是黑色的，是不祥的黑色，这个东西来的时候，我们的末日也就来了。所以，我们不是被刀砍死的，也不是被枪打死的，而是这个东西蒙住了我们的眼睛。我们瞎了，再也没法看世界。于是，我们就像一群灰心丧气的瞎子一样不想活了。

过去，我以为这个东西就是步枪、炸弹、军刀，其实不是，这个东西比所有那些东西都可怕。它无影无踪，但它如鬼一样趴在你心里的某个角落。你知道它是鬼，可是你没法战胜它，也无法躲避。你想背对着它，遥望天空和大海，可是没用，它会从背后咬死你!它是我们的宿命，可是我们看不到这个宿命未来的样子！

王大心和僧人都沉默了一会儿。僧人道，你说的这些，就是佛说的畏怖。

王大心道，我不是说我害怕，我恐惧，我慌张，我绝望，而是那个东西，那个黑色的东西。你懂吗？我不知道那是什么！

僧人道，世上最大的畏怖就是不知缘由的畏怖。可是，最大的畏怖也不会永久地停留在我们心里。不必害怕，不必害怕。我们的心是一面镜子，一切的一切都是镜子里的过眼云烟，哪怕是那最大的畏怖。

王大心大叫，可是，那面镜子已经碎了！

僧人皱了皱眉，困惑地看了一眼王大心，站起身，遥望江面。他说，那里有条小船，咱们过江去吧。王大心说，我就是从江那边漂过来的，地狱是什么样子，那里就是什么样子。怕是缘化不来，命倒丢了。

僧人道，化缘也是渡人，可不光是填饱肚子，怎么能因为危险就不去呢？

僧人又道，你穿死人的衣服倒也像个僧人，只是头发太长，又有军帽子印，不吉祥。这样吧，我就在这里给你剃一下，也好是个出家人的模样。

9

城里落着薄雪，很寂静。偶尔有几声枪响，不知从哪里传来，又消失在灰蒙蒙的天际里。日本兵走在马路中央，中国人弓着腰，远远地溜边走。稍稍引起日本人的注意，就会挨一枪。

王大心和僧人孤零零地走在街头。远远近近的薄雪覆盖着零散的尸首。僧人去敲门，可没人应答。有的门是敞开的，走进去，是各种各样惨死的景象。僧人双手合十，默默地念上几句，然后离开。不过，始终没讨到食物。

有发子弹打在眼前的青石路上。有个日本兵远远地大笑说，那两个和尚，去收尸！

尸体是僵硬的，随处可见，在路边，在墙下，在秦淮河的石桥上。王大心和僧人各抬着尸体的肩和双腿，左右摇晃两下，甩掉薄雪，然后放在平板车上。很多女人的尸体是赤裸着的，或只有上衣还在，两腿是赤裸着的。她们大叉着腿，像荡妇一样躺在街上，展示着自己，让这座城没了廉耻。还有一些女人的肚子给刺刀划开了，黑紫色的肠子歪歪斜斜地流到地上，流到胯间，勉强遮住了羞耻的地方。

王大心一天没吃东西，他筋疲力尽地一掀平板车，十几具尸体便哗啦啦地倾倒进坑里。脑袋和脑袋相磕碰的时候，发出叮叮咣咣声。这个坑很大，简直像块大湖，无数具尸体填进去，也只填了薄薄的一层。一个人还没有死，他迷迷糊糊地从尸体中间钻出来，沿着坑沿向上爬。几个日本军人麻木地看着他。终于，他爬上来，低头望着日本军官的皮靴。一个日本军人拔出军刀，那人想了想，蹲在大坑沿上，像蹲在自己老家的村口吃大碗面。刀光一闪，那脑袋便落进大坑里，打了几个滚。随后，身子扭了几下，也扑通落下去。

天快黑了，日本兵用刺刀拦住僧人，道，你，超度坑里的人！僧人坐在坑沿，双手合十，闭上眼，念动起来。王大心站在一边，倾听着他的声音。不久，日本人用步枪顶着僧人的后脑勺，问，你是诅咒我们吗？僧人摇摇头。

入夜，收尸的民夫给关在一个小院子里。王大心和僧人挤在角落，王大心躺着，僧人闭着眼睛入定打坐。许久，有两行泪水从僧人眼中流下，在夜里银光闪闪。

没有人睡得着，房子里充满浓稠的尸臭味。王大心低声问，你怎么了？僧人反问道，过江之前，你说过，那面镜子已经碎了，是怎么回事？是什么意思？

王大心道，怎么了？为什么问这个？

僧人道，我有点不安，过去从未有过。你再说说，你为什么说镜子碎了？

王大心道，也没认真想过。那天你说人的心像面镜子，而我呢，那一瞬间却想起了日本人黑洞洞的枪口。我当时想，镜子终究是敌不过一发子弹的。子弹穿过脑壳，万事皆了。

僧人用衣袖擦了下泪水，可银色的泪流只是中断了一下，便又流到下巴上，一滴滴落下来，在夜空中划出点点光辉。

僧人说，我从来没有如此难过过。过去，我坚信人心就是一面镜子，这镜子能照见善与恶。无论这人有多么糊涂，或是有多么邪恶，说到底，他的心是干净的。可是今天，我有点怀疑了。你看那日本兵，见了垂死的人没有半点恻隐之心。你看那中国的百姓，也不再相信仁慈，在军刀与子弹面前，选择闭上眼，选择了放弃，与一切正在毁灭的一起毁灭。

僧人自问道，人真的有那样一颗心吗？

10

这一夜，所有人都睁着恐惧的双眼等待天明。门外有只狼狗在动，不时打着响鼻，拴着它的铁链哗哗响。天还没亮，有人拎了一桶漂着稻草叶的糙米粥进来，填不饱肚子。不过，也不大感觉到饿，谁都不知道今天会不会被日本人一时兴起打死。

街上薄雪还未化，天很黑，空气是深蓝色的。路边，汽车的大灯穿过湿重的晨雾，呈现暗红色。王大心和僧人走在民夫队伍中，一片沉默。

迎面驶来几辆军用卡车，猛地停下。日本人大叫着，从车上赶下一群人。这群人大概是戏子，统统穿着前朝的服装，有皇帝，有大臣，有书生，有佳丽，有宫娥彩女，有三教九流。不知他们要去干什么，跌跌撞撞地跳下车，向着民夫队伍相反的方向涌。日本人不耐烦了，又或许是很兴奋。他们朝天空放了几枪，又拿起鞭子抽打着这群人，大叫着催他们快走。

这群人凄惨地哀叫着，有男人的大叫，有女人的哭泣，还有婴儿的啼哭。日本军人愈加高兴了，端起步枪向人群开了几枪，有几个人倒在路上。那群人更加混乱了，慢慢小跑起来。日本人放开了狼狗，追咬他们。又驾起三轮摩托赶上去，把穿着皇帝服装的那个人打死了。

另外几辆车大概是刚刚抢劫了某个图书馆，开始往街上倾倒古书，浇上汽油烧起来。火堆上空形成龙卷风一样的浓烟，旧纸页化成的灰烬随着烟柱飘上高空。

王大心与僧人共用一辆平板车运尸首。中午时分，又有几辆卡车驶来，往大坑里倾倒旧书籍，看来，他们洗劫的那个图书馆还真是不小。书籍当中，有一捆一捆的字画。这些东西倒完了，重又有尸体落在上面。白花花的，又血淋淋的。

在民夫往坑里填土时，一个穿长衫戴圆边眼镜的人跳进坑里，抱着一叠古书不动了。日本人朝他开了一枪，没打中。他闭着眼，一动不动。日本人大叫，埋。一锹一锹土落在那人身上，他仿佛提前死了，脸朝下，不动。

僧人跳下坑，拦腰抱住那人，想把他拖出来。那人的眼镜掉了，费力地一把推开僧人，又抱着古书倒在土里。僧人说，书不在纸上，在你心里。那人跳起来，涨红了脸，对僧人大叫道，滚。又推了僧人一把。日本人开了枪。这下打中了，不过没打中要害。那人叹了口气，仿佛该休息了，遂坐下，抱起几本古书，拍拍上面的土。身子一歪，倒下死了。

11

想来列位看官的心境一定不好，正在常理之中。屠戮杀人之事，世间大恶，人神共愤。恻隐之心，婆娑世界之人皆有之。欲知后事如何，无奈还得暂且放下。恕罪，恕罪。只因那奇事之中，还有另一桩奇事。这奇事为何，先卖个关子。只讲一段佛家故事。

话说一日，维摩诘大居士得了病，佛派遣诸菩萨与弟子前去探望。有一天女来到屋子里，向众人撒下繁花。奇的是，那花朵散在菩萨身上，尽皆落地，而散在修行不够的弟子身上，却附着其上，任其用力也无法甩脱。大弟子舍利弗问天女。这是为何。天女答。菩萨身不着花与你身着花者，无他，只因这心。

列位看官细细思量。那天女乃色界之中最美女子，尘世之人，谁能不心动？只是这心一动，便生了色欲。生了色欲，便行了罪孽。行了罪孽，便生了烦恼。生了烦恼，就废了修行。这便是世间常理。但偏偏就有那不合常理之事：做的是罪孽之举，行的却是菩萨道。且待我一一讲来。

12

过了半个月，民夫队死了一半人，有饿死的，有被打死的。一天早晨，日本人说，给你们一次机会，离开这座城，否则，就死。说罢，几个日本兵用三八式步枪朝人群射击。王大心拉起一脸茫然的僧人，低声道，还不快跑！

逃出城的时候，王大心发现这里在慢慢复苏，只是，这复苏很古怪。

有人在大街上扎花车，有人在树上挂灯笼，还有一队队日本人的军队护送面色苍白的中国人去新政府任职。怎么说呢？仿佛一个病入膏肓的优伶，残喘着一口气，往脸上涂胭脂，准备粉墨登场。只是，谁也不知道她那张脸是多么苍老可怕。

逃过江，逃到山下。那小村子又有了人。不是原来村子里的人，而是些逃难的人，在那里落了脚。他们清理了池塘，埋了死尸，收了残苗，开了荒地，重又住进草房子。

没几天，江对岸的城里传来零星鞭炮响，穿过江雾，仿佛有人在遥远的地方敲鼓。原来是过年了，旧的一年过去，新的一年开始。又没几天，王大心感到从高空里飘来一丝潮暖的风，墙下草丛里竟然长出一朵浓黄色的小花。

他喃喃自语道，春天竟然来了。他又跑到悬崖边的墙头，向远处的平原望去，灰色的平原有了浅浅的绿色，那绿色之中又掺杂着一块一块黄色。

可无缘无故地，王大心又觉得不知在哪里有一缕缕黑色。这黑色看不见，可又在四处弥漫。似乎他们在某处，在某个裂缝里洇渗出来，可仔细看去，那里一切如故。

竟然有黑色的春天！一切在生根发芽，一切都生机勃勃，可人世间却无动于衷。春风推着我向前走，前面却是断崖。它抚过我的脸，但我感觉不到生的欣喜，只是不安。一个将死之人看到春色该是多么的古怪而恐惧啊！

13

有天晚上，天边有一牙月亮。王大心坐在庙子后院的青石上，一浪一浪桂花香气从无边的夜色里涌进鼻孔。世界像黑色的大海，万物涌动，带起层层叠叠的涟漪。他心想，这个世界也许就是这样子，人世间多么渺小啊！放下吧，放下或许还有条活路。放不下，你的出路又在哪儿呢？如果世界就是这样子又有什么不好？

难过也好，仇恨也好，绝望也好，由它去吧。你也不过是这树上的一片叶子，在万绿丛中发芽，生长，呼吸，变绿，枯萎，落下。

正想着，那僧人有点恍惚地走来。这个时候，他一般在打坐入定。他坐下来，心事重重地低着头，道，你的枪呢？王大心迟疑了一下，那僧人抓着他的手，生气地问，你的枪呢？那僧人变了个样子，有点魂不守舍，又有点疯疯癫癫的。

王大心从草铺下面找出枪，递给僧人。那僧人摆弄了半天，眯起一只眼，顺着黑黑的枪管看进去。他扭头问道，这东西怎么杀人？王大心说，里面有子弹。击发了子弹，弹头从枪管里射出来，打碎脑壳，搅碎脑浆子，人就死了。僧人问，有例外吗？王大心困惑地摇摇头，道，哪有例外？

僧人又问，这东西怎么用？王大心说，拉开击锤，扣一下扳机就行了。僧人惊讶地问，就这么简单？王大心道，就这么简单。

僧人痴痴地把枪口顶在自己眉心，双眼直勾勾地盯着枪管。他问道，你说，如果这个铜家伙飞出来，飞到眼前，我能看到什么？王大心一笑，道，当然是看到子弹，还能看到什么？不过，子弹可是快得很，我想，你可能会看到一团火光，然后就是一团漆黑了。你想，脑壳都碎了，还能看到什么？

僧人迟疑地问，它能把我们的心打碎吗？王大心仰头想了想，道，大概是可以的。僧人道，我想试一试。王大心一把抢回了枪，道，这个东西你还是别试了。我是从死人堆里爬出来的，挨了枪子没有不死的，试一万次结果还是一样。

王大心说，或许还有一种办法。僧人道，什么办法？王大心说，就是让我们也有枪。他们有枪，我们也有，这个时候，枪就没有用了。僧人想了想，摇摇头，道，不过是再多打碎几面镜子罢了，出路不在那儿。

好一会儿，僧人那疯癫劲儿消失了，失望地垂着头。他说，每年春天，我都要静修一段日子，两个月，三个月，记不准日子。你怎么办？还是走吧。王大心说，总是不知该去哪儿。去哪儿都觉得越走越远。

僧人嘴里念叨着，越走越远，越走越远，是啊，越走越远。他盯着王大心，问道，那么，你能下得了决心出家吗？尘世间这么多苦难你也看过了，来个了断，不是很好吗？王大心吓了一跳，迷迷蒙蒙地动了动嘴。僧人看了他许久，道，还是算了。今后一段日子，你见不到我了。这庙子你且住着，想走便走，不想走，每日打扫打扫庭院，给佛像，给罗汉掸掸灰尘。

说完，僧人消失在夜色里。王大心望着月空，沉沉地睡着了。

14

梦里黑漆漆的，有浓热的暗流涌动，王大心给惊醒了。眼睛正对着一轮圆月，仿佛通向另一个世界的白洞。他很绝望，心想，连觉都睡不好了。

他在撒满银光的院子里踱了几步，竹子被夜风吹动，哗哗响，几缕影子投到地面，微微晃动。王大心想到，这是在山顶，离月亮是这样的近，离人世间又是这样的远。他叹了口气，站在墙边，遥望无边的夜色。这夜色里有群山，有大江，有春风，有花香。什么都有，为什么会这样惆怅？

在悬崖边的大树下，有条白白的东西，很晃眼。王大心用心看去，惊呆了。他向前走了几步，晃了晃头，又看去，不禁把自己都忘了。那棵大槐树下的青石上，躺着一个赤裸的女人。她的头对着山顶，双腿微微张开，对着山外。两条胳膊垂着，一只手里捏着朵黄色小花。

女人似乎睡着了，两颗不大的乳房微微起伏。王大心更加仔细看去，女人的脸蒙着一块青布，露出细长的双眼和小巧的下巴。

王大心恍恍惚惚地走到近前，用指尖点了点女人的肩膀。女人醒了，看了看他，似乎不是很惊奇。她拉起垫在身下的青色布衫，盖住胸和腹部，坐起来，两条白白的腿垂在青石上。蒙脸布后面的两颗眼睛笑了笑，女人问道，你醒了？

王大心吃惊地问，你认识我？女人道，是啊，你爬进庙子那晚，是我和僧人救了你。你忘了？你拉着我的手不肯松开呢。王大心把头微微向前靠，嗅了嗅，果然有股似曾相识的味道，这味道只属于那一夜，是种救命的味道。

王大心又问，可是……可是，你是谁？怎么会在这儿啊？这荒山野岭的。女人答道，我是出家人，叫霓云。是不是不太像个法名？我自己起的，觉得很好听。呵呵。

可我为什么从来没见过你？

救了你那晚之后，我就开始闭关静修了。那地方在悬崖下的山洞里。你当然看不到，僧人大概也没告诉你。今后一段日子，你也看不到他的。

霓云的两条腿前后摆动，白蚕似的脚趾夹起一根树枝，又松开。王大心低下头，耳朵涨红了，月光下怕是也清清楚楚。女人伸出一条胳膊，将那朵黄色小花放在他鼻子下，道，闻闻花香吧。王大心闻了闻。女人又道，抬起头，让我看看你。王大心费力地抬起眼睛，打量着霓云。说也奇怪，她什么都没有变，身上撒着月光，眼睛笑眯眯的。可是，却仿佛有什么东西在王大心的心里融化了。他也对霓云笑了笑。

霓云道，你先回屋子去吧。我要穿好衣服了。

15

王大心一夜未睡，皮肤轻得像纸，裹着月光，毛茸茸的。天快亮时，隔壁僧人屋里有了动静。王大心钻到他床边，小声问，你要到崖子下去了？僧人一愣，道，还不会，今天要下山一回。他又道，你见到她了？王大心说，见到了。她真的是，太……

僧人笑笑，问，太什么？你见过她的脸吗？王大心一惊，道，没见过。僧人道，她的脸被刀砍过，又被火烧过。见过之后，你便不会有什么非分之想了。王大心呆了片刻，道，我才没有什么非分之想。只是，真是……她怎么会这样？僧人又笑笑，道，我静修了之后，你若不走，倒可以和她谈谈。

王大心叹了口气，道，想走下不了决心走，想留又下不了决心留。你身上有什么东西让我很感动，忘不掉，也舍不得离开，想跟在你屁股后面浪迹天涯，一辈子就这样过下去。王大心又道，可是，我又觉得我永远成不了你，不能完完全全地成了你。我做不到。这是怎么回事？

僧人道，我成不了佛，你也成不了我，不过，这又有什么关系？别灰心丧气了，我明白你的心意，已经很好了。说到底，谁又不是在路上？王大心眼角有些湿润，道，我和你一起下山吧，咱们同路再走一程。

田间的土路雾气蒙蒙，土地枯黄干涸。太阳呈橙红色挂在半空中，没有一点热力。前方，一个两三岁大的小孩子站在土路中间，手握长草秆，一边对着太阳挥舞，一边呀呀叫。几十步开外的田地中，有个老人，吃力地从土里刨东西。

从雾气那边传来马蹄声。这马很有力量，声音中有汗的味道，还有血腥的味道，仿佛不是吃草长大的，而是吃肉养壮的。那马上骑着个日本军官，他的身前坐着一个女孩子，身穿白绸缎做的和服，上面绣着淡粉色的小花。她扭头兴奋地叫着什么，一缕绒发飘在脖颈后面。

僧人冲了出去，想用后背护住土路上的男孩子。可那匹马还是踢碎了孩子的脑袋，并且在僧人的腿上踏了一下。马向前跑了十几步，被勒住，缓缓走回来。小姑娘惊呆了，慌张地看着土地上残缺不全的小尸体，害怕地哭起来。那个日本军官面无表情地盯着王大心，似乎有一丝歉意，又似乎是一丝冷笑。

王大心费力地低下头，看了看手中的讨饭钵，又看了看身上穿着的从死人那里扒下来的衣服。他痴痴地向前走几步，扔掉讨饭钵，从腰间拔出枪，在尺把远的地方把那个日本军官打死了。他一遍又一遍低声念叨着：这个人是不准备说句道歉的话了……

马惊嘶了一声，把小姑娘甩了下来，向前跃了几步。它又想起死去的主人，忙跑回来，流连在日本军官的尸体边，不肯走。小姑娘趴在地上，昏了过去。王大心看了看枪管，这是最后一发子弹。他把枪扔在路边田地里，突然感到一切都解脱了。于是，扶起僧人，缓缓地说，咱们继续走吧。

僧人起身，一瘸一拐地走了几步，突然愤怒地推开了王大心。他又把王大心的陶碗抢走了，砸了个粉碎。王大心盯着他，他也瞪着王大心。可是，他的眼睛抖动了一下，扭过头去，固执地沿着土路向远处走。

王大心说，这个日本人还不该死吗？

僧人头也不回，摇摇头，道，该说的我都说过了，这样是不管用的。你只是又多打碎了一面镜子，你对人世间没做任何好事！

僧人道，你拿出枪只是因为怕了，你面对恶的时候怕了。你不敢去面对，你想逃跑！

王大心失控了，他大喊道，我去你妈的！要不是我把他打死了，没准你的脑袋就被他砍下来了！脑袋都没了，你还讲他妈的什么大道理啊！我每天辛辛苦苦地去要饭，就是为了养活你这样昏了头的笨蛋吗！

僧人立住，扭过身，倒是平静了，道，好好看看你的心吧，你就是害怕了，你敢说不是吗？

身后，传来失去孩子的老人的号叫声……

16

傍晚时分，王大心背着僧人往回走。僧人的腿大概是断了，越走越疼，终于没法动弹。夕阳下的小村子呈树皮色，土屋顶上的稻草映着淡淡金光。没有一个人，想是这些难民又逃到更远处去了。经过村子口，王大心看到那个被自己打死的日本军官被挂在房檐下，顺着胸前的弹孔，还有嘴巴、鼻子、眼睛，流出一道道血水，滴在土地上，积成了一洼，已经凝固了。他的胳膊和一条腿被砍掉，扔在一边。肚子也被豁开了，黑紫色的肠子一直垂到地上。

还有那匹战马，被分成七块八块，有肉的地方没了，只剩下几块大骨架和长骨头，半张残缺的马皮血淋淋地扔在村边的池塘岸上。再远处，暗绿色的冬草地上，甩着那件日本女孩子的和服，蹭了不少血和泥污，失去了早晨看到她时的照人光彩。稍稍把目光放远，灰色的池塘里漂着一具白白瘦瘦的尸体，仰面朝天，四肢伸展，两腿之间插着根焦了一半的烧火棍，像只剥了皮又被串在签子上烤的牛蛙。那样子，和前段日子在城里收尸时看到的女人尸体没什么区别。女人终归是女人，惨死的方式都差不多。

僧人趴在王大心的后背上，低声说，你看，你什么人也没有救起来，只是死了更多的人。

王大心被激怒了，他说，这个日本女孩子就该死！这是日本人欠我们的！没有枪，他们会怕吗？不让他们知道死有多痛苦，他们会知道自己做错了吗？这样的苦，还要让他们再受一百倍一千倍才行！

僧人叹了口气，说，你刚才说的是良心话吗？那个小姑娘没做错什么，她不应该这样的死。如果你说她应该死，那日本人也会说我们应该死。说到底，没有人应该死，不是吗？如果枪能让人知道对错，如果恐惧能让人知道对错，那么，日本人岂不是比我们更能让人知道对错吗？

王大心冷笑道，可是，你做了什么？你救了那个男孩子了吗？

僧人道，我只救人，不杀人。

王大心答道，有时救人就得杀人。

僧人道，这样救人不如不救。做下的恶迟早都要还，今天不还明天还，几十年，上百年，也都是要还的。你看吧，日本人会吃苦头的，他们固执得越久，受的苦越深。佛学能在汉地流传千余年，就是因为教人不做恶，这是最根本的。这一条不能通融，不能妥协，也没有方便。

王大心把僧人扔在地上，道，这话你跟日本人说去吧！僧人额头冒出汗珠，皱着眉，不说话。王大心心软了，只好把僧人重又扶起来，背好，一步一步向前走。僧人身体很轻，像干枯的稻草，身上也散发着干草的味道，大概终年吃素的人就是这种味道。

王大心带着点嘲讽的口气道，你什么时候能成佛啊？僧人道，此生不能，还有下一世，百世千世，只要没走错路，终有那一天。虽然看起来漫长，可真的成了佛，这百世千世也不过是虚幻，只是一瞬间的事。如果你放弃了，便永远也成不了佛，生生世世在苦海里挣扎。

王大心笑笑又问，像我这样的成得了佛吗？

僧人道，放下屠刀，立地成佛。

那我要是不放下呢？你看，这日本人正在杀我们的人呢？我怎么放得下？

不放下，就得下地狱。

下了地狱还成得了佛吗？

……

17

列位看官，休怪我饶舌。这里还有一段典故，不得不讲。从前有两个国王，一王发愿，早日成佛以度世间劳苦；一王发愿，若不先度罪苦，终未愿成佛。后来，前一王成了佛，而后一王终还是菩萨。后人把这菩萨的话归成“地狱不空，誓不成佛”一句，感人至深。这菩萨便是地藏菩萨，而那成了佛的，却没人还记得。如此看来，佛家动人的，还是那舍得下地狱的决心与大勇。在芸芸众生眼里，任你得了多高的果位，若没了一份入世的慈悲，与我何干？

只是，这地狱之苦又有几人熬得住？

18

入夜，潮暖的春风抚在脸上，空气里有树叶树皮的味道。山下，有几处火光，想是日本人又把那几个村子血洗了。王大心给僧人的腿涂了药，现在，他一声不吭。王大心怀疑他死了，顺着门缝看进去，有个黑影子面对墙壁坐着，动也不动。王大心很是感叹这僧人耐得了疼。

月光很好，夜空里有一丝银光，又有一抹淡绿色。树叶在黑暗中晃动，哗哗作响。王大心在院子里踱步，来到前面的小庙子门口。一只狐狸正蹲在无头的佛像前，倾听着四周的风吹草动，两只眼睛闪着黄色的亮光。正好有一片月光照在它身上，仿佛透明了。它弓起身子，扭着脖子，似有所求地看着王大心。

这庙子里只有些谷子、野菜，没有它可吃的。王大心慢慢走过去，心想，如果它不跑，就在佛像前一起坐会儿，倒也是一桩奇事。在几步远的地方，那狐狸犹豫了一下，扭动腰身逃掉了。它跑出庙门，蹲在门槛上回头看了眼王大心。然后，在月光下一闪，便消失了。

王大心把头枕在一块供人跪拜的青砖上，盯着房檐角上白白大大的圆月亮。身下的青石有深深的凹陷，下雨的时候会像碗一样积满水。佛像的头没了，那里空荡荡的。可哪怕它只剩下一段腰身、一条胳膊，也是栩栩如生的。真是奇怪。

月亮是那样的近，那样的白，仿佛近在咫尺。王大心觉得自己就高悬在夜空，身下万丈深渊里，是大江，是那座城，是遍地的尸体，是久久不熄的火海。一阵山风吹来，天地如幕布一般抖动着，从无限远处，传来隐隐的天籁之声。

王大心叹道，那个日本女孩子是不该死的，无论如何不该如此残忍地对待她。此时此刻，我的心就是这样说。任何一种置她于死地的道理都是强加于这颗心的。可是，这颗心不会接受。无论你涂了多少脏东西上去，总有一天还是会被洗去。这世间，立得住的，终会立住，立不住的，终还得倒下。一阵困意袭来，他不由自主地闭上眼，很快便睡着了。睡乡里，一切都破碎了，散乱了，所有的固执都灰飞烟灭。

不知过了多久，有只手推了推他的肩膀。王大心醒了，月亮偏了一个时辰的距离。月光的余晖里，有对细长的眼睛。霓云半蹲在他身旁，道，早春的风很硬，小心一觉醒来腰动不了了。

王大心浑身冷汗，看到霓云，竟有点劫后重逢之感。他爬起来，擦擦额头，身上每根骨头都干巴巴的，像生锈的铁棍，隐隐作痛。霓云在他对面坐下来，双手抱膝，背对着月光，几缕青丝顺着脖子两侧垂在腰际。

她是那么美，只是脸上裹着青布，这布后面不知会怎样可怕。王大心看惯了被砍伤或被烧伤的脸，这样几张脸在脑子一闪而过，让他一阵心痛。他想了想说，你不太像出家人，你看，你蓄着头发，法名叫霓云。这名字有点太美了，哪有出家人叫这个的？

霓云轻轻笑了下，眼睛在月影里闪了一点亮光，说道，出家人和在家人的区别就在几缕头发上吗？起了一个出家人的名字，就是出家人了？我喜欢这样。

她的声音淡淡的、浅浅的，很干净。她又说，我什么都没了，只剩下这些东西，为什么不能留下来？如果连它们也丢了，我简直是太吓人，恐怕连人都算不上。

王大心道，我不怕，我是从死人堆里爬出来的。你要愿意，就别戴着这个东西了。霓云呵呵一笑，你这样的男人我见得多了，嘴上说没关系，真是看到这张脸时，就吓得跑掉了。这样吧，我给你看看半张脸，怎么样？看过了再说自己怕不怕。

王大心点点头。霓云仰起脸，对着月光，慢慢掀起青布。在她的脸上，密密地布着蚯蚓一样的肉红色疤痕，细细看去，像山脉一样留下深深的影子。还有那眼睛，眼角处留着几道黑红色的疤，隐隐露在青布外面，仿佛什么怪物的尾巴。

霓云重新遮上青布，道，过去，我只是个烟花女人，没太多的念头，想着挣口活命的饭。可是，你看，这世界是多么可怕，你们男人是多么无情，连这么一点活路都不留给我。你们得不到的，就把她毁掉。

19

霓云抬起头，有两颗泪水亮晶晶地流下来。王大心发现，她的眼睛依然很美。她仰望着佛像说，这世上只有他是全心全意地爱着我，不管我有多么可怕。我也爱着他。就算他没有头，没有脸，没有眼睛，只剩下一堆泥做的身子。

她又说，我觉得，你们男人和日本人没什么区别，一样的贪婪、残忍、恶心。日本人干过的事情，你们哪一件没干过？

王大心道，那你为什么还要救我？霓云说，一个心里有恨的人是不应该说话的，像我一样，一说就错。那晚，我见你伤痕累累的样子，觉得你不是个坏人，坏人绝不会让自己伤成这样。我好像还没看错人。

霓云道，唉，其实我想说的是，用男人或日本人这样的词语来说话是没有用的，说出来的话总是远离自己的心。总是有好人，或坏人，哪怕是一个人，心里也总是有善念和恶念。所以，我的恨是没有源头的，是没有根的。

王大心又问，那你和僧人呢？霓云笑了，说，你为什么这么问？你妒忌了？王大心想了会儿，道，我也不知道，那晚，你的样子把我吓着了。我有点奇怪，你和僧人在这荒山野岭的地方是怎么生活的。

霓云又笑了，说，他是个虔诚的出家人。我和他就像两条相忘于江海的鱼，谁也没对谁有过非分的念头。呵呵。不过，我不喜欢他，他很虔诚，但冷冰冰的。他对人世间的爱是一种冷酷无情的爱，是一种通过妄想得到的爱。他的爱，你永远都体会不到。

霓云又嘿嘿一乐，道，但他是个可以绝对信任的人。他救过我一命，并且替我保守着一个生死攸关的秘密。

不知不觉间，月亮又偏了一个时辰的距离。王大心觉得霓云就像春天的风。春风柔软、亲切，可以吹得人浑身饱胀。但对他来说，春风止步于皮肤之上，吹不进他的身体、他的心里。而霓云的周围却似乎有种看不见的东西，这东西没有形，没有色，没有气味，没有声音，却能让他快乐。要知道，这种快乐对王大心是很稀有的了。仿佛大旱时节的一滴水，或者冰天雪地里的一点火苗。

霓云说，你看，现在多好。没有过去，没有将来，一片月色，无忧无虑，似乎永远都可以这样下去。她又说，不过，不早了，还是去休息吧。说罢，她站起来，对着无头佛像拜了拜，向庙子后面走去。

她从草丛里摘下两朵黄色的小花，一朵戴在自己耳际，一朵递给王大心，道，愿你早点好起来。王大心一把把她搂在怀里，连自己都吓了一跳。霓云的身体颤抖了下，把脸靠他的肩头，没有动。背后不远处是无头的佛像和几尊怒目金刚，王大心一遍又一遍对自己说，怀里的是人，不是神，即便是神，你也没做错什么。许久，他才从惊吓中缓过神来。

霓云抬起脸，双眼在月光下好似井水，里面映着夜色里的一切。她说，你这样是得不到我的。她笑了笑，眼里的神色变了，像个地地道道的青楼女子，说，不过，你要只是想得到我的身子，那就拿去好了。出家人和烟花女人都明白，这皮囊其实不是自己的，如果能用它做一点善事也不错。

霓云翘了翘嘴角，更加贴近王大心的脸颊，用一种引诱的腔调说，来呀，你可以这样做的。王大心不舍地抱着霓云好一会儿，慢慢松开，在她的青衫襟上掸了掸，好像擦拭着一个险些给他打碎的瓷花瓶。

20

王大心一夜未睡。他似乎得到了一些宝贵的东西，这些东西让他不想死了。可另一方面，他又更加绝望了，因为不知道这东西是什么，它在哪里。它总是华光一现，然后就不知去向。天明的时候，他知道，自己该走了。如果不走，一切都将被毁掉。

霓云也束好了行装，背上布袋，准备下山讨饭。王大心难过地说，我很担心你的安全。霓云摘下脸上的青布，说，我一直都很安全。

夜色里，王大心看到的是她的眼睛，听着她的声音，闻着她的香气。现在，在白天里，他看到的是一张好似爬满蛆虫的脸，仿佛另一个陌生人。他闭上眼，在霓云的脖子旁嗅了嗅，还是她。他突然抱着霓云放声大哭，却不知哭什么。

这个陌生人抬起王大心的头，在他的嘴唇上吻了一下。她的脸像个怪物，没有表情，呈现着骷髅的轮廓，你不知道她在伤心还是喜悦，在痴情还是无情。这个样子让王大心一阵刺痛，泪水流得愈加猛烈。他知道，这个皮囊后面站着一个光彩照人的女人，可是，自己永远看不到她的真面目。他索性闭上眼睛，听着她的呼吸声，嗅着她身体的气味，使劲亲吻她的嘴唇。在一片黑暗里，觉得与这个女人相遇了。

霓云推开了他，说，咱们再一起走一程吧。

山下的土路依旧，只是春色更浓了。薄雾之中，远远近近有大片大片金黄色的花朵。虽然村子刚被屠戮过一遍，但仍然又住进了逃难的人。池塘里飘着胀鼓鼓的死尸，村子另一头的水田里，已经三三两两有人扛着犁子垦地。

霓云盘起了头发，暂且不那么吓人。他们背后的土路上来了一小队拉着辎重的日本人，为首的军官骑着马，后面的步行。队伍尾部还用铁丝串着十几个中国人，铁丝生着红锈，穿过那些人的肩胛骨，有一滴一滴黏稠的血浆落在土路上。

日本军官勒住马，向水田那边望了下，从士兵那里要过一杆三八式步枪，瞄准田里干活的人。砰的一声响，远处那几个小得像花生米的人晃了晃，四处张望，然后就一起趴在地上。片刻，他们扔下农具，逃得无影无踪。

日本人的马停在王大心和霓云身旁，日本军官用军刀刀鞘抬起霓云的脸，嘴角翘了翘。他又用刀鞘将霓云的发髻打散了，长发遮住了她的脸。日本军官笑了笑，突然想起了什么，说道，这个村子，永远，不要。松井中佐，他的女儿，死在这里。几个日本兵把池塘边十几座草屋浇上了汽油，顷刻间，淡绿色的田野里便多出了一块焦黑色。

日本军官用刀鞘敲打着王大心的光头顶，冷笑着问，你们的庙子，在哪里？王大心回身指指山顶。日本军官想了想，道，你们两个，带路。

21

日本兵将那十几个中国人捆成一捆，推到大树下，拴起来。又在无头佛像前宰了只从山下村子里掠来的羊。那羊尖叫了几声，便断气了，血溅了一地。他们支起锅，把后院石屋子的木板门拆了当柴。不一会儿，院子里便充满羊肉膻味。

那日本军官饶有兴致地在庙子里转，看看佛像、罗汉像，又转到后院。他走到王大心的小屋子里，打量了一番，坐在王大心的稻草铺上，微笑地盯着他和霓云，又很舒心地躺下去。日本军官扭了扭身体，仿佛被什么硌了一下。他皱皱眉，又扭了下，把手伸进稻草下摸了摸。接着，他把手抬到眼前光亮处端详，两指间夹着枚黄亮的弹壳。

他阴郁地盯着王大心，问，手枪弹壳，对吗？他又问，松井中佐，也是手枪，对吗？王大心看着日本军官，没说话。日本军官问，你，对吗？王大心点点头。

日本军官问，你，出家人？王大心摇摇头。他又看着霓云，问，她，出家人？王大心点点头。日本军官困惑地闭上眼，仰天想想，道，吃饭吧。他从瓷盆里挑出一根肋骨，递向霓云，道，吃掉。霓云不接，一个日本兵拿过骨头，向她嘴里塞。霓云闭着嘴，几下，嘴唇便戳破了，下巴上满是血。日本兵又拔下刺刀，把她的牙齿撬开，将骨头塞了进去。

霓云像鬼一样昏死在一边。好一会儿，日本军官吃完了羊肉，抹抹嘴，指着王大心说，他，也和他们捆一起。

王大心的锁骨也和其他人一样，给小指粗的铁丝穿起来。他的身后是无头佛像，脚下滑溜溜的，是一汪羊血。日本军官摊开手心，把那枚弹壳扔在人群脚下，道，浇上汽油，人，都不要了。

这时，僧人跌跌撞撞地跑进了人们的视野。他的眼神懵懵懂懂，又很焦急，好像刚睡醒，对眼前的险恶环境一无所知。僧人来到日本军官面前，拍了拍手上的土，很难过，快要流泪了，说，这是寺院啊！你们不光杀羊，还要杀人，你们疯了吗？

日本军官轻轻摆头，手拿火柴的日本兵住了手。日本军官歪着脑袋研究了僧人一小会儿，问道，你是出家人？僧人道，我是。日本军官一笑，道，好，还有些酒肉，你，陪我吃。僧人道，我不能吃这个，这是戒。日本军官翘着嘴角冷笑，问，为什么？僧人道，犯戒就毁了今生和前世的修行，就要下地狱。

日本军官说，吃了酒肉，你，救一个人，愿意？僧人想了想，低下头，几滴眼泪顺着下巴落到土地里。他说，好吧。日本军官在青石旁坐下，指着瓷盆，道，肉、汤，都吃完。他又对一个日本兵说，酒，也拿来。那日本兵捧过一只铝皮行军壶，塞在僧人怀里。

僧人艰难地吃着，吃一口，便捂着喉咙，防止吐出来。日本军官道，记者，来，拍一张。中国和尚，吃肉。哈哈哈。僧人吃完，已经满脸泪水。他看着日本军官，道，我可以挑一个人了吗？日本军官蔑视地看了他一眼，对其他日本兵说，中国人，没有信仰。你们看，这是他们的和尚。连和尚都如此。他又对僧人说，你，假和尚。你的话，我不信。

僧人站到日本军官面前，又问，我怎样才可以救人？日本军官道，你，自己来。僧人用脏袖子擦掉眼泪，盘腿坐在无头佛像前的空地里，身下是未干的羊血和汽油。他向后面捆在一起的人挥挥手，让他们离得远一些。

他又指着日本兵手中的汽油桶，指着自己的光头，道，如果这样可以，那就来吧。

22

僧人抹了把脸上的汽油，指着王大心，轻声道，让他过来，我有话对他说。日本兵费力地扭开铁丝，把王大心从人串上解下来，铁丝上的锈蚀锯着他的锁骨。

王大心来到僧人身旁，难过地说道，我现在连枪都没有了。僧人回过头，温和地说，枪是没有用的。但我要对你说的不是这个，过会儿，我想对你说一句话。我想了很久。可是，我不知自己到时候能不能说出口。也许能说出来，也可能说不出来。总之，在我推开那扇门之前，我要对你说一句话。

王大心点点头。僧人向外摆摆手，让他后退几步。然后，闭上眼，双手合十，嘴上念念有词。一个日本兵划着一根火柴，抛在淌着汽油的土地上。一瞬间，僧人被包裹在淡蓝色的火焰里。他的衣服、皮肤在迅速变黑，空气里很快便弥漫着烧焦的皮肉味。他的手稳稳合十，没有颤抖，黑色嘴唇仍然在微微念动。

好一会儿，那焦黑的脸上睁开一双红血色的眼睛。僧人向王大心招了一下手，只听手臂上响起喀吧喀吧的脆响，烧焦的皮肤像壳子一样裂开，露出焦黄色的油脂，淌出血浆。僧人的嘴唇动了一下，王大心没有听清。他把耳朵凑近僧人的嘴，一股炙热的气流喷在脸上，比沸水的蒸气还烫。

僧人道，我心里的……那面镜子……没有……碎掉。烈火不能，子弹也不能，毁了它。善恶如常。王大心跪在地上，给他磕了三个头。王大心自己也不知过会儿能不能给日本人打死，可他觉得这三个头非常有必要。僧人低声道，如果你能活下来，就告诉别人。那么，我走了。说完，这个炭黑色的躯体侧向一方，蜷曲着倒在烧黑了的黄土上，烤焦的手指和耳朵散落一地。

王大心伏在发烫的土地上。日本人将剩下的人带到庙子外面用枪打死了。一个日本兵对着昏死过去的霓云举起刺刀，日本军官叫道，那是鬼，让她活着。说完，他把王大心提起来，用手枪顶着他的头，死死盯着他的眼睛，仿佛想从那里打量到一点儿惧怕。

王大心心想，或许，这个日本人就会扣动扳机，这是自己最后看一眼世界。可是，世界变了吗？没变，还是很明净，很清澈。僧人说得没错，只要你愿意，你的心就能看世界。无论是刀山火海，还是春暖花开，世界如常。

日本军官用枪托将王大心砸倒在地，转身离开了。

23

霓云的嘴角被刺刀割了一下，牙齿掉了两颗，血肉模糊，更像鬼了。王大心抱起这个瘦弱的躯体，很轻，纤细的胳膊搭在他的肩头，无力而柔软。还有她的长发，抚着他的脖子。这是个女人的身体，好比那无头的佛像。她有一张鬼一样的脸，她还有一个神一样的身体，可这都不重要，她还是她，霓云还是霓云。

王大心把霓云放在木床上，用僧人留下的草药给她涂了伤口，又把她的脸用青布遮上。他相信，如果她醒来，也会这样做的。

除了树上的虫子，庙子里一片寂静，空气里既有初春的青草味，又有烧焦的皮肉味、血腥味，以及残留的汽油味，又陌生，又可怕。王大心不知该怎样处理僧人的遗骸，于是，他在罗汉像旁边的土地上挖了个方方正正的坑，把僧人烧焦了的尸体以端坐的姿态摆好。在他抱着僧人那炭一样的身体时，僧人的一条腿不小心喀吧断掉了。一股黑红色的血和一团凝黄色的油脂喷在王大心身上，使得他差点呕吐出来。

僧人在坑里坐好了。王大心先是给无头佛像拜了三拜，依次给罗汉像拜了一拜，最后又给僧人的坐尸磕了三个头。在他眼里，此时的僧人已经和他们一样了。然后，他把坑填好，在旁边立了一块青石，想着有朝一日在上面刻上字，把今天的事记下来。

不知不觉，天就黑了。他琢磨着，要把院子里的血腥之物都铲到外面去，还要用碎石重新把这里铺好。他走到庙门口，月亮照在那十几个被枪打死的死尸上。他们神态各异，但其实又都一样。无论死之前是什么表情，但变成死尸之后，都千篇一律地空洞无神。

王大心累极了，靠坐在庙门前的青石上，打量着丛林，打量着黑夜，打量着死尸，一点儿也不害怕，不久以前还差点变成他们。他对自己说，明天一早有力气了，一定把这些人好好埋葬。

想着想着，就流泪了。是因为劫后余生吗？不全是。万事万物悄无声息，死去的回归土地，暴虐的继续横行于人世间，可最终，他们也要腐烂在土里。人站起来，又将倒下。你呐喊过，可终要沉默。谁能永恒地站立于这世界里？

王大心摇摇晃晃地站起来。夜色里，春风吹在身上，让身体里空荡荡的。他在想，把这一切都收拾妥当，我将去哪里？在一片废墟之上，生活将如何开始？

回到霓云的小屋，她醒了，一双白眼睛盯着他。

24

这里的春天很短，转眼间，便很热了。山下的小村子被屠戮，又聚居，再屠戮，再聚居，仿佛漫山遍野的草木花朵，春风一吹，便会重新生长起来。

每到夜晚，霓云便会坐在埋僧人的地方，对着上面的青石碑，默默无语。远远看去，僧人坐在地下，霓云坐在地上，好似在交谈。每每这时，王大心都会生起一丝妒忌，谁说他们两个没有感情？但这妒忌又不是恨，他倒是觉得即便是出家人也不应该绝情。他有点空落落的，远远看着这一切，心里不时有点刺痛。

说也奇怪，不几日，僧人的青石碑旁长出一朵白色小花。这小花很古怪，只有两片扁圆带尖的花瓣，洁白无瑕，花蕊是浓黄色的。不经意间看去，像一只细长眼睛在端详着人世间。庙子外面埋死人的地方，长出了一大簇鲜红的野花，与周围迥然有异。

月夜下，霓云坐在青石碑对面。王大心躺着，头枕着石头。他盘算着，给僧人的青石碑刻完字就走，无论如何不再拖延了。即使不知该去哪里，也要离开。僧人的事情要刻六十七个字，现在，每天除过下山讨饭，能用铁钎刻上四五个字。

王大心嘴里叼着一根青草秆，闻着霓云身上的味道，哼着青楼里的艳曲。她扑哧乐了，把王大心拉起来。借着月光，王大心发现，她其实是哭了，睫毛湿润，满眼温情。

霓云道，你好好看看我。王大心皱了皱眉，道，看过了，还要看？霓云道，再仔细看看我。王大心有点心惊胆战，壮着胆子打量着霓云的脸。她的眼睛和嘴唇都完美无伤，仿佛恶鬼的嘴里衔着件稀世珍宝。

霓云道，我曾说过，僧人替我保守着一个生死攸关的秘密，你还记得吗？说完，她扶着王大心的手，在脸颊一侧轻轻一捏，立刻，那里的皮肤便掀起一角。

王大心呆住了。霓云的眼角微闭，若有所思地说，看一看我。

那是一片网形的胶状物，染过颜色，竟与伤疤无异。王大心瞪大眼，这张假脸徐徐揭开，露出了另一张脸。霓云重又睁开眼睛，如同明月从薄云后钻出来。她的面容撒了一层月光，难以用世间言语描绘。

她说，刚才，是冬天里的我。现在，是春天里的我。虽然，并没有什么不同，可我还是更喜欢春天。冬天，万物萧瑟，走向死亡。春天，他们又重获新生。说到底，谁又愿意去死呢？

霓云捧起王大心的脸，在他的嘴唇上吻了一下。

25

王大心一直在失神，没办法把这张脸和一个活生生的人联系在一起。这张脸太美了，像神一样。可神的脸是什么样子？背后的无头佛像栩栩如生，可它没有脸。也许，就在那么很稀有的一些瞬间，神会让人世间看见它的脸。

霓云的眸子清澈如水，又深不可测。王大心看见了自己的倒影。还未等他醒转过来，霓云又抱住他的头，像抱着一个婴儿那样亲吻他。他迷迷糊糊地想，霓云在干什么？她是出家人吗？神也可以像人一样吗？

他想不清楚，像逃跑一样挣脱了霓云的怀抱。他问，出家人可以这样做吗？霓云道，我没想过可不可以。

她站起身，取来一张竹席铺在无头佛像前，道，这世界满眼鲜血死尸，谁和春天一样焕然一新？谁才是人世间的希望？

两人沉默不语。王大心扭过头，又有只金红色的狐狸站在庙子门口，眼睛闪亮亮地向里面看。再回头时，他看见霓云乳房中间有一枚细小的翡翠坠子。月光像海洋一样四处涌动，人世间变成了海底。一切都变得模糊、扭曲，无边无际，你看得见芬芳，你听得见笑容。一切一切脱去形体，变成无数银色的精灵，与你擦肩而过。

26

青石碑上的字，还有十几个没刻好。霓云指着肚子对王大心说，这里有了个婴儿。王大心突然明白，她那晚说的话是什么意思了。

到秋天的时候，霓云大腹便便，站在悬崖上望着山下金黄色的稻田。她没了神一样的身体，和人世间的母亲一样，面色潮红，身材肿胀，体态笨拙。她经常一坐就是半天，手里拿着树上刚熟的野果，端详着，或者咬一口。她摸着肚子，仰起脸，让带稻米味道的秋风抚摸自己。

到冬天的时候，一个女婴降生了。霓云经常抱着她，袒露乳房在无头佛像前哺乳。

又是一个四季轮回，山下的稻田黄了。王大心讨饭回来，给霓云带回一兜刚收的栗子。他惊愕地发现，霓云把那张恶鬼一样的假脸带上了，女婴给吓得正哭。她将婴儿交给王大心，淡淡地说，你们该走了。

霓云遥望着雾蒙蒙的银色大江，又道，秋天了，人世间丰收。我呢，也留下一枚小小的果实。大心，你把她好好养大。让她快乐，让她善良，不要让她记得仇恨。

王大心低头想了想，点点头。他红着眼睛说，其实，我一直想问你，你是否爱过我？霓云摘下那枚翡翠坠子，带在婴儿脖子上，打量着她，说，我爱你。有那么一天，你会明白我的爱，那时，来找我。

王大心问，来这里？霓云道，不是来这里。不过，你来找我好了。

27

转眼间，王大心的女儿霓云七岁了。王大心带着她逃到湖南，在一个叫芷江的地方活下来。他在那里讨了老婆，又生了一群娃，可最爱的还是霓云。

有一天，王大心牵着霓云的小手，在镇子上的青石路边闲走。几个穿黄军装的士兵坐在木桌子后面，用电喇叭大喊，芷江战役就要打响了，这是对小鬼子的最后一仗，年轻人要报效国家啊！投军一个，家里给二十块大洋。

王大心微微一笑，拉着霓云继续向前走。拐弯处有个小巷子，是烟花之地。刚下过雨，石板路上湿滑。有个大兵衣冠不整地从里面出来，醉着，摇摇晃晃。一个青楼女子搂着他的脖颈，放荡地亲了他一口。那女子说，你醉了吧，怎么把钱都给了我？你不留着？那士兵大笑，仗打起来，谁知道还能不能活着呀？小贱货，你是最后一个爱我的人，都给了你吧。那女子抹了把眼泪，从头上拔下一朵白色小花，别在大兵胸前。

王大心惊呆了，那小花与僧人坟上长的花一模一样，好似他又活了过来，正看着自己。他转身蹲下来，流着泪对霓云说，你先自己回家，我要去找你的亲妈妈。

看着霓云走远了，王大心来到招兵的木桌子前，大声叫道，算我一个。这二十块大洋代我给西门外的黄大丫头送去，告诉她，好好把孩子们养大。若是亏待了大女儿霓云，小心老子打完仗回来揍她！

王大心仰起头，天空浩瀚无边，仿佛一面巨大无比的镜子。

28

故事就这么说完了，言语粗劣，稀汤寡水，也不知列位看官是否还记得一两个人物一两桩事情。有人会问了，你为什么要讲这故事？想了想，答曰：都是些一个甲子以前的旧人旧事，聊表些敬意、追忆、思念罢了。或更有甚者，庸常生活中得不到的就意淫到故事里也是有的。讲故事的有趣之处，大概便在这里了。

无论如何，能给人留下些许念想，便是遂了鄙人的心愿。有打油诗为证：

> 莲花虽白世间稀。
> 茅厕虽脏不可离。
> 要使世人得莲花。
> 谁入茅厕当粪工？

选自《江南》2018年第4期

孤　芳

/王玉珏

1

毕竟是第一次亮相，陆华不敢怠慢。重中之重自然是讲话稿。这个讲话稿从接到任命的第一天起就开始在他肚子里酝酿，起码一个多月，连每个标点符号都安顿好了。一路走来，大大小小五六个岗位，既吃猪肉也看猪跑，他自然明白的，所谓“亮相”，亮的其实是嘴。到底什么成色，你一张嘴就全知道了。

常委们都参加。除了他之外，一共六个。全到。难得了。这个“难得”，陆华自己并没有意识到，是团长强调的，团长说话，“都快赶上大年三十了”。团长话剧演员出身，一张口就习惯性地鼻腔共鸣一下，开起玩笑来时尤其浑厚。说是玩笑，其实也没夸张，平时大家各自满天飞，忙，一年三百六十五天脚不沾地。一个个不仅是团里的常委，还是艺术家，艺术家哪有天天在家待着的。副团长宗飞一直在北京，一个多月了，全军舞蹈大赛，编导兼领队。为了新政委的这次“亮相”，人家专门请假回来的，返程票都订了，星期天下午的高铁再赶回去。即便年三十也不行的，年三十还真有人回不来，上春晚呢，电视里陪全国人民一起过年呢。确实“难得”了。

这是台上的常委们。台下的，让他也轻松不到哪儿去。按说他陆华见过的阵势也不小了，来之前在海防团当政委，每次开会台下一千多双眼睛，他在这一千多双眼睛前面说一不二，只要停下超过三秒钟不说话，所有的眼睛保管都会抬起来。现在才一百多号人。不是人多人少的问题。他没底。一百多号人里一不小心就是位艺术家，有的还是“如雷贯耳”的艺术家。来第一天，他在办公室里翻花名册，刚翻了两页就开始忍不住摸烟。许多比他这个政委资历都老，正经要喊“老师”的。剩下的即便称不上家，也都是年轻的“老同志”了，土生土长的，根深蒂固的。关键是他心里没底。跟之前的一千多号人不一样。之前别说一千多号人，一万都没问题，他就是从他们当中出来的，他们其实就是他自己。还是回到了一开始就困扰他的那个问题，自己是个“外人”。天上突然掉下来的，不速之客，人家当然要戒备戒备，要抵触抵触，要比对、挑拣和拿捏一番。一个前海防团政委的气场，在这一百多号人面前无论如何是不够用了。

通知开会的时间是八点五十，已经打了十分钟的提前量。办公室郝主任负责点名，特意又磨蹭了一会儿，拖到九点才正式开始。光点个名就花了二十分钟。团长用指头敲敲麦克风准备开口时，他特意抬头看了一下对面墙上的表。政治部前年专门拨钱给他们新改建了一个小礼堂，原来旧仓库改的，大得不像样子，全团的人都到齐了也塞不满它的五分之一。那只表就挂在主席台对面的墙上，居高临下，像一只巨大的独眼一样盯着他，盯得他从耳根到脊背都在发胀。下面是嗡嗡的说话声。他低头拿笔在本子上写，一副很专注的架势。这是他的老把戏，大大小小的会，不管是坐在主席台上还是下面，眼睛只要没有合适的地方搁，就拿起笔来在本子上写，奋笔疾书，什么都写。“日照香炉生紫烟。阳光贝贝儿童摄影。中美战略协作合作伙伴关系。云南十八怪。叫地主。全军业余文艺会演。陆华。才华横溢。风华正茂。”其实什么都没写。

居然花了二十分钟。其实都不能叫点名了，是等人。一等再等，最后还是有十六个没到。总共才一百出头，快六分之一了。今天是什么日子，这个数字确实太不体面了。个个理由都很充分：下部队演出、辅导文艺骨干、参赛、采访、采风。休假、产假、病假、事假：老人手术、孩子住院、自己打吊瓶。没办法，忙。事情多。身在这种单位，事情就是多，公事多私事也多。

分管后勤的刑副团长提前撤了，临走时候扒在他耳朵上道了个歉，“今天丈母娘坐火车来，去接站。对不住哈，先走一步。改天正式给你接风。”宗飞副团长没来。说好专门回来了没错，人是回来了，但没到主席台上来坐着。团长趁着点名跟他解释了一下：“一回家就让文联那帮人逮住啦，有个会，专门请了他的。”陆华哦了一下，马上就明白了什么，连连点头，借着点头把脸上的那抹尴尬掩饰过去了。主席台上七个缺了俩，一排牙两个豁口，是年逾古稀的牙。寒碜了。

九点二十，正式开始。团长敲麦、清嗓，宣布开会，议程一、二、三。郝主任点完名回主席台，路过他时，把刚才点名的花名册留在了他面前，“没办法。工作性质不同，不能跟下面部队比。这样的全团大会平时也不常开的。”既是给自己解围，也是解他的围。郝主任仔细，花名册上标注得密密麻麻：到的打钩，没到的名字后面都有具体原因、事由。他一路数了下来。

司马芳芳也在这十六个人里头：事假，两周。

2

即便没有郝主任在耳朵边上解围，他也没什么问题，过得去的，无论是脸上还是心里。来之前就有思想准备，千万别拿自己太当“政委”，此政委非彼政委。环境和环境不一样，政委和政委当法也不一样，各有各的路数。

依照惯例，一个团常委要包干一个队室。也是巧了，他的前任、刚调走的老政委原来就是分管演唱队的，他很自然地接了过来。

所谓的包干也好，分管也好，其实大都做做样子，名义上而已。演唱队人家自己有队长、教导员，还有一个副队长，轮不到他。可即便是样子，该做也得要做做的。星期三下午全团搞安全形势教育，大课上完之后有一个分组讨论，要求以队室为单位自行组织。常委们也要各自下去列席。列席当然要先做指示，教导员请他讲两句。他很得体，小小推辞了一下之后才讲。“我今天来只带了笔记本和耳朵。没别的，向大家学习！”请他讲两句，还真的就只讲了两句。他有分寸，说是教导员，年纪比他还大，论资历论职务，跟他这个政委不相上下的。

队长年轻些，正经八百行伍出身，过去在集团军演出队干过，第一次见面的时候，抬手就是一个敬礼，“味”一下就对上了。讨论发言到一半，陆华找了个间隙抽身出来，名义上去卫生间，其实是去点根烟。他平时基本上没什么烟瘾，事情太多或者无事可干的时候才点一根。刚出门，队长后脚就跟出来了，快到卫生间的时候正好追上他。他回过身，对方很准确地把半包玉溪掏了出来。

有了一根烟的工夫杵在那儿，怎么也得聊两句了。他掏出火机来给对方点烟，故意装出一副很随意的样子来，“刘队长，人不全啊！”

“什么刘队长，叫小刘。”对方烟还没离嘴，就忙不迭地开口。刘队长也好，小刘也好，这个队长当得的确很称职的，几乎不假思索，张口就来：“一个出差一个休假，还有两个请假。苏梅华苏老师在天津，合唱节开幕式请他。齐艳君婚假。宋威在带教歌员培训班。芳芳老师请假办手续呢，”又补充了一下，“司马芳芳。”

“办手续？”他脸上继续保持着刚才的随意，坚持把一口烟缓缓地吐干净才问，“办什么手续？”

“离婚手续，”刘队长压了压嗓子，“刚离。其实手续简单，主要是得静静心。”

“静心”这种事情说不好的，时间可长可短，要看个人具体情况。芳芳老师算是不错了，这么大的事，才两个星期。说两个星期就两个星期，十天之后在郝主任办公室里碰见了她。

她来领红星文艺奖申报表格，红星文艺奖两年一度，很有分量的，不能不重视。每个人都要亲自来把表领回去填。正好他当时就坐在郝主任办公室的沙发上。她一进门他就把她认出来了。一丝一毫的迟疑都没有，百分之百是她。大腿上仿佛有两根神经同时一跳，人差点就站起来了。反应过来之后还是忍不住吃惊。几乎没变。时下流行的那个词叫什么，对，冻龄，十几年前什么样，现在基本上还是什么样。不光是五官没变，一身上下都没变。郝主任先介绍的她：“芳芳老师。”

他这才从沙发上站起来，郝主任介绍他的同时，他把手伸了过去。因为有郝主任在，他的口气是介于领导和新人之间的那种口气，是端起来之后又故意放下去的口气：

“以后咱们就是同事了，芳芳老师多指教。”

她递过来四根指头，“我听说团里来了新政委，你就是。”四根指头软绵绵的，是心如止水的四根指头。看着他的目光也是，凉凉的，很清淡，既清淡又空旷，一片干干净净的空旷，目光里连一片树叶子都没有。没认出来。

手一松开，她的目光就从他脸上离开了，一去不复返。她今天找的是郝主任，是专程到办公室来领表格的，似乎有点无暇顾及其他。她一副心无旁骛的样子，他反而不好再开口了。知道她“冷”，自顾无人的冷，没轻没重的冷，十几年都没变。且不说他还是她的政委，即便真的就只是“同事”，也应该多说两句的。

她没认出他来。当然她早晚能认出他来，天天抬头不见低头见，他还是她的政委，但是性质已经不一样了。他有些沮丧，也有点轻微的自惭形秽，从一开始就骚动在胸口里的那股潮涌总算可以消停下来了。

刚来那两天，他跟团长私底下开玩笑时用了一个词——举目无亲，话说自己初来乍到，两眼一抹黑，一个认识的人都没有。其实不准确，认识还是认识一个的，司马芳芳。岂止认识。那天在办公室里看花名册，把这个名字跟人对上号的那一瞬间，他很清晰地听见了心脏深处的一声轰鸣，一整个下午脑子里都余烟袅袅。

3

“仙女下凡”，他知道这四个字用在这里不太恰当，俗气，而且觉悟低了。人家是来专门慰问可爱的海岛战士们的，怎么能说“下凡”呢。但是当时的确就是这种感觉，个个能歌能舞，美得都分不出彼此来了，不是仙女是什么，不是下凡又是什么呢？你能想象几个月看不上一场电影、几百号清一色大老爷们天天抬头也见低头也见的海岛上，突然上来这样一群女孩是什么感觉吗？文艺小分队一行十五人，才十二个女孩，太少了。

通知提前一个星期就下了。这是漫长的一个星期，漫长而喜庆。星期五下午上岛，晚上演出。中午全营特意杀了一头猪，吃猪肉，看仙女，赶上过年了。陆华的年才过到下午就提前结束了，没想到那么巧，营里通知让陆华他们连出公差，到后台保障。连里又通知下来，让陆华带他的三排去。这两个通知像一盆凉水兜头浇下来。抬音响、搬道具、拉幕布，灯一黑他们就上，他们下来灯才亮，净保障了，光跑腿了，还看的什么晚会？全排二十来个小伙子，个个哭丧着脸。但是他不行，他是排长，接受任务必须要愉快，起码脸上要愉快。副连长比他大七八岁，显然见过不少世面，他是站在另外一个角度来看这个问题的，从食堂门口出来时他别有深意地捅了他一拳。副连长经常有事没事就捅他一拳，但这次捅的位置比较靠下，有点低级了，到腰子上了："节目有个什么看头，人才有看头。"

要说特别，其实也说不出什么特别的地方。仙女们都好看，都胸是胸腰是腰，都有"看头"。不过，司马芳芳有一点跟别人不一样。她紧张。

因为紧张，他一眼就把她从那十来个仙女当中区别出来了。人家都有说有笑，要么无聊发呆，要么压着嗓子唧唧喳喳，她不是，一个人来来回回地走，一趟趟地，每趟幅度都不大，三五步就掉头，那个走法看上去就有点像原地打转，既火急火燎又六神无主。

离开演还有二十多分钟呢。节目单上她第六个才上，女声独唱《山丹丹开花红艳艳》，从第二个节目她就开始喝水。抱着一个军用水壶，每次也不喝多，就一小口，抿一下。像抿酒。就她一个人是军用水壶，其他人都是水杯，玻璃杯、陶瓷杯、塑料杯、保温杯，各式各样的，花里胡哨的，杂牌军一样，在一张临时抬来的会议桌上整齐地排成两溜儿，负责它们的正是陆华、一排之长，也是今晚整个后台的后勤部长、热水负责人。来之前特意让炊事班烧了六大暖瓶，开水管够，再多两溜杯子都没问题。陆华很尽职的，只要看见哪个杯子水位线低于二分之一了，马上就过去加满。唯一的军用水壶简直庞然大物，很扎眼的，大部分时间都在那个女孩手里抱着，冷不丁抬头，居然不知道什么时候放回来了，陆华赶紧走过去，拿起水壶来，拧开盖子，另一只手拎起暖壶，刚要往里加水，三丈远之外突然一声大喝，吓得他手一哆嗦，开水差点烫在手上。"别!"

台上正演着一个小品，她压着嗓子喊的。声音过来之后，一双手跟着也到了，一把将水壶夺过去，"你别乱动!"

但还是晚了，壶盖拧开已经有一会儿了。陆华把暖瓶放回去，很隐蔽地往空气中四下嗅了嗅。没别的地方，只能是从刚才的军用水壶里传出来的。是酒。那股扑鼻的酒气，只能是酒。

居然是酒。

她也闻到了，飞快地拧上盖子，脸红了，“晚上有点冷，喝两口暖和暖和。”

冷？现在什么天，马上就快端午了，再过两天估计短袖就该上身了。她居然说冷。就在他俩旁边不远，板凳上坐着一个演员，穿花衬衫打领带，好像演的是一个什么养殖场的老板，还没轮到他，坐在那儿一边候场一边拿着一张报纸给自己扇风。热，穿衬衣还出汗。扇风扇得很响，报纸在空气中哗啦哗啦的，就在耳边，两个人都听见了，这声音在打她的脸。她的脸马上又红了一层，继续不下去了，眼看就要恼羞成怒了，“你别跟别人说。”她飞快地瞄了他一眼，目光干脆抬起来，到处看，就是不看他，眼里没有他，但声音里有，还有一种自认倒霉的“破罐子破摔”的情绪。酒精也许已经起了作用，她乘兴拧开壶盖对着嘴又抿了一口，这一口明显比之前的那几口都要大，她把它们一次性咽下去，“我一紧张就唱不好，喝点酒能壮壮胆。不许跟别人说。”

这之后她在他眼里完全不一样了。刚才还远在天边呢，一下就近在眼前了，眼见为实的那种近。因为她刚才请求他了，请他替她保守一个秘密，虽说不是多么大不了的秘密。另外一个，可能也是更重要的，因为她紧张，紧张到了居然需要喝酒去壮胆的地步。一个把唱歌当饭吃的演员居然每次上台都要紧张，这相当于什么？这就相当于他们这些大头兵每次站岗出操都要紧张一样，相当于他们爹妈在乡下每次扛着锄头下地都会紧张一样，相当于他们那个威风八面的团长在全团大会上拍桌子骂人时会紧张一样，这太不可思议了，这样的团长还威风个毛呢，这样的“仙女”还叫什么仙女呢？这下仙女真的下凡了。

轮到她了。第六个，《山丹丹开花红艳艳》。

他根本没防备，她的声音一出来，他仿佛冷不丁被一股电流击中了一般，他在抖，全身上下战栗。他被结结实实地震撼到了，简直不可思议，一首歌而已。那之后很多年，陆华在很多场合曾无数次地听到过那首红极一时的《山丹丹开花红艳艳》，但从来没有人能超越这个晚上的司马芳芳，从来没有人能把一首歌变成电流穿过他的身体。

他是在后台听的，他所看到的司马芳芳只是一个侧影，但也足够了。

她只身置于舞台中央，光束从四面八方倾泻下来，给她整个人镶上了一圈金边。她在光芒万丈中被浇筑成了一尊女神的雕塑。那一刻的舞台是多么辽阔无边，像令人绝望的火海。

都不只是“好看”了，都不只是美了，甚至性别都不重要了。谁能想到那么纤小的一个身体里居然蕴藏了如此壮丽的声量，他根本无法把眼前的她跟刚才那个抱着水壶的女孩联系起来，根本不可能是同一个人。刚刚她还跟他说过话，请他为她保守一个秘密，声音还没报纸扇出的风大，现在胸口里装进了一个火药库，胸口里的火药加血管里的酒精，这个女孩现在通体都是疯跑的火苗，“毛主席，领导咱，打——江山！”最后一句到了，她要爆发了，屏息、聚气，拼尽全力，飞身一跃，那无与伦比的高音就像一束耀眼的火焰一样腾空而起，带着金属的呼哨，直入天际，在视野尽头无限华美地绽放，遏云裂帛，普照山河，落英缤纷。

他全身的每一根汗毛都竖了起来，没留神，眼泪居然出来了。他没打算哭，也没预料到会哭，但是眼泪下来了。他长这么大还是第一次被一首歌唱哭，当然不是感动，纯粹是一种本能反应，某种达到极致时的不能自已。那一刻，他无法找到任何字眼来描述自己对台上这个女孩的感受，好像什么都有，好像什么又都不是。她在谢幕了，在雷鸣般的掌声中深深地鞠躬，他看见她转过身，开始朝这边走，那一刻他感觉到一股巨大的气浪扑面而来，本能地把目光侧向了一边。

他慌忙地鼓掌，慌忙地抬手擦眼泪，手都不够用了。

那时他还不知道她叫司马芳芳，不过很快就知道了。她从自己身边走过去的时候，也不知哪里突然来的灵感和勇气，他喊过身边的一个小战士，让他赶紧立刻马上，以百米冲刺的速度跑到宿舍去拿笔拿本。他挎包里有一个硬塑料笔记本，全营“优秀党员”发的奖品，一直没舍得用。这次得用了。小战士气喘吁吁跑回来，她正好从更衣室出来，还好，勇气还在，他摁着胸口里火车一样咣当咣当的心跳，故作老练地走上前去，“签个名吧，歌唱家？”

司马芳芳，好名字。雅致，稳妥，有闺秀气。越琢磨越好。芳芳两个字，其实很普通的，甚至俗气，但缀在司马两个字后头，立刻不一样了。姓和名一雅一俗，书香气与烟火味并存，相互调和、勾兑、平衡得都恰到好处。很讲究了，是大家的手笔。

她很得体地把本子和笔接了过去，一看就是有经验的，得体而从容。也许是怕字写得太潦草，她回身找了个道具箱，弯腰趴在上面写。隆重得都让陆华有点不好意思了。她把笔记本合上之后才递过来，难为情似的一笑，“字不好看。”笔记本真香。那香味过了一个多月还在。有人在更衣室门口叫她，听口气像是领导。她很响亮地应了一声，转身走了，没顾得上告别。他把笔记本打开，字一点都不难看，字如其人，花团锦簇的四个字“司马芳芳”。下面还有一行，难怪花了那么长时间。

是一个地址。她的。

4

他前后一共给她写了五封信。她只回了一封，第一封。回的都不能叫信，一页纸都没写满。

但至少证明了一点，地址是对的，并且地址那头的那个人，是有的。信纸上的香味，跟留在笔记本上的，是同一个香味。收到回信的那个下午，他当真是激动坏了，其程度几乎堪比两年后收到军校通知书。像做梦。

他以为才刚刚是个开始，没想到已经结束了。一连又寄出去四封，都石沉大海。没动静了。一封比一封热烈，也一封比一封痛苦，平静的字面之下涌动着激烈的暗流，它们一次次拍打和冲击着纸页的边缘，眼看就拦不住了。

他决定去一趟。

专程去的。休的是探亲假，却背道而驰了，不是一个方向，家在西北，她在西南。他往西南。十一个半小时的火车。硬座。凌晨才到。下车的时候，他感觉两只脚像踩在棉花上。当然，她不知道他来。省会大城市的夜色比海岛不知要浓艳多少倍，连黎明都有一种玫瑰红。走出出站口，他觉得自己像来到了异国他乡。

一直等到天亮。地址是现成的，很好找，出租车司机轻车熟路。到了大门口，刚要进去，传达把他拦下了。传达是一位胖头老哥，南方口音，叫他先登记，打电话，找谁谁出来领人。传达很不客气，说话时眼睛都不看人，到底是大地方。电话一打就通了，但是人不在，下部队演出去了。

陆华脑袋里当场就轰了一下。不过幸好，不幸中的万幸，今天下午回来。下午再打，这才找到人。刚到，累得快散了架，脱了衣服才躺下就被叫起来接电话，有点不高兴，他在话筒里都能听见鞋跟当当当砸在走廊上的那股火气，电话哗啦一声拿起来：“谁!”

陆华无端地就有点虚。报出名字，那头果然没马上反应过来，但语气柔和了一些：“谁?”

半天，她才对上号。其实时间并不是很长，才半年。有点意外，不过也仅仅就只是意外。陆华一下就感觉到了她口气中的那种距离，十一个半小时的火车看来也没让它缩短多少。不过没关系，他有预案，计划中有。他马上换了一副口气，那副故作老练的架势又端出来了：“出差。顺道正好来看看歌唱家。”

“出差几天?”

他随口说：“一个星期。”

“哦，”他很清晰地听见她在电话那头轻轻吐了一口气，如释重负似的，“那要不改天吧。今天确实太累了。明天后天都行。明天吧，明天我请你吃饭。明天下午，还是现在这个时间，你就在传达室等我。”

他赶紧抬起来头，用力看了一眼对面墙上的表。

这一突发的变故让他的行程无端又耽搁了一天。第二天他又去了，提前一个小时到的。等她，等她的人或者电话。一直等到过了一个小时，还没等到。人也没有，电话也没有。犹豫再三，他把电话打过去了。接电话的还是昨天值班的那个小战士，去叫人，半天才回来。说不在，临时接到任务，去疗养院慰问老干部。车刚出门，早打来十分钟兴许还能说上话。

门外响起一串清脆的自行车铃铛声，接着走进来的是一位邮差，怀里抱着厚厚一沓报纸和信，一股脑往传达室桌子上一扔。胖头老哥放下茶缸，把手伸到那一摞信中翻过来拣过去。“算了吧，小伙子，差不多就可以啦。我们歌唱家事情很忙的!”陆华一愣，这才意识到对方是和他说话。他一连两天都来找人，人家早知道他底细了。胖头大哥抬起头来，一眼就找到了他，“看见没有，”他从那一大摞里拎出来好几封，朝他扬了扬，“人家一天的信比我们一年的还多。”

5

“那天我忘了，真忘了。”她拖了十几年才向他表达了歉意，当然也有善意：要请他原谅并且相信，当时并不是故意躲着他，放他鸽子的。确实是忘了。

自从那次在郝主任办公室开了头，他们常常就能碰到了。想不经常碰见都难。走廊、电梯、食堂、操场、会议室、宿舍楼，碰上了自然就要打个招呼，点一点头。碰的头多了，量变慢慢就引起了质变：这张脸越看越似曾相识，总觉得在哪儿见过。

她是从名字上最后才把他认出来的。无数次碰头之后她终于知道新来的政委叫陆华，之前别人都陆政委陆政委，她也跟着叫。那次队室学习文件，装订好的材料里有一份政委的发言，每人一份，拿到手上她才第一次看见大黑标题下面的那个人名。那两个字像两根指头在记忆深处轻轻弹拨了一下。毕竟收到过他五封信，名字比脸印象深多了。

“这个陆政委是不是过去在咱海防团待过?”

“你也认识?”刘队长一听就来了精神，这可是他的强项，“没错，海防三团。原来三团的政委。陆政委。名人，上过报纸的。”

这才对上号。距离他们第一次在郝主任办公室里见面已经过去了一个月。她比他晚了整整一个月。

“那天真不是故意的，确实是忘了，实在对不起。”她越是这样郑重其事地表示歉意，他就越是难堪。他相信她说的是实话，可就是因为说的是实话才叫他倍加难堪。当年的难堪和屈辱在心里封存了十几年，今天被同一个人打开了。她把他“忘”了，根本没把他放在心里，甚至都没放在眼里。她的前后左右到处都是比他重要得多的事。仙女永远是仙女，站在舞台中央遏云裂帛、美艳动人的仙女，即便请你为她保守个秘密又怎么样呢?即便给你留了个地址又怎么样呢?即便给你回了一封信，又怎么样呢?那又怎么样呢?

6

地址没变。变的是周围的环境，那些楼房和马路。楼比以前高了，马路比以前宽了，完全不可同日而语，毕竟一晃十几年了。当然，不可同日而语的还有他自己：当年连门都没能进来，这次可是来当政委的。

听听这话，多励志啊，多高级啊。如此富有戏剧性的人生，不是人人都能轮得上的。可是他一点都没找到感觉。她可是足足花了一个月才把自己认出来。

并且认出来也就仅仅是认出来了，她还是那样，不管他是陆政委还是当年的陆排长，每次碰上都还是蜻蜓点水，清清淡淡的，清淡而又旷远。每次碰上，如果他不开口她绝不会主动开口，每次都是。每次都是她赢。

多亏那次下部队演出回来车坏了。部里前年才配发的新大巴，几乎没出过问题。那次也不是什么大毛病，雨刮器坏了，骨折了似的，怎么鼓捣也动不了。上了国道以后雨越下越大，司机都不敢开了，瞎子一样一点点摸回来的。本来下午就能到，一直拖到天黑。陆华一直看见车进了院子心才放下来。他临时通知食堂，加菜，会餐，接风。

司马芳芳也在车上。

食堂的大餐厅里面还有一个单间，摆了两张大圆桌，平时主要用来接待，有时候自己也用。那天就用上了，正好两桌。他和司马芳芳一开始中间隔了三四个人，他端着杯子挨个敬酒，轮到她的时候，旁边的座位正好空了出来，他顺势就坐了下去。这么近，又有酒，这个晚上无论如何是绕不过去了。

“我就知道你肯定是忘了，我就知道你不是故意的。没关系，我不往心里去，你也别往心里去。过去这么多年了。不提啦！”

他把声音举得高高的，是云淡风轻的意思，也是到此为止的意思。一口下去大半杯。她也端起来，幅度很小地抿了一口，几乎看不到吞咽，啤酒喝出了红酒的优雅。他突然很想问问她现在每次上台之前是不是还要喝酒，话到嘴边忍住了，换成了另外一句，也是现成的，放在肚子里十几年了，今天被两瓶啤酒顶了出来。

“你知道我现在有个最大的遗憾是什么？这么多年，再没听到过有人像你一样唱那首《山丹丹开花红艳艳》。听了这么多《山丹丹花开红艳艳》，还没有人能把它唱成你那样。”

酒精策动下的血液流动明显快了不少，四面八方地往脑袋上赶。已经是第三瓶了，又倒满了一杯。他酒量一般，可能还不如她，“知道你当时在我眼里是什么吗？”

她像个小学生一样把两只胳膊横着叠放在酒杯后面，慢慢把脸转了过来，然后是眼球。

“仙女。仙女下凡。”

她用眼角从下到上完整地看了他一眼，没绷住，笑得扑哧一声。为了掩饰，她赶紧端起杯子喝酒。陆华这次倒没觉得怎么难堪，没想到时隔这么多年之后，这两个字当面说出来的效果比在信里还要好，既直白又安全，可进可退。他也笑了，“其实我现在一直都还怀疑，当年是不是真的听了那么一首《山丹丹开花红艳艳》，真有那么好吗？说不定是幻觉呢。这种事情很多的，在某个特别的时间某种特别的环境下，莫名其妙地一下被打中了。可惜——”

“可惜没机会验证了，”她把他一把拽了回来，耸了一下肩，替自己遗憾，也对他的遗憾表示遗憾，“不可能了，唱不了啦。只有二十出头的嗓子才敢那么唱，现在年纪大了，嗓子都长皱纹了。”她端起酒杯来，这次不抿了，直接仰脖一饮而尽，放下杯子后毫无必要地扭过脸来冲他粲然一笑，“抱歉。”

他也笑笑，只能笑笑。不光笑在脸上，还得笑出声来。他感觉到了，即便喝了三瓶啤酒，他也准确地找到了心口深处那一撮尖锐的屈辱，顶得他生疼。一切都是他自找的。当初是，现在也是。其实他感觉出来了，不管自己承认不承认，他现在依旧没在她的眼里，那个时候是，十几年之后的今天，还是。

其实不光司马芳芳，这个院子里的大部分人都是，人家的眼里没他。他感觉得到的，他这个政委一直被当成个“外人”，一直在被大家“敬而远之”着，人家是一池水，你是一勺子油，脸皮再厚头皮再硬也打不成一片。没办法，这是什么地方？这里个个都是“艺术家”。你是政委不假，可是没办法，艺术家们的事，你这个政委插不上嘴，说了不算。也许以后慢慢可以，起码现在不行。

人贵有自知之明。第一次在全团面前“亮相”的时候，他说过，自己可不是来当什么火车头的，而是来做“服务员”的。当时还挺得意，这个比喻用得漂亮啊，又准确又得体，现在想想汗颜了，可不就是服务员嘛，一个被戴了高帽的服务员。这里不比过去的海防团，用得着你一个五音都不全的“外人”来当火车头？

“火车头”其实也不是他自己脑袋里冒出来的，上任之前组织上找他谈话时就这么说的。“火车跑得快，全靠车头带。”这是组织上对他的信任，更是组织上对他的好意。他陆华可是大名鼎鼎的“英雄”、一等功臣，当年见义勇为的事迹上过中央级报纸的。三个人堵着他，颈窝上挨了三刀，差点命就没了。英雄也没受亏待，连长、股长、教导员、副政委、政委，一路小跑，大步流星，在海防团当政委时还不到四十。政委一当就是四年，接下来不好办了，遇到瓶颈了，不好找位置了。但是没关系，组织上有办法，给你换个地方，咱接着当政委。英雄不能受了亏待。虽然是平调，虽然还是政委，但此政委非彼政委，此政委没有瓶颈了，下一步四通八达着呢。还不只这些，不光是自己的问题解决了，老婆孩子的大问题也一并解决了，从小海岛一步登天到了大省会。组织上一番好意，不能不识抬举，但说实话，他觉得，英雄还是更适合待在海岛上，上来之后好长时间找不到感觉，尤其是到了这里。衬衣领子下面的三寸多长的刀疤，到了公开场合他都尽量把它藏好，不是每一种荣光都能找到与之相匹配的目光的。

7

组织上的“好意”，他很快就领受到了。

没想到这么快，说来就来。之前倒是早有“风声”，可风声毕竟只是风声，这风声也不是一回两回了。一开始大家都没把这风声太当回事，没想到转眼之间它已经到了家门口，成了顶在门上的枪，成了架在脖子上的刀。这次来真的。

必由之路、强军兴军、聚焦战斗力提升、深化体制改革、体系设计、战略方针、阵痛、转型、退出历史舞台。这些词铺天盖地，大会小会上，各级领导嘴里，电视新闻中来回滚。这些词个个都不好惹，都很牛。有的能懂，有的也不是特别懂，但落实在他们每个人的身上事实很明确，石头一样简单明了、又冷又硬：转业，脱下军装，离队，走人。

先走一半。百分之五十。

比最坏的打算还坏。团长脸都灰了，像办丧事家人的脸，一上午都没干净过来。团长从大学一毕业就在这个团里了，演了那么多年话剧，又当了那么多年团长，对它感情不是一般的深，也知道大家跟他一样，感情都深，没一个舍得走。他灰着脸一根接一根地抽烟，半包烟抽完才开口，当着部长的面，他一点儿没含糊：“我坚决拥护上级领导的决定，配合陆政委做好工作。”

部长的目光离开团长，转过来盯在他脸上了。那目光有一千度。

他突然有一种遭了“暗算”的感觉。其实他本来是可以往后站一站的，轮不到他，他是“外人”嘛，而且也才来一年。但谁叫他是经过组织“特别”对待的火车头呢，一年的火车头也是火车头，正是派上用场的时候。

也不怪团长往后缩。别说百分之五十，百分之一都够你受的。刚来时他就听说了，去年分到团里三个转业指标，一直拖到最后都没完成任务。让谁走都不肯，差点动了手，有一个到现在还“赖着”没报到呢。当然不肯走，谁都不想走，小半辈子都扔在这个舞台上了，舞台就是命，离开这个地方等于把自己砸碎重新再捏一遍，伤筋动骨。没办法，现实就是这样，现实有时候就是这么无奈，想离开的不让离开，不想走的偏偏撵着你走。远的不提，就说前面的海防团，每年的转业名额钻石一样金贵，搂着捂着才舍得给你那么几个，底下一群人伸手，没办法，排队且等着吧。

想得远了，部长一千度的目光在等着他呢。这目光他很熟悉，一年前上任时部长跟他谈话时也是这么看着他的，他当时两只拳头紧握，放在两条腿上，腰杆笔直，“请首长放心”！现在必须还得是这一句，也只能是这一句，他把腰挺得更直，“请首长放心，坚决完成任务”！

部长拍了一下他的肩膀，就拍一下，显出亲昵来了。部长当然是放心的。不放心别人还不放心他吗？英雄虎胆的陆华政委，当年歹徒把真刀架在他脖子上，眉头都不皱一下，现在这点事算什么。

陆华抽了一夜的烟，把两只眼珠子都抽红了。

先开会。党委会、党委扩大会、全体军人大会。一级一级地开，一轮一轮地开。笨办法，也是老办法，难啃的骨头统统抬到会上去炖。毕竟在海防团当过四年政委，开会是他的强项，也是他的法宝，这下派上用场了。

星期三下午两点四十，政治部小礼堂，召开全团军人大会。通知要求传达到每一个人，所有在外学习、演出、参赛、请假、休假的一律召回。

不到者后果自负！最后一句是他的原话，专门加上去的。郝主任这次没为难，一个都没少，能来的不能来的，都准时来了。

他还是第一次，当着全团的人，这张脸板起来了，铁青起来了。这张脸来了快一年了，还是第一次这么难看，都快认不出来了。这是一张杀气腾腾的脸，也是一张六亲不认的脸。

他一张口先把“丑话说在前头”，口气比脸还青，还硬，还六亲不认，“一切都按政策规定按条条杠杠来，该谁走谁走！哭没有用，闹也没有用，不信试试看。有本事先过我政委这一关！”他立起四根指头，猛烈敲打着桌子上的那几页“条条杠杠”，啪啪啪，满礼堂惊心动魄地响，那动静是直接砸在人心脏上的。过去在海防团当政委的时候他就常这么敲桌子，好久没这么敲过了。久违了。

部长说了，“团结第一，稳定第一，但是越快越好。”周二上午找他和团长谈的话，最迟，下周五下班前上报名单。不过快也有快的好处，快刀斩乱麻。

常委会上七个人碰了头，没什么办法，化整为零，逐级分包。只能这样。让下面的各个队室按比例上报，也是百分之五十。劈不开的，四舍五入，半个人按一个算。

碰过头之后也都别闲着，常委们每个人都有自己包干的“责任田”，都下去，谈话、摸底、动员。即便是样子，该做也得做，并且这一次不做也得做。

他的一亩三分地自然还是演唱队。

加上队长教导员，一共九个人。一个一个过。这一个出去叫下一个进来。她排在第四个。

从第一个开始，他的脸就板好了，斧头一样镇在那儿，铁青、难看、六亲不认，还是星期三下午全团大会上的那张脸。第一个进来的是前年特招进来的大学生，华东六省一市赛区专业组的第二名。门没关，小姑娘隔着一扇虚拟的门，声音洪亮地一连喊了两声“报告”，听见“请进”之后才迈腿进来。进来后腿挨到了沙发也不坐，站着说话，叫她坐才坐下。这张脸他认识的，特招来之前电视上就见过，六省一市第二名的脸名不虚传。后来在食堂和楼梯上迎面碰上过好多次，从来没有今天这么热烈，既热烈又惶恐，脸上一大片层出不穷的笑。其实多虑了，“条条杠杠”上很清楚，还轮不到她。即便知道轮不到，脸上也不敢怠慢。

其实不光是她，自从那天在全团大会上拍了桌子，某些人的脸突然就不一样了。以前好多都是不食人间烟火的脸，每次见了都是很清淡的，很空旷的，脸上干净得找不到一片叶子。现在不了，有内容了，有热气了，有枝有叶、有油有盐了。嘴巴里也有动静了，一口一个“政委”，热腾腾的“政委”、眼巴巴的“政委”、怯生生的“政委”。一开始他还不习惯，主要是有些意外，还没来得及朝那方面想。不过很快他也就接受和适应了，接受和适应的速度之快同样也令自己意外。接受下来之后他不能不承认，这种感觉，真他妈的不错。被人“待见”的感觉，被人“高看”的感觉，真他妈不错。

想想其实也容易理解。都是人。再不食人间烟火毕竟也是人。你可以不食烟火，但不可能不怕斧头。大刀阔斧来了，说不定轮到谁，都怕。怕斧头，也怕举着斧头的人。他一开始其实也不想把斧头拿在手里的，没办法，逼着他拿，硬塞在他手里的。但是没想到拿起来之后居然收到了这么一份意外的馈赠。那句话怎么说的，“无心插柳柳成荫”，还有一句话，“时势造英雄”。他内心幽暗的深处闪烁着一道道隐秘的惊喜，这是绝密级的惊喜。这惊喜永远只能烂在他肚子里，绝不可走漏和声张，哪怕是在脸上。

“条条杠杠”一视同仁。九个人里头，最不乐观的就是司马芳芳。

一样样摆在那里的。年龄、职务、级别、考评、奖惩，没一条占优势。怎么都躲不掉。民主测评居然差得出奇，九个人里七个投了否定票，垫底的。

看得出来她有思想准备，应该是做了最坏的打算。脸上都没化妆，气色和光泽都很勉强，是一张正在沦陷的脸。

“我能去干什么呢，走了以后？”她斜过眼来看他，“像我这样的能干什么呢？去派出所当片警，要么到街道上去当大妈？”她摇摇头，摇出来一脸来路不明的轻蔑。那轻蔑搞不清楚是针对“片警”“街道大妈”们的，还是针对她自己的。

他不在本子上“记录”了，笔搁在一旁，那张铁青的、杀气腾腾的脸也搁下了。他看着她。不看她的时候就看桌子上的茶杯。好茶，一级碧螺春，进门之前就有人泡好端过来了，茶尖儿翠绿柔嫩，倒立在水中根根清爽分明。这还是他们俩第一次单独相处。这么大一间办公室，门关着。就他们俩。

“其实也没什么不好的。说白了就是换一个活法，何必一棵树上吊死呢。再说了，”他小心翼翼地看了她一眼，“人一辈子不一定非只做一件事的。”再小心翼翼似乎都不行，这个时候，不管说什么，都像是安慰。这个时候最惹人嫌的似乎就是安慰了，连他自己都嫌。

“我不行，”她抬脸看着墙，墙上什么都没有，“我就是那种人，一辈子就只能做一件事。一棵树上吊死怎么了？一棵树上吊死其实也挺好的。”

“今年不走，还有明年，还有后年。总归得是要走出去，早晚是个走。”

“没说不走呀，陆政委，”她反过来安慰他了，那一抹来路不明的轻蔑又挂在了脸上，“放心，我不给陆政委添麻烦。让我走我就走，坚决服从命令。再说了，走不走也不是我说了算，对吧？”

他就猜到了是这样，应该是这样的。她不想走。她比所有的人都更不愿意走出去，都更走不出去。留或者走，对于其他人来说，更多的可能是一个“活法”的问题，但对于她还不一样，还不止，不只伤筋动骨，它还关系到下半辈子跟上半辈子该怎么相处的问题，关系到砸碎了之后还能不能捏得起来。是一件大事。

芳芳老师曾经差一点就把自己砸碎过的。因为恋爱。不可能是别的，只能是恋爱。芳芳老师年轻时谈的那场“轰轰烈烈”的恋爱，陆华来了不久就知道了，不会不知道的，有刘队长呢。

这之前先是关于离婚。

芳芳老师离婚的事情，他一来就从刘队长那里听说了：刚离，专门请了两个星期假，办手续、静心。后来几次有意无意地从刘队长那里又打听过，问题还是在于芳芳老师。结婚之前她就有言在先，三十五岁之前不要孩子，最早，也得三十五岁以后。这个对不起了，谁叫她是吃舞台这碗饭的呢，三十五岁之前是“黄金生涯”，说不定就把自己耽搁了。对方当初答应得好好的，但是计划不如变化快。等不及了。老公公退休之前单位组织体检，居然查出来个直肠癌，手术过后不太乐观，医生预计最多两年。闭眼之前老人想抱一抱自己的亲孙子。按说这一点儿不过分，太人之常情了，太合理不过了。但是芳芳老师不肯让步，说三十五岁就三十五岁，没余地的，一点儿不肯商量。这个态度一出来，抱不抱孙子都其次了，关键太气人。太自私，哪有这样当儿媳妇的？眼里还有对方这家人吗？再说了，究竟耽搁着你什么了，你有什么好耽搁的呢？“黄金生涯”眼看都到了头了，不也就那样吗？也没见你唱出个金山银山来，说破天也就是个饭碗。不光自私，还犟，还蠢，莫名其妙，一根筋。

其实问题可能也不在于什么孩子不孩子，关键还是芳芳老师本人，心里根本就没装进去过这个家。一开始就没装进去。当初草率了。刚刚分手，正好有这么一个人，正好又那么死缠烂打，是他自己硬闯进来的。也是，好不容易才从那样一场轰轰烈烈的恋爱中走出来，那扇门恐怕一时半会是不会自己打开了。

说轰轰烈烈一点儿都不过分，芳芳老师谈的那场恋爱很有名的，全团都知道。很严肃、很正式的那种，差一点儿就结婚了。对方是个记者，姓韩。都见过，很体面的小伙子，黑框眼镜加格子围巾，每个周末下午开着一辆白色的桑塔纳 2000 到团门口接她。那是什么年代，一辆桑塔纳 2000 抵得上一个家庭不吃不喝四五年。不光是长得体面了。他主动追的她。有一次省外办请她们去参加一个官方性质的伴宴演出，他当时就在现场，听她唱了两首，歌没记住，人倒是记住了。其实伴宴这种事情大家都知道的，就那么回事。没几双眼睛看，她还笑得那么投入，孤芳自赏的那种。两首歌的间隙，有人过来献花、敬酒。花当然收下，酒一般也就是意思一下，可他却看到她居然接过杯子来一饮而尽。那可是满满一杯红酒啊。在这个问题上，芳芳老师自己也相当得意的，逢人就说：他是我这辈子最忠实也是最勇敢的一个观众。

身边的人都说好。确实好。般配。郎才女貌，才子佳人，再漂亮的词都不过分。好就好在般配，般配的爱情是最稳当的爱情，般配的婚姻是最有前景的婚姻，可偏偏就是这上面出了问题。表面上般配，其实不般配。记者不是普通的记者。其实早就有迹象了，开那么贵的车，再好的餐厅再好的菜剩下了也绝不打包，有些东西是即使再低调也掩饰不了的。高干子弟。她第一次从他嘴里听到那个头衔时，结结实实吓了一跳。

和一般的高干家庭相反，妈妈倒无所谓，吹毛求疵的是爸爸。不同意。人还没见，第一条先把她否了，不想找个演员当儿媳妇。一天到晚在台上抛头露面，动不动被几千双眼睛一起盯着，叫个什么事。也奇怪了，抛头露面难道不好吗，万众瞩目难道不好吗？一般人想抛头露面想万人瞩目还没这个资格呢。恰恰是普通人眼里最大的“体面”，在他们眼里成了“不体面”。高级的家庭有属于他们自己高级的逻辑。韩记者很男人，身上有高干子弟的毛病，也有高干子弟的可爱，背着芳芳老师跟他爸干了一场，两个爷们儿冷枪热炮一个多星期，谁也没收服谁，但是折了个中，同意也行。换个工作。

也不是多大的事。记者爸爸又退了一步，答应亲自帮忙。调走，到机关去当个什么干事助理，或者转业，去妇联、工会、街道之类，都可以，都没问题。再退一步，即便不去上班，也不要紧，正好，记者下一步打算开一家自己的公司，专门做厨具的，请她来打点，当全职老板娘。韩记者很正式地把芳芳老师约出来，两件事放在一起讲的。跨度有点大，他把一切都和盘托出，等她的决定。

两件事都是天大的事，像两记冷棍，连续打在身上，先是肚子上来一下，后背上接着又来一下。她得缓缓。她跟对方说，得给我点时间。这么大的事情，我要想一想。三天。

本来打算一个人好好想想的。回宿舍的路上还这么提醒着自己，一进门就改了主意。四个女孩住一间屋，其他人都还好，最受不了的就是那个江一茜，天天晚上在她面前张口闭口她们家“小袁”。小袁是司令部的袁参谋，国际关系学院的研究生，一表人才。确实很气人的。这个江一茜跟她前后脚差不多一起到团里来，也不知跟她犯了什么冲，一天到晚专门跟自己作对，不管什么事情上都要压她一头。以前是选歌争角，现在是“男朋友”，小袁论个头论学历，比起韩记者来显然都占着上风，但今天晚上之后一切都要改写了。她把刚刚遭遇的两件“大事”说给仨女孩听，其实主要就是说给江一茜听，听得对方一声不吭，半夜十二点了还在床上翻身。那个舒畅，那个解气！

一个屋的人知道了，全团的人也就都知道了。原来羡慕她的，眼珠子更红了。凭啥呀，偏偏又是她？大家关注的焦点都集中在这上面，忘了人家还有条件了。可是那叫什么条件呢？是，有点可惜，挺好的专业，挺好的嗓子。团里年轻的这一拨里头，唱得算不错的，就这么放弃了，确实有点可惜。不过也就限于那点可惜。不错归不错，但也没有不错到撒不掉手的地步，行里人包括她自己，其实都有数的，也就是个饭碗。不就是换个饭碗吗？不就是不唱歌了吗？不唱就不唱了，有什么大不了的呢。

几乎所有的人都觉得理所当然，没一点儿犹豫的，没任何障碍的，只有一个人例外。这个人不是别人，偏偏就是芳芳老师自己。都没想到这个最大的障碍，不是别人，就是芳芳老师自己。都没想到居然会是这样一个障碍。说好了三天，她翻来覆去整整三天，一分钟都没浪费，最后一刻才做了决定："要不，咱俩还是算了吧。"他先是一脸诧异，那诧异慢慢地变色，变成了很难看的颜色，似乎是刚刚遭受了一场羞辱。到底是高干子女，一声没吭，听见了她开车门也没挽留。她用力忍住，眼圈还是不争气地红了。比想象中的要疼，可是没想到在最后一刻意外地捡回了丢失了好几天的自尊，也算值了。她泪眼明亮地对他说："再见啦。"

经过了这一下之后，她就看见了自己的一辈子，也挺好的，一辈子只干一件事，一棵树上吊死。她对周围的人解释自己的时候很轻松，因为由衷，所以轻松："还是不行。一想到以后要去办公室端茶倒水，或者坐在老板椅里卖抽油烟机，我就不知道我该怎么办。我从十岁就开始登台了，除了唱歌，我还真不知道我能怎么办。"

没人认可这种理由的，这叫什么理由呢。都说可惜了。这可惜才是真可惜。可惜之余却也费解，这丫头，莫名其妙嘛。

江一茜那几天别提多精神了，"小袁"又源源不断地挂在了嘴上。好险，原来虚惊一场。越是刻薄的女人往往眼光越是准，既准又狠，尽管话不那么好听："全团的人都知道我们芳芳姐有两大爱好，一是拍照，二是看信。所有女孩里就数她的信最多，好几纸箱呢。你们不懂的，芳芳姐就是喜欢站在台上的感觉，从小就习惯了，下不来了。下来了她就找不到她自己了。"

陆华看看表，时间差不多了。前面每个人都是十分钟，再继续下去就让人生疑了。他把笔从桌子上拿起来，一副言归正传的样子："好吧芳芳老师，今天咱们就先到此为止，好吗？麻烦请您叫下一位进来。"

对方缓缓地站起身来，真皮沙发在身体离开的过程中发出一串吱吱扭扭的声音，像欲言又止的不甘。她正在往外走，高跟鞋已经到了门口，又停了下来。她站住了，脸先转回来，然后身体也转了过来。他没抬头，但是耳朵听到了，他听到她的目光朝自己的脸上撞，撞了一下，又撞了一下。

“能不能这次不让我走？”她低下头，把声音快低到了脚背上，满脸通红，像正在承受某种屈辱，或者努力抓住一根救命稻草：

“能不能帮个忙，算我求你。”

8

她把他当成了自己的救命稻草，她太抬举他了，还从来没把他抬举到过这个地步，“求”字都出来了。

那个字像一块烙铁，离那么远都把他烫了一下。再烫他也得伸手接住。

除去他和团长，全团总数的“百分之五十”是五十六。最少走五十六个。一个不能少。动员大会上各级领导的口气很统一，也很强硬。不强硬也不行，大环境如此，也不光是他们这一个团。

化整为零，下面七个队室加办公室，加常委，各自四舍五入之后报上来的总数一加，是五十九。五十九减去五十六，多出来三个。

肯定会多，这笔账他早就算过的。这笔账估计全团每个人都算过了。

多出来的这些决定权在团党委手里。“原则上以各队室上报为准，在此基础上团党委还要从全团整体建设需要出发，再全盘平衡一下。”开会时他就是这么说的，这话拿得上桌面，没问题，能堵所有人的嘴。

不管到底是从什么需要出发，是全团整体建设需要也好，或者某些其他需要也好，怎么都必须得多出来几个的。也确实如此，条条杠杠归条条杠杠，但条和条、杠与杠之间难免也要有缝隙的，有缓冲的。条条杠杠太刚了不好，至刚易折，得有点弹性。

弹性其实不算小了，三个呢。够了。

第一个“需要”给了舞蹈队的一个小伙子。小伙子论业务没得说，大大小小晚会的台柱子，拿奖拿到手软，不知道这次怎么就落到了他们队室报上来的那百分之五十里头。人都炸了。找队长教导员，队长教导员那儿生米已经煮成熟饭，把他推给了团里。先去找团长，团长办公室没人，脚下没停直接去了隔壁的政委办公室。政委办公室现在全天候大门敞开。一进门又炸了一回。

关键时刻宗飞副团长开了口。小伙子是宗副团长的爱将，跟着他南征北战，立过汗马功劳的。宗副团长在党委会上以常委和个人的双重名义，请求团党委能不能“照顾”一下。宗副团长是除了团长和他之外常委五个人里头的那个百分之五十，差两年就可以退休了，有点亏。本来可走可不走的，人家走了，高风亮节，走之前没提任何要求，就这么一个。怎么也得给人家一个面子，拒绝不了的。还剩两个。

下一个开口的是团长，不过是私底下开的口，单独跟他。编导室的那个卢副主任，是不是也得“重新考虑”一下。卢副主任全团有名的老实人，就因为人太老实，光知道闷头干活不知道抬头看路，把自己耽误了，年龄超了一点，被条条杠杠卡住了，队室把他报了上来。队室报上来归队室报上来，团里也有团里的实际情况：郝主任这次也要转业，办公室那一摊子得找个合适的人挑起来，目前看没人比卢副主任更合适了。虽然是私底下，却是公事公办的口气，心不虚气不短。

还剩一个。好歹剩下了一个。

平时陆华一日三餐基本上都是在食堂吃。老婆还在海岛的县城银行上班，等着办随军手续，儿子上小学，马上要升初中，娘俩儿暂时都还没过来。吃过晚饭，如果不加班，他一般都会出门到马路对面的烈士陵园广场上走几圈。广场是老年人的天下，广场舞、健身操、合唱团、卡拉 OK，是白发和音乐的海洋。他毫无过渡地从一个音区走进另一个音区，三圈下来，天就黑了。然后回家。然后是《新闻联播》《焦点访谈》。今天的《焦点访谈》才开始，有人敲门。是刘队长。

刘队长来报告一个好消息。

前段时间他答应在教育局帮忙找的熟人，今天回话了。儿子上初中的事，那头说了，“问题不大”。那可是大名鼎鼎的十七中啊，在全市排不进前三，起码也是前五，多少人挤破了头进不去。确实是好消息。多亏刘队长了，怎么感谢都不过分，人家把压箱底的关系都用上了。

刘队长这次也得走，跟编导室那位不会“抬头看路”的卢副主任情况一样，超龄了。刘队长思想境界很高，先拿自己开刀，第一个就把自己的名字报上去了。他们演唱队这次工作之所以这么好做，与此应该不无关系。这是对他陆政委最大的声援和支持。

境界归境界，支持归支持，难处该有的也有。刘队长今天晚上来，一是来报告好消息的，另外一个，也要说说自己的难处。他刘队长的难处都是老生常谈的难处，也都是人之常情的难处：父母年纪大了，身体不好，家属一直没有正式工作，自己转业之后各种补贴少好大一块呢。再有，自己还差一年晋副团，如果能再挺一年就好了，把副团拿到手再走。同样都是转业，这营职和团职绝对不可同日而语的。

知道他陆政委这次特别难。别人不知道，他刘队长还能不知道？别人都以为你是手持尚方宝剑的钦差大臣，他刘队长清楚，什么钦差，最多就是钦差手里的那把剑，光负责砍人，砍谁不砍谁，他说了不算。首长和群众的眼睛雪亮着呢，条条杠杠摆在那儿呢。能留给他让他说了算的，寥寥两个。没关系，这些他都替他考虑到了，所以才要帮他尽可能地争取，能争取一个是一个。争取到了再考虑他也不迟。他刘队长不白拿。

——其实不算秘密，团里不少人都知道，这种事瞒得再紧都不会没人知道。那位编导室的卢副主任，其实是团长的亲戚，还不算远，没出五服的。之前在下面旅里服务中心当司务长，团长帮着找的关系，驴唇不对马嘴地调到了团里来。要留下他这件事，团长应该没在党委会上公开说吧，估计是单独私下跟你交流的。他刘队长其实没别的意思，就是提一下醒，有些事可以装不知道，但不能真不知道。卢副主任的那个名额，你就是故意装糊涂不松口，他团长也说不出什么来。

到底松口还是不松口，决定权在你陆政委手里，他刘队长反正仁至义尽。这份“仁义”，再加上儿子上学的事情，刘队长天大的人情，不能不还。剩下的最后一个，要么卢副主任，要么司马芳芳。二选一。卢副主任的背后是团长，团长当了这么多年的团长，团长的背后是什么，就很难说了。看来即便明知是哑巴亏，不吃也得吃了。其实这些说到底都还不是最主要的，他其实从一开始就忽略了一个更大的也是最大的问题：他到底用什么理由把她留下来呢？他拿什么去堵大家的嘴？你把她留下，你凭什么呢？她是你陆政委什么人？你们之间到底什么关系？

9

本来要求周五下午报名单的，陆华硬着头皮一扛再扛，答应再宽限两天。周二中午前。这种事情他有经验的，能拖就拖，千万别冲在前头。宽限出来的是个周末，本来该轮到老婆带儿子过来的。一个月团聚两次，这次他回去，下次娘俩儿来。上个月儿子来的时候已经答应他了，带他去大峡谷看恐龙。现在哪还有心情呢，也不想让老婆儿子看自己这张焦头烂额的脸。他在电话里顺口跟儿子撒了个谎，咱们下次吧，这个周末爸爸要出差。

谎不能随便撒的。撒谎的嘴有毒，前脚刚说了出差，跟着通知就来了。真要出差。

临时接到任务，刚组建的维和步兵营即将出国执行任务，出征之前有一个欢送仪式。程序本来都定好了，各级领导提要求，代表们表决心，晚宴壮行。谁知部长突然冒出来个灵感：勇士们这次是为国争光，送就送出点“动静”来，再加一台晚会。

说是晚会，其实也就是一台小型的慰问演出，四五十分钟，节目和主持词都是现成的，轻车熟路。但性质不一样，部长亲自点将，而且慰问的地点相当不近，来回五百多公里呢，人和车都不能出任何差池。机关副处长打来电话，要陆华亲自带队。

欢送会安排在星期六下午。他们提前一天出发，吃过午饭登车，下午六点多才到。这趟很顺利，车和路都很配合。卸车、装台、安顿、就餐，晚上大家潦草地走了一下台，不着急，明天还有一上午时间。一遍下来之后，熄灯号就响了。

熄灯号当然不是吹给他们听的。他们住招待所。两个人一个标准间。他是政委，享受领导待遇，单独一间。刷过牙冲完澡，人刚到床上躺下，手机里擦擦两下沙锤声，一条微信消息进来了。

“我今天晚上住你隔壁。402。”

后面缀着一个四平八稳的微笑。

是司马芳芳。昵称“芳芳”。

他胸口里有一股暖流很热烈地一涌。这还是第一次，她主动发微信给他。刚来那一阵，他曾主动加过她好友，不知是有意的还是忘了，一个多月了那头才“接受”。两人的私聊房间开通后一直没用过。

其实可以不回的，装没看到，毕竟快十点了。另外主要还是不知道该怎么回。手机塞回枕头里又拖出来，翻出表情栏找了一个一模一样的微笑发回去。

“没想到这么近吧？我特意跟人换的。”这句后面是一个鬼脸，现在调皮了，又是挤眼又是吐舌头。

幸亏后面加了个鬼脸，可即便如此，他还是很清晰地感觉到胸口里惊心动魄地一晃。半天才回，回了等于没回，回了一堆表情，她吐舌头，他也吐舌头，一吐就是一排。“表情”这个东西就是好，是平铺直叙里的声东击西，也是短兵相接时的拐弯抹角。

确实近。从来都没这么近过，比前几天那次在办公室里单独谈话时感觉还近，虽然隔着一堵墙。她离他从来没这么近过，一堵墙算什么，动一下手指的距离。

跟他聊天的间隙里，她刚刚更新了自己的朋友圈：“有可能最后一次上台啦，明天好好表现，一定不留遗憾。加油！”下面的配图是一组照片，全是舞台剧照，各种舞台上的，有的半身，有的全身；有的正面，有的侧面。每一个她都无比挺拔、芬芳而又鲜润。确实很美，完美的美，完美到每一张照片你几乎都看不到她的年龄，照片中的每一个她都像是经过特殊处理的标本，是封存，也是永生。他又想起来十几年前第一次看见她在舞台上时的情景，《山丹丹花开红艳艳》，那个刚刚二十出头的司马芳芳多美呵，美得遏云裂帛，美得催人泪下。时隔如此之久，那震撼还在。他情不自禁在照片下面点了个赞，“只可惜，从此台上再无山丹丹。”转过念来之后忽然意识到不对，赶紧删除。还是晚了，她已经看到了：

“我就知道，转业名单里有我，对吧？”

他心里轻轻颤了一下，她果然并没有她所表现出来的那样淡然，尽管隔着手机屏幕他也感觉到了，感觉到了她的那种反常，她的处心积虑、在所不惜，她的用力以及笨拙。他不知道该怎么回答，或者该不该回答，手指头已经来到了屏幕上，本来摁出来的三个字是应该是“对不起”，可就在最后一刻，他忽然改变了主意，那一刻，他几乎是在最短的时间里做了一个最重大的决定，放在一生当中也没几次，手都抖了。他把“对不起”三个字原路退回去，重新输入，还是三个字，他说：

“我试试。”

他自己把自己都吓了一跳。

过了很久，她才回复。没想到说“对不起”的是她。

“对不起。那一年你千里迢迢坐火车来，没见到我。”

他有些意外。反倒不好意思了，早说了没关系，她还在耿耿于怀。已经过去了这么多年，早就云也淡风也清，“没关系，知道你当时忘了。忘了就忘了。”

她又过了很久才说：

“当年我骗你的。其实那天我没去什么疗养院演出，我就在宿舍，哪儿都没去。”

他听见自己喉咙里咕噜了一下，有什么很粗糙很生硬的东西咽了下去。他仔细地体味了一下，一下又一下。还是那句话，没关系。他在心里轻轻地说，对她说，也是对自己说，没关系。

她问他：“明天下午你看演出吗？”

“看。”

“对，一定要看。不管是不是最后一次，都该看看。”

10

欢送会两点半开始。前面所有的加起来一个小时，中间休息二十分钟，然后是慰问演出。部长和大部的分管首长都参加。午饭之后又有了一个情况，总部一位首长刚好在友邻部队调研，也要顺道过来“送行”。这下首长的级别又高了半格，“动静”越搞越大了。

贵宾席临时增加了一个坐席牌，其他坐席牌的位置和顺序也跟着重新做了调整。本来也有陆华一个的，最边上的一个，被迫取消了。陆华主动要求坐到后面去，礼堂中间位置，音响和灯光旁边。在今天这样的场合下，像陆华这种级别当然是没机会近距离地见到总部首长或者被总部首长见到的，离首长的后脑勺还有一二十米呢。一排巍峨的后脑勺。

熄灯、起乐、升幕。歌舞开场，接着相声，然后女子舞、器乐联奏、山东快书，有条不紊，按部就班，很顺利。司马芳芳是第六个上的，女声独唱《风景这边独好》。歌好，唱得也好。一看就很投入，全力以赴的那种，该婉转的地方婉转，该激越的地方激越。就像她自己说的，有可能是最后一次了，不能留什么遗憾。确实也没什么遗憾。自从来当政委之后，大小晚会也好，各种慰问演出也好，他已经在不同场合至少听她唱过三四次，虽然感受没有当年听那首《山丹丹花开红艳艳》时那么极端，但确实也觉得不错。不错就是不错。足矣了。

《风景这边独好》之后下一个是小品，节目单上写得清清楚楚。歌曲结束时主持人需要上来报一下幕，拖延出时间来上道具。联排时程序就是这样。主持人上，同时司马芳芳转身下，一出一回。一曲终了，主持从侧幕里把头都探出来了，可是她站着没动。

她站在那里，等掌声渐渐落下去，然后弯腰朝台下深深鞠了一躬，抬起头来之后一连说了三个谢谢："谢谢。谢谢大家。谢谢大家的掌声！"观众席里一个头脑机灵的班长见状马上喊了一声："再来一个！"其他战士立刻明白了，一起振臂跟上，"再来一个！""再来一个！""再来一个！"一浪高过一浪。又是掌声四起。

音响小吕转过脸来，看陆华，陆华也看着他，俩人深深对视了一眼，都有点蒙。芳芳老师这是什么情况，要返场？联排里可没有这一出啊，节目单里也没有。犯忌了。平时也就罢了，可是今天情况特殊，有那么大的首长在。是不是她不知道今天有首长在？好像还真不知道，他们也是午休起来才接到的通知。陆华心里猛地紧了一下，自己大意了，应该提前跟大家交代一句的，就是一句话的事。

掌声如潮，一潮未平一潮又起。司马芳芳两手抱着话筒站在舞台中间，仿佛置身真正的潮水中那样，有些站立不稳了，居然身子一歪趔趄了一下。本来很高贵的，仪态万方的，这一下诙谐了，台下哄的一声。隔着那么厚的妆都看得见脸一红，她忙不迭地开口："下面，我还要再为大家演唱一首老歌，《山丹丹开花红艳艳》，把它送给亲爱的战友们，送给在座的各位首长和领导，送给那些一直在帮助我、关心我、支持我的人。在此说一句，真心地谢谢你！"

她说的是"你"，不是"你们"。并且，居然是《山丹丹花开红艳艳》。陆华心里骤地一紧，心脏瞬间提起来至少十厘米。

这个芳芳老师，今天真的出格了，居然互动起来了，从来都没有过的。

都知道芳芳老师一上台就紧张，能把歌唱好就不错了。那些话一听就是提前背好的，恨不能一口气背完那种。音响小吕十八岁一入伍就到团里了，比团长都早，“化石”级的老同志了。老同志一脸内容地笑笑，“看样子芳芳老师今天没掌握好量，喝得有点多。”

没准备伴奏，只能清唱了。

清唱很考验人的。没有伴奏的嗓子，就像卸了妆的脸，是多少岁就多少岁，什么遮挡都没有的，所有的皱纹都一览无余。幸好，芳芳老师今天这副素面朝天的嗓子，还说得过去，高亢、结实、灼热而又直白，一股酒味。那灼热和直白令他几乎无法直视，全身都绷紧了，手心一阵阵出汗。他想起来她昨天晚上最后说的话，她让他一定来看，她说，不管是不是最后一次，都要来看看。

前面的基本没什么问题。两段主歌，一直到副歌的前半部分，都还好。可是后面就不行了，越往后越不行，连最外行的耳朵都能听得出她的那种力不从心。气短了，不够用了，胸膛里仿佛有好多双手一起在扯嗓子的后腿。有些歌就是这样，很要命的，该需要多长的气你就得用多长的气，短一丁点儿都不行的，短一丁点儿都能让你一败涂地、身败名裂。也许连她自己都没把握，也许她真的许多年都没这么唱了，她说过的，只有二十出头的嗓子才敢。

最后一刻不可避免地来到了。“毛主席，领导咱，打——江山！”她刚一启动几乎所有的人都预感到了那个令人绝望的结果，包括她自己。最后关头她很明显地停顿了一下，像是在拖延，又像是在犹豫，那一刻她似乎突然害怕了，但是已经没有退路，即便明知是万丈深渊，明知是身败名裂，也得跳了。赌也得赌一把。她闭上了眼睛，几乎拼上了全部的力气，也许还有运气，拼死一搏。

那一下之后全场静了足足有三秒钟。所有的人都知道那样是多么不厚道，大家其实也都并无恶意，只是没能忍住。巨大的哄笑声席地而起，瞬间弥漫了全场。

陆华抬起头来，看到前面贵宾席上坐在最中央位置的首长朝两边幅度很大地转了转身子，和左右分别交换了一下笑声。

她都没勇气像样地谢一下幕，脸已经不是红了，是紫，是黑。转身就往台下走。转得有些急，步子快了，脚底下一晃，又趔趄了一下。刚刚平息下来的哄笑声再次腾空而起。

所有的面光和顶排光全部及时地熄灭了，整个舞台瞬间黑了下来。主持人迫不及待地走出来。接下来是小品。幸亏小品很精彩，开场没几分钟就把大家吸引住了，笑声此起彼伏，似乎都忘了刚才那一幕。一切继续。有个干事模样的上尉猫着腰一排排找过来，找陆华政委，部长叫他。对，就是现在，马上。部长都没能等到小品结束。

他也猫着腰，沿着贵宾席后面的一排膝盖一路走到部长后面，在对方的耳朵边上轻轻地叫了一下部长。部长只侧过来三分之一的脸，知道是他。三分之一的脸硬得像一块铁，铁一样青，铁一样冷。总部首长就坐在旁边，那张脸没地方搁了。

“这样的演员你们还让她上台？叫她走人，这次就叫她走。丢人现眼！”

陆华低着头，猫着腰，原路退回来。腰不敢直起来，怕挡了大家的视线，也怕直起来之后会让自己显得特别扎眼。他就那么低头哈腰地走出观众席，穿过过道，一直来到了侧门旁边，终于可以停下了。他站在那里，犹豫着接下来该往哪儿去，是回到小吕旁边自己的座位上去呢，还是直接去后台？要么干脆从侧门出去算了，外面现在是冬天五点多钟的黄昏，天色应该早就暗下来了。

选自《北京文学》2018年第6期

膝

/朱旻鸢

上午九点五十分。对面墙上挂着的石英钟一走到这个点，我就像一个定了时的机器人一样从沙发上弹了起来。旁边的少校扭头看了看我，伸出一只元宝般白胖可爱的小手，像拍皮球一样拍了拍空气。我没动。我当然知道他这是在示意我坐下。自从他把我“领”进这间屋子，并把我像按图钉一样按进沙发里后，我就知道我的一举一动已经处于他的管控之下。我正确的做法应该是立即服从命令、听从指挥，干净利落地一屁股砸回那张比发面馒头还松软的沙发上，同时上身保持正直，双手放于膝盖，像队列训练中的新兵一样。但我不可能那样做。我不是新兵，我是个已经服役四年多的下士，还有两个月就该脱军装走人或者套转中士了。这还是其次，最主要的是，我不是基层营连里那些一年到头连少校都见不着几回的普通战士，我是神炮旅旅长的公务员，不是随随便便什么人都能指挥得动的。即使坐下，也绝不能像营连的新兵那样干脆利落，必须黏糊一点儿。否则，传扬出去，班里的其他公务员会怎么看我？机关那些平日里对我们异常客气的参谋、干事、科长们怎么看我？还有营里那些对我一贯仰慕的同年兵和老乡们，以及通信站那些经常受我表扬的女兵们……这些都不算的话，至少郭春云同志那里我会很不好交代。

更何况眼前的少校白白胖胖，一看就是大学生特招入伍或者高中生直接考技术类军校之类出身的，估计在基层部队待过的时间还没我长。这样的干部如果分到我们野战部队的基层连队当排长，估计连个列兵都指挥不动。

所以了，我就黏黏糊糊地站在原地，斜着身子抻着脖子向门外望了望斜对面那间与我们仅有一楼道之隔的党委会议室。门依旧关着，严丝合缝，丝毫没有即将打开的迹象，而里面也似乎异常安静，没有一丁点声响传出来，跟没有人一样。我只好重新坐下，但却再也坐不安稳，仿佛沙发里藏了无数个仙人球，一坐下去就会有许多的针刺脱颖而出，迎接我的屁股。我不时地抬臀欠身，摇来晃去，东张西望，九七式夏常裤在真皮坐垫上磨来蹭去，发出吱吜吱吜的响声，像一窝耗子在集体呻吟。

我知道这就是所谓的“坐立不安”或“如坐针毡”之类，我更知道让我“坐立不安”或“如坐针毡”的，是对面房间里的那只膝盖。

那只膝盖对我来说无疑至关重要。若不是它，我今天就不会坐这里。

第一次见到那只膝盖时，我正蹲在那口熟悉的大铁锅前捞面条。

那是四年前的冬天，新兵连最后一个中午。那天中午吃的是刀削面。班、排长们都还在营部的会议室里研究我们下连的事，“一贯表现积极”的同年兵张广东主动站出来组织我们开饭。盛面条的大铁锅在一片腾腾热气中抬进来，饭堂立即就成了祥云翻腾的仙境。两张陌生的面孔就是在烟雾缭绕中飘进饭堂的，除了脸和身体轮廓，我们甚至连他们身上穿的什么衣服也看不大清，都以为是给炊事班送菜的商贩。没人把他们当回事，大家的注意力都集中在锅里。据帮厨的兄弟们冒死透露，这次做的面条又不太够，是司务长张明强按人均七成饱的标准下的面，这在一定程度上造成了恐慌，大锅还没落地就被围了个水泄不通，每个人都只顾着端了饭盆争先恐后地往前挤，以求占得先机。张广东站在凳子上吼了几嗓子，见没人搭理，也抓了饭盆像跳水运动员一样从凳子上跳下，一头扎进了抢面条的人堆里。我身材瘦高，底盘轻，稍一挤就被人架得两脚不着地，等到终于在大锅前落下脚、弯下腰时，烟雾已经散去大半，所以我不仅能看到大锅里形单影只的面条，还能看到大锅前站着的两双三接头军官皮鞋。皮鞋上面是冬季迷彩服裤子，再仰头，迷彩服的领子上竟然有军衔（送菜的商贩虽然也穿着迷彩服，但没有军衔），一个是中校，另一个是大校！

所有人都僵在了那里，像被孙悟空施了定身术的七仙女。班、排长们不在，谁也不知道眼前这两个校官是什么来头。而我们新兵入伍三个月见过的最高级别的首长才是个上校——前几天来检查伙食的张副旅长。

大校一看见像太上老君炼丹炉一样的大锅，脸就拉了下来。他的眼睛定在墙上公示的菜谱上。那上面用粉笔写着四菜一汤加米饭的内容——本来按菜谱应该炒几个菜吃米饭的，但司务长张明强说，由于上次张副旅长来检查伙食时的那几顿严重吃超了，要从每天中午的伙食里挤出钱来弥补，午饭就由四菜一汤改成了七成饱的刀削面。

营长迅速出现在了我们面前，确切地说，是大校面前，仿佛是从大锅里冒出来的，因为他的脑门上都是汗，看起来全身都湿漉漉的，像一根刚从锅里捞出的面条。紧跟着他陆续冒出来的，还有我们的排长和班长们。他们也都湿漉漉的。

营长向大校敬了个礼，但一个字都没说出来就被大校挡回去了。

“面条省烙饼费，吃顿饺子穷半辈，你们还真会过啊。”大校边说边白了一眼他旁边的营长。营长就把头扭向了藏在操作间里的司务长。司务长立即把头扭向炊事班长。他们好像在逐级传达旅长质疑的眼神。炊事班长再没人可看，只好低着头看自己的鞋尖，做出一副承担一切后果的架势。整个饭堂没有一个人说话，只剩下嗦啰嗦啰吸溜面条的声音。大校无奈地拿起一双筷子，在袖子上蹭了两下，径直走到大锅前，把筷子伸进大盆里捞了两下，挑上来一根蛇一样粗的面条，问营长：“这是甚？”

“刀削面！”

“是刀削还是刀砍？”

“刀砍，刀砍面。”

“刀劈都不是，我看是武装带！”

营长额头上的汗汇聚成流，顺着脸颊往下淌。大校说：“我的兵天天吃这个能把手榴弹甩远吗？能把枪打准吗？能把五公里跑快吗？”

营长擦了一把汗，终于忍不住朝操作间里骂道：“张明强，你他妈怎么搞的？”一直隐藏在雾气中的司务长张明强终于拨开雾气跑了过来。经常在我们新兵面前理直气壮地说“这个月又超支啦”的司务长张明强像被托塔李天王的照妖镜打回原形的妖怪，既不好意思当着新兵的面给大校点头哈腰，又不敢在大校面前理直气壮，只好不停地搓着两手说：“首长，连队的三级厨师休探亲假了，我们正在加紧培训新的厨师。”

“死了张屠户，就吃混毛猪？废话少说，连队谁还会做面条？”

饭堂就一下安静下来，连嗦啰嗦啰吃面条的声音都消失了。

“谁会？谁会？”司务长张明强小声地向各个桌发出求助的信号。

我们幸灾乐祸地看着司务长狼狈的样子，心情十分愉悦，就像看电影时终于等来最精彩的片段，都衷心希望这样的镜头多持续几分钟。但就在这时，坐在我对面的张广东腾地一下站起来，用他在班里从来没有用过的纯正山西话说：“报告首长，我是山西人，我……”

会做面条？一听说“山西人”三个字，大校的眼睛像走廊里的声控灯一样亮了起来。我们都停止了吞咽，鼓着满嘴的面条，用刮目相看外加愤怒的眼神看着张广东。

“我会做疙瘩汤。”张广东终于回答道。

“疙瘩汤不行，黏黏糊糊，不利索。我说的是面条，手擀面，跟钢筋棍一样劲道，面是面，汤是汤，一是一，二是二。”大校的眼睛又暗了下去，仿佛电力耗尽的车灯。我们喘口气。张广东在一片轻微的叹息声中眨巴了两下眼，重新坐下来。

班长郭远辉就是在这个时候向我使眼色的。他的那双三角眼眨得像雷雨季节接二连三的闪电。这意味着事态已经很严重，如果我再没有反应，回去至少要罚一百个俯卧撑或者一百五十个仰卧起坐。我像练气功一样深吸了一口气站起来，但还没开口，两条腿已经像跳桑巴舞一样地哆嗦起来。我看到原来属于张广东的那些目光统统转移到我身上了。大校看了我一眼，问：“难道你也是山西的？”

“我……我……我，我江西的。”我羞愧得恨不能钻到桌子底下去。

“江西老表啊。”大校说，“没听说过老表会做面条，毛主席在井冈山吃的是红米饭南瓜汤。”

“首长，我入伍前在饭店干过面点师。”

“那还等啥？马上给我擀两根像样的面条出来！”大校说着，转过身去，身子往左一倾斜，直直地提起像木棍一样僵硬的右腿向前迈了一步。是个瘸子！饭堂里嗡地响起一声集体的惊叹。但惊叹的声音很快就消失，因为大校已经在一片惊讶中像划船一样摇晃着身体穿过了人群，走进了操作间。我在班长郭远辉的示意下默默地跟在他的后面，两只眼睛却着了魔似的死死地黏在他那条右腿的膝盖窝子上，仿佛是被他的膝盖牵引着走向操作间。

大校就是我们神炮旅的一号首长、现任旅长赵红兵，外号赵瘸子（此称呼已在神炮旅范围内禁绝）。此刻，他正在斜对面的党委会议室里。至于在里面干什么，我当然不知道，只知道和他共处一室的还有两个我从来没见过的首长——至于那两个人是什么身份，找旅长干什么，我当然也不知道，更不想知道。无数的经验教训告诉我，类似的信息知道得越少越好，即使有时一不小心知道了，也要努力地忘掉，如果努力也忘不掉，就只能假装忘掉。所以这几年里我忘记的许多事情，有一部分是无意之中忘掉的，有一部分是努力忘掉的，还有一部分是假装忘掉的。这些假装忘掉的部分，就像电脑里看似删除的文件一样，稍作努力就能恢复过来。

但今天的事我确实不知道。况且像这样身上常服笔挺、腋下夹着黑包、皮鞋一尘不染、头发一丝不苟的陌生来客几乎每天都有，像蜜蜂一样在我们这栋楼里进进出出。我们公勤人员需要做的，用我们管理科刘科长的话说就是，只管给他们端茶倒水、服务保障就行了。

我只知道那两个人和我身边这个白白胖胖的少校是一起的。他们一共来了四个，为首的一个少将，副军职，其余三个分别是大校、上校和少校，上午八点一刻左右突然出现在作战值班室门口的，犹如神兵天降。那时我们六个公务员正跟以往一样，一字排开，整齐地站在作战值班室门口，等待着里面的交班会结束，好进去收拾首长们扔在桌上的水杯和笔记本。看到这四个人的时候，我们着实地吃了一惊，他们的身边，不要说前呼后拥，连个引路的战士也没有，最不可思议的是，楼下的哨兵竟然也没按规定用对讲机及时上报。不知道他们是从哪儿进来的，怎么进来的。

还来不及进去通报，作战值班室的门就打开了。场面果然很尴尬，我们看到：第一个走出会场的旅长一见到这四个人就愣住了，紧跟其后出来的政委也跟着愣住了，后面的副旅长、副政委、参谋长、主任等等就更不用说了，都纷纷跟着愣住。但很快大家都反应过来，迅速堆起笑脸，按职务大小的顺序上前敬礼、握手、寒暄，像见了老熟人似的。也就仅此而已，“欢迎仪式”不到五分钟就结束了，按惯例应该先去小会议室听汇报的，或者在各部门领导的陪同下去机关各办公室检查指导一番，都没去。不知道大校在握手寒暄之余还叮嘱了什么，反正一握完手就各自散了。上校跟着政委进了办公室，少将和大校跟着旅长一起进了常委会议室。我条件反射般一手端着旅长的水杯一手提着水壶跟着过去，刚走到门口就被从身后匆匆赶来的少校截住了，他从我手里接过水杯水壶，抢先拉开门进去了，把我晾在门口。几分钟后，他空着手出来，把我“领”到这间小会客厅——这是平时保障会务时我们公务员待命的地方。坐在这里，可以轻而易举地侦察到对面会议室里的动静，根据这些动静，我们就能大致地推断出会议的进程和现阶段首长们的需要（是加水还是换茶叶或是换烟灰缸），然后找准时机进入会场，蹑手蹑脚，轻拿轻放，既不影响首长们的情绪、分散首长们的注意力，又满足首长们的需要。若是遇到特别重要的会议或者客人，管理科的刘科长便会亲临一线，亲自指挥，以确保每一个环节都万无一失。今天他没来，所以我断定这些人不是特别重要，顶多一般重要。既然是一般重要，也就没必要紧张了。想到这里，我又重新放松下来，耐住性子等着会议室那边的动静。

上午九点五十五了。我没想到五分钟过得这么快，这期间里面没有传来一点儿动静，少校也丝毫没有流露出让我进去的意思，跟五分钟之前没什么两样。这说明我遇到了从未遇到过的新情况、新问题。在此之前，我在四年多的公务员生涯中，接待过各式各样的“上级来人”三五百次，无论是前些年声势浩大的联合工作组，还是近年来神出鬼没的暗访督察员，都从未给我制造过什么实质性的麻烦，因为不管是明察还是暗访，都从来没有谁像他们这样，百忙之中还要抽出专人来莅临公务班，去指导一个端茶倒水的公务员！

“首长，”犹豫再三，我还是硬着头皮开了口，“我能不能进去一下？”

“干什么？”白胖的少校偏了一下头，警觉地睃我一眼。之前他一直抱着一摞材料在翻。那些材料既有打印的，也有手写的，纸张大小不一，颜色花花绿绿，像一沓子零钱，看得我都头晕。

“看看……旅长的膝盖。”

“什么什么？”少校再次正式地把头扭过来，眉头皱得跟个小肉包子似的，眼神因为皱眉而犀利无比，就像从细小孔洞里射出的强光，“你开什么玩笑？你当这是疗养院啊，你知道他们正在干什么吗？”

“他的膝盖……”

“他的膝盖比打仗还重要吗？”少校毫不客气地打断我，尽管声音不大，但狠劲十足，就像我们管理科的刘科长在首长的眼皮底下严厉批评我们一样。

当然比打仗重要！比世界大战都重要！我心里无数门大炮同时开火，猛烈地回击着少校，所以我把嘴抿得紧紧的，怕一不小心蹦出几个字来。

并非夸张，对我来说，旅长的膝盖比什么都重要，当然包括世界大战。世界大战能不能打起来我不知道，打起来之后有没有中国的事我也不知道，有了中国的事用不用我上我也不知道，但我知道，旅长的膝盖现在肯定需要我。这事就这么重要。而眼下最最重要的当然是，还有五分钟，就是那只膝盖的早课时间。

“早课”是我们管理科刘科长发明的叫法，从我当公务员那天起，他便把为膝盖理疗的时间定为每天早中晚各一次，每次半小时，像部队操课一样准时。早课，就从上午十点开始，雷打不动。这原本是部队的课间休息时间，到点，大院各个角落里挂着的大喇叭会准时响起，先嘟嘟嗒嗒地拉一通号，提醒操课的分队和伏案的机关干部们按时休息，然后播放十分钟舒缓的音乐，以便休息的官兵得到充分的放松。而我，当然应该是在这让人放松的音乐中紧张地工作，为旅长放松才对。

四年前，旅长蹲在我们新兵连炊事班操作间的水磨石地面上一口气吃完一大碗面条，然后一瘸一拐离开新兵营的当天下午，我便背着背包来到了旅部大院报道。司令部管理科专门负责保障首长的刘管理员亲自下的调动通知，营长亲自向我宣布的命令，班长郭远辉亲自带着全班把我送到营门口。大家都用羡慕的眼光与我告别，说一些“苟富贵勿相忘”之类的话，就连营长宣布命令时也不忘专门叮嘱我遵守《保密守则》，说当旅长的公务员，保密最重要，比如营里的事，到了旅部就不能随便乱说。

而我却自始至终都在想着旅长那条瘸腿。我是极不情愿当公务员的。公务员再牛再威风，说到底是伺候人的活儿。当兵前，我是个厨子，在一个中等城市的一家中档饭店当中级面点师，白天在饭店做饭，变着花样取悦来自四面八方的食客，晚上回到家(就是我在那座中等城市落脚的出租屋)还要接着做饭，变着花样取悦还不知道未来是谁老婆的女朋友，一天到晚干的全是伺候人的活儿。这种整日伺候人的生活显然不是我想要的。即使我想要，我女朋友也不想要。她对我的殷勤伺候越来越不以为然，越来越觉得我“不够 man”——懂点英文的都知道，她说的不是“不够猛”，而是不够爷们儿。这日子当然没法过了，于是我终于做了一个很“man”的决定，辞了工作，别了女友，来当了兵。新兵连的三个月，我像保守国家机密一样隐藏着自己的厨师经历和个人特长，就怕暴露身份后被知人善任的领导慧眼识珠挖去重操旧业，但不知怎么的还是没能躲过班长郭远辉那双犀利的三角眼……

所以当从营长那里得到确切消息的时候，我死的心都有了。我谦虚地推辞，自己没什么文化，技校毕业就出来打工了。没想到营长说，要那么高的文化干吗？给旅长当公务员又不是当秘书，就是因为你在饭店打过工，有过伺候人的经验，比那些刚从学校出来的生瓜蛋子强百倍。我正琢磨再找个更恰当的理由，却又听见营长说，还有最重要的一点，旅长最最忌讳别人叫他赵瘸子。我心里一惊，眼前又幻灯片似的闪现出那条像棍子一样不会打弯的腿，以及蹲在地上吃面条时那片花白的头顶，到了嘴边的话突然就咽了下去——伺候这样的人比伺候那些不知名的食客和不知好歹的女朋友强多了，毕竟旅长是一个胃和腿都不太好的病人，而且他的胃病和腿病都是战斗中落下的。胃不好，这跟当年在前线侦察时风餐露宿有关；腿不好，这跟那颗罪恶的子弹有关。

关于那场战斗和那颗子弹，就像旅长的胃病和腿病一样，作为当时已经入伍四个多月、历经正规训导和系统教育的神炮旅战士，想不知道都很难。

旅长十六岁当兵，曾经先后两次上前线参战，两次荣立战功，两次被树为重大典型(这曾被宣传部门总结为“三个二”，但不知为什么后来不让提了)。第一次上前线时还是个刚入伍的新兵，在后方训练了几个月刚戴上军衔领花就被一火车拉到了边境。由于缺乏作战经验，第一次分班执行任务就迷了路，困在丛林里。全班十个人，一个被地雷炸死，一个喝山泉水毒死，更没想到的是一个四川兵，撒尿时被毒蛇咬中老二，捂着裤裆在地上打了几个滚竟然就不行了。连敌人的影子都还没见着就死了三个，情势如此，险恶剩下的七个人自然就不敢乱动了，挤在山洞里，用无线电呼叫部队救援。那几天，基本上能逮住的东西都让他们给吃了。水都让敌人投了毒，不能喝，只好喝蛇血，喝完再吃蛇肉，可不是我们饭店里那种放了油盐酱醋、能卖好几百块一份的蛇羹汤——山洞里连火都没有，别说油盐酱醋了，都是生吃。后来生吃也吃不上了，一个破山洞哪来那么多蛇？最后就连耗子、蜥蜴也吃光了，又把扔掉的蛇骨头捡起来嚼。大家都躺在地上等死的时候，副班长掏出一只扎了口的袜子，袜子里藏着一条二尺长的小蛇，这是全班的救命蛇，可等班长把蛇分好，副班长已经断了气……就是那个时候，旅长的胃给饿坏了。

这是关于旅长参加战斗的第一个故事。尽管这个故事的主角不是旅长，尽管这个故事与我们小时候听过的苏联时期饿死的粮食部长和长征路上冻死的军需处长等老故事在情节上有些相似，但我们依然相信它是真的，因为这个故事早已深入人心，是历年来各连指导员通过政治教育课正式传播出去的。

而关于旅长的腿，则有着更为催人泪下、感人肺腑的故事。那时旅长已经提干，回到后方军校学习半年后，穿着四个兜的干部服再次回到前线轮战，确切的称呼应该是排长赵红兵。在一次前出侦察中，排长赵红兵带领的侦察分队与一股数倍于己的敌人不期而遇，短兵相接，来不及防护，走在最前头的排长赵红兵就被一梭子颗扫倒在地。击中他的是一粒步枪子弹，不偏不倚正好打在右腿膝盖上。排长赵红兵疼得差点昏死过去。全班只好立即疏散隐蔽。发现苗头的敌人决定全面搜索，胡乱扫射的密集子弹不断造成侦察队员们新的伤亡。按之前的战术安排，此时当由一名最不方便突围的伤员自我暴露，将敌人吸引开，掩护全班继续隐蔽或突围。拖着一条残腿的旅长成了最不方便突围的人。他刚要起身，一旁的老班长一把按住了他，他还没反应过来，老班长已经站了起来，端着枪朝敌人扫了一个点射后蹿出了隐蔽区，几十名敌兵叫喊着蜂拥而上……老班长最后受伤被俘。敌人用枪口顶着他的后脑勺，要他指认其他人员的隐蔽地点，老班长宁死不从，恼羞成怒的敌人决定对老班长执行就地枪决。他们把双手反捆着的老班长押到一个小土堆前，命令他跪下，老班长站着动都没动一下，于是上去两个人，一边一个抓着他的肩膀和头使劲地往下按，他则像一个浮在水面的皮球一样，按下去又起来，反复几次后敌人就开枪了，一枪正中膝盖。只听见扑通一声，老班长那只中弹的膝盖往下一弯就戳在了地上。但依然没有跪下，因为他的另一条腿还弓着，腰还在挺着，脖子还在梗着，眼睛还在睁着，头使劲地扭向身后，怒视着行刑的敌兵。刽子手心慌了，颤抖着手连扣了几枪，老班长扑倒在小土堆前，至死双眼也没闭上，死死地盯着不远处的丛林。那里，隐蔽着打碎了一只膝盖、时年仅十九岁的排长赵红兵。

这个故事我们也深信不疑。因为这是出自旅长本人之口——旅长前后两次被树为重大典型，都在先进事迹报告会上重点讲到这个故事，而这个发言稿后来也收录进了我们新兵的教育读本里。尤为值得一提的是，这个故事的后面，还有一句画龙点睛式的感悟：班长用他的死让我懂得了，作为军人，就是死，也不能弯下自己的腰杆和膝盖！据说当年旅长用这个故事和这句话打动了无数的听众，赢得了无数的掌声和泪水，成功地把整场报告会推向最高潮。而现在，即使时过境迁，也照样能以原子弹般巨大的能量震撼和教育我们。

这样的一只胃和一只膝盖对于我这样一个入伍不到半年、只在屏幕上见过打仗和死人的新兵，对于一个为了“够 man”才来当兵的厨子来说，意味着什么。这一切似乎不用多说。

我说这些只是想说新兵连最后那天下午，旅长很顺利地过了我的关，我心甘情愿放弃来当兵时最初的那些打打杀杀、血雨腥风的想法，去小心翼翼地伺候一个瘸腿的中年男人。我相信，即使像我女朋友这样不关心国家大事的“脑残女”，在知道了这背后的真相后，也会肃然起敬。为了让她肃然起敬，我在一只脚踏进旅部大门之前，豪情万丈地把这一消息编成一条超长的短信，发给了已经三个月没怎么联系过的她。

上午十点整。课间休息的号声准时地响了起来，呜呜啦啦的，我听起来就像一把豁了无数口子的钝刀在一刀一刀地拉着自己的肉。我痛苦地闭上眼，盼着刀子锋利些，再锋利些。四年了，第一次遇到这么大的难题。怪不得当年的刘管理员后来的刘科长说，首长尤其是旅长的公务员，永远在赶考的路上。我甚至怀疑眼前这个白胖的少校是旅长派来前来考察我的。

那天我用旅长的英雄故事说服感化自己，满怀豪情地背着背包到旅部管理科报到后，才知道完全是自己想多了。管理科调我去当公务员是真，但不是正式的，是临时，是借调。因为我还没有过旅长的关。下通知调我的管理科刘管理员见我第一句话便是：你现在还不能以首长公务员自居，得先过考察期。考察期，我理解就像我们饭店招工时的试用期，一般都是一个月左右。于是问，考察期一般多长？刘管理员意味深长地看了我一眼，说了一句无比深刻的话：首长的公务员永远在赶考的路上。

我感觉有些骑虎难下。当公务员本身就不是我的目标，退回去当炮手正合我意。问题是人已经来了，豪情万丈的短信也已经给女朋友发过去了，营里那边该送行也送过了，该羡慕的也羡慕过了，要再因为试用不合格退回去，岂不就成了笑话？

只能硬着头皮上，接受旅长的考察。旅长却并不像我第一次见到的那样傻大粗笨、没心没肺，他的考察无处不在，无时不在，无微不至，而且是全程考察，全程淘汰。考试的题目大致有：经常无视你的存在，毫无设防地谈论一些属于不该公勤人员知道的话题；有时候会很随意地往某个抽屉里扔一把子弹壳，让你整理，然后十天半个月之后再冷不丁地问起那些弹壳的数量；有时会有自称是旅长老乡、朋友、亲戚，甚至家属、孩子之类的人打电话找你，打着各种旗号拐弯抹角地打探旅长的行踪……诸如此类的考察，令人防不胜防。据说已经有N位前任被这些关卡卡住而狼狈地离开了旅部大院。但这些传说中令人毛骨悚然的鬼门关，没有一个难住了我。不是因为我比前任们精明，而是因为我比前任们多了个相助的贵人，他早早地就把那些“考题”连同标准答案泄露给了我。那位贵人便是刘管理员。他之所以这么做，是因为在我之前旅长已经一连换了三个公务员，比某段时间的日本首相换得还勤，再换，就不是换公务员而是换管理员了——而这些，却又是公务班那些“老人”们偷偷告诉我的。事实证明，他们没有骗我，刘管理员确实比我自己还希望把我留下，因为我比其他公务员多一个得天独厚的优势，会做面食。所以他每次都叮嘱说，你的重点是做饭，把饭做好，其他的都好说。

这相当于给了我一个工作的指北针，只要遇到艰难险阻，找不到北的时候，我就直奔三楼管理科，这样既能找到标准答案，又能有效减少脑细胞的非战斗减员，还能赢得刘管理员的信任。

但我的正式任命却一直迟迟没下，花名册的“备注”一栏上总写着“借调”两个字。有时我好不容易瞅准时机斗胆请示他，他也从不明确答复，总说：“你要是还会点别的就好了。”有一回说完，他突然盯着我的手问：“你手上的活儿怎么样？”

我说：“揉馒头擀面条没问题。”

“还会点别的吗？”

“不会。”

“力气大吗？”

“还好。”

“给你个露一手的机会。”

“哪一手？”

“问那么多干尿！”说着他扇了我后脑勺一巴掌。我知道这是个暗号。

果然没多久，我就获得了露一手的机会。那次是军长带工作组来旅里考察，考察完在小灶就餐。就餐的时候，刘管理员破天荒地把我留在了餐厅里。那时全军的禁酒令还没有下，工作结束后，喝酒还是必不可少的内容。军长本来不喝，旅长开始也同意，说你官大，老子就放过你了，其他的都用碗，我用杯。旅长用的是三两三的口杯，机关的处长参谋干事助理员都用小饭碗。和机关干部都干了一杯之后，旅长就不同意了，端着个杯子跟军长说，喝酒就像女人生孩子，宁伤身体不伤感情。军长没反应过来，旅长已经逼到了跟前，一只手揪着军长的衣领子，一只手端着酒往军长的嘴里灌。在座的都傻了眼，以处长为首的机关干部想上去救急，但已经来不及了，他们的应急速度远没有旅长灌酒的速度快，还没到跟前，旅长手里那杯三两三的白酒除了少数从嘴角流溢外，都统统灌进了军长的嘴里，然后随着咕咚一声响，顺着军长的喉咙流进了军长的肠胃。旅长扔下军长，乐呵呵地回到自己的座位。军长擦着嘴角的酒滴龇牙咧嘴地骂：“赵瘸子，老子撤了你！”旅长说：“你撤了我，你也不能丢首长机关的作风。”政委和张副旅长就急忙起身去扶并无大恙的军长。军长顺势倒在政委的身上，看起来很自然的样子。政委一边用力挽住军长一边说：“老赵，今天有些过分了啊。”然后扶着军长往外走。其他的常委和军机关的干部也一起紧随其后，大呼小叫，天塌了一般。潮水般的人群一退出，偌大的餐厅一时间只剩了旅长，还有各站一边的我和刘管理员。旅长见他们都走了，扔了杯子往沙发上一躺，衬衣的扣子也不知道什么时候全部解开了，像被划了一刀，露出白净的肚皮和乌黑的胸毛，一只手紧攥成拳，小锤子般举起又落下，一拳一拳地砸着自己的右腿，嘴里含糊不清地嚷嚷着。

“真他娘的要命，有朝一日老子剁了你！”

我吓得差点把手里握着的酒瓶掉在地上，直到看到站在对面的刘管理员还泰然自若地杵在那才放下心来。

“上！”刘管理员给我使了个眼色。

“干啥？”

“揉腿，给旅长揉腿。”刘管理员接着暗示。

“咋揉？”我用眼神请示。

“面团咋揉就咋揉。”刘管理员用手势解答。

我放了酒瓶俯下身去，拉过旅长那条光荣的残腿，把它当成了一根面棍……

第二天上午，我就正式成了旅长的公务员。刘管理员宣布完任命，又是一番千叮咛万嘱咐，而这些叮咛和嘱咐，几乎都围绕着旅长那条腿。全都交代完了才问：“公务员是干什么的？”

“照顾首长生活。”

“照顾首长生活要有重点，你的重点是什么？”

“知道，一是照顾好旅长的胃，二是照顾好旅长的腿。”

“反了反了，腿是第一，胃是第二！”刘管理员恨铁不成钢地说，“一定要记住，否则你没有这么快通过考察，知道吗？”

“知道。”我很郑重地点头，以便让他放心。而事实上我也真的很郑重。经过他的叮咛嘱咐，我已经非常严肃地进入了旅长公务员的角色。我不仅知道，旅长身上就两个地方有毛病，一是胃不好，二是腿不好，还知道：因为旅长的胃不好，我才有幸从上千新兵中脱颖而出，借调过来考察；因为旅长的腿不好，我才有幸提前通过考察，正式当上旅长公务员。

所以现在我要更正一下那天中午我第一次接触到那条腿时的真实感受，我说当作“面棍”其实只是就手感而言，并不代表内心，我内心当时是神圣的，抱着它，我仿佛抱着一挺火力凶猛的机关枪，站在硝烟弥漫的战场上。

有了这挺机关枪，刘管理员就会连续不断地为我供应弹药，保证我有惊无险地过关斩将，不断刷新着旅长公务员“零失误”和“试用期”的双项纪录，直到他成为刘科长，直到今天。

但现在，一切都画上了句号。十点的号声已经响过，营区的各个角落里现在正飘荡着舒缓而轻柔的音乐，该休息的正在休息，该放松正在放松，只有我没有准时出现在该出现的地方，干该干的事。这种情况在过去四年半、一千多天里从来没有出现过。以往无论旅长在哪儿，正忙什么，我都能准时地出现在他面前，按部就班地贯彻落实“一日三课”的治疗方案。临时取消只有两情况，一是他出差在外，远离本旅营区之外；二是遇有特殊情况（如每年军里来考察党委班子时），他亲自交代取消，否则雷打不动。

这些像《内务条令》一样表述规范、责任明确、内容具体的规定，当然是刘科长（当时还是管理员，一年后才当上科长）和郭春云同志联合研究制定，并联合向我发布的。

郭春云同志是旅长的家属、媳妇、老婆、配偶。她不上班，没有工作，没有什么其他的头衔和身份，她唯一的身份是旅长的老婆，但旅长从来不叫她“老婆”“老伴儿”“媳妇”甚或“春云”之类，只叫她“郭春云同志”。旅长这么叫，旅长的女儿赵小红也这么叫，对内这么叫，对外也这么叫。比如，旅长经常问我，郭春云同志去哪儿了？旅长的女儿赵小红也经常在电话里这样问，我爸是和郭春云同志在一起吗？久而久之，她在我心目中也就成了“郭春云同志”。

其实当着面，我对她的称呼是“嫂子”，本来应该叫“阿姨”的，毕竟大着近二十岁，但刚叫了一次就被她纠正了。那是走马上任第一天，刘管理员领着我去家属院“认门”，第一次走进旅长家那座小四合院。尽管在新兵连时我就知道了，并多次从行进的路上瞻仰过这座神秘的“一号院”，尽管里面的设施和装饰朴素得让我惊诧甚至有些失望，但一只脚迈进门槛之后，双腿还是控制不住地颤抖起来。走在前面的刘管理员扭头瞪了我一眼，嘴里喷出两个字：出息！我一慌，看见从门后面闪出来一个穿大红袄的女人，仿佛从天而降的一串冰糖葫芦，还没看清长什么样，就听见她说：“紧张什么，进了自家门，就是自家人。”刘管理员又回过头来说：“快叫阿姨。”我刚怯生生地叫了一声“阿姨”，她就不高兴了，说：“干吗呀，把我叫得这么老？”指着刘管理员问我：“你管他家属叫什么？”

“嫂子。”

又问刘管理员：“你们两口子管我叫什么？”

“嫂子。”

“嫂子的嫂子叫什么？”

“嫂子。”我和刘管理员几乎异口同声地回答。

“这就对了嘛，饭可以乱吃，话不能乱说，辈分不能搞乱。”

这个外形像冰糖葫芦、内心逻辑缜密、说话密不透风的女人便是郭春云同志。

管一个阿姨级的女人叫“嫂子”，心里总有些别扭，这也进一步促使她在我心目中成为“郭春云同志”。所以，如果不出什么意外，本文将一直用此称呼。

事实上，早在新兵营的时候我就已经听说了，郭春云同志不是赵小红的生母，当然也不是旅长的原配。她是原配的亲妹妹，也就是旅长的小姨子。旅长的原配、也就是郭春云同志的姐姐，在赵小红三岁那年就死了。旅长悲痛欲绝，抱着亡妻的骨灰盒哭得死去活来，并当众发下毒誓：你是我这辈子唯一的媳妇，小红是我唯一的孩子。郭春云同志当时还是未婚的黄花大闺女，代表娘家从老家赶到部队参加姐姐的葬礼，被旅长的铁骨柔情所打动，毅然决定嫁给当时还只是个营长、上有老下有小、年底还可能转业的赵瘸子，以便照顾瘸腿的姐夫和年幼的外甥女。但几场拉锯战下来还是没把旅长搞定，最后的症结在前妻上。旅长说已经对前妻发誓，怎么能当儿戏？郭春云同志便说：“咱俩结婚，不管家里家外你都不叫我媳妇，她还是你唯一的媳妇；咱俩婚后不要孩子，小红还是你唯一的孩子。”

旅长说：“不叫媳妇叫啥，叫春云？不还是像叫媳妇吗？我平时叫你姐就叫春江……”

说到这里，旅长的眼睛又红了。郭春云同志赶紧打断：“你平时管你的兵叫啥？”

“某某某同志。”

“那你就叫我郭春云同志，就当家里多了一个伺候你和小红的工作人员。”

“这怎么行？”

“怎么不行！”

旅长又说：“还有，既然保证不要孩子，我就先做结扎。”这回足足沉默了两分钟，郭春云同志才从牙缝里挤出一个字：“行。”

……

这都是十多年前的事了。这个故事虽然旅长从来没在事迹报告会上讲过，也没有收录进什么正式的文件材料里，但我们照样耳熟能详，因为每次搞婚恋观教育，指导员都要拿出来作为正面事例，引导我们要感情专一，忠于爱情，忠于配偶。当然，指导员们讲的只是故事的主干，其余的细节则是由历届老兵不断丰富完善而成。这些细节，最初在营里听到时都当是演绎，自打我走进“一号院”、认识郭春云同志后，越来越觉得它们比指导员们讲的主干还要真实。

真实的郭春云同志那天把我们领进屋里后，便以她雷厉风行的作风、缜密的逻辑思维和不可辩驳的口才，引导刘管理员为我制定了那套详尽的工作规范。“规范”明确，除了一日三课的“常规按”，还要在旅长酒后、会后、出差归来等重要时节“加按”。“常规按”按时按量，像病人吃药一样固定；“加按”随叫随到，灵活机动。相对于按摩，做饭果然显得次要许多，郭春云同志对这项工作的指示只有一句话：一切服务服从于腿部治疗的大局。

而这些规范是不需要征求旅长意见的，由郭春云同志通报给他就行了，因为征不征求他肯定都会同意。平时只要回到家，他对我的要求和指示就简化成了一句话：听郭春云同志的，她说怎么办就怎么办。而每次说完这句话，我都能看到他如释重负地叹口气，然后疲惫地歪倒在沙发上，仰着脖子睁着眼望着雪白的天花板，仿佛交代完一件人生大事。每当这个时候，郭春云同志就会提醒一旁发愣的我，他膝盖不行了，给他揉揉。我便如梦初醒。在旅里，他确实只有喝多了，腿伤发作时才这样。

问题是，旅长经常喝多，而郭春云同志从来不喝酒，时刻保持着清醒的头脑。比如郭春云同志曾经教育我说，千万不要把自己当外人，你们的一举一动都关系到旅长的威信。开始除了正常的受宠若惊，我没把这话太当回事，一个列兵的一举一动和旅长的威信之间差了多少个级别，我算都不好意思去算。后来有一次我出去给郭春云同志取快递，没戴帽子，被警调排的门岗哨兵拦住了，在门口学了半个小时的条令，回去得有些晚。郭春云同志知道后，抓起电话就要到了警调排排长那里："你们太过分了，打狗还得看看主人的面呢。你把我们小江当什么了？他出去是给旅长办事，你们眼里还有没有这个旅长，你们还知不知道该听谁指挥……"过了不到十分钟，年轻的警调排排长就领着南门岗的班长和哨兵上门道歉来了。排长先是神色紧张地递给郭春云同志一只鼓鼓的信封，说："这是我们写的检查，请您批评指正。"郭春云同志抓起信封随手扔进抽屉里说："检查就没必要了，给我们小江道个歉吧。"哨兵和我是同年兵，和我一样单薄的肩上挂着单薄的一道拐（列兵军衔），但在我面前站得笔直，像见了大首长一样，先毕恭毕敬地给我敬了个礼，然后怯生生地说了句"对不起"，就哽住了。我看见他白嫩的脸颊上各有一个鲜明的巴掌印，像贴了两片火红的枫叶。我还看见他的两条腿不住地打战。我仿佛看到另一个自己。

另一个自己后来像影子一样黏上了我，而且总是在各个重要的时间节点跳出来，让我形成某种条件反射。哪怕旅长正和政委密室独谈，只要没有特别吩咐，我也能而且必须能找到合适的理由得体地进去，并用不影响他们密谈的方式将信息准确地传递到位，提醒他，该按了。从某种程度来说，我工作的重心也在这一阶段，在按摩之前。因为最终按还是不按，由旅长决定，不归我做主，不用我做主，自然也就不用我负责任，而后面按摩的程序和力度早就轻车熟路，已无太多风险和难度。所以，从郭春云同志给我明确的职责来说，如果我现在所处的位置不是小会客厅，而是几步之遥的党委会议室，性质和局势就完全不一样。

上午十点三十分了。“时间永是流逝，街市依旧太平。”我突然想起鲁迅这句话。因为现在的情形正是如此。时间继续一分一秒地过去，楼道里却依旧没有动静。我早已停止扭动，像半截木桩子一样埋在沙发里，呆愣地盯着那只正争分夺秒的石英钟。我越来越发觉自己严重地误判了形势，我远远低估了这几位不速之客。他们并不是一般重要，而是特别重要，反正我没见过还有什么事能让旅长在屋里连气都不喘一口地一坐就是两个多小时。刘科长没前来坐镇指挥，十有八九是这事的密级太高，他还够不上知情的级别。这让我想起刚才少校说的打仗，这当然不会是真打仗，但跟打仗密切相关的事儿却是极有可能，近两年上上下下对这方面抓得都特别紧，考核、演练、演习，都要求搞得跟打仗一样，弄得营连的官兵们现在不管干什么，都开口闭口说是“打仗”。甚至还有传闻说，现在这么重视打仗，像旅长这种打过仗的珍稀人才一定能得到重用，让我一度感到振奋，就像自己要得到重用一样。

但现在我一点儿也不振奋。当公务员四年来，第一次由于个人原因未能完成上级赋予的任务。第一次工作失误已经造成。这让我突然想到在政治教育和条例学习中经常出现的三个字——渎职罪，顿时感到后背凉飕飕的，仿佛已经有一支手枪顶在了我的脊梁骨上。我条件反射般欠起身挪了挪屁股，避开那只正对着我呼呼吐气的空调。

那么热的天，对面的屋里肯定也开着空调，因为那里面还有两个比他级别高的人。想到这里，我咽了口唾沫，跟少校说：“首长，有个事请示一下……”

少校头也不抬，哗啦哗啦地翻着手里的文件，问：“又什么事？”

“给旅长送个护膝过去。”

“哦？”少校笑笑，满脸的鄙夷之色，“你还真是个称职的公务员，无时无刻不惦记着你们旅长的波棱盖。”

波棱盖就是膝盖，北京人的叫法，北京来的作家李东山就这么叫。难道少校也从北京来？

“旅长的膝盖有伤，不能吹空调。”我嗫嚅着说。

“就这一时半会儿应该没事吧？难道……难道黄金膝、纳米材料也那么娇贵？”少校的鄙夷里又掺杂进一丝诡异。

我错愕，继而感到凌乱。那些早已在肚子里编排好、像羊肉串一样成串成串的话仿佛被一道突如其来的闪电劈中，全灰飞烟灭了。

纳米！他竟然知道旅长膝盖里的东西是纳米！我远远低估了这个少校。我想即使刘科长在，也未必能应付得了眼前的局势。要知道，为了避免大规模的人员来医院看望，那次神秘的手术是在层层保密的情况下在北京一家高级医院进行的，全旅知道的人肯定不会超过五个。作为唯一的专职陪护人员，除了手术室里那几个小时，我几乎全程守候在旅长的左右，就连睡觉，也是在旅长病床边临时支起的行军小床上，但我也就仅仅知道，那次放进膝盖的、替代原先那些铁钉子的，是一块高科技的仿生材料，俗称“黄金膝”。而那块材料的性能和功效以及优越性，我也是通过深入的观察才瞅出一些蛛丝马迹——手术之后，旅长的腿能够自然打弯，不再像一根木头棍子；走路的姿势也明显优美许多，不再划船似的一摇一晃，只剩下轻微的颠簸；而每次走远路、开大会之后的疼痛也似乎远没有以前厉害。至于它是不是跟铁钉子一样怕冷、怕空调，我一概不知，因为没人告知。没人告知（当然更不能去蓄意刺探），一切就只能按原方案实施，该按摩时要按摩，该戴护膝时戴上护膝，该热敷时敷上热帖……而这其中最最重要的，莫过于防范夏天里那些无处不在的空调。

空调（当然指的是夏天吐冷风的空调） 是旅长的大忌。这是全旅众所周知的。他那只光荣而脆弱的膝盖，就像风湿病人绝对不能沾凉水一样，是绝对不能沾一丝那人造冷风的，只要一沾，就像扎进了一根冰刀一样，钻心地疼（旅长原话）。这也是全旅众所周知的，所以旅里只要有他在的场合，是绝不允许开空调的。这几乎成了神炮旅的一项会场纪律。

这项纪律还曾经受过一次严峻的考验。两年前，和旅长一样不喜欢开空调的老政委调走，新政委走马上任，大家一下为难起来，因为同样也有消息从新政委的老单位传来，说这个新来的主官出奇地怕热，夏天喜欢开空调，而且温度开得特别低。以后开会到底开不开空调，这个话题曾一度在全旅范围内引起热议。直到后来有一次大热天里开大会，全旅大会，主席台上的领导刚一落座，政委就拿起麦克风，抢在主持会议的刘副政委前面说：“把空调关了，咱旅长打仗时受过伤，不能吹空调，大家忍一忍。”

礼堂的胖子士官颠着浑身的赘肉从后台跑到前台，说了声“是”，就一按墙上的按钮，轰隆一声把中央空调给关了。结果，政委和上千官兵一起耐着酷暑，汗流浃背地坚持了两个多小时。

——这使得各种有关旅长政委关系紧张的传闻不攻自破，也使得这项不成文的会场纪律更深入人心，更像一条明文的规定。而作为旅长的公务员，我更是要责无旁贷地肩负起检查和督促这项纪律的执行情况的责任。一到夏天，各种会议或者其他室内活动开始之前，我总要提前二十分钟赶到会场——除了提前把旅长的水杯、公文包放到他的席位上，还要花上大概十分钟的时间巡视会场一周，检查那些大大小小的空调是否关上。如果关上，就把那些穿着裙子、前来保障会务的女兵们叫过来表扬一番。若是开着，那只说明一点——现场还有比旅长更大的官。那个时候，我就必须大幅压缩表扬女兵的时间，去准备好护膝，在旅长进入会场前给他套到膝盖上。若是去参加上级的活动，那就不用多想，先往他的手提包里放上一只护膝，临走再打开皮包检查一下，看护膝是否还在。

手术也就是去年的事。旅长的膝盖之前已经做过两次手术。一次是那次负伤回来，在野战医院的帐篷里，医生用手术刀划开他的关节腔，夹出弹头和骨头渣子，嵌进去几根铁钉子。第二次是十几年前当营长的时候，在塞外的部队三甲医院，把生锈的铁钉子拔出来，拧进去没生锈的新钉子。旅长对那些铁钉子显然很不满，每次我为他按摩他嘴里都配合着源源不断的骂声。他坚信这是腿疼的根源所在，尤其是喝酒之后。被郭春云同志请来救急的卫生队长也持这个观点，他用一整套的中医理论论证了“通则不痛，痛则不通”以及金属和酒精之间水火不容的矛盾关系。卫生队长说这些本来是想劝旅长经常莅临卫生队接受中医理疗，同时劝说旅长戒酒的（这当然是郭春云的旨意），不想却坚定了旅长拔掉这些钉子的决心，因为旅长不可能戒酒。戒饭戒茶戒空气都可以，旅长唯独不能戒酒，前些天旅里需要他喝酒的场合几乎每周都有，所有外面来的人，不管是来检查、评比、指导，还是观摩、见习、交流，最后都免不了要吃饭，吃饭又总免不了要喝酒，喝酒又总免不了劳驾旅长亲自作陪。

因为需要喝酒，喝酒必然腿疼，腿疼需要治疗，所以多数场合旅长都带着我。这也让我这个来自中等城市中档饭店的中级厨子增长了见识，开阔了眼界，也学到了许多平时学不到的知识。只有一个环节我比较担心，那就是旅长喝多了之后。旅长喝多之后首先是喜欢灌酒，敬酒必须一口干掉，不喝就揪着对方的脖领子往下灌，且不管你是哪路神仙，就像四年前在小灶食堂把军长灌多那回。

其次是喜欢骂。好在是在曲终人散之后，除了骂膝盖里那几颗钉子，还骂和他喝酒的人。比如，他妈的王八羔子李东山，往桌子底下泼酒也就得了，还他妈泼到我鞋上，不知道老子穿的是凉皮鞋！李东山是军区著名的报告文学作家，据说旅长事迹报告上的故事大多系他创作或润色。他每年来旅里，基本上都是为推销他新出版的著作，每次都要我们买好多本，旅长从来都不痛快地答应，嬉皮笑脸地跟他说："你那东西谁看呀？喝酒，喝多少买多少。"我们就心领神会地给他换上三两三的口杯。他就一边喝一边倒，碗里、碟子里、茶杯里都满了，又往桌子底下泼，每次喝完，地上都汪洋大海似的一摊，给我们收拾卫生带来极大的困难。

印象中只有一次没灌也没骂。那次来的是一个老头儿，干巴瘦，衣服上都是土，仿佛刚从当年的猫耳洞里钻出来，手里拎着半蛇皮袋子花生，嘴里还左一个"赵瘸子"右一个"赵瘸子"，让郭春云同志脸色很不好看。但旅长对他却很客气，叫他排长，还在家里招待他，也不让我和郭春云同志掺和，亲自倒酒夹菜。最后自然是都喝多了，老头儿晕晕乎乎地说："你现在酒量可以啊，那时滴酒不沾，喝一口吐两口，出发前一人一碗壮行酒，都得我亲自动手，揪着你领脖子往下灌。"

旅长腼腆地笑笑："那时候还小嘛，才十几，不成熟。"

老头儿突然一摔筷子说："最让我恼火的是，你他妈在火车上就开始哭。"

旅长呃的一声打了短嗝，脸瞬时涨得通红，低着头说："那时候还小嘛，才十几，连只鸡都没杀过，谁知道打仗是怎么回事……"

"所以我他妈做梦都没想到你能成为战斗英雄。"老头的声音越来越大。

"都是您和大家伙帮助教育的结果。"旅长的声音越来越小。

"教育个屁，我可没那耐心，急了就拿脚踹，没想到踹出来一个旅长。"

"这也是特殊环境下的特殊教育手段。古往今来……"

“但现在要见你可真难啊。”老头打断他，“躲我们就跟躲子弹似的。”

“现在的官确实不好当啊。”

“我听说连老班长的祭日你都不去了？”老头终于一拍桌子，站了起来。

“我每天都在家里纪念他。”旅长也紧跟着站了起来，眼睛瞟向墙上一帧老式的军装照，两条腿不住地打战。

这让我想起南门岗那个登门道歉的哨兵，想起那个“另一个我”。那一晚，旅长既没揪脖领子，也没骂。但郭春云同志骂了。老头儿走后，她摔摔打打，一直骂到熄灯号响。

“以后这样的人你给我少招惹。”她说。

“你知道这二十几年他都干什么了？你知道他有没有拆迁征地、上访闹事之类的？”她说。

“这些人不是这里集会就是那里集会，纪念这纪念那，不就是闹待遇吗？你管得了吗？见见也就得了，还领家来，还知不知道注意点影响……”

我看见旅长又一次歪倒在沙发上，仰着脖子翻着眼珠子望着雪白的天花板。我深为旅长感到冤屈。其实旅长还是很注意影响的。至少下部队时他是滴酒不沾的，连下面那些五花八门的“招待桌”也不沾，都是在基层食堂吃“碰饭”，和战士们一起捞大锅，每次都带着新闻干事，以便让这种正面影响及时扩大，而每次因工作需要出席的大小酒局，则都是在严格保密中进行。

至少这几年没几个人跨进过“一号院”的大门，就连卫生队那些上门为他治疗的军医和卫生员也被拒之门外。郭春云同志亲自告诉我，其实卫生队专门学过中医推拿的卫生员有好几个，有的还是中医世家，但旅长找他们按过几次之后，卫生队长便开始亲自带人上门服务，有时还把救护车开到门口。旅长马上意识到影响不好，再也没有麻烦过他们。这才有了在卫生队之外踅摸会按摩的新兵当公务员的想法。可以毫不夸张地说，我能有今天也是旅长注意影响的结果，所以我当上公务员之后，“注意影响”的大门就被我看得更紧了。就连那个身上挂满彩色佛珠、手里总提个浅色小皮箱的建筑公司老板，也从来没有攻陷过我的把守，每次来找旅长汇报施工方案，旅长都只隔着门喊：“有什么事办公室说。”

只有一次我差点被攻陷。那次来的是老营长，就是那位通知我来旅部报到的新兵营营长。晚上，快要拉熄灯号了，他来了，手里抱着一大包东西，用衣服裹着，腾不出手来敲门，只好先把东西放在地上。我去开门时，他正弯腰准备从地上把东西抱起来。看到是我，他非常激动，竟然叫我“老江”。我转告旅长不让进门的意思后，他又把东西扔回地上，从门缝里一把抓住我的手说：“老江，就算哥哥求你一回，让我进去跟他说句话，就一句！”说着就要往里挤。眼看着大半个身子已经过了门缝，我吓得赶紧后撤一腿成弓步，像奋力用身体堵住决口的抗洪官兵一样，奋不顾身地用肩膀顶住了他洪水一样凶猛的身体。

“就算哥哥求你了，看在我把你推荐到这里当公务员的分上。”

“不行不行，我求求你了营长。”

……

我们就这样成一个“人”字形，在“一号院”的门缝里僵持着。后来旅长终于出来了，扯着嗓子喊了一声“×××，滚回去，你还是不是个当兵的”，就转身回了屋。

营长一下子软了下来，像一摊鼻涕一样从我身上滑下去，蹲在了地上，呜呜呜呜地哭起来，像黄牛叫一样。他的一只脚踩在院外，一只脚踏在院里。我不知道是该让他先进来，还是先出去，只好像电线杆子一样杵在他面前，看着他哭。

哭完了要走的时候，他突然又说：“营长今天最后求你件事。”

我紧张地看着他。

“今晚的事别说出去。”

那年年底营长就转业了。据后来他的通信员张广东请我吃饭（好像是为入党的事）时告诉我，营长走的时候在全营面前朗诵了一首诗：大雪压青松，青松挺且直……把全营都感动哭了。现在全营都恨旅长，恨他把老营长挤走，安插自己的人来当营长。

“跟司务长张明强一样的鸟人都能当营长。”张广东义愤填膺地说。

“你知道什么！”我非常严肃地批评张广东，把他吓了一跳，放下正啃着的一块羊蝎子，神色紧张地等着我做指示。可我什么也没说。

总之，我敢保证，旅长是非常注意影响的，把外人领到家里并留下吃饭喝酒这种不注意影响的事，这么多年里也就发生过这一次，而且经过郭春云同志的及时提醒，再没重犯。倒是有几次，旅长让我把装好钱的信封送到大门口，交给那些等候在接待室的人。这些人，为了见旅长一面想了很多的办法，用郭春云同志总结出来的一个成语形容，叫“花样百出”：有的拿一张或几张发黄的老照片，指着上面的某个人影说那是旅长；有的拿个破烂不堪、粘满胶带的小笔记本，指着扉页上潦草的赠语和签名说那是旅长当年亲赠；还有一位，手里什么也没拿，让我很不习惯，正在怀疑是不是对错了号，他已经抢先考核起我来，警惕地问：“你是他的公务员？那我问你，知道不知道他事迹报告里最经典的那句话？”我被问得猝不及防，反问：“哪句？”他说：“就是‘班长用他的死让我懂得了’后面那句，懂得了什么？”

“作为军人，就是死，也不能弯下自己的腰杆和膝盖！我早就能背下来了。”

“知道这话是谁想出来的吗？”他自问自答道，“那是一起住院时，我替他总结出来的。”

我强忍着才没当场笑出声来。

凡此种种，不一而足。我当然不可能被他们的“花样”蒙蔽——即使我相信他们说的都是真的，也动摇不了我执行旅长命令的决心，顶多说上几句安慰的话，然后给他们信封，劝他们走人。自然都不会太满意。无可奈何地接过信封，然后一句话没有转身就走的，算是比较满意的了，更多的是直接把信封摔在地上扭头就走。尤其是那位“一起住院”的，把信封扔出窗外后，一把抓住我的胳膊说：“小兄弟你帮我带句话给他，我×××要是留在部队，绝不会像他这样。”

那次我在接待室门口站了很久，因为那人一走路我就看出来了，他跟当年的旅长一样，一瘸一拐，走了大半天才从我的视线里消失；还因为我胳膊上落下了一圈深深的紫印，稍一触碰就钻心的疼。当然，就是把我胳膊掐断，我也不可能把这话转告给旅长。我顶多在时机成熟的时候问问赵小红，上次的老头儿怎么没被揪脖领子？而赵小红是这样回答的：他只揪没打过仗的。

据赵小红的回忆，旅长揪脖领子的历史应该比较久远了。第二次从前线负伤回来，他就成了神炮旅的头号功臣。那时还不到二十岁，又是报告又是采访，还有女学生写信，这使他脾气大长，从战场上衣锦还乡回到旅里后，开始喜欢上揪人家的衣领子，尤其是对那些没上过战场的人，灌酒时揪人衣领子，吵架时也揪人衣领子。当排长的时候，把连长指导员的衣领子分别揪了一遍，还打掉了指导员一颗门牙。指导员知道他是战斗英雄，没法告他的状，更主要的是领导挨部属打，说出去丢人，影响连队荣誉，于是就想了别的法子把他“清除”出连队，在年底推荐干部的时候费尽心思，竭力地保举他到另一个连当副连长。在被他打过的连队主官的努力下，任排长不到两年的他就提前高升了。当上副连长不久又揪了营里的副营长一次，打了对方两个熊猫眼。副营长戴了副墨镜去找营长教导员，说，他不走我走！营长教导员一筹莫展的时候，正好兄弟营出现个连长的空缺，于是又力荐他过去当了连长。当上连长后，他不再惹是生非，开始玩命地干工作，把全连的官兵训得像野猪一样生猛，但再也没有人向上推荐他。他的营长教导员觉得这样的连长调到别的营就是自己的一大损失，于是千方百计地挽留他，使得他连长一干就是六年，由全旅最年轻的连长变成了最老的连长，要不是后来因为训练的事他往新上任的营长脑门上扣了一烟灰缸，估计能在连长位置上熬到转业。

脾气骤然好转是在他当上副营长之后。那时他已经结了婚，媳妇是老家农村的，副营就可以办随军了。他的脾气就这么变好了。因为他想随军，开始害怕转业，哪怕把媳妇随过来再转也行。媳妇是副乡长的千金，高中考大学只差三分，当初下嫁给他，家里唯一条件便是以后能随个军，在城市找个正式工作，哪怕像塞外这样比农村还农村的城市也行。可一连三年，随军都没他，还年年报他转业。他开始一趟又一趟地往机关跑，给那些曾经被他揪过脖领子的、现在旅里能说上话的机关干部们递烟递火，当然最重要的还是递笑脸。第四年祖坟上冒青烟，他咣当一声当上了营长，他没再往机关跑，直接回老家把媳妇孩子接了过来，临走，七大姑八大姨和大半个村的父老乡亲听说要随军都来送行，一直把他们一家三口送到镇里的车站。但那年随军还是没他，而且还没到年底，领导就找他谈话了，适应大裁军的形势需要，充分做好转业的准备。领导说这次是真的。

谈完话回到家属院的那个晚上，他的媳妇、赵小红的生母、那个只差三分上大学的女人在厕所里喝下去一小瓶从营部蔬菜大棚捎回来的敌敌畏。

发现时已经硬了，他抱着僵硬的媳妇跑到机关楼前，一直闹到天亮。第二天，尸体还是被火化了。一个月后，他再次被树为先进典型，开始只是旅里的，后来越搞越大，把军区的作家李东山也请来了，搞成了军区的典型，并作为优秀后备干部在大裁军中顺利保留下来。

赵小红顺便告诉我，从那时起，她父亲就经常喝多，而且一喝多就揪人的脖领子。但因为是喝多了，跟以前没喝多时揪有着本质的区别，也就再没人计较。但从此都怕他喝多，只有赵小红不怕，不仅不怕，还喜欢，喜欢看他酒后无德的样子。因为只有那时候的他，才有点像她记忆中的赵红兵赵瘸子。

需要说明的是，以上赵小红所讲我从来没有在任何文件、任何正式的场合看到、听到，开始只听过一些不求上进的老兵只言片语地嘀咕过，后来随着旅长在旅长位置上越来越稳当，各种不同的谣言就像"赵瘸子"这个侮辱性的绰号一样，在现役官兵中越来越难听到了。还有闲心讨论此事的就剩下家属院和营区周围一些闲得蛋疼的闲杂人员。但他们语焉不详，每次都是捕风捉影地拿随军、农药、尸体排列组合，而且每次一看见我从旁边经过，声音就突然变大，更像是在造谣。

时光在悄然流逝，他们早已知道我是神炮旅旅长的公务员，更知道许多我不知道的事情。比如那次神秘的手术，旅长这个级别是住不进那么高档的病房的，也没有资格免费享受那块最先进的人造骨头，得自费，但旅长一次性就付清了，他哪来那么多的钱？还不是…… 还有那块神奇的人造骨头，比真骨头还要结实，在人体里一百年不会坏，即使人死了，只要不火化，尸骨都腐化成了泥土，它也坏不了。而这块骨头到底贵到什么地步，保守估计，相当于拿千足金打造一只完整的膝盖……

这些道听途说的东西本来我应该及时忘掉，但每次按摩时一触碰到那只膝盖，那些流言蜚语就会死灰复燃，让我感到手里顿时就沉甸甸的，仿佛真的抱着一堆灿烂夺目的金子。

上午十点四十分了。我想我该给赵小红打电话了。这是她叮嘱过的。每次她回到"一号院"的家，临走都没头没脑地扔下一句"有事一定给我打电话"，经常造成我长时间脑缺氧。

赵小红比我小一岁。我刚当公务员那年她还念高三，按辈分（尤其是郭春云同志排的辈分）叫了我半年多的“叔叔”。在医学院上了三年大专后，分配到隔壁铁甲师医院当护士，第一次穿着少尉衔的军装回家，我一下没认出来，按《条令》叫她“首长”，把她吓了一大跳，说：“叔叔，你饶了我吧。”后来她规定，不许我叫她首长，也不许叫赵医生或者赵护士，继续叫小红。但那是不可能的，就像她不可能再叫我叔叔一样，只要我们都还穿着军装。后来经过慎重考虑，我决定叫她“赵小红”，比她继母就差“同志”两个字了。

赵小红本来跟我没有什么话说。上军校前那半年她都在自己小屋里窝着，顶多在我为他父亲按摩时才上前瞅上一眼，奶声奶气地说上一句“腐败啊，赵红兵同志”。赵红兵同志则只睁开一只眼乜斜她，“你要会就不用麻烦别人了。”我马上答：“不麻烦不麻烦。”她再朝我伸一下舌头。这就算是搭上话了。毕业后的一年里，她在铁甲师那边学到不少部队的日常用语，其中也有什么“傻×”等等，这使得我们之间的共同语言突然猛增，远远超过了她和旅长以及郭春云同志。

铁甲师医院离着不远，但她很少回家，就是偶尔回来一趟也是屁股没坐热就走。旅长对此颇为不满，但每次一说她，她总要拿话呛旅长：“你嫌我回来得少直接把我调回来呀，不是你一句话的事？”

旅长就会批评她“幼稚呀”之类的，说：“把你调回来别人怎么说我？像咱们这样的家庭干什么都得注意影响。”

赵小红一听这些就开始翻白眼说：“你把×××那傻×放旅里就注意影响了？”

旅长就没话说了。

“×××那傻×”是旅司令部的一个参谋，集团军王副军长的儿子，全旅都知道。全旅还知道的是，王副军长曾任隔壁铁甲师师长。但全旅没几个人知道王副军长的儿子长什么样，因为他调到神炮旅后一直在外学习，大家是从晋职晋衔的文件里知道他大名的，见过真人的只有极少数几个。我便是这极少数几个之一。因为他是极少数几个能进入“一号院”的访客，而且每逢过年过节他几乎都来，来了便“叔叔阿姨”地叫，然后是左一个“我爸”右一个“我爸”地拉家常。这个时候旅长总要问，有人看见你进来了吗？他也总自信地回答，没事，反正没人认识我。而郭春云同志不仅不纠正他的称呼，还赞赏他的礼节礼貌，说要是我们家那个也这么懂事就好了。

他们家那个当然指的就是赵小红。赵小红确实没有那么懂事，好不容易回来一趟还经常跟她吵架。她们吵架的时候，我当然会自动回避，从室内退到院里。不过，她们的声音经常大得连院子外面都能听见。每次吵架的结果，都是赵小红气呼呼地摔门而去，留下郭春云同志一个人坐在屋里，要不暗自垂泪、自言自语，说一些“我自己要是有个一儿半女就好了”之类的废话，要不就噼噼啪啪给旅长挂电话：“你看看你看看，就算不是我带大的，生活费也是我给寄的吧；就算不是我带大的，我也是她亲姨妈吧……”

“就算……也……”这样的句式，她一口气能造五六个，就像高射炮的集火射击，形成威力强大的火力网。

赵小红确实不是郭春云同志带大的。赵小红在老家一直念完初中才来到塞外，在塞外上了三年高中后又考上了离老家很近的一所军医学院，上学三年一次也没回塞外，寒暑假在奶奶家，相当于在神炮旅“一号院”的家里又消失了三年。

这三年里，旅长在家几乎没怎么笑过。在家里之外的其他场合倒是笑得越来越多，比如上面来人时，不管是大小领导还是普通机关干部甚至司机，他都以谦虚而热情的笑容握手相迎；政委在大会上讲话时，他总是带着微笑认真听讲并带头鼓掌；下连队和战士们在一起，无论是训练、交谈还是就餐，脸上都挂着和蔼可亲的笑容……这些笑，在营区的橱窗、旅里的网页和大小报纸上随处可见。但只要他一进“一号院”那扇大铁门，脸就绷得紧紧的。这种情况直到赵小红毕业回来才有所缓解。但过了仅仅一年，旅长的脸上又逐渐恢复了原样。被呛几次后，他最终还是下了决心把赵小红“弄”回来。就在上个月，趁着她回来拿换洗衣服，他把自己的决定向她宣布了：不是调动，而是要她转业，彻底回到“一号院”的家里。

“我不回来，我不脱军装。”没想到赵小红的反应无比激烈。

“形势所迫，编制调整马上就要到咱们这级了，现在咬得厉害，×××年底必须转业，你在那边待不住！”

“那傻×跟我有什么关系，别老想着拿我去交易！”赵小红扭头就往外冲，身体歪歪斜斜，两只手像雨刮器一样，一把一把地轮流抹着眼睛。

“去去去，”郭春云同志朝我喊，“看着她。”

我抓起她的帽子，奋不顾身地冲上前，紧紧地跟在她身后。很显然，赵小红慌不择路，她不是像以往一样出了门就往大院外，而是漫无目的地沿着门口的林荫小路往家属区里跑，路通向哪儿人就奔向哪儿。她奔向哪儿，我就跟向哪儿。

后来她跑到一栋准备拆除的旧楼前才停下。施工队临时砌起的一圈围墙挡住了她的去路。就在那栋楼前，她仰头望着楼上的某扇窗户，问刚追上来的我：“知道我妈是怎么死的吗？喝农药自杀的。”她自问自答并用眼神指示：“就在那儿。”我看了一眼那扇在风里摇摇晃晃的木头框子，感觉马上就要掉下来砸在我头上。我果真也就感觉到了疼痛。

那年她才三岁，刚开始记事，但那年她也就记住了这一件事。她看见父亲从厕所把木头一样僵硬的母亲抱出来，嘴里嗷嗷地叫喊着，已经不会说话。左邻右舍都惊动了，却没人知道发生了什么，他们只看见赵瘸子抱着自己的老婆疯一般下了楼，一瘸一拐消失在黑夜里。那晚她在邻居家瑟瑟发抖到天亮。几天后，她被父亲送回老家，再也不愿意回来，跟着爷爷奶奶一直到初中毕业。

在旧楼前，她说，他们现在的一切，都是用我妈的命换来的！我条件反射般往回望了眼“一号院”——“一切”不就是一座公家的老院子和一屋子的普通家具和日常用品吗？有什么好“一切”的？于是把帽子递上说：“咱走吧，这楼是危房。”

她接过帽子，没动。

我并没有忽悠她。这些围墙都砌好两年了，建筑公司也早就定了，那个戴佛珠、提皮箱的老板，都因常来家里找旅长商量施工被我拒之门外，而跟我熟得都不能再熟了。但不知道为什么一直没有动工，弄得我们每次去锅炉房打开水都要绕着走。

我姥姥说，我妈这辈子就喜欢这身军装。她拍着手里的帽子，好像被我弄脏了似的，注意到我表情的细微变化，才尴尬地把手转移，顺着袖子一直拍到那副少尉肩章上：“这个，我为我妈挣的，是干净的。”

我看她的肩章，确实很干净，像她眼里的那个年代一样干净。他们认识时，一个十九，一个十八。他是两上前线、两立战功的战斗英雄，四处做报告之余也顺便应家乡政府之邀回老家做了一场。她是县中学高三毕业生，正面临祖国挑选，在学校统一组织下去听了，结果感动得热泪盈眶，回来就写信。那个年代好像比较流行这个，女学生给战斗英雄写信，写着写着就写出问题来了。但他还算比较警惕，也可能是腿脚不方便，不管对谁都只回信，不干别的。他回信的内容大同小异，多是思想上进步、为四化做贡献之类的。这样回了七年之后发现，给他写信的女学生只剩下了一个，看地址还是和自己一个乡的，再一算年龄已经二十五，老家农村绝对的老姑娘了，不仅把人家的大学给写没了，还把人给活活写老了，觉得很过意不去，于是提出结婚。她拿着他的相片和信向家人宣布，当副乡长的父亲死活不同意，女儿要才有才要貌有貌，凭什么嫁给一个瘸子？她就说是军人。副乡长说，军人怎么了，我还当了十几年军人呢！她又说是战斗英雄，打过仗的。副乡长说，打过仗怎么了，我还抗过美援过朝呢。她又说是干部，连长。副乡长说，连长怎么了，我还当过副营长呢。她没辙了，情急之下把刚从信上学到的一个新词使了出来，说能随军。没想到这下副乡长竟哑巴了——他当了一辈子干部也没把老婆从农村随出去，女儿高考差三分就跳不出农门。

“郭春云……你二姨后来不也随军了吗？你姥爷也算没白费一番苦心。”听完这个副乡长嫁女的故事，我试图通过安慰遥远的副乡长来安慰眼前的赵小红。但赵小红并不领情，果断地打断我说：“不，我姥爷说，那是用我妈的命换来的，不干净，他们不稀罕，他们怕说出去脏了家里的名声，也怕脏了部队的名声。所以她随军这么多年，老家的人也没来过一次，爷爷奶奶家、姥姥姥爷家，都没人来。”

“他们爱干净。”

“嗯，我妈也爱干净。”

“这是遗传，你妈随他们，你随你妈。”

“这应该是人的天性吧，谁天生不爱干净呢？”

我……我不知道该怎么接话了，两只手机械地在军装上拍打起来，好像上面真落满了灰尘似的。

……

旧楼前那次“护驾”之后，我就落下一个毛病，没事就往军装上拍打几下，每次一拍打就想起赵小红那句“打电话”的交代。我越来越觉得那不是一句废话。

上午十点五十分。无论如何我都觉得该给赵小红打个电话了。我暗中使劲，微微抬起屁股，以减小军裤与真皮坐垫之间的摩擦力，然后悄无声息地将身体拧转九十度，变成了背对着少校的坐姿。还没掏手机，它自己便先响了起来。其实是振动，我们公勤人员的基本设置。我掏出手机，是郭春云同志打来的，非常执着地等着我接。我毫不犹豫地挂掉了，但还没来得及把手机塞回兜里，一条短信已经进入视线：旅长是否出事了？是就别回复，不是请回复。

我心里一沉，直接按下了删除键。

手机被少校夺过去的时候，已经什么都没有了。

少校发火了，白净的脸皮明显变了颜色。他把我的手机扔进了他的手提包，然后嗦地一把拉上拉锁，说：“别担心，什么都能恢复过来。”他不再让我坐在那儿了，领着我出了小会客厅。我看到楼道里异常的安静，以往那些抱着文件夹行色匆匆的身影一个也没有，倒是多了一溜戴着白色头盔和执勤臂章的卫兵，电线杆子一样笔直地站楼梯口两侧。我挨个儿看过去，他们平均比我高出一头，都是熟悉的面孔，是我平时在院里经常见到的那些卫兵和纠察，那位曾经向我道歉的“另一个我”也赫然在列，但他们好像换了个人似的，对我熟视无睹，眼睛直勾勾地盯着对面的墙壁，只在少校经过时才举手敬礼。流水作业的场面，起初让我感觉像是少校带着我在阅兵。走出几步，楼道里的声控灯悄然暗淡下去之后，我才发觉那些逐一抬起放下的绿色手臂，在昏暗的楼道里突然就有了古铜的光泽，这让我想起看过的某部老版战斗故事片里，那一把把迎着黎明曙光铿然出鞘的战刀。

我不知道为什么会在这个时候想到那部电影。

少校最终在旅长办公室门口立定，用眼神指挥我掏钥匙把门打开，进去，从天花板到桌椅下，检查卫生似的扫了几眼，眼睛就落到了套间里屋的门上。

打开。他说。我犹豫了一下，稀里哗啦地抖落着钥匙串找钥匙，很不好找的样子。里屋是间小卧室，旅长休息的地方。旅长亲自交代过，除了我自己，任何人不能入内。而事实上这些年也只有我和旅长跨越过这道门。

钥匙还是找到了，门还是打开了。少校一进里屋，眉头就皱了起来，双眼紧盯着床上的被子，说："你这个公务员当的，这么乱。"

我低下头。的确很乱。这床被子从来没叠过。从我见到它起，它就皱巴巴地躺在那里，保持着旅长上次掀开时的原始状态，有时像麻花，有时像花卷，有时像新兵连刀法粗糙的刀削面，反正和我见过的所有部队"豆腐块"截然不同，也难以让人将它与一个经历过战火洗礼的老兵相提并论。

但这不能怪我。旅长从不叠被子，无论到哪儿，住什么地方都不叠。在外住招待所时还专门叮嘱服务员，千万不要动他的被子，以至外界一直传闻旅长有洁癖。我当然也没必要去动他的被子，包括床铺。刘科长提前泄露的题目里就有这一道,而这道题的注解也颇有教育意义：

那是他第二次回到前线之后，受伤之前。那时他是手脚健全的侦察排长赵红兵，带着一个排三个班三十来号人，负责深入敌方执行单独任务。十九岁，手下一半的兵都比他老，不太好管。一个老兵油子很快被他列为重点人，因为每次执行任务前，他都坚决不打背包不收拾物品。按上面的要求，为了便于保管遗物，执行任务前每个人都必须把背包打好，把个人物品收拾齐整，一旦回不来，这些东西往麻袋里一套就邮回老家去了。但那家伙不仅不收拾还故意把被子拉开，把日用品扔得到处都是，并且还公开声称，这样做不为别的，就为了活着回来，你们把东西都收拾好了，不是等死吗？这样的言行自然遭到排长赵红兵及全排其他官兵的批判，恶习、稀拉成性、贪生怕死、封建迷信之类的帽子铺天盖地。但他却毫不理会，还辩解说，不叠被子是想着一定要活着回来。别人都做好牺牲的准备，他却想着怎么活着回来，对这样的刁兵，赵红兵自然不能容忍，恨不能找机会一枪毙了他。但还没来得及毙，那个老兵就中弹了，伤势很严重，部队连追悼会都准备好了，他却硬含着最后一口气不往下咽。扛了三天，送到了后方医院，竟奇迹般地活了过来。赵红兵问他，咽不下那口气是战争还没胜利吗？他答，屁，我想着遗物还没收拾好呢，怎么能走？从那以后，赵红兵出去执行任务前再不叠被子。

经历那次身负重伤，目睹班长牺牲、自己九死一生方才爬回阵地的战斗后，不叠被子的“恶习”像膝盖里那些钉子一样，嵌进了他的身体里。

后来回到神炮旅，不知道当排长、连长时是怎么过来的，反正从当上副营长住上单间起，他就再没叠过被子，也严禁旁人进入他的宿舍。有一次军务科长强行闯入他的宿舍，指着他的被子大骂“狗窝”。他坐在床边抽烟，连看都没看那科长一眼说，你懂什么，我这是战备状态，你们那“豆腐块”是保养状态，跟我差着一个级别。事情被捅到上面，主抓管理的副旅长大会批小会批，批判他搞的是歪理邪说、封建迷信、唯心主义等等。但仅仅过了一年，他第二次被树为典型，在深入挖掘先进事迹时，不叠被子的习惯被宣传干事们当作了宝贝，经过一些人的加工润色，最终变成了他身上诸多闪光点中最为熠熠生辉的一个，他自己一直没说清楚的动机也被阐释成了一种精神支撑，大概的意思是：如果一个人不想死，那他死起来就比那些已经准备死的人难得多。这样，不叠被子的意义就在于：时刻提醒自己，不但要完成任务还要活着回来，活着才意味着最终的胜利……

但这个闪光点的命运后来颇为曲折。开始不仅写进了正式材料，到处报告过，还曾被部分基层单位模仿和推广，但均不了了之。后来他打听到是军里一位重量级领导对此做法很不以为然，便主动与宣传部门请示，要求将这一大块从各种材料中拿下。那一年他面临调正团。

当上团长后，该团司令部曾策划过一个惊世骇俗的创举：在一次重大演习的紧要关头集体不叠被子，早上掀开被窝就走，直赴沙场。那次是为迎接他的上任，为了给他一个惊喜，所以事前高度保密，直到部队集合完毕准备出发之时，他才发现这一盛况，当场额头就渗出了冷汗，随即一巴掌将军务股长劈倒在地：胡搞！于是那天他们团再次上演盛况：即将开拔的全团官兵就地解散，火速返回各自帐篷，叠被子。

只有他自己那床被子一如既往。当然是在高度机密中一如既往。越来越少的人能进入他的卧室，见到他的被子；越来越少的人知道他还一直未改，甚至更加热衷不叠被子。尤其是这几年，每次去参加上面的活动，开会、集训、学习之类，临走都要再回里屋扫上几眼，像落了什么东西似的，而目光最后肯定是落在那床被子上；若发现我在一旁，则免不了要问，没动过吧。得到斩钉截铁的答复后，他收回目光，拉上门，摇晃着身体往外走。

大概也是从那时候起，各种传闻越来越多，一些人出去开个会，集个训，学个习就回不来了，过几个月才出现在上级纪检部门的通报文件里。让大家感到意外又欣慰的是，旅长每次都能平安无事地回来。而每次回来，也是先进里屋，一屁股坐在床上，盯着被子看半天，仿佛筋疲力尽，有时到点了，我进去找他按摩，他也浑然不觉，还在自言自语，嗯，还是不要叠的好。

“把被子抱走。”少校命令我。我遵照执行，像和面一样从床上捞起那床在我心目中高压线一样不能触碰的被子，简单揉成一团后放到椅子上。我想事已至此，他应该已经能指挥得动我——整个楼层他都能指挥得动，凭什么指挥不动我呢？哪怕那真是高压线。

“弄走。”少校雕塑般专注，目光像粘在床上。

我像做花卷一样连床单带褥子一起卷起，从床尾卷到床头，把它们卷成一根棍，然后竖在床边。床上露出绿色的军用床垫。不等他下口令，我把床垫掀下床，靠墙立着。只剩下米黄色的床板。我抓着床板露在床箱外的一端，用力一抬，它就翘了起来，像张开了一张大嘴。嘴里的东西一目了然。在空旷的床箱里，并排地躺着三只颜色各异的小皮箱：一只银灰，一只藏青，一只天蓝。

我和少校不约而同地看了对方一眼，又不约而同地扭回头，什么也没有说。

上午十一点整。楼道里终于有了动静，是开门的声音和杂乱的脚步声。我和少校从旅长办公室出来的时候，旅长已经走出会议室，正迎面向我们走来，但他显然没有看到我们。因为我的整个身子几乎都在办公室的门框里——少校答应我，可以隐蔽地目送。旅长的前面是一个年轻的中尉，像领路人一样领着他走向楼梯口。他的后面紧跟着两个更加年轻的卫兵，因为身材高大、空间狭窄而机械地走着齐步。卫兵的后面，是和他一起从会议室出来的那个大校，大校的后面是那个少将，少将的后面是空空的楼道。那些多余的卫兵不知道什么时候撤走了。

旅长走得很慢，而且身体摇晃得比任何时候都厉害，几乎一步一停顿，仿佛刚从战场上下来。走到楼梯口即将下楼的时候，他终于停下了，扭过头去，透过两个卫兵之间的空隙看着大校说："坐的时间有点长，我膝盖有点不舒服，能不能让公务员……"

大校严肃地打断他的话，说："赵红兵同志，你要是还有一点军人的样子，自然知道自己应该怎么做。"

旅长讪笑着回过头，学步的幼童一般低头看了看脚下的台阶，抬起一只脚踩了下去。"轰隆"一声，旅长的两只膝盖突然一弯，直着的双腿就像面条一样软了下去，整个人在我的视线里矮了下去。

眼看着就要跪倒，身后那两个卫兵仿佛早有准备，闪电般伸出手，从左右两侧及时地拽住了他。然后，一人搀着他一条胳膊，把他架了起来，架得几乎悬空，只有两只脚尖勉强地挨着地面。

我轻舒口气，声控灯再次暗淡下去，如同一场盛大演出的谢幕或者开始。冥冥中，那个"一起住院"的来访者离去时的背影悄然浮现出来，迅即与眼前的旅长重叠在一起，迅即又分开。我揉了揉昏花的双眼，感觉耳朵眼嗡嗡作响，是老式礼堂里高音喇叭传出的有些失真的声音："作为军人，就是死，也不能弯下自己的腰杆和膝盖！"接下来便是潮水般的掌声。掌声中我突然想，那个×××真要还在部队，又会是什么样呢？

还没来得及往下想，少校猛地抬起他的某条腿狠狠地跺了一脚，"咚"，楼道震颤了一下，灯光骤然亮起，旅长在卫兵的搀扶下，两只脚尖蜻蜓点水般点着向下的台阶，像武侠片里施展轻功的高手一样，转眼便消失在了楼梯间里。

手机在少校的包里嗡嗡直响。

选自《解放军文艺》2018 年第 9 期

楼顶上的下士

/王凯

1

基地缩编是在秋天，司令部警卫连和通信连合并成了一个警通连。刚上任的连长和指导员彼此都挺客气，仅是新连队第一次晚点名由谁来组织这件事就相互谦让了好半天，让来让去，最终还是资历相对老些的指导员一拍大腿，带着点儿勉为其难的意思接下了这事。

指导员很重视自己在全连官兵面前这第一次亮相，特地理了发刮了脸擦了皮鞋熨了军装，又在军容镜前照过几个来回，镜子诚实地默认他确是一位年轻又帅气的空军上尉。在笔记本上详尽列出晚点名将要讲到的工作条目之后，指导员再次拿起新连队的花名册，并轻声读出每个人的名字。这很重要。刚上军校时，同宿舍一个广西的覃姓同学被他念成了“谭”。按说这算不上个事，除了字典，谁也没法认识所有的字，何况这字本来就是两音。但指导员是个追求完美的人，不容忍军装上的一个线头和饭碗里的一粒剩饭，于是那个念错的字便成了个小溃疡，时不时就发作一下，至今未能痊愈。其实他有些苛责自己。他现在已经是一个非常成熟的连队主官了，即便花名册里真的蹦出个把生僻字，他也可以跳过去不点。三年警卫连指导员当下来，他很清楚这类小花招。他只要径直点完剩下的名字，接着漫不经心地问一句“还有谁没点到吗”，没点到的兵自然会打报告。这时他再问一句“你叫什么名字”，问题便消弭于无形。问题是他不想这么做，他不喜欢这种小聪明，他不打无准备之仗。他才二十七岁，眼睛闪闪发亮，略有些突出的下巴，线条清晰硬朗，明显拥有坚定的意志和远大的理想。

值班排长整队报告完毕，指导员大步走到队列指挥位置，开始照着手里的花名册清点人员。被点到的人会立刻响亮地答一声“到”，这种在“命令—服从”关系中生成的唱和或者呼应，类似枪起靶落，很快就让指导员沉浸在快速准确的节奏中并受到感动。这种毛茸茸的感触无法示人却真实存在：刀削斧劈般的被子、朝阳里齐整的队列、被手掌磨亮的单杠、枪库里新上了油的一整排步枪……连队里的这类事物总是能够令他感动，而他也常常会在这种感动中体会到生活的意义。

遗憾的是，今天这种感觉没能正常地持续下去——他遇上了一个哑弹般突然失去回应的名字。通常情况下，不参加晚点名的执勤人员会有班排长替代回答“上哨”或者“值班”，可这个名字点过后，换来的却是一片沉默。

也许这个兵走神了，指导员想。于是又点了一次，却依然无人应答。

姜仆射！指导员点了第三次，却仍像扔进无底洞的石头，毫无声息。他脸上现出一丝疑惑，接着听到队列里传来窸窸窣窣的低笑声。指导员来自警卫连，而警卫连向来以管理严、纪律好、作风硬著称，敢在队列里发笑的肯定是通信连过来的那帮老兵。他们为什么笑？肯定因为他们知道点儿什么，而自己却不知道，信息的不对等造成的压力迫使指导员抬高了嗓门。

姜仆射去哪里了？请假了没有？

报告！队列后方竖起一条胳膊，指导员，我叫姜仆射，不叫姜仆射，那个字不念发射的射，念树叶的叶。

年轻的指导员听见涌上头的血像热油一样嗞嗞作响。他立刻意识到，又一个神仙出现了。说起来，“神仙”只是一个定义模糊的称谓，在基地的话语系统中，它的近义词还有二球、瓷锤、苕头、愣怂、癞仔之类，此外还有更多的叫法，过于粗俗，不便列举。无论如何，对在连队待过的人来说，有一点十分确定，那就是任何一个连队至少拥有一个神仙，没有神仙的连队就像没有缺点的人类一样，是不存在的。以此类推，当两个连队合并时，意味着新连队起码会拥有两个神仙。基于普遍的观念，判定神仙的主要标准都是脑袋有问题，而军队往往习惯把有关脑袋的问题都归咎于思想问题，最要命的在于思想问题恰好属于政治主官的职责范围，这不能不让指导员感到警惕。他想起了李金贵。原警卫连炊事班的李金贵曾在相当长的一段时间内令他寝食难安，好在经过三年的不懈努力，头大如斗、食量如牛、嘴暴黄牙、目露凶光，走路总是先迈右脚的李金贵早已走下神坛，不太像从前那样为害人间了。

但对于这个斜刺里杀出来的姜仆射，指导员却知之甚少。花名册显示姜仆射生于一九七七年，一九九五年底入伍，今年二十一岁，第三年兵，空军下士军衔，共青团员。不过这说明不了什么，这一切信息都是自然的外在的，无法用来评估一个可能存在问题的脑袋。指导员站在队列前飞快地思索了一下。姜仆射的沉默和辩白跟扔向主席台的鞋子和鸡蛋一样，缺乏最起码的教养，在严肃正规又等级森严的军营当中，这一点尤其不可容忍。好在指导员是个经验丰富、心胸开阔的连队主官，他觉得神仙的出现并非有弊无利。戏剧性的事件往往令人印象深刻，而他必须要担当起剧中的主角。眼下姜仆射给他出了难题，但何尝不是提供了一个展示自己的契机呢？他清楚连队的规则和秘密。他已经平静下来了。

为什么不能念发射的射呢？指导员把质问隐藏在商榷的口吻中，多音字好像只在特定的词汇里才使用特定的读音吧？像报仇的仇只有作为姓氏的时候才念“qiú”，绿色的绿只有说到鸭绿江、说到绿林好汉才念“lù”，对不对？

是。但是仆射也是特定的词汇。那个声音犹豫了一下说，这是古代的一种官职，相当于宰相。

好了，好了，不要笑了。指导员摆摆手，等待涟漪般的笑声过去，我好歹也读过四年本科，对“仆射”是个什么东西略有所知，这个就不用你费心教我了。我想告诉你的是，这个词加上你的姓，它就不再是专有名词了。说到北京，大家都知道那是祖国的首都，但如果一个人叫李北京，那它就只代表这个人而不代表首都了，我的意思说清楚了吧？

话说回来，指导员停顿几秒，确定没再听到异议后又说，这是你自己的名字，你想怎么叫都行，这点我尊重你。姜仆射，树叶的叶，没错吧？

不过呢，也请你尊重我，遵守队列纪律。加强纪律性，革命无不胜。咱们是新组建的连队，更要强调这一点。这一点我不针对哪个人，而是对全体同志的要求，大家听明白了没有？

明白了！队列里爆发出响亮的回答，这么大的音量足以说明大家已经看到并认可了自己化解危机的能力，指导员对此感到满意。即使他不确定其中是否有姜仆射的声音，但他确定自己是个无神论者。所以点完名，他让文书叫来了姜仆射。

小姜，你有什么心事吗？指导员很和气，还是对我个人有什么意见？

没有呀，怎么会？姜仆射的两只眼睛透过泛着绿光的镜片挺惊讶地看过来，我就是想着我的名字不是那样读的，所以就说了一下。

嗯，我想也是。指导员说，有问题就提出来，这很好。不过有时候还是要区分一下场合。比方说，基地首长正在给我们开会讲话，不小心说错了一个字，我能马上站起来说，首长，您念得不对！这样显然不合适，对不对？但如果我散会以后单独给首长提醒一下，那效果可就大不一样了，你说呢？

理论上是这样。姜仆射想了想又说，不过我认为散会以后也不会有人去提醒首长的，所以首长下次肯定还得念错。

你很聪明，我看出来了。指导员愣一下，面前这个额头窄小、颧骨突出、嘴唇起皮、戴一副银色金属框眼镜的小个子下士让他略感不适，仿佛看到洗漱间置物架上一个没有摆放整齐的脸盆。但他还是微笑起来，我房间的门永远都向每个同志敞开，有什么想法随时都可以找我谈，好不好？

2

指导员清楚地记得基地政委找他和连长谈话时的情形。政委亲自找一个新组建连队的主官谈话，而且还谈了一个多钟头，这在指导员的印象里绝无仅有。他猜想这跟政委多年前也曾在警卫连当过指导员有关。政委说，合编容易合心难，只有真正做到合心，连队才能合力向前。政委的话尽管是对着他和连长一起说的，但指导员却认定这番话本质上是说给自己听的。毕竟合并前几个月，连长才从通信科参谋改任通信连连长，而他却已是全基地排得上号的优秀指导员了。谈话结束时，政委笑着说，工作要干，对象也要找，他希望基地的年轻同志都能事业爱情双丰收。政委才四十三岁，正师职大校都干了快两年，指导员一直视他为偶像。偶像的接见让指导员十分感动。他代表连长表态时浑身发热，他说请首长放心，就是不吃饭不睡觉，他和连长也要把新连队带出个样子来，决不辜负首长的关怀和期望。政委微笑着点头，起身把他们送到了办公室门口，并亲切地与他们握手告别。

政委说得没错，人搬到一栋营房里容易，真要把心拢到一块儿就难了。通信排玩的是技术，台站分散，人也懒散，而且老兵居多，根本瞧不起警卫排那帮理着小平头只会站哨的生瓜蛋子。警卫排的兵自然也看不惯通信排那帮一天到晚吊儿郎当没个正形的兵油子样儿。一口锅里吃了好久的饭，两边还是老死不相往来的架势。连长搞专业没得说，可带兵这方面还得靠指导员撑着。指导员在支委会上反复强调要加强团结。他说，团结就是水泥，不团结就是稀泥，而稀泥是糊不上墙的。他要求饭前一支歌只唱《团结就是力量》，哪怕听得他自己都两耳冒风也还是要唱。接着又在全连范围内开展“一帮一、一对红”活动，要求原先分属两个连队的战士互相结对子。没料到，一对一的名单还没宣布呢，李金贵在食堂分菜时跟通信排领菜的兵一句话没说对，挥起大铁勺，电话班一个四川兵的耳朵便划出一条口子。警卫排的兵都知道李金贵学过武，练过铁头罗汉功，当初新兵下连时有老兵想欺负他，他跑到垃圾堆捡回个啤酒瓶子，在众人面前大叫一声，闭上眼往自个儿脑袋上狠命一磕，瓶子立马碎了一地。老兵们见状，纷纷转头找别的新兵欺负去了。不过通信排的老兵们对李金贵身怀绝技的情况不太了解，见自己人被打出了血，一拥而上，二话不说，将李金贵摁倒在饭堂油腻腻的水泥地上，又找来内裹四根细钢丝的电话被覆线把他捆个结实，抬上三轮车拉到猪圈，喊着“一、二、走”的号子把他扔了进去。李金贵糊了一身猪屎不说，还差点被刚生下八个猪仔的老母猪咬上一口。警卫排的兵都认为身怀绝技的李金贵绝不会善罢甘休，接下来通信排那边肯定得血流成河，这样一想，大家都像看了周润发的电影似的兴奋异常。这下连长都有点紧张了，跑来找指导员，让他赶紧想想办法制止事态进一步恶化。好在指导员十分沉稳，把李金贵和其他当事人叫去谈了一次话，等他们从连部出来，一个个都笑嘻嘻的，李金贵和那个四川兵还互相发了一根烟，这一幕不免让大家有点失望，可同时又不得不佩服指导员的确是一把带兵的好手。

为了缓和气氛，增进感情，两个主官碰了碰头，又组织了一次趣味运动会。这个倒好玩。托乒乓球跑呀，三人四足呀，自行车慢骑呀，跳山羊呀，抢板凳呀，扔飞镖呀，等等之类，跟玩游戏差不多，傻子上来也能比画两下。指导员还专门派司务长去县城批发了一纸箱洗发水、香皂和牙膏当奖品，可是大家闹哄一番领走奖品，又开始井水不犯河水了。

工作局面打不开，弄得指导员很焦虑。他其实也可以不焦虑。连队主官任期四年，他已经干了三年，坚持到明年底就可以提升走人。更重要的是，他干得出色，在全基地几十个指导员里头非常显眼，政治部的几个科长都琢磨着要把他弄到自己手下，据说有的科长已经提前找到政治部主任把他给预订了。指导员心里比较倾向于去干部科。干部科出干部，须知基地政委早年就当过干部科长。但就算去组织科或者宣传科，他肯定也会好好干。他相信事在人为。毕业分到基地这几年，他干过技术员、排长、副连长和指导员，每个岗位都表现出色。相比之下，很多连队主官就差多了。像通信连原来的指导员，不带脏字儿就不会说话，战士探个家入个党都得送礼，天天让司务长往家送鸡送鱼，名声坏得要命，所以这次合并他就没纳编，目前正在家待着等转业呢。指导员绝对不会拿自己去和这种人比。他希望自己在最后一年任期内把新连队带出模样，他希望临走时全体官兵都依依不舍，他希望给政委交出一份满意的答卷。他给自己定下了那么多美好的目标，所以他没法不焦虑。

趣味运动会结束没几天，机关通知各单位上报家庭困难官兵名单，要根据情况发放一定的困难补助，少则一百元，特殊困难甚至能达到五百元，而指导员每月工资也才六百八十元。名单还没统计好，李金贵跑来了。他告诉指导员，前段时间老家遭了水灾，十二亩麦子颗粒无收，家里快揭不开锅了。还说他四年义务兵马上当满，年底就得复员回家，恳请指导员给他申报五百元的特困补助，好让他愉快地踏上返乡的列车。

不愉快你也得给我踏上返乡的列车，这可由不了你。指导员对李金贵没什么好气，你家不是在邯郸吗？属于风调雨顺的华北平原，报纸和电视上没说过你们那里受灾了啊。哪条河发洪水把你家地给淹了？指导员抬头看着墙上的中国地图，来，你过来给我指指。

我也说不清楚。李金贵眨眨眼不动弹，反正我爸信里说水淹得厉害。

那行，叫你们村党支部开个证明，把受灾面积、经济损失之类写清楚，盖上公章寄过来，我拿着证明再上报。

这怕不行。支书兜里一天到晚别着两根钢笔，硬说我家院墙占了人家宅基地，我爸把他大牙都打掉两个，你说支书咋肯给开这证明？李金贵想了想，指导员你就给我申请一下呗，这不就是你一句话的事吗？

就是因为一句话的事，我才不能随便说。指导员说，你在基地不还有老乡吗？我先找你们同村的老乡了解一下情况再说。

不用这么麻烦了吧，指导员。那给我申请个两百总行吧，实在不行就一百。李金贵挠挠耳朵，一百块总能申请到吧。上回我痔疮犯了都是我自己买的药，也没人给报。下次再犯了，我也不自己花钱了，我请病假躺着去。

一天到晚把个痔疮挂在嘴上，你不嫌埋汰啊？指导员瞪一眼李金贵，行了行了，我给你试试吧。不过能不能批下来，我可说了不算。指导员在本子上记了一笔又说，还有，复员前这段时间都要好好工作，别忘了你才入党没几天，少给我稀里马哈的，听到没有？

李金贵晃着能碎酒瓶的大脑袋，高高兴兴地走了。指导员摇摇头，想到李金贵马上就要复员回家，心情又好了些，便开始看各班报上来的申请补助名单。这名单平常人看不出多少名堂，指导员看就不一样了。看完一遍，他马上发现了有价值的线索。

电台班副班长王军：父母务农，体弱多病，弟弟辍学打工，妹妹刚刚考上大学，无钱交学费，特申请困难补助二百元。

指导员把王军这条情况抄在工作笔记上，然后去了连长宿舍。连长眨巴着眼睛，好一会儿才听明白指导员在说什么。显然，他对王军的情况一无所知。

其实炊事班的李金贵家里受灾也很严重，但我考虑了，几亩麦子肯定不能跟一个农村孩子的前途相比。指导员说，再说咱们现在是一个连队，是一家人，哪怕全连只有一个特困补助名额，那也应该是王军的。

那是那是。连长放下手里的程控交换机教程，你是书记，我听你的。

但补助也还只是杯水车薪，我想在全连范围内开展一个爱心捐款活动，大家自愿参加，数额不限。指导员说，一方面能帮王军解决一点困难，更重要的是能让大家在献爱心的过程中增进感情，你觉得怎么样？

连长一脑袋绝缘的通信线缆，闪不出这样的火花，当然说好。晚点名时，指导员就把这事讲了一下。可能是大家从未给身边的战友捐过款，队列里一对对眼睛睁得很大，听得都很认真。指导员又有点感动了。他心里涌动着热情。他相信事物蕴含的意义。他感到异常充实。

为了更好地发动积极性，指导员带头捐款，干部们跟进，各班接着也行动起来。指导员本打算捐一百，又担心给连长和其他干部带来负担（毕竟好几个干部家属都没工作，经济也不宽裕），最后决定捐五十。中间王军来找过指导员一次，脸红扑扑地说自己只是抱着试试看的态度申请补助，申请不到也没关系，但万没想到连队会为他捐款，这让他觉得很有压力。

这个你不用想太多。连队里我就是你们的兄长，你们有困难，做兄长的不操心谁操心？指导员拍拍王军的肩膀，个人的事交给组织来解决，你踏实干工作就对了，好不好？

一席话说得王军眼泪直打转转。他后退一步立正，向指导员认真敬了个礼，抹着泪出了连部。指导员自己也没想到王军反应会这么强烈，有点出乎他的意料了。然而感动终归是好事，不是吗？

3

指导员拿着连部文书用铅笔和直尺画好的捐款表格，对文书手写的阿拉伯数字赞不绝口。他现在对通信排的专业特点了解得越来越多了，知道只有受过严格的无线电报务训练，才能写出如此统一又美观的数字。他也知道了两百门人工总机的工作原理，知道了机台塞绳和扳键的使用方法，知道了无线电报务员用电键发出嘀嗒声的长短，知道了什么叫压码抄报，知道了什么叫单边带电台，并对卫星数据小站的286计算机终端和五笔字型输入法产生了兴趣。但作为专做人的工作的政治指导员，他最关心最敏感的依然是人。所以文书画的表格他头一眼看完十分满意，再看一眼又不满意了。

你看你看，还是粗心了吧？指导员瞅一眼文书，姜仆射呢？全连的人都写上了，你就给我漏掉一个姜仆射。

我是想把他写上，问题是他没捐钱呀。文书是通信连过来的老兵，向来嬉皮笑脸，没个正形，但脑瓜子很灵光，连里有什么风吹草动，没他不知道的，我问过他了，他说不捐。我问为啥，他说反正不捐。话说到这个分儿上，我也就不好说啥了。

他跟王军难道不是一个车皮拉来的老乡吗？指导员想了想，他俩是不是有过啥矛盾？

这个应该没有。文书说，老姜人家那是准备得道成仙的，天天窝在机房，没事就给杂志边边上印的那些笔友写信，要不就是拿本书在楼顶上晃悠来晃悠去。他都不和别人来往，就是想跟他有矛盾也矛不上啊。

指导员拿起捐款名单又看了一阵，戴上帽子去了办公楼。连里的通信台站都设在“凸”字形的办公楼内，总机在一楼西头，电台在四楼中间。四楼顶上的突出部分，严格意义上并不能算做一层楼，当初只是一个用来放置水箱的大房间，中间用一堵墙隔出了卫星数据小站的机房。指导员上任以来，每天都会不定时去警卫哨位和通信台站转一圈，已经非常熟悉了。他从生锈的水箱旁边走过，推开了机房的门。

指导员请坐，我这接个电报。坐在电脑终端前的姜仆射转头打个招呼，又飞快地敲打起键盘。蓝色的终端屏幕上吐出一串串绿字，最后“啪”一个回车，旁边的针式打印机咕唧一声，开始在带孔打印纸上打出四个一组的一行行阿拉伯数字。

嗞啦嗞啦的打印噪声绵延刺耳，构不成一个良好的谈话环境。指导员只好站在姜仆射身后，做出饶有兴趣的样子看了一会儿。九针打印机速度实在太慢，让人很不耐烦，他只好坐在墙边的值班床上，看着保密机上一闪一闪的绿色指示灯发愣。终于等到安静下来，姜仆射开始沿着打印纸折线小心翼翼地往下撕电报。

搞好了？

好了。

嗯，知道我为什么上来找你吗？

不知道。姜仆射摇头，指导员，我得先把电报送下去，机要科等着译呢。

一会儿再送也不影响吧。指导员愣了一下，不差这几分钟。

不行的，这是特急报，要求即收即送即译即传。姜仆射把手里的电报冲指导员晃晃，一分钟也不能耽误。

什么一分钟也不能耽误，我就让你晚送十分钟又怎么样？指导员心里噗地冒出一个小火苗。这不对。他赶紧把它撳灭了。他不能这么说。他是来找战士谈心而非训话的。他要讲究方式方法，特别是对姜仆射这样的兵，更何况送电报并没错。

他尽力抚平内心的不快，像用装着开水的大茶缸熨平军装的褶皱。即便是李金贵，也不敢这样同自己说话，但他还是摆摆手放走了姜仆射，因为他相信一个心胸开阔的军官才会前途远大。他看着窗外巨大的光亮，感觉机房未免过于狭小，忍不住拉开窗边的小铁门走了出去。宽大的楼顶平台大概有几百平方米，覆盖一层黑色的沥青，平台中央是白色的锅状卫星接收天线，除此之外就没别的什么了。指导员站在楼顶上眺望了一会儿远处的雪峰，觉得好些了。

姜仆射不知什么时候回来的，还给指导员沏了一杯茶。指导员坐下来准备和他拉拉家常。对指导员而言，拉家常绝不是随意的行为，他总会提前做些功课。这段时间他确实没再找过姜仆射，但并不代表他不关注姜仆射。他每次上数据站检查时，姜仆射都在看书，指导员留心观察了一下，大多是历史书，还有一些花花绿绿的杂志。指导员专门找到宣保科干事，查了姜仆射在基地图书馆的借阅记录。记录显示姜仆射从两年前开始，几乎每周都会借书，一次三四本，算下来起码借过三四百本。这么多书，指导员不可能都看一遍，他认为姜仆射也不可能全都看过。不过他发现范文澜的一套《中国通史简编》姜仆射先后借过两次，时间间隔一年。指导员便把这书借了回来。书页发黄，又是繁体竖排，总会看错行，十分别扭，即使这样，他也硬是把这套书翻了一遍。姜仆射的确不讨人喜欢，他想，但自己跟其他连队主官的不同，就在于他不会知难而退。他要像改变或者挽救李金贵那样，改变或者挽救姜仆射。他要为连里的战士们负责。他决不放弃任何一个人。他是为了战士们好，他始终坚信这一点。

一旦聊起来，指导员就发现辛苦白费了。他想谈谈脉络分明、天下一统的秦汉或者唐宋，可姜仆射显然对四分五裂、乱七八糟的黑暗时代更感兴趣。看着姜仆射两眼放光地说起魏晋南北朝，指导员知道该换个话题了。

我发现你不太喜欢集体活动，对吧？指导员说，上次搞趣味运动会搞了三天，你就没报名参加。

我不太会玩，也不怎么喜欢，硬掺和没啥意思。姜仆射说，其实值班更适合我。一个人待着，感觉内心比较平静。

人总归是要在群体里生活的，一个人待一阵可以，但你不可能永远一个人待着。指导员说，你还是要和大家多接触，接触多了就会看到别人的长处，就会找到与人交往的乐趣了。

我也接触啊。姜仆射拉开抽屉。指导员一瞅，满当当的都是信，还用皮筋一沓沓地捆着，码放得很整齐，我有很多笔友，平时写信交流，也很有意思。

我是说连里的战友，他们就在你身边，随时可以交流，为什么要舍近求远呢？指导员说，再说了，社会上的人可比连里的战友复杂多了，你未必真正了解他们。

也许吧。不过连队的战友并不是由我选择的，它只是一种随机的安排。姜仆射关上抽屉，当然了，笔友有好多也谈不来，谈不来那就不联系好了，反正现在我联系的都是比较有共同语言的。

都是女孩子吧？指导员盯着姜仆射。

也不全是。姜仆射脸红一下，而且我们交流的都是读书体会。

我知道。我在军校里也交过笔友，不过后来觉得没什么意思，就都不联系了。指导员笑笑，老写信也会烦的。

也不会天天写，有时候很久才写。姜仆射说，其实我最喜欢的就是每次跟上面台站联络完以后，在楼顶上看看书，走一走。

我刚才上去看了看，楼顶上也没啥。

我倒觉得很有意思。姜仆射看看窗外，这个角度挺独特的，基地大院再找不出第二个这样的地方了。远处的风景一年四季都很美，像夏天的时候，院子里树是绿的，那边的龙头山顶还有雪，特别好。而且阳光灿烂，视野开阔，我在上面走的时候就老有种奇特的感觉，好像自己站在山顶上，机房就成了竹林里的茅草屋，然后自己的心就放空了，就没有局限了，特别轻盈，特别自由。姜仆射说着挺直了身子，好像马上又要起身跑到平台上去似的，反正我特别喜欢这种感觉。

指导员也向窗外看了几秒，天线是金属的，楼顶是水泥的。他明白了，姜仆射是个比李金贵更神的神仙。他心里沉一下。他准备进入正题了。

对了，正好想起件事。指导员转回头，你跟王军是一个村的老乡吧？

是呀。姜仆射像个正在看动画片却突然被大人关掉了电视的小孩，呆了一阵才说，指导员，你是想问我为啥没捐款吧？

也倒不是专门问，就是忽然想起来了。指导员端起杯子喝口水，捐不捐倒没关系，反正我说过是自愿，我就是觉得有点奇怪，按说你最该捐的啊，全连近百号人，不就你们两个老乡吗？

是，他家和我家前后就隔一条路。姜仆射说，其实他爸很能干的，在村里开个小卖部，经营得也好，平时再倒腾点药材，在我们那里算是小康之家了。主要是他弟弟不成器，初中没念完就在社会上浪荡，后来吸上了毒品，戒毒所去过好几回，把家都败完了，还是照吸不误，最后一次出来就不知道跑哪去了，到现在好像也没下落。

所以他妹妹才上不起大学吧。指导员提醒说，他弟弟的错误，不应该让他妹妹来承担。

问题是王军他妹子并没有考上大学呀。姜仆射说，他妹子和我弟是同学，我弟今年考上西南政法了，他妹报了地区师专没考上，他爸妈让他妹子复读，他妹子不肯，非要自费去西安上一个民办学校，他爸妈不想给出这个钱，我弟来信说当时闹得还挺厉害，村支书都去他家做工作了。商量到最后，还是让他妹子再复读一年。要是她真考上大学，我再怎么也会捐一点。像现在这样，我就感觉没必要捐了。

越是这样，你才越应该捐啊！指导员无法理解姜仆射的逻辑，你知道全连就你一个没捐吗？

是吗？我还以为不止我一个呢。姜仆射发一下呆，噢，不过也对，可能只有我比较知道他家的情况。

好吧。不想捐也不勉强，不过这事就不要往外说了。指导员一时间不知说什么好，停了半晌才开口，不管怎么说，这次捐款大家积极性很高，确实也增进了战友之间的感情，你说呢？

大家捐款是挺好，姜仆射停了停说，不过我觉得也不见得每个人都要捐，有的人捐，有的人不捐，其实也挺正常的。

我觉得这并不正常。指导员盯着姜仆射，大家一起捐款，不正好体现了全连同志共同的情感和意志吗？心往一处想，劲往一处使，这样的状态难道不好吗？

好，挺好的。姜仆射小声说完，便不再吱声了。指导员本想再就此话题再说下去，可突然觉得索然无味，便起身离开了数据站机房。

4

老兵复员前几天，困难补助批下来了。指导员把王军叫到连部狠批了一顿，硬是把王军给批哭了。等他哭完，指导员又把装着五百元特困补助金的信封递给他。王军红着眼睛不敢伸手，直到指导员再次板起脸，他才赶紧接了过去。

我找你们村支书了解过了，所有的情况我都一清二楚。把自己的领导当蠢人，这就是你最蠢的地方。指导员倒不是虚张声势，他真的跑到县城邮局给王军老家村支书挂了个长途电话。不会再有哪个指导员像自己这么认真了，话说回来，过而能改，善莫大焉，你能认识到错误，我还是很欣慰。而且支书也说了，你家里确实有困难，所以这补助还是要发给你。钱你尽快寄回家去，回头把邮局的汇款存根拿来我检查，明白没有？

明白了，谢谢指导员！王军哽咽着，指导员，我向您保证，我一定好好工作好好表现，绝不辜负您的教导！

王军的话和指导员设想的比较一致，这让指导员心里多少舒服了些。他本来已经跟宣传科的新闻干事说好了，要把这事弄篇报道在报纸上发一下。政委找他谈话时专门讲过，工作这东西，要么不干，要干就要干到极致。但跟姜仆射聊过以后，他决定不搞了。他不是沽名钓誉之人。他向来只信奉真抓实干。他有自己的底线和原则。再说，捐款的事不用他专门去说，基地首长也会知道，对他来说，也足够了。

接下来，指导员开始准备老兵复退前的一大堆工作。有三年指导员经验垫底，这个对他来说是轻车熟路。不过有的事依然挺让人挠头。比如李金贵，也不知他哪根筋又短路了，拿到一百元困难补助还不满意，那天晚上熄灯前，突然跑来找指导员要求留队。要不是指导员正坐在床沿泡脚，真有可能一脚把李金贵踹出门去。

你晚上吃多了吧？指导员瞪着他，全连就一个超期服役的名额，已经定了电话班的牛小林，民主测评早搞完了，留队名单都定了，我开会都宣布过了，你不知道啊？

我知道。李金贵小眼睛一闪一闪，问题是我爸不叫我回家，非叫我在部队转个志愿兵接着干。

你爸不叫你回家？你爸是司令员还是政委啊？指导员拼命压着火，人家牛小林第二年就入党当班长，全基地的电话线路都是人家负责维修保障，收放线比赛军区空军第一名，年年优秀士兵，还立过三等功，这才超期留队。就算这样，明年底能不能转成志愿兵还两说呢！你呢？你干啥了？你说来我听听？

我也没少干呀。烧火切菜揉馒头，我啥没干过？李金贵不服气，要不是我，牛小林头几年就饿死个屎了，哪轮得到他在这里牛逼。

别闹了，好吧，赶紧回去睡觉！

我不闹，你让我留队我肯定不闹。李金贵说，我一直跟着你干，连里我就听你一个人的，人家都知道我是你的人。

你说话给我注意点！指导员一拍床头柜，什么你的人我的人，我在连里没有任何私人关系！你别给我搞那些乱七八糟的江湖习气！

我就是那么一说嘛，反正我知道指导员你关心我，这总没错吧？李金贵赔着笑，留队的事你帮我找找关系，肯定能行的。

好啊，你等着吧。指导员从盆里拿出水淋淋的脚丫子开始擦，擦完了又开始剪指甲，剪完了指甲才抬头看看站在桌边的李金贵，你等着我当上基地政委再说吧。

指导员知道李金贵该走了，李金贵果然就走了。睡一觉起来，地球还在正常运转，指导员放心了。接下来几天，连队门前搭起了大红的充气彩门，老兵们每人拿到了一本精美的军旅相册，门外路边每棵树上都贴满了欢送老兵的标语，全是爱好书法的指导员亲笔在彩纸上一条条写好的。来连队检查老兵复退工作的基地政委很是夸赞了一番指导员的书法，又说警通连的欢送老兵氛围是全基地最热烈最浓厚的，要求基地机关直属连队的主官都要来警通连学习取经。

政委的表扬让指导员很受鼓舞。复员会餐前，指导员发表了热情洋溢又略带伤感的讲话，赢得了热烈的掌声，好几个老兵都听得泪光闪闪。饭堂宽敞高大，掌声显得异常响亮，气氛一下就上来了。指导员菜还没吃上两口，敬酒的老兵已经一波接一波地涌来。指导员来者不拒，碗里的啤酒都是一饮而尽。看着一个个自己带过的老兵，指导员的鼻子也不免发酸。

会餐接近尾声，指导员也有点头晕了，好在脑子还很清醒。他忽然想起来敬酒的老兵里少了一个人，紧接着目光便扫到了呆坐桌前满脸通红的李金贵。指导员立刻预感到有事将要发生，急忙把值班排长叫过来交代了两句。

请大家安静，安静！都回到自己的座位上！排长在桌椅摩擦磕碰的凌乱声响中高喊，请大家马上坐好，把杯中酒倒好，连首长要宣布集体敬老兵了！

等一下！我还没敬指导员呢！李金贵大叫一声站起来，端着碗晃晃悠悠地朝连部餐桌走来。

连长你也没敬呢，来，咱们一起吧。指导员笑着端起碗，连长也赶紧端起碗站了起来。

连长你坐，没你的事。我这碗单敬指导员。李金贵的脸红得像个番茄，两个瓜子般的小眼睛迷瞪瞪地看着指导员，谢谢你啊指导员！

谢什么谢。指导员警惕地笑笑，大家都是兄弟，都是战友啊！

都是兄弟，那你为啥蒙了我三年？

李金贵！指导员低喝一声，你喝多了，回去休息！

我才没喝多！我今天要不是问了军务科参谋，我都不知道我这个炊事班班副是假的！炊事班根本就没有副班长的编制！炊事班编制只有一个班长、一个给养员和一个炊事员！李金贵的大嗓门在饭堂四壁回荡，我就奇了怪了，你为啥给我安排个炊事班副班长？你这不是玩我呢吗？我就奇了怪了，压根就没这个副班长，为啥我每月还领十块钱的岗位津贴？指导员你给我说说行不行？你给我说说呀！

指导员的胸膛剧烈地起伏着。他回想起大家都以为李金贵脑袋能碎酒瓶，铁定是块搞警卫的好材料，唯独他看出该同志连简单的单杠二练习（卷身上）都完成不了，绝不可能是什么练家子。回想起李金贵一去炊事班烧火，连队就天天误饭，他几次想把他弄走却没一个连队肯要。回想起为了让李金贵不再打架闹事，不得不满足他的要求，把他列入党员发展对象，宁愿忍辱负重，面对全体支委的一致反对而一意孤行。回想起为了让李金贵入党，他找了全连所有党员做了工作，好让他们在支部党员大会上举手同意。回想起李金贵想当“骨干”，他只好宣布让李金贵担任炊事班副班长，并每月从自己工资里支出十块钱作为李金贵的岗位津贴。自己为什么要这么做？自己可曾得到什么好处了吗？没有。丝毫没有。他只是想把这个连队带好。他不愿让别人看自己和自己连队的笑话。他只是想让大家在四年服役期里都尽可能各得其所。这他妈的有什么错吗？

指导员定定地看着李金贵，整个饭堂似乎只剩下心跳声。为什么没人出来说句公道话呢？或者来几个老兵把李金贵拉走也好。指导员心情坏透了。在他三年连队主官生涯中，还是头一次跟一个兵如此正面地冲突。当然，现在就定论为冲突为时尚早，因为他还没有回应。是否构成冲突，主动权依然掌握在他手里。他当然想指着李金贵的鼻子大骂一顿，或者一巴掌把他扇到墙角的泔水桶里去。他相信不论动口还是动手，李金贵都不可能是他的对手。李金贵曾在一次酒后告诉过他，自己并没有什么罗汉铁头功，他之所以肯把酒瓶敲在自己脑袋上，完全归功于他爸。李金贵他爸告诉他，只有来这么一下子，才能镇住所有人。所以李金贵才能横下一条心，抓起那个脏兮兮的啤酒瓶朝自己脑袋上磕。酒瓶子倒真是碎了，可要不是李金贵自己承认，谁也不会想到他头皮里还扎进了玻璃碴子，害得卫生队的小陈护士拿镊子给他处理了好半天（这事他后来亲自找小陈护士问过，基本属实），而脑袋上敲起的那个大包好多天才消了肿。用李金贵自己的话说，那几天，他看什么东西都是重影的。

但指导员不能对任何人提起这些。那样的话，他几年的努力就将付之东流。他无力否定自己曾经认为正确的一切。他不能放任这种后果发生。如果传到基地首长耳朵里（这是肯定的），他将永远不再是曾经优秀的那个他了。

李金贵同志，首先我郑重地告诉你，不存在什么假的副班长。指导员开口了，声音仍像从前一样沉稳，连队党支部任命你是，你就是！基地编制只有一名副政委，为什么现在有两位？司令部编制两名副参谋长，为什么现在有三位？军务科、干部科和财务科编制都没有副科长，为什么现在都有？既然这样，连队党支部决定给炊事班超配一个副班长，这奇怪吗？

李金贵嘴唇哆嗦着不吱声。

奇怪吗？指导员抬高嗓门，说话！

……不奇怪。李金贵低下脑袋，蚊子似的回答。

我还要问你，你是不是党员？你要认为自己是，现在我们就把酒干了，当什么事都没发生过。你要认为不是，那好，会餐之后，我们马上召开支部党员大会，取消你的预备党员资格。指导员说，你想好了没有？

我干，我干。李金贵慌慌张张地端起碗往嘴里灌，酒洒得胸口湿淋淋一片。

哪位老兵还有没想通的事，现在都可以放开了说！指导员厉声高喝，有没有？

饭堂里变得安静极了。

好！指导员端着碗雄视四周，每个人都仰头望着他，他觉得自己又找回了状态，现在我宣布，全体起立，为我们警通连历史上第一批光荣复员的老兵们敬最后一杯！

5

每年老兵走后，指导员心情都会低落一段时间，仿佛自己养大的孩子离开了家。虽然指导员眼下连个对象都还没有，但心情可以想见。他会想起一张张熟悉的面孔。他承认这些面孔中有的他喜欢有的他讨厌，但这种判断只在心里，表面上他不排斥任何一个战士，包括大脑袋的李金贵。即便李金贵早在他心里被凌迟了一万多遍，但此刻跟连队干部聊起来时，他更愿意回忆李金贵临走时在车站月台上抱着他大哭又向他认错的情形。理论上讲，李金贵的副班长确实是假的，但眼泪却是真的。他不太敢去想李金贵临走时如果不哭会是什么样。那样就太可怕了。好在四年义务兵役不是白服的，他们懂得了做人的道理，他们都变成熟了，他们知道应该在何种场合做出何种表现。在他需要李金贵的眼泪时，李金贵提供了眼泪，从这点上说，这小子还算是有点良心。

让他低落的原因还不止于此。基地编制缩减，现有人员一时消化不完，上级机关决定缩编的第二年不再给基地补入新兵，而往年怎么也得接回百十来个新兵的。时间短了还能凑合，几个月下来，兵力不足的问题越来越严重，机关已经有人提出警卫战士在哨位打瞌睡的问题，更不要说安排休假的事了。指导员和连长去军务科反映情况，答复是“立足现有兵员，科学调剂使用”，说白了就是让他们自己想办法。其他连队的主官天天骂娘，指导员不骂。他记得政委说过，难题都是给有本事的人出的。首长就是首长，永远都那么精辟。指导员琢磨了很久，甚至在笔记本上做过各种计算，最后决定让通信排的战士也每天站一班岗，这样排下来，警卫力量基本能够得到保证。

那台站值班咋办？通信排这边人手也不够呀。连长嘴张得老大，现在值夜班的第二天早上补觉都补不成，一个个都成熊猫眼了，病号也比以前多。

两头都缺人，我们总得先补一头对不对？要是两头都露着，不是更难看吗？指导员显然早有考虑，我反复思考过，目前只能补警卫排这头。站岗简单培训一下就行，通信排的人培训两天就能顶上，但是台站值班专业性太强，警卫排的人肯定没法顶。再一个呢，警卫岗哨是基地的脸面，首长每天上下班都看在眼里，稍微出点状况就是大事，不像台站值班都在机房里，门一关谁也看不到，所以我感觉还是先补警卫这头比较现实，你说呢？

嗯。连长点着头，我个人倒没意见，主要是担心通信排这边闹情绪，毕竟他们值班也够辛苦的。

这没关系，咱们是连队主官，只要咱俩思想统一，事情就好办。而且我仔细算过了，虽然人手紧巴点，但肯定不会耽误通信值班。指导员提起暖瓶给连长续水，你放心，有我在，肯定不耽误你谈恋爱。

连长正在跟卫生队的小陈护士谈恋爱，跟女人打交道，那可比连队建设麻烦得多。指导员对此十分理解，每次连长要出去约会，他都主动替连长值班。有一天连长无意间说起小陈护士喜欢看电影，想攒钱买个 VCD，指导员立马跑到宣传科借回一台超强纠错的 VCD 影碟机送到连长手里。这些事总让连长十分感动，何况他清楚，指导员也是站在连队建设的角度考虑问题，这些事他没指导员想得多，听指导员的肯定没错。

支委会上指导员把这方案一讲，通信排长意见挺大，但连长和指导员站在一起，排长只能闭嘴。指导员清楚，嘴是闭上了，心里肯定不服。为把一碗水端平，必须安抚通信排出现的不满情绪。他先是把通信排原先负责的水房、走廊和俱乐部等处的公共卫生区全部交给了警卫排，又让司务长给各通信台站定期供应速溶咖啡、茶叶和方便面，最后还专门召集通信排全体同志开了一个会。会上指导员推心置腹地把目前的困难摆了摆，让通信排的老兵们明白，承担一部分警卫执勤任务实属迫不得已，同时又表示每个同志都不会白辛苦，年底评功评奖时，党支部会优先考虑参加警卫执勤的同志。

大家还有什么想法尽管说，有什么困难连里会尽量解决。讲完以后，指导员微笑地看着大家。讲道理固然重要，更重要的是要战士们自己把这道理讲出来，这样才能让人服气。指导员先点了电话班的牛小林，牛小林马上表示服从组织安排。他接着又点电台班的王军。

报告指导员，我没意见！王军噌地站起来，现在警卫排和我们排都是一个连队了，互相帮助是应该的。再说革命军人一块砖，哪里需要哪里搬。军人以服从命令为天职，叫我站岗一分钟，我保证眼睛瞪大六十秒！

好！非常好！指导员一拍手，这叫什么，这就叫觉悟！王军你坐吧，其他同志呢？小姜，仆射大人，你有什么想法？

指导员一开姜仆射的玩笑，大家都笑起来，气氛明显热烈起来。

我？我没啥。一直低着头的姜仆射在笑声中很意外地抬起头，左右看看才站起来，挺好的。

怎么个挺好法，说来大家听听嘛。

既然新兵干老兵的活是天经地义，那老兵干新兵的活为什么就不行呢？入伍是有先后，但这跟人与人的平等不矛盾。从这个意义上讲，老兵帮新兵分担点工作再正常不过了，我觉得这根本没必要说，其实这个会不开都行。

指导员有点尴尬地笑笑。姜仆射的回答和他想象的总是不一样，仿佛一个没按剧本对戏的演员。他倒不畏惧这种挑战，但也并不喜欢。换了别的兵，他们绝不会这样。他们会对指导员的关怀表示出真诚的感激，而不是姜仆射这样摆不正位置，不着四六地点评自己。不过话说回来，姜仆射的总体意思倒没错。看来神仙也是分类别的，至少姜仆射不会像李金贵那样没完没了地给自己找麻烦。想到这儿，指导员也就不再计较了。

6

转眼到了五月份，有天副连长半夜去查哨，把姜仆射给查住了。按规定，零点到六点是坐岗，那时基地营门关闭，卫兵都坐在营门东侧的警卫室内，透过窗户观察外界动静。姜仆射当天排的是凌晨两点到四点的岗，这班岗前后都睡不好，属于最烂的一班，所以警卫排长出身的副连长最喜欢查这班岗。副连长到了警卫室门前，里面毫无动静，推门进去，姜仆射怀里抱一支五六式半自动步枪，歪坐在椅子上大张着嘴，睡得正香呢。副连长脑海中立刻闪现出一伙武装分子拿走姜仆射的枪，一刀将他抹了脖子，然后趁着夜色潜入办公大楼或者首长宿舍区或者弹药库或者兵器阵地或者别的什么地方，总之鲜血四溅、火光冲天是少不了的。副连长走过去从姜仆射怀里抽出枪，又用力拉了两下枪栓，姜仆射居然全无反应。这下副连长火大了，很想当胸一脚把姜仆射踹个四脚朝天，不过想想几天前刚学过严禁打骂体罚士兵的红头文件，只好退而求其次，一把揪住姜仆射的子弹袋，把他从椅子上扯了起来。

睡、睡、睡，就知道睡，跟他妈猪一样！副连长比姜仆射高出一头，气呼呼地俯视着，你他妈这叫站哨吗？我他妈放条狗在这儿也比你强！

我睡岗不对，你可以批评我。姜仆射扶扶眼镜，但请你不要骂人。

我他妈就骂你怎么了？傻逼玩意儿！你看啥看，睡岗你还有理了你？副连长激动地挥舞着手里的步枪，枪叫人拿走了都不知道，你还说你不是猪？

姜仆射读了许多书，这会儿却派不上半点用场，只会用两枚白眼珠子瞪着副连长。副连长等了一会儿，见公然睡岗的姜仆射无屁可放，便一把将步枪塞回姜仆射怀里，他并不怕姜仆射会怒火攻心冲他开枪，反正是空枪，子弹都在对面总值班室的机关干部手里呢。

再叫我发现你睡岗，非他妈收拾死你不可！副连长气呼呼地说完，摔上门走了。

凌晨四点十分左右，指导员听到走廊里有动静，他披上军装出来，看见姜仆射正在敲连长的房门。

别敲了，连长不在。指导员想想竹竿似的小陈护士，想不出连长究竟喜欢她哪里。他打着哈欠，大半夜的，有事吗？

听姜仆射说完，指导员悬起的心又放下了。他最初以为副连长动手打了姜仆射，这样的话就比较棘手。但如果只是骂两句，事情的性质就简单多了。指导员还从没见过谁会像姜仆射那样，原原本本地复述出副连长骂人的话，这差点让他笑出来。

副连长骂人肯定不对，我早说过他，让他多读书多学习多注意工作方法，他就是听不进去。指导员想了想，不过实事求是地讲，他骂人也是情有可原，毕竟你睡岗也有错。这事回头我会批评他，你呢，下次站哨也要注意，不要再出现睡岗的情况了，好不好？

我不认为好。姜仆射看着指导员，我要求他公开给我道歉。

问题是你睡岗在先呀！指导员愣一下，你让副连长公开道歉，那你是不是也要公开做检查呢？

我愿意公开做检查。姜仆射说，副连长也必须公开道歉。

没这个必要吧？指导员和姜仆射对视一眼，又把目光挪开了。谁都知道告状是件令人讨厌并且显得软弱的事，即便真有人为这种小事告状，听了指导员刚才那番话，肯定也不会有任何意见。不过对于姜仆射，指导员还是储备了相当多的耐心。他手指轻敲了一会儿桌面，那这样吧，明天我让副连长私下里给你赔个不是，你呢，也向他认个错。然后你们握手言和，保证双方不再犯同样的错误，这不就好了吗？再说了，他也没当着别人面骂你嘛！

私下里杀了人也得公开审判呢。姜仆射站在那儿一动不动，私下道歉没意义，他不骂我，还会去骂别人。

你扯得太远了吧？指导员站起来，背着手在屋里踱了几个来回，停在了姜仆射面前，非得把事情闹大，这样做对你有什么好处吗？

没有。不过我不需要什么好处，我只需要他当众道歉。

你呀，真是一下子就钻到牛角尖去了。指导员沉吟一下，又微笑起来，对了，我一直想问你，年底就复员了，你入党的事考虑过没有啊？申请书写过没有？

我没申请过。姜仆射像是反应不过来，停了一会儿才说，不是说先进分子才能入党吗？原来的指导员谁给他送礼他就让谁入，我觉得我没法先进到那个地步，想想还是算了。

这确实不像话。我在警卫连发展党员的时候，从来只看工作表现。指导员说，不过人和人是不一样的，你也不要一叶障目。

也许我是一叶知秋呢。姜仆射的眼珠子转转，指导员，我现在不关心入党的事，我只关心副连长能不能向我公开道歉。

这事不是你说怎样就怎样的，这事还要组织研究。指导员觉得自己的耐心消耗得很快，便重新坐回到办公桌前，好了，情况我知道了，你先回去休息吧。

那明天能给我答复吗？姜仆射不动，直勾勾地盯着指导员。

不是说了吗，这事还要找副连长了解，还要跟连长商量，还要开支委会研究，有必要的话还要征求战士们的意见。指导员不想再搭理他了，先这样吧，我还要休息，你也回去睡吧。

好的，我明白了。姜仆射咬咬嘴唇。指导员还没来得及问他明白了什么，姜仆射已经敬完礼走了。指导员没来由地又想起了李金贵。神仙的套路都是一样的。李金贵的全部价值就在于他提供了一个教训。指导员决定明天不给姜仆射任何答复。他不能再重蹈覆辙。他不能再被索求无已的兵弄得步步后退。接下来的整个白天，指导员都等着姜仆射来讨要说法，可直到熄灯也没见他来，这才松了口气。

第二天上午，文书慌慌张张地跑来，一迭声地喊指导员接电话。一听是基地政委，指导员也毛了，拔腿就往值班室跑。

你们连是不是有个叫姜朴射的战士？电话里的政委听上去很和蔼，却仍让指导员出了一头汗。

报告首长，是有一个。指导员拼命保持冷静，是我们通信排的战士，首长您有什么指示吗？

噢，今天早上我上班，这个兵在门口站哨，忽然跑到我跟前说有事要向我反映。正好我急着开会，就答应回头再找他谈。答应战士的事，我要求你们要落实，我自己也要落实，对不对？我现在回办公室了，你让他过来吧，看看这小伙子有什么问题要给我反映的。

指导员攥着挂断的听筒，脑子出现了短暂的空白。不过他很快就清醒过来了，赶紧让文书去把姜仆射找来。他得马上做出决断。不过他不打算示弱。他可以接受首长的任何批评和指责，但他不能接受手下一个兵的羞辱和威胁。去他妈的蛋吧！他在心里呐喊着。他真的已经受够了。

到处找了，找不到他人！文书气喘吁吁地跑回来报告，按说他在楼上值班呢，可打了电话没人接！

行了，我知道了。指导员戴上帽子，抬腿就往办公楼走。数据小站机房没人，他径直拉开小门上了楼顶平台，远远看见姜仆射正坐在电台天线的水泥基座上，看着膝头上的一本书。指导员朝着他走过去，一直走过了卫星天线，姜仆射才听到动静，赶紧站了起来。

你行啊，一竿子捅上天了。指导员哼一声，政委让你去他办公室，你赶紧去吧。

我不想去了。姜仆射摇摇头，其实我不想找首长。

问题是你已经找了。指导员表情淡淡的，不是想告我的状吗？快去吧。

我没想告你状。姜仆射说，这跟告状是两回事。

对我来说没什么区别。告不告是你的事，你想说什么也是你的事。不过我也请你记住，不要以为抬出首长就能来要挟我，我不吃你这套，我也不怕任何下三滥的手段。大不了我这个指导员不干了，那也没什么，对于这个连队，对连队的全体同志，我问心无愧！指导员抬手看看表，时间不早了，你去吧！

我还是不去算了。

你想去就去，想不去就不去？不去你找首长干啥？指导员大叫起来，找了你就给我去，现在就去，马上就去！

姜仆射低头绕开指导员走了，抓着书的手指节发白。指导员在楼顶停留了几分钟。他简单回顾了一下自己被玷污的真诚努力，他从未感到如此难过。

7

连长不太明白指导员想干什么。事实上他认为指导员有点小题大作，于是他解释说，数据站的卫星天线就在楼顶，值班员经常要上去维护天线，调校信号，要是把门锁起来会很不方便。指导员却说，值班员本来就应该老老实实待在机房，而不是到处乱跑。特别是楼顶平台没有护栏，是个很大的安全隐患。万一有人在上面乱走，失足掉下去谁也负不起责任。何况天线并不需要天天维护，上了锁以后让排长和班长各拿一把钥匙，需要维护时去开锁，丝毫不会影响工作。

指导员如此坚决，道理也充分，连长没理由反对。事情落实起来很快。营房科的战士用了半个来钟头，就给数据站通往楼顶平台的小铁门焊上了锁扣。指导员亲自用一把黑色挂锁锁上门，又用力拉了几下，铁门咣咣地叫唤着，再也挣脱不开了。

他不会赌气放弃姜仆射不管的。指导员想。他只不过是换种方式。从前总是给李金贵吃糖丸，结果他上了瘾总想吃。苦口的往往才是良药。他很清楚自己年底任期就满了，完全不必这么认真。有一回在路上遇到干部科长，科长开玩笑说，科里正准备给他准备办公桌呢。那他为什么还要这么干？他归结于自己肩负的职责与使命。军中俗语有云：一年主官站着干，两年主官坐着干，三年主官躺着干，四年主官不用干。但他做不到。他依然保持着对连队的热情和责任心，哪怕当中掺杂着灰心和挫败感，他也将其视为掺入钢里的碳。只要这一切都是正确的，那么这一切就是值得的。

上上下下对你的反映都很好，越是这样，越要谦虚谨慎。一个战士直接找我反映连队管理的问题，事情不大，但背后还是反映出你们工作上存在短板，还是没有达到最高的标准。指导员在心里反复回忆政委的批评和教诲，话说回来，人一上百，形形色色。像你们连队的那个小战士，有个性，但也有他的毛病，首先他自己承认睡岗不对，另外一有点问题就越级反映，甚至直接来找基地领导，这也是缺乏组织观念的表现。不过我们不要去责怪战士，要多从我们自身找原因。作为一级主官，我们就是要努力把这些同志的思想和行动统一到部队建设的整体要求上来。现在的兵和过去不一样了，这就要求我们在带兵艺术上与时俱进。你要把我这个意思告诉你们的干部，严格要求没错，但一定要讲究方式方法。这件事上，我没有给你们那个小战士承诺什么，因为我相信你能把这些问题处理好，你说呢？

指导员为牵扯了首长精力而感到异常惭愧，他很希望政委把他痛批一顿，那样他反而会好受些，可政委那么宽厚，让他心底里涌起一种“士为知己者死”的激情。军人大会上，他先是严肃批评了姜仆射玩忽职守的错误。如果在战时，这可能会给部队带来无法估量的巨大损失，后果怎么设想都不为过，是不可容忍的。接着他又指出副连长工作方法简单粗暴的问题，这种看似随意的小事会影响连队建设的大局，也是非常错误的。他最后要求全体同志恪尽职守，加强团结，努力把连队全面建设水平提到一个新高度，不负警通连第一代奠基者的光荣使命。

之后有几天，指导员担心姜仆射会再去找政委，好在事实说明这种担心是多余的。他像从前一样，每天都去哨位和台站检查工作，遇到姜仆射值班时，他也照样会去。跟以往不同的是，姜仆射定然会待在小小的机房里，眼帘低垂着，而背也似乎驼了起来。指导员并不跟他说什么，该说的他都说过了，他也不欠姜仆射什么。眼下他更关心小门上的铁锁是否完好无损。这时候机房很安静，计算机终端的机箱风扇在小心翼翼地旋转。

8

这样的平静维持了差不多半个月，有一天通信排长来汇报说姜仆射生病了，烧得很厉害。指导员的第一个念头就是姜仆射在装病。泡病号压床板这种事在连队很常见，比如李金贵以前就总拿他的痔疮说事，直到让他当了炊事班副班长才略有好转。但一个主官成熟的标志就在于他不会想什么就说什么，于是他交代排长带着姜仆射去卫生队看看。

不一会儿排长回来说，他亲眼看见体温计的水银柱上到了四十度，军医开了柴胡注射液，又用酒精物理降温，可体温一直下不去。军医找不出原因，建议送到市里的驻军医院检查一下。市区离基地有七十公里，指导员专门申请了车，跟着一起去了。驻军医院给姜仆射抽血化验，又做了各项检查，除了鼻孔喷着热气，身体有些发软之外，姜仆射并没有特别严重的症状。考虑到体温太高，医生要求先住院观察，指导员便自己带车回了基地。

指导员回来的第三天上午，姜仆射也回来了。他拿着出院证明找排长销假，说他住院当天烧就退了，以后体温都很正常，胃口也好，医生便把他放走了。

这样能值班吗？指导员听排长汇报完，要不再叫他休息两天？

他说他能值班。排长想了想，他还说，人手本来就不够，他要再不值班的话，会把全班的人都拖垮的。

他真这么说？指导员心里动了动。他像哈勃望远镜那样忠实地观测着幽暗宇宙中那些遥远星体微弱的光亮。他关心手下的战士们，即便是他所不喜欢的。他拉开抽屉，取出连长送他的一盒进口复合维生素片（这应该是小陈护士给连长的），让排长转交给姜仆射。估计他是免疫力差点。指导员说，你让他坚持吃一段时间看看，没准儿会起点作用。

晚点名时，指导员特地表扬了姜仆射，说他带病坚持工作，精神可嘉，希望全体同志都向姜仆射学习。姜仆射就在队列里，虽然还是站在后排，还是看不到他的脸。也许这是个契机呢。指导员想，在与姜仆射的关系当中，自己不存在任何私利。如果姜仆射那些书都没白读的话，那他就应该理解自己的一片苦心。

指导员不知道姜仆射是否领会到了他传递的善意，只知道姜仆射没值几天班又开始发烧了。还和上次一样，他又要车把姜仆射送到了驻军医院，而这家伙过了两天又回来了。这样的事情接下来连着发生了几次，指导员坐不住了。他甚至怀疑姜仆射得了艾滋病。这个念头像瓶子里钻出来的魔鬼，吓得他不轻。两个晚上没睡好觉，指导员终于在一个上午悄悄跑到汽车站，坐着班车又去了一趟驻军医院。

这个不存在。艾滋病毒不是你想的那么容易就能感染的。看上去经验丰富的中年军医很肯定地说，我们会诊过，这个小伙子没什么器质性的病变，目前倾向于是精神性发热。文献上有过一些这种病例，不过大多是女患者，而且以低热为主，像他这种高热的还真比较少见。你印象里，他最近受过什么刺激吗？还是他有什么事情导致精神压力过大呢？

指导员又坐着班车回来了。他不太相信医生的话。要按这种理论，监狱里的罪犯们应该都在发烧了。何况姜仆射的待遇和连队所有人并无二致，他也没理由要求自己与众不同。军队的特色就是整齐划一，士兵的天职就是令行禁止，不这样就没法集中统一，就不可能执行任务履行使命。他不打算把今天的事情告诉任何人。他在心里再次确定，自己所做的一切只是想让姜仆射成为一个合格的军人。

事后指导员庆幸自己的坚持。因为这次私下的探访之后，姜仆射居然神奇般地痊愈了。气色明显好转，镜片后面的眼神也活泛了许多，正在积极训练，准备参加九月份的空军通信专业比武。起初，指导员不太想让姜仆射作为选手参加。他向来认为比武选手首先应该是一个全面素质过硬而非单项冒尖的人，但连长反复强调，姜仆射的五笔字型录入速度比其他人要快出百分之四十，这是卫星数据小站的联络业务基本功，他要不去，拿名次肯定就没戏了。为了连队的荣誉，同时考虑到备战比武可以让姜仆射集中精力，不再去胡思乱想发什么“精神性”高烧，指导员最终还是点了头。

八月底，通信科长带队去参加军区空军组织的预赛，牛小林再次获得有线专业第一，王军拿了报务专业第六，而姜仆射居然也拿了数据站专业的第二名。三个专业有两个进入决赛，一个通信排的成绩比原来一个通信连还好，这个成绩得到了基地首长批示表扬，连长和指导员也兴奋得不行。参赛队伍回来当天，连里安排晚餐加了两个硬菜，另奖励每人一瓶啤酒。给选手们敬酒时，连长和指导员都一饮而尽，唯独姜仆射只喝了小半碗。

这怎么行！指导员说，都干了！

我晚上还要值班呢。姜仆射说，再说我也喝不了多少酒。

你喝你的，喝醉了我们找人代班！指导员十分豪气，都是参加比武的高手，高手就要有个高手的样子！

姜仆射犹豫了一下，端起搪瓷碗咕嘟嘟一口气喝了下去。

这就对了嘛！指导员高兴地拍拍姜仆射的肩膀，我要的就是这个精气神儿！

整个晚上指导员心情都很愉快。连队的荣誉也是他的荣誉，这毋庸置疑。而且姜仆射今天很配合，要是他硬是不肯喝酒的话，自己无疑会有些尴尬。这微小却正确的变化给姜仆射的形象打上了一圈柔光，看上去让他不再那么粗糙生硬了。

回房间休息了一会儿，指导员还是有点兴奋，便信步出来溜达。轻微的酒劲让人闲适而放松，是个适合谈心的状态。指导员走到办公楼前，给门口的卫兵还个礼，沿着安静的楼梯一路向上，在楼顶水箱边上搓了搓热乎乎的脸，然后推开了门。

同往常一样，机台上放着茶水和摊开的书，电脑终端和保密机的指示灯无声闪动，可姜仆射不在。第一秒时指导员以为他去上厕所了，但第二秒时指导员便看到小铁门上的挂锁不在原处，而是连同钥匙一起躺在旁边的窗台上。指导员脑袋嗡的一声，他几乎被这强烈的羞辱击倒了。他快步上前拉开门，冲上平台，对着黑暗中的楼顶大呼起姜仆射的名字。

谁让你把门打开的？谁让你出去的？谁给你的钥匙？指导员感觉自己的吼声都在发抖，说话！

姜仆射不说。他眼帘又低垂下去，背又开始驼起来，还有他结实又隐形的鳞甲，让指导员想起了电视里的美洲犰狳。

指导员用愤怒到颤抖的手锁上门，拿着钥匙离开了。他觉得自己像不久前电视剧里的雍正皇帝一样痛苦。没有人能理解他的苦心。没有。包括最该理解他的连长。不然他怎么会悄悄把钥匙交给姜仆射？你这不是帮他，你这是害他！他对连长说，就算他拿了第一名又怎么样？他照样不是一个合格的军人！

我就是想着天线维护也是一项比赛内容，不上楼顶就没办法训练不是？连长尴尬地坐在指导员对面，我想着这也不是什么大事，也就没和你商量。

什么叫大事？战士的成长进步才是大事好吗？指导员怒视着连长，你这样纵容他，他能变好吗？能进步吗？能真正融入集体，成为一个合格的兵吗？

那你说咋办？连长回答不了这么一串宏大的问题，再把他锁上？

我没有锁他！我是在规范他，警醒他，改变他！指导员怒吼起来，像是用尽了全身的力气，紧接着又疲惫地长叹一声，好了，随便你怎么办吧。我不想管了。他指指胸口，你知道吗？我累了，我真的累了。

9

那两天指导员房间里人满为患。兵就是这样，你对他们的一点好，他们往往会记上好多年。好比你只是轻轻按下了小小的发射按钮，发射架上的导弹便会轰隆隆地腾空而起。指导员被战士们簇拥着，听他们回忆在自己手下几年的点滴过往。节假日替战士站岗，帮他们在扭伤的脚踝上擦红花油，给他们家人写信沟通，或者是菜地里的一个玩笑，球场上的一次碰撞。这些事他做得太多，自己都记不清了，战士们说起来却像早上才发生过一样。他知道自己会长久地记住这些面孔，包括此刻正在楼上值班的姜仆射。

连长几次过来想和他单独聊聊，都找不到时间，直到熄灯后才坐到了指导员的对面。连长先是对指导员的提升表示祝贺和不舍，又从口袋里取出一个信封放在指导员面前。

我们几个干部本来商量着要给你买个纪念品，后来实在想不出你喜欢啥，就合在一起打了个红包，算是我们的一片心意吧。连长有点不好意思地说，你千万别嫌弃。

你这是干什么？你知道我不喜欢搞这种名堂。指导员愣一下，咱们是搭档，是兄弟，你这不是打我脸吗？

我知道你为了工作没少自己垫钱，光是周末给战士们租影碟的钱，加起来起码四五百块，这没错吧？咱俩共事快一年了，你从来没在连里报过一张发票，这我心里清楚得很。连长很诚恳地望着指导员，说真的，指导员，你这样的人，我还是头一次见，我不是吹捧你，我真是服气你。所以这点心意你要不收下，我们心里也过意不去呀！

你们要这么干，那以后别再跟我打交道了！指导员沉下脸，我没跟你客气，我是说真的。

唉，我现在最担心的就是你走了以后连队怎么办。再换谁来当指导员，也不可能和你比了。连长无奈地吧嗒几下嘴，把钱收了起来，这一年，我在你这儿真是学了不少东西，但有的东西真的学不来。

你说得也太玄乎了，其实只要认真负责一点，只要多关心关心战士，带好连队没问题。指导员说，连队还是很锻炼人的，好好干的话，后面发展的基础也牢实。本来我自己也以为要到年底才能动呢，没想到三季度就研究了，说明首长确实很关注基层。我到了干部科以后，有什么事我能帮上忙的，随时都可以找我，咱俩是警通连的首任主官，这缘分可不一般，我还等着吃你的喜糖呢！

你也该找了，你比我还大两岁呢。连长真诚地注视着指导员，你是我唯一见过的，真正能说得上是以连为家的人。

在这个位置上，你不好好干对得起谁呢？指导员轻轻叹口气，我真想一直干到年底，把这批老兵送完了再走。可惜这也由不得我。

那你给我留点锦囊妙计吧。连长把脸向前凑凑，下一步抓工作还要注意点啥，你给我讲讲，你这一走，我真是有点发慌呢！

也没什么，说起来不过就是完成好任务，稳定好队伍，保证好安全，都是些老生常谈。指导员停了停，还有，快到年底了，谁走谁留你心里也应该有个数。都说明年兵役制度就要改革了，义务兵服役期可能要缩短到两年，这样的话，年底留队的名额肯定比较多，你得提前筹划一下。这事你考虑过没有？

考虑过，还真考虑过。连长一个劲地点头，而且我这次是努力按着你的思路认真琢磨的，比如王军这样的，肯定得留下，而姜仆射呢，我还没想好。

为什么没想好？指导员显得有点意外，这还用想吗？

是是，你看我这人，总是优柔寡断。连长不好意思地笑一下，我也看出来了，这小子确实太独，很难融到集体里面来，更别说还惹你生那么多的气。嗯，我想好了，还是让他退伍比较合适，这样对大家都好。

不不不，这可不是我的思路。指导员呆一下，惹我生气那不算什么，其实我也没怎么生气。姜仆射这个兵是有这样那样的毛病，但这正是我们要努力改变他的地方，不是吗？再者说了，下一步他还要参加空军的比武；要是成绩好，年底又有名额的话，干吗不把他留下，再给部队做做贡献呢？我相信他是会改变的，也许套改了士官再干上几年，他会彻底认识到自己的问题，真正变成一个懂事听话的好兵，我觉得这是可以实现的，肯定能实现的。

连长张着嘴，显然是没想到指导员会这么说，一时不知道如何接话了。

当然，这事还得你和新来的指导员商量着定了。理论上我现在已经是干部科干事，不再是咱警通连的政治指导员了。指导员笑笑，按说我不应该给你讲这些的，不过还是忍不住，我老觉得自己就应该以连队为己任，老以为自己负有不可推卸的责任，老想着自己的连队就应该是最优秀的，自己连里的兵就应该是我想象中的模样，该说啥话的时候就说啥话，该做啥事的时候就做啥事，我就是这么想的，因为我觉得这是正确的，你感觉呢？

10

几场雪过后，又一批老兵要走了。头天下午指导员已请了假，说第二天早上去火车站送一下，不想原定后天才到的上级工作组提前来了，他便被科长摁在电脑前准备材料。干部科办公室窗户对着营门，敲锣打鼓的声音和高音喇叭里送战友的歌声交织着，同阳光一起透过窗玻璃，弄得指导员心神不宁。

往年这时候，指导员会和老兵们一同前往火车站，挨个儿同他们紧紧拥抱，眼含热泪，无语凝噎。他会沉浸在这真挚的情感之中，体味普照一切角落的光亮和美好。然而此刻他无法再履行这最终的仪式了，仿佛一场被迫中途离去的欢宴，令他若有所失。

他没法再在桌前坐着了，他起身出了办公室，本想下楼，犹豫一下又转身上了楼。穿过熟悉的楼顶水房，他推开数据站机房的门，一个新兵慌忙起来向他敬礼。他点点头，上前几步推开那扇小铁门，信步走上了覆着积雪的楼顶平台。积雪如此洁白，又如此平整，完好得连一个脚印都没有。指导员咯吱咯吱踩着积雪走到卫星天线下面，又拐个直角走到了平台边沿。他俯视着营区，运送老兵的一队军车正沿着主干道向营门缓缓驶去。姜仆射就在其中的某辆车上，他没有留队套改士官，因为他主动上交了退伍申请，这是指导员没想到的。听到连长说这事时，他差点就准备再去找姜仆射谈谈了，可考虑到他已经不再是警通连指导员，只好作罢。说真的，他很想看到姜仆射变成一个他理想中的好兵，所以他觉得有些遗憾。

车队和锣鼓声渐渐远去了，指导员站在楼顶，忽然想起有一次，姜仆射曾两眼放光地对他描述过楼顶带给他的诗意，不知道为什么，指导员总是会回想起那一幕。此刻，他对着阳光下的雪野和山峦极目远眺，可看来看去，依然感觉枯燥，于是他自嘲地笑一下，转身走了回去。

选自《人民文学》2018 年第 8 期

一个人的战斗

/曾剑

记者说，说说，三十年，你是怎么过来的，都有哪些故事？记者女性，长得漂亮，笑脸如花。他不自在，像是受审。

他说，没，没啥，就是熬。他说话的时候，不敢看女记者，看着记者的脚。记者穿着绣花平底布鞋，洋气。他想，这鞋真是认人啊。乡街上那个理发的女人，也穿这样一双绣花鞋，却一点儿也不好看，俗。

他的脸黝黑，在粉白的女记者面前，像个非洲人。

他语不成句，严重的口吃让他不爱说话，更多的时候，他像个哑巴。记者不解，一个转业军人，怎么这么严重的口吃？她扫一眼这空寂的房子，透过窗玻璃，远眺望不到边的松涛林海，她明白了，他长期缺乏交流，语言功能退化。她想起那个狼孩的故事。

女记者调头，找附近的乡邻，找他的妻子，找他女儿。女记者要攻下的新闻，总会攻下，她是聪明人。

李四其人

他叫李四。其实，他本名不叫李四，只因他与那个叫张三的干了一仗。他们的仗打得漂亮，传奇，在林海四周的村子到处流传。他们不知道他的名字，只知道他姓李。他们说，张三与李四，那仗干的！张三横五横六，硬是让李四给收拾服帖了。

李四的名，就是这么来的。

李四真名李尚树。他日后成为一名护林人，似为天意。其实，他最初的名字也不叫李尚树，叫李尚书。他是林厂子弟，他那个有点文化、文化又不高的父亲，希望他官至尚书。这当然只是一个美好的期望。他父亲未必不知道现在朝中早没了尚书一职，就是有，也轮不到他一个林厂子弟，但期望还是要有的。人没了期望，没法往前走。

上小学，报名。问，叫啥，答：李尚书。新见老师，他胆怯，口齿不清，“书”的音读重了，说是李尚树，老师给他写成李上树。林厂子弟，这名倒也适合。下了课，同学们笑着叫他猴子。他说，我不是猴子。他们说，不是猴子上什么树啊。他哭着去找老师。老师是林厂的老师，对这片大漠深处的每一棵树都特别有感情，她保留了那个“树”字，姓自然是不能改的。她将中间的那个字给他改回来——“李尚树”。这名字“一语成谶”，他后来成为大漠深处的护林人。树，如同他的命根。

再说那次干仗。

那时他刚参加工作，防护林北面的那个村的村长，也就是张三，听说有个姓李的护林员厉害，来会他。张三这个名字，响彻四野，意味深长，似乎不是什么好人。

张三听人说李尚树护林六亲不认，要杀杀他的锐气。谁不知他张三的名，现在，眼看这个姓李的声名鹊起，他要降服他，把他压下去。他说，“李上树”，我倒要看看这孙子怎么上树，哈哈哈……

会完之后，他不再哈哈哈了，“哎哟哎哟”，痛苦的呼叫，响彻旷野。他被李尚树打了个半死。

那天，张三骑着他的高头大马，飞奔而来。他来到李尚树护林点。他找茬的理由很简单，就是把他的马散放在李尚树看管的林子里。这里是禁止放牧的。这里树长得慢，树苗没于野草。马吃草，连带着把树苗吃了。

李尚树冲上去，说，谁呀，谁的马，赶紧牵走！那时的李尚树，还没口吃。张三望着李尚树，挑逗地笑。他不去牵马，李尚树去牵。马已吃掉了三棵树苗，那是很贵的樟子松。

李尚树开出罚单，五十元。他不接。张三不接罚单，还骂人。骂李尚树，你算个什么东西！张三不但骂人，还动手打人。张三个儿大，李四瘦，张三以泰山压顶之势扑来，李尚树闪开，顺势一脚，踢得张三龇牙咧嘴，直吸冷气。张三挥动他粗大的拳头，李尚树早地拔葱跳开去。张三奔向他，他低下身子，一个扫堂腿。张三胖，身子沉，没有被扫倒，但受了重创。他“哎哟”一声，五官在脸上聚拢。李尚树扫中他的脚踝。张三一跛一拐地走向他的马。他骑上马，沿林中小道飞奔。

蒙汉杂居地，汉子们善骑。

后来，女记者问他，张三个儿大，你这么瘦弱，怎么就能在他面前占上风。李尚树说，瘦人干仗，要特别注意别让大个子抓住。他出击，你躲闪，瞅准空档还击，下手要准要狠，一招不说致命，也要打他个半残。

女记者双眉紧锁。她不知道这段话该不该写，怎么写。

张三让马慢下来。李尚树知道是诱他深入，“明知山有虎，偏向虎山行”，他牵了自己的马，跃上马背，策马扬鞭。他们来到林北村，来到张三家门口。张三站在门槛上，向他做了一个“请”的手势。这就是张三，倘若在外吃了亏，他会把人引到家。他是村长，家里帮手多。

李尚树知其意，却不退却，心里只想着那张罚单。张三先进了屋，一屁股坐在自家炕上。炕上还坐着别人，椅子上也有人。李尚树后来知道，椅子上那个人，竟然是副乡长。

李尚树从口袋里掏出罚单，递给张三。张三说，你是谁呀？你的头咋这么大呢？张三越说越激动，指着窗外他的那匹马说，你的头比这马的头还大呢？可是，你没它值钱！

李尚树朝张三冷笑：是吗？那你呢，你的头又有多大？你的头又能值多少钱？他笑容未散，手就上去了。他左手胳膊肘弯成一把镰刀，勾住张三的脖子，右手抓住左手腕，张三的脖子就被牢牢地套住。他将张三从炕上拽下来，挟持着他往外走。张三除了两脚倒腾，全身无法动弹，完全被李尚树控制。一个年轻人冲上来拉扯，似乎还要攻击他，他一个侧踹，那人捧着脚梁骨直叫唤。李尚树吼道，别过来，谁过来我拧断他的脖子。他一直把张三拖至院子宽阔处，锁住他的喉。他让人替张三送钱，五十块钱。他的手越锁越紧。张三示意他们给钱。一个满脸惊骇的妇人，是张三的媳妇。她把五张十块钱的票子，递给李尚树。

张三像一只困兽，无法动弹。李尚树骑上他的大黑马，飞驰而去。

张三就这么服了。这地方人，就这号脾性。他们自此成为好朋友。张三去乡里办事，会从马路上绕道他这儿坐一坐。李尚树巡护到林子边，也会去张三家里喝杯酽茶。张三坐镇，帮他护住了护林点东北那片林。

张三和李尚树的故事，就在这片蒙汉杂居之地传开。他们说张三，接着说李四，没人记得李尚树的真名。

张三蒙古族，李四是汉人。

“虎”啸山林

李四的表姐是林南村的，条件比林北村要好，可也还是穷。田地产量低，靠养羊为生。李四护的林子里，草肥厚，表姐想羊吃得饱，多长点膘，就把她的羊赶到李四看守的林地里。两家走得近，他很小的时候，表姐抱过他，带他玩。表姐想他会给她面子，他却同样开了罚单。表姐的羊啃掉的树苗，价值六十块。那个年代，六十块钱，挺吓人的数字。表姐骂他是忘恩负义的犊子，骂他脑袋让驴踢了，罚的钱又不进你的兜。他铁青着脸，把罚单送到表姐家。表姐去找她的姨父。她的姨父是就李四的老丈人。李四没给老丈人的面子。他说，口子开不得，就像河涨水，口子一开，就收不住了。掏罚款吧。

不给钱他不走。

表姐给了钱，两家自此结下梁子，不相来往。李四念及儿时表姐的情分，到乡里割了两斤肉，上门谢罪，一共三次，罚的钱充了公，买肉的钱，他自掏腰包。两家关系略有缓和，但再也回不到从前。

李四得罪的人多，报复他的人也多。那天，他巡护累了，天黑回到家，舀米做饭，铲出一碗沙子。大米里全掺了沙子。他盛白面，一袋白面，里面也全掺了沙子。他被人暗算了。

一切只待明天再解决，今天只能这么饿着。他倒床而睡。他很生气，他劝自己消消气，他劝自己睡吧，就慢慢地睡去了。半夜里，一声巨响，他吓了一跳，马也受了惊吓。它跳将起来，前蹄搭在炕上，差点踩着了他的脸，他惊坐起来。他知道，是有人拿石头砸了他的窗玻璃。他握起炕头防身的镰刀，移身靠里侧贴墙站立。他没有下地，也不去点蜡烛。别人在暗处，他在明处。他告诉自己，只要人家不往屋里放火，不扔毒气，他就不能出去。外面的人，是早就准备好了的，不是陷阱，就是绊子，他没必要逞匹夫之勇。他在静默中与外面的人对抗，直到他听见摩托车放着响屁，由近而远。

小人，他骂道。也正是这些人，激起了他的斗志，他更坚决地让自己留了下来。

更大的报复接踵而至。他刚买不久的一匹马，被人偷走。他没钱再买马。买这第一匹马，掏空了他所有的积蓄，转业费都搭进去了，他只得步行。每天去看护着那片林地，几乎全天候地在林地转。粗略算来，他每天至少要步行四十公里，腿都跑细了。

万亩松林，真不容易，女记者感叹道。他纠正，没有万亩，是九千五百亩，差五百亩哩，你们记者就好夸张。

女记者红着脸笑。

清晨，他去井边压水，压不动，那些人不但砸了他的窗，还用沙子堵死了他的井。他只得掏钱雇人，另打了一口。有人故伎重演，来堵他的井，被他当场抓住。他双手一拧，那人胳膊脱臼，半跪在地。

“虎”啸山林，他的名声大了，当然，也臭了。

我别无选择，他朝女记者苦笑道。

土坯房

三十年，可不就是熬吗？李四自己都没想到，他会在这里熬过三十年，当时三个小时都不愿待。美其名曰“护林点”，就是两间破屋，土坯房，茅草顶。说是护林，更像是被发配。

三十年前的那个冬日，他从部队转业，分配到林厂。林厂分配他到这个护林点，那年他二十三岁。与他一起来的还有两个年轻人，也是二十出头。他们走了很长时间的路，把白天走成了黑夜，护林点，方圆十里没人烟，只有西北内蒙古吹来的风和沙。

茅屋里，有一铺冰冷的炕。他到外面抱柴火烧炕。他做饭。饭做好了，两个年轻人不吃，他们宁可饿着。茅屋四壁漏风。两个年轻人受不了，跑到茅屋后沮丧了一会儿，再回到茅屋里时，就开始卷铺盖走人。李四说，天快黑了，要走也得明天走，这样走危险。他们说，就是死在外面，也要走。

两个年轻人哭了，他就不忍心阻拦。他心酸，但他强忍着，没让自己落泪。

年轻人走了，再也没有回到这个护林点。年轻人走了，他留了下来。他站在裹挟着沙尘的风里，望着微暗中那两个远去的背影，眼泪到底流了下来。

多么漫长寒冷的黑夜啊。他半夜冻醒了，睡不着，他盼着天明。天终于亮开，他也想走。他卷起铺盖，用绳子捆了，背在肩上，像来时一样。

他走出茅屋，放眼那葱绿的樟子松，它们是那么年轻，像一群孩子，他心里清楚，它们需要他，需要他像呵护孩子一样呵护它们。它们像孩子，更像一群兵士，他像是将军。他们列队，等待他的召唤。他要是就这么离去，他就是逃兵，是叛将。

他丢不起这个人。

他踅身进屋。风卷着松涛声，穿过木头门缝，那么响亮，似无数掌声骤然响起。他走不了了。他留了下来。陪伴他的是阴冷、潮湿。狼的嗥叫。无边的寂寞。每天睁着眼睛，望着漆黑的茅屋顶，听着风沙抽打木门的声响，那响，其实不像掌声，更多的时候，像鞭哨，像刀，折磨着他的每一根神经。他打着冷战。他用棉被包裹自己，像一只寒风中瑟瑟发抖的刺猬。野狼的嗥叫不时响起。有人盼着夜长一些，睡个好觉。他睁着眼盼天明，盼明天早些到来。没有电，每天只供应一根蜡烛，燃尽了，就在黑暗里待着。另一支蜡烛是不能点的，那是第二天的光亮。

他买了只匣子。风沙似乎钻到匣子里，滋啦滋啦响，听不清。离开部队时，一个战友送他一只口琴，原本只是做个纪念，这下派上了用场，他在寂静时吹响。他只会吹《打靶归来》《小白杨》《说句心里话》。除了他的马和窗外的狼、树上的松鼠，他没有听众。方圆十里无人烟。他的口琴独奏，也就无须早晚。什么时候睡不着，他就吹一曲。有一天，一个路人在夜里听见琴声。琴声被风吹散，若有若无，路人瘆出一身冷汗。

一个人，一只军用水壶、一把砍柴刀、一袋干粮，是他巡护的全部行头。阴暗潮冷的屋子里，除了睡觉，他那床军被，永远被叠成豆腐块。他望着那方方正正的旧军被，怀念军营的时光。在军营，虽说是冰天雪地，条件艰苦，但身边还有战友，可这茫茫的林海沙丘，偌大的山林，没有一个说话的人。有风的时候，还好过些，且听风吟。风停歇下来时，他就只能听自己的双脚踩在沙土和松枝上的声音。那声音告诉他，这世界可怕地静。突然间，一只动物跑过，他毛发奓立，冷汗直冒。那次马就是这么受到惊吓，将他从马背上甩下来。他当时就背过气去，两眼冒金星。他额头破了皮，不断地流血，上衣袖子也扯开了，胳膊上青一块紫一块。半个小时后，他被人发现，抬上车，送去乡医院。医生拍片检查，轻微脑震荡。他住了一宿，第二天一早，回到护林点。

他离不开他的树林。他慢慢地发现了护林点的美。九千五百亩林地，二十多万棵樟子，它们阻挡着风沙，坚守着这片绿色。拂晓，浓重的潮湿的气息在林海里升腾，朝阳给东方的林梢披上一抹绯红；傍晚，落日的余晖温暖着山林和沙丘，樟子松浸染在淡紫色霞光里。他眼望这一切，幸福得近乎陶醉。

茅屋北边的那片林地，是他父亲和父亲的工友们种的。那时他还小，但记忆清晰。他跟着父亲来到这片林地。那时风沙更大，似乎要将他掩埋。他不知道父亲为何要带他来看他们植树，是他没人看管，还是为了增加他的记忆，他不清楚。父亲他们植树，是一个漫长的战斗，他只待了一个上午，但那个上午，足以把他们与沙洲抗争的情景，电影一样储存在他的记忆里。

每次巡护到那片林地，他远远看见父亲站在那里，向他微笑。等他走近，父亲闪身，没在林子里。他很失落，也很欣慰。

美女与蛇

她是他的女人。寂寞的时候，她安抚了他。那时候，他已到护林点三年了。三年，一切都没改变。樟子松长得慢，它们细微地变化着。单看一棵樟子松，它似乎并未成长，放眼整片松林，它明显地葱绿了，就像海里的波浪，一阵风后，壮阔了。

三年，他自己都觉得自己不像个人，像鬼，他都快要挺不住的时候，他认识了她。

他每周要到乡供销社去购买生活用品。她是大集体工人，合同制。她有着高挑的身材，大而略为深陷的眼睛，白净的皮肤。都说她美，叫她“楼兰女孩”，说她有着古西域女孩的气质。

他也觉得她美。他没敢想她成为他的妻子，只是对她有好感。他把林子里采的松蘑带给她。他把他抓的野味收拾干净，带给她们姐妹。那是一九八七年，改革开放的成果还未波及这个小乡镇，她们的日子还很清苦，难得吃一次肉。他们吃着喷香的野味，喝着香喷喷的肉汤。她们都说他是好人。

那次，他捕获到一头野猪，他把野猪的两瓣屁股给她们扛去。那足有野猪半个身子的野猪屁股（他将野猪拦腰砍断），彻底地打动了她。

有一天，供销社一个嫂子对他和她说，你们成一家吧，李四人实在，憨厚，嫁他不吃亏。她后来跟女记者说，真正吸引她的，是他一身洗得发白的旧军装。

他们就这么处上了。半年后，她成为他的女人。

不久单位改制，她从大集体分离出来，承包两个柜台。他帮她把两个柜台与别的柜台隔断，变成独立的商店，那里就是他们逼仄的家，但他从没在那里住过整个夜晚，护林点不能离人。他离开护林点，就像站岗的兵离岗一样，心里不踏实。

但毕竟年轻，夫妻间需要温存。她说，我住到护林点去吧。她计划好了，每周关一天商店，去他那儿住一天。他骑马来接她。她拎着包袱走向他的马时，左邻右舍都探头看，看得她脸红，好像她到他的护林点，就是为了夫妻间的那点事，好像她是一个不正经的女人。她像一个贼一样低眉细语，对姐妹们说，我可怜他，我去给他做顿饭，要不，我才不去那个破地方呢。

那是她第一次到护林点。尽管他无数次在她面前提到过他的护林点，说它穷、破、冷，给足了她心理准备，但一见到它，她还是受到了打击。

他却倍感温暖，好像他还是一个军人，一个穿着旧军装的护林兵，她是他的妻子，来慰问他，“犒劳”他。她一进这个屋，他就觉得整个屋子立刻有了温度，生活的气息弥漫开。他巡护一圈，回来。他往灶膛里塞柴火，她在锅台上忙。她炖了半锅土豆豆角，那是他爱吃的菜。她揭开锅盖，一股喷香弥漫整个茅屋。

他闭了眼，陶醉在这温暖的气息里，突然听见重物拍打水的声音，听见她的惊叫，还有自己脸上的灼烫之感。他睁开眼，看见她叫喊着往外冲，看见锅里有一条蛇，它应该是从茅屋顶掉下来的。他顾不得去捞蛇，冲向她，搂着她的肩，安抚她，叫她莫怕，说那是家蛇，吃耗子的，他们的朋友。她好不容易平息下来。他再回到屋，锅里菜炖熟了，那条蛇，到底没爬出来，它被炖化了，剩下一副骨架，团在锅里。当过兵的他都忍不住呕吐。他没让她看，扔了一锅菜。

她要回乡里。他说，其实蛇一直就有，就爬在屋顶，我没当回事。你心疼我，放多了油，油烟味把它呛着了，它就掉了下来。他说，你走吧，这不是女人待的地方。

她提着她的包袱往外走。他站在门外目送她。他不能走，护林点不能没有人。她走到三角地，那里有一条土路，她在那里搭乘马车。他把锅洗干净，涮了又涮。炒了一些干花生，想那花生是要剥皮吃的，不会那么膈应，炒熟了，剥了一颗放进嘴里，还是吐。他把花生倒鸡食盆里，剁碎了，喂了鸡。

饭还是要吃的，他决定换一口锅，但那得等到明天。他把这口锅揭下来，将一个旧瓷盆放在炭火上，烧水，做疙瘩汤。疙瘩汤做好了，他把瓷盆拿出来，用碗盛了。屋里阴冷，他站在门口的太阳光下吃。他看见了她，她回来了。

她到底舍不下他，心疼他。他把疙瘩汤递给她，她直摆手，一阵干呕。他说是用瓷盆做的，不是锅。她还是吃不下。

夜里冷，他把炕烧得热烘烘的。炕烫背，空气冷，一个人像是感受着阴阳两重天。

他们一时忘了蛇带给他们的不快，忘了风的寒冷。窗外野狼的嗥叫也影响不了他，反而激起他的斗志和欲望。他把她按在身体下。他的身体越来越热，像一匹烈马在草原上奔驰。他感到体内炙热的岩浆就要喷发，可就在这时，腿上的一股冰凉侵蚀了他，封冻了他身上每一个散发着热气的毛孔，那种滑腻腻的柔软的冰凉使他浑身紧缩。蛇！他全身如同倾下一盆雪水，身体里即将喷涌的岩浆陡然凝固。他瘫软了。他从她身上下来。进到屋里来的，是家蛇，它不咬人，但它恶心人。它取暖来了。冬天快到了，它也该冬眠去了。他怕她知道，忍着嫌恶，用脚把它抹下炕。然后，他静静地在她身边平躺着，装作什么也没发生。她问他，你怎么了。他说，没事，可能是白天累着了。她理解他，没再要求他。整个夜晚，他的身体，再无生理反应。

清晨，她叠被子时，到底还是抖落出一条蛇来。她扔下被子就跑。她躲在房后流了一阵子泪。樟子松上的松鼠惊愕地望着她。他送走了她。自此，她再也没有在护林点住过。而他，不能离开护林点，尤其是夜晚。他们的夫妻关系，很长时间时里，就这么名存实亡，最后达到要分手的地步。有一天，她到护林点找他。她不进屋，就站在门前那块有鸡屎的地上，冲他说，我也是个人。他望着他，没明白她这话的意思。她又说，我也是个女人。这下他明白了。她说，我们散了吧。

她说的是离婚。

他不愿离。他不是怕离婚后的生活。他现在的生活，与离了婚的男人，并无太大区别。他害怕的是离婚名声，比离婚本身更让他害怕。他爱面子，他丢不起这个人。

她却来了真格的，背着他向法院交了起诉书。他去向老丈人求情，老丈人去法院，把一百块钱的起诉费要了回来。

没离，就还是夫妻。他们试图在中午时，在护林点做成他们夫妻的事，毕竟，除了夫妻间那点事，他们还要一个孩子。但是，她做不到。他那铺炕，她坐都不敢坐，更别说躺下。蛇的阴影一直影响着他们。他只得骑了马，利用午后时光，匆匆到她那爿商店，重整旗鼓，恢复成一个男人，一个“老转”的威力，回到他的身体。只是，他有些尴尬，像是偷情。

他想，这只是暂时的，自己不可能总在护林点，林厂会派人来的，哪怕是轮班呢。但林厂一直没有派人来接他的班，轮班也没有。没人来，他就走不了。

后来他们就有了女儿。他们把女儿送到她的娘家。幼儿园、小学、初中，她忙商店，没时间管，他更是顾不上。他认为是他耽误了女儿的学业，耽误了她的前程。直到现在，他还自责、懊悔。

女记者盯着他的脸。他的脸像一块干枯的老树皮，刀劈斧凿般的皱纹，如一道道沙梁，千沟万壑。

清水沟月牙泉

那个叫张亮的孩子死了。他的死像一把刀，扎在他的心上。他太年少，才十二岁，还没成人呢。那个孩子，是他见过的。他死去前的一个时辰，他们还一起，说过话。那时太阳已向西移。

他是初一的学生，像一个突然的闯入者，来到他的护林点，这让他很惊奇。他这里少有人来，更别说孩子。他看着他背着书包，问他，你叫什么？他说，我叫张亮。他问，哪个村的，怎么到这儿来了？他说，林北村的。“林北村”三个字，他心里有了暖意，让他骄傲和自豪。林北村、林南村、林东村，还有西林屯。他们把这片林子当宝，周围的村屯，都是以这片林子命名。没这片万亩樟子松，这几个村庄，早不复存在。

让孩子进屋喝水，他不，他说，他急着回家。他阻拦，他说，孩子，那不是路，你得往回走，回到你来时的路，再向北走。孩子说，我抄近道，我爷爷快死了，我快赶不上了。孩子说着，箭一样冲了出去。他去追，孩子腿快，哪里追得上。他就冲那个背影喊，别走错了方向，一直向北，向北！孩子头也不回，身后传来他的声音：知道了……他的声音湿润而黏稠，显然已经被爷爷要死去的消息吓哭了。

近道很少有人走，要穿过很大的一片沙窝子，晴天还行。遇着大风，风沙四起，容易迷路。这样的路，孩子应该有大人陪着。大人有时还迷路呢，怎么就没大人陪呢？

幸好是晴天。

傍晚的时候，突然起了风。这沙漠边缘，起风就有沙。沙窝子会旋起“迷坨子”——风吹起沙形成的旋涡。人一旦被旋进去，就很难走出来。他突然想起那个孩子。他向林子里飞奔。他来到林子边，看见那片沙窝子。他放眼望，通向林北村的那片荒漠是寂静的，没有人，也没有“迷坨子”。泛白的沙静静地躺在大地上。

沙窝子向南，有“迷坨子”，它像巨大的烟囱立在那片天宇，但它不在通向林北村的方向，这让他心里踏实。

他第二天才知道，那个叫张亮的孩子死了，就死在他看见的那片“迷坨子”里。孩子怎么会走到西南去了呢？他一定是在沙窝子上迷路了，走错了方向，尔后遇到“迷坨子”。他们找到他的时候，他冻死在那片沙窝子里。而这时，他的爷爷也已永远地闭上了眼睛。

他为自己看到那“迷坨子”而自以为是地做出判断懊悔不已。他狠狠地扇了自己两个耳光，然后，他蹲在地上号啕大哭。他不能原谅自己。他很快得到一个更准确的消息，那个孩子竟然是张三的儿子，张三唯一的儿子。他心里那个痛啊。怎么偏偏是张三的儿子？人与人，为何总要这么纠缠在一起，受这种折磨。

他要种树，把那片沙窝子变成树林。有了树，就可以修路。他用全部的积蓄，又买了一匹马。他想，他的马要是不被偷，那天他就能追上那孩子，送他回家。

盗马贼，他偷走的不仅是一匹马，他偷走了一个少年的性命。他望着想象中的那个盗马贼，牙咬得咯咯直响。他那么年少，他的面容就在他的脑子里。他一直想着他，想得久了，他就变成了自己的亲人，自己的孩子，那悲痛就深了。

他一直对孩子的父亲母亲怀着内疚，常去看他们。他是工人，有工资。他们是农民，手里的钱是死钱。他去，像是赎罪，好像他是凶手，是他杀死了孩子。他会给他们捎点东西，比如罐头。好像他不是给他们捎东西，而是捎给他们的儿子，好像他们的儿子还活着。他后来不去了。他每次去，就会把他们从生活中拽进回忆里，反倒增加他们的痛苦。

他不去了，孩子的父亲自己来。张三阴沉着脸。他说，张三，你打我吧，扇我几个耳光，或者踢我几脚。张三不吱声。他说，张三，你说话呀，你砍我一刀吧，我太难受了。多好的孩子，那么健壮可爱！他说。他哭了，张三也哭。两个男人，你不看我，我不看你，就那么默默地流着泪。

张三问，听说你要种树？他说，是的，我要种树，把那片沙窝子全种上。张三问，我们以前种过，没成。他说，想想办法，总会成的。

春天，张三带了几个村民过来帮他。那里是沙窝子，纯粹的沙窝子。一锹挖下去，锹起来，沙滑下去，刚挖的坑被填满，再挖，沙土再下滑，总也挖不出一个坑。他说，用水把沙浇湿，再挖坑。可是，这里弄来一桶水是多么难啊！他们在马车上装水箱，到很远的河沟去背水。树苗栽下去了，浇水，一阵风，那水就被抽干。水到不了根部。他们找来矿泉水瓶，将它四周扎几个细眼，把瓶子埋在树根旁，让它慢慢渗水。一棵树苗，比婴儿还难伺候。树到底活了那么几棵，成活率低，几乎是个位数。他对张三说，能活就行，能活一棵，就能活十棵、一百棵……

十年后，这片苍白的沙窝子终于见了绿，也是樟子松。这里只适合种樟子松。脚下依然是沙，走在这片林子里，深一脚浅一脚，但不会再迷路了。林子南边还冒出一眼清泉。乡志记载，这里曾有一个沙湖，湖水清洌，后来干涸了。现在，树活了，死去的湖，也开始了喘息。

那眼清泉，离张亮遇难的地方不远。有了树，那里不再出现“迷坨子”。他每天都要到这里巡护。说是巡护，其实是喜欢在这儿坐一坐，沉默片刻。张三也来，隔三两天就来，骑着他的高头大马。他们歇了马，坐在林子里，盯着泉水看，似乎这眼泉，是他们儿子的化身。他们的儿子。

这里风多，难得见雨。一场雨后，清泉奔涌着，成一条水沟，向东南，穿林流淌。不知哪位游客发现了它，拍了照，在网上传播开，到这里游玩的人多起来。每次游人离去，泉边一片狼藉。

张三和李四把泉边收拾干净。张三还加入了李四的护林队伍，义务的。他帮了李四六年，直到他患肝癌死去。

现在，护林点又只剩下李四自己了，但他不再认为自己是一个人。他有那眼泉，他像张三一样，也认为那是张亮的化身。泉的形状像月牙，他叫它亮泉。

马、镰刀和狼

没马不行啊，他借钱，又买了一匹，他怕丢，晚上牵屋里来。窄小的屋里，有马，他只得侧着身子进出。马的呼吸，马夜里吃草的声音，让他失眠了好长时间，后来他慢慢地习惯了，睡得香了，

有一天，他回来得晚，马饿了一天。他心痛马，那是一匹高大的纯白的马，漂亮，腿有力。他喜欢它。他想，让它吃一会儿草吧，吃个把小时，再把他牵进茅屋。他倒在炕上等马吃草，太困了，睡过去了。半夜醒来，他想起马，惊起一身冷汗。他冲出去，林子旁的草地上什么也没有，马再次被偷，连铁橛子都一起被偷走。他去寻找，直到天亮，也没找到。

他瘫坐在土路上。他实在没钱再买一匹马。没了马，他明显地感到自己老了，双腿乏力。

那时工资才三百元，被盗的这匹马，花去他半年的工资，一千八百块。那是一匹他从未见过的好马。他落泪了，像丢了魂。他受不了，去马市上去找，去各乡村找。

几天后，那匹马出现在他的窗前，马尾巴上，用细绳系了一张纸条，纸条上说，它不吃不喝，与其让它饿死，不如还给你。真是一匹烈马。它刚到护林点时，桀骜不驯。当过兵的他，就是不服输，定要降伏他。他跃上马背，马突然嘶叫，四蹄打着转，蹦跶，硬是把他从马背上撂下来，随后越过沙坨，绝尘而去。他从沙窝子上爬起来，一瘸一拐去撵马。眼前沙坨一个挨着一个，细软的白沙，茫茫一片，马蹄印深陷。

第二天清晨，他到底追上了它，降伏了它。自此，它忠诚于他。

那匹马后来老死了。他怀念马，怀念与他打过交道的所有动物；他怀念狼，怀念那几个狼崽。在巡护中，他发现了一窝狼崽，没见它们的父亲母亲。他将它们带回来喂。狼崽不吃不喝，他担心他们饿死，就用筐拎了，要送它们回去。他去送的时候，在屋檐下，有两只狼，仰头望着他。它们凝望着他。他知道群狼的厉害，但它们并未攻击他。他将狼崽放在地上，它们叼起它们的崽。共六只狼崽，它们各叼一只，剩下的四只，他仍装在筐里，跟着它们走。直到他把它们送回窝里。

几天后，他怀了好奇的心理，再去那个狼窝，狼们搬家了。狼没有攻击他，但到底对他还是怀有戒备心，就像他那天去归还狼崽时，要拿一柄长把镰刀一样。所谓杀人之心不可有，防人之心不可无。他握紧了他手中的长把镰刀。长把镰刀是他的武器。狼若攻击它，刀刃可以割它们的喉，刀背可以敲它们的脑袋。一旦起火，镰刀可以砍出一条防火隔离带。

成为名人

女记者采访他时，他已住进了新房，是他自建的三间新房，他在门前重新打了一眼甜水井，屋里扯上电(他装了一台小型风力发电机)，家里不用再点蜡烛。屋里亮了，心也跟着亮堂，女记者却偏要在旧屋里采访，要他再次坐在破烂的旧屋里，点上蜡烛。让他借着烛光啃红薯。他说，这是干吗呢。女记者说，是情景再现。

女记者把他三十年护林的故事发在网上，他成为网红，全国各地的记者涌来。他成为最美护林人，道德模范。他所在的林厂，把他住的那两间破茅屋列为纪念馆，布展他历年的护林图片。

他的女儿李丽丽，林业学校毕业后，一直没分配。林厂把她招进来，专门解说她父亲守林护林的故事。一拨一拨的记者，县里的、市里的、省里的、中央的。李丽丽先前还有些拘谨，慢慢地说着流畅了，毕竟是大学生。林厂领导说，好好讲吧，你是“林三代”，好好讲，我们想办法给你转正。

李丽丽是临时工，这使得她工作特别卖力。她每天清晨骑着摩托车来，天黑骑车回乡里林厂宿舍。

小学生、中学生、大学生，成批地来到这荒漠里的林子里，听他女儿讲述他的故事。女儿一次次地讲述，诉说。本来讲的都是事实，听多了，竟越听越虚幻，像是谎言。他受不了，但他无法逃离。他回来吃午饭时，会碰见那些记者、那些参观者。有时候，他天黑了巡护回来，他们还没走。有几个记者，提出在他的炕上住，体验他的艰苦，要挖掘他最真实的一面。

他说，我最真实的一面，就是习惯一个人待着，你们都走吧。

他轰跑了记者，接着开始轰女儿，你走吧。

我不走，林厂厂长说了，要给我转正呢。他们已经向上级打了报告。

这工作不适合你。

我喜欢这工作。

女儿哭着埋怨他，不是你长年不回家，没人管我，我不会只考个林业学校，只考个大专。现在，可算能沾你的光，你却要赶我走。

他不跟女儿辩解。他说，你走，你不走我走。我走了，这个巡护点就塌了，你也就待不下去了。

女儿走了。女记者没走。

记者问，为什么选择林业？他没有回答，父亲带他到沙洲种树的情景，涌现在眼前。

护林员怕火，他却嗜烟如命，这使得他抽起烟来，饱一顿饥一顿。清晨，他在那间屋里连抽三支，之后，骑马去巡逻。中午回来抽三支，晚上回来，至睡觉，抽四支，一天十支烟。

这次，女记者要写篇大稿子，她对他进行肖像描写：

沉默的老李有着稀疏的眉毛，略微包天的嘴唇常常抿着，焦黑焦黑的脸色透露出一股刚毅、坚韧、倔强、孤傲与苍凉；他平时少言寡语，遇到知心的朋友，也只是搭上一句半句，更多的是在一旁默默地笑……

女记者描述很准确，他却让女记者走。他说，你走，莫要缠着我。他说，从今天起，我不接受任何人采访。我习惯了一个人生活，我受不了热闹。

他的话断断续续，俨然一个磕巴。他说，你走吧，你走。你这么一写，好像我所做的一切，就是为了给人看的。这不是我日常的生活。

女记者被赶走了，新的问题来了。那不仅是问题，简直是灾难。

这里要建成沙漠生态公园，供游客玩耍。沙漠生态公园，将建在他守护的林地，需要砍去一百亩树。游客在这里住，出去几百米上千米，就是沙漠。他们在沙漠里骑马，骑骆驼，滑沙，还有沙漠上空的滑翔机。

他不同意，这不仅仅是一百亩树的问题，它如同一块布，撕开一条口子，就会越撕越大，这样下去，这片树林，非得还原成沙窝子。

沙漠公园，你到沙漠去建好了，不要砍我的树，他朝那些人吼叫。他们说，沙漠建房造价高。他说，我这造价不高？这些树，我可是用命换来的。

他们抖搂出批文。他不知道他们是怎么通过审批的，他一点儿也不知道。作为护林员，这不正常，这是他的悲哀。他茫然地立在林地的边缘。身后是松林，眼前是沙漠。这么明显的分界线，的确很美，很神奇。

他不想失去这一切。

他恨记者，尤其是那个女记者，不是她，他们也许发现不了这儿的美。

一场新的战斗开始了。他到镇上订了一顶帐篷。在部队时，他是工兵，他很快把帐篷搭建好，把铺盖搬进来。他坐在他的被子旁。军被被他叠得有棱有角，像他的性格。他想，新的战斗开始了，也许最终我不会胜利，但我是战士，决不投降！决不！

他拎着长把镰刀，在林地巡视，杀气腾腾。

选自《芒种》2018年第8期

从同志到先生

/王棵

1

自主择业手续一办完，安泉就去了趟吉部长家。吉部长正在往一张纸上签字。签字前他要把纸上的字审核一遍。签的这张纸是对账单。这一天在超市、菜市场买了什么东西，花了多少钱，几点几分花的这个钱，单子上面都写得清清楚楚。吉部长退休前签惯了字，退休后用这种办法过签字瘾。谁发明这个办法的呢？这得问盛一兰。盛一兰这个前军嫂特别不爱跟人争执，她知道哄好了吉部长就等于避免了跟他争执。要知道，吉部长教训人的声音是很大的，能把房顶掀起来，火气大了还会摔东西。他摔东西是很拼命的，仿佛那东西是日本鬼子，必须“死啦死啦地”。有一次，吉部长把自己的手摔出了毛病，指甲盖给碰裂了，但接下来的几秒钟里，他还是带“病”坚持摔掉了一只花盆和一个地球仪。就是说，发明那个签字办法的，肯定是惧怕引火烧身的盛一兰，而不是吉部长本人。

同住一个干休所的陈政委也爱训斥，不过他的受众不是人，而是宠物。人也好，宠物也罢，反正只要是训斥，都有异曲同工之处。陈政委的宠物是两条狗和两只猫，具体点讲是一条柴犬、一条哈斯奇，一只英短、一只加菲。每天一大早，陈政委就把他的爱宠们带到楼下的草坪上，训练它们走齐步。俩猫俩狗，只比一个重机枪小组多一名成员，数量上讲并不多，如果是人的话要做到整齐划一是挺容易的，可人家毕竟是可爱的畜生，专职是干调皮捣蛋的，想要让它们跟整齐划一沾一点点边都不可能。于是，每天早上，整个干休所里都回荡着陈政委恨铁不成钢的训斥声：“猫粮狗粮哪天也没见你们少吃，让你们出来走个齐步，就知道上蹿下跳。再给三天时间，要是还走不齐，送你们进屠宰场。”陈政委当然不会真的把爱宠送去屠宰，过一会儿他就会忘掉自己说过的话，他已经是个资深阿尔兹海默症患者了。他比吉部长早退休了三年。

吉部长有时候会把盛一兰喊到阳台上，看楼下的陈政委在草坪上练“兵”。看着看着，吉部长就有点忧伤，一忧伤他就开始讲普通话，就像他以前在位置上的时候，一开会就讲普通话那样。平常他都是说广安方言的。鬓毛已衰，乡音坚决不改，讲的也许就是吉部长他们这些小时候没太读过书后来当了官的人。吉部长就这么忧伤地看着下面的陈政委与他的宠物，用广安味很浓的普通话感叹道：“想当年，陈宇宪在军区也算是个响当当的人物，如今糊涂成这样子了。”他又转过身来，问盛一兰：“老婆子，你好好给我看看，我的嘴像不像要歪？”到了这个年纪，他们这些以前红过的人最怕得的病，是这种俗称老年痴呆的病。像陈政委这样如今每天在草坪上闹笑话，一点儿面子都不复再有，前面大半生再红，那也是白红了。再说了，这个干休所里住的几乎都是师以下干部，没到将军级别，真要说红，那也没有太红。正因为本质上是半红不红，才更怕掉色儿，可不能让那烦人的老年痴呆症把这不多的红色烙印给挤掉了。

吉部长不想闹出陈政委那样的笑话，为了让脑子保持活跃，自从八年前退休后，他不但每天定时出去舞剑，还给自己找了各种各样的事做，这个协会的副会长，那个中心的主任，都是些民间组织，虽然都挂了职务，但都是没有工资的，他最大的特长是开会，那些个需要开工资的工作，不是开开会就能过关的，所以未必轮得到他。当然吉部长本人并不相信这一点。在部队多年呼风唤雨的经历，让他自信到骨子里。补充一点，吉部长开会真的是很有气场的，也会把会开得很好看很好听。如果把他主持会议的现场录下来，到电视上面放一放，说不定也会有观众爱看的。

吉部长对自己能够把退休生活搞得如此生动活泼很满意。安泉感到，吉部长心里还希望身边人对他的这份能力有所崇拜。但是说实话，安泉不觉得现在的吉部长值得崇拜。有时候，他反而会把吉部长当成一面镜子，从中看到自己未来可能落入的窠臼。这些心思安泉当然不可能向吉部长坦白，怎么说吉部长也是他的岳丈大人，装也得装出点崇拜来。

现在安泉坐在客厅的沙发里，听老丈人在餐厅里数落丈母娘。当然是由于吉部长在对账单上面找到了瑕疵。“你说你这个女同志，其他用现金买的东西你都记在纸上了，这一样东西你是用支付宝买的就不记，支付宝用出去的不是钱吗？”吉部长教训老伴儿的语气不减当年，那个时候他教训手下的干事就是这个样子。安泉自主择业前，大多数时间是做干事的，他深知这个“长”那个“长”们的心态，每次把拟好的文件拿给他们去看的时候，他都会故意留几个醒目的错别字，让领导逮住几个错别字大加发挥地指责一通，总比让他们说一些抽象的意见强。给领导拟过文件的人都知道，改错别字还不容易？但如果领导的意见让人难以落地操作，那你就惨了。当然了，在那些个军旅生涯里，有少部分时间，安泉自己也在当“长”，作为过来人，他看干事呈上来的文件稿就比较注意，提出来的意见都是想了又想的，干事们也无法用故意保留错别字这种小伎俩糊弄他。盛一兰没当过兵，也没干过一个像样的工作，不懂这里面的心理学问，也是活该挨训。“我这不是没习惯用支付宝嘛，偶尔用一次难免会忘。”盛一兰弱声弱气地解释。

吉部长正要责问盛一兰为什么到现在还没有像年轻人那样学会用支付宝，无意间往客厅方向看了一眼，看到了安泉，好像他才发现安泉似的，他中断了对盛一兰的训斥，端着他那不离身的、大号的钢化玻璃杯，从餐厅向客厅走来。那杯子里泡着枸杞、红枣、胖大海和金银花。他现在嗓子老化得厉害，还动不动发炎。这是很需要保护的，不然开会不好听。他现在还有机会开会，他自己创造的。

“手续办完了？”吉部长问。

“上午去军转办报了到，下午去直工处签领了退役金。这两件事一办，就算正式办完自主择业了。”安泉回答。

“退役金结到多少？”盛一兰抢话。

没等安泉回答老太太，吉部长的训斥就过来了。他怎么可能放过如此显而易见的说教机会。

“你这个女同志，眼里就只有钱。庸俗。你也不问问小安自主择业后有什么打算？”

“那……你有什么打算？”盛一兰问。

安泉想了想，说：“还没想好。”

这句话说得太不合时宜了，就像明明知道有一架机关枪正在寻找目标，你举起手喊了个报告：报告！目标在这儿。这不明显是给吉部长提供说教机会吗？怎么可以不想好就自主择业呢？你做出一个如此重大的人生决定前，不先把下一步要去干什么想好的吗？凡事预则立，不预则废，受了这么多年的部队教育，这个都没学到？

只能说明，安泉已经进入了自主择业人员的心态了，放松，太放松。

人一放松，就大意，一大意，就容易出纰漏。以前在部队里，别说面对领导了，就算是面对下属，安泉也不敢失了警觉，哪句话开口前，不是斟酌了又斟酌的？坐下来能写、站起来能说，这是对一个机关人员的基本要求，他离开部队前，在那个军级机关拿年度优秀机关干部奖状可是三连冠，“能说”的门道，他是非常懂的，这个“能说”指的可不是字面的能说，而是懂得该怎么说，该说什么样的话，表达是否精到，等等。安泉刚才那个话，跟“能说”不沾边。

安泉临时补救似的，赶紧像以前在部队时候那样让自己紧张起来。

“我这不一办完手续，就赶紧过来向你们二老请教了吗？你们给我出出主意，看看我自主择业以后该怎么办。”

“你问得正好。”吉部长简洁有力地拍了拍安泉的肩膀，中气十足地说，“明天跟我走一趟。”

吉部长的“跟我走一趟”跟电视里的公安人员的“跟我走一趟”发音方式相同，而且同样具有致人惊慌的作用。

安泉忙说：“我明天有点事情，有点事情。我去办我的事情，你去办你的事情。我就不跟你‘走一趟’了，下次有空我跟你走两趟。”

2

跟吉部长“走一趟”的情形会是怎样的呢？安泉不费劲就能想象。

有一次，下了班去岳父母家放松一下的安泉忘记了提高警惕，一下子受了老丈人的怂恿，和他一起来到一所大学。吉部长在那里面有一间办公室，那也是他现在多数白天的活动场所。这么说也不大准确，准确的说法是，吉部长和十几个前部队领导在那所大学里有一个可以共同使用的房间。也不知道那个大学是怎么同意给这些从部队退下来的老同志提供这么大一间活动室的，说明这些从部队退下来的老同志有点能量？或许吧。

该去的老同志那天都去了，他们有要事相商。原来吉部长他们这个民间组织决定要做一部有点传奇色彩的军旅电视剧，那天投资人和编剧都到场了。安泉先前很少过问吉部长的那些个民间组织到底在干些什么，他没兴趣，那天听到他们要做电视剧，他一下子对他们肃然起敬并刮目相看了。这可不是吉部长在部队的时候让手底下的干事拢几个小兵摆拍几张照片那么简单的小事，这事在安泉看来特别大，他能不刮目相看吗？

还是像部队开会一样，吉部长作为主持人先说了几句开场白，然后进行第二个会议议程，按座次轮流讲话，每人的发言不超过五分钟。发言是这些老同志的老本行，所以每个人都“一、二、三、四”讲得条理清晰、言简意赅，只不过一个赛一个的空洞。部队这种形式主义的会议最多了，安泉仿佛时时刻刻都在跟它们打交道：早交班、科室交班、大部交班、周一大交班、周五党团活动、季度教育、专项整治教育、心得体会展演、自查报告、述职报告、节前动员、节后总结、年前动员、年前总结、活动总结，等等。安泉有点想不通，吉部长他们大多已经退休多年，怎么还能把形式主义的那一套跟吃饭、睡觉一样保持得那么完好无损？他们是怎么做到的？正这么费着无用的心神，吉部长点他的名了。

“小安，你是这个剧的总协调人。接下来打算怎么开展工作？”

安泉有点猝不及防，什么时候他成这个事的总协调人了？再说他看过那么多电视剧的片头字幕，看到过总制片人、总策划、文学总监这样的署名，就是没有看到过“总协调人”。不过安泉太了解吉部长，作为他的老丈人，吉部长有权力省略掉宣布安泉是本剧总协调人这个程序。一想至此，安泉忙说：

“我就按您的指示办，您指我打哪儿，我就往哪儿打，您叫我怎么打，我就怎么打。您叫我打东边，我绝不打西边。您叫我连发，我绝不点射。”

“你讲得很好！要的就是你这个表态。”吉部长用部队腔表扬安泉。

可在安泉自己看来，他刚才那段话里面没有一点儿干货，完全不值得表扬。吉部长对一段甚至称得上滑头的发言进行表扬，这让安泉深深地怀疑他们眼下正式而热烈地商讨一桩大事，是过家家。冲这种形式主义的开场，这个剧真要能拍成了，普天之下每天该有多少人拍出多少电视剧？

接下来的晚餐证明了安泉的直觉。两个来小时的推杯换盏之间，安泉约略听出了那个投资人自己是不打算出一分钱的，他所要做的，是四处去拉钱。就是融资嘛。一个空壳公司，想靠融资来跟吉部长对接。安泉对金融一窍不通，只是凭着一种直觉认为，如今这种经济不景气的年头，多少人都在融资，你融我，我融你，融来融去大家都是空的，手里真正在干货的人，也只是个别。所以老同志们的这件事，还真的没有可能不弄成过家家啊。

但是自信的吉部长似乎相信他的电视剧项目已经正式启动，并进入了正确、通畅的轨道，从那天起，他真的就开始把它当成眼下最重要的事情去做了，隔三岔五，安泉就会被吉部长拎过去向他做阶段性工作总结汇报。“进展怎么样啦？小安！”“那个谁，你联系了没有？”“明天下午三点，开个协调会，你去通知一下，把所有人都要通知到。”安泉一直苦恼于找不到冠冕堂皇的理由，从吉部长的这个事情上脱身。现在好了，他自主择业了，没有单位，自由自在，如果他再找不到冠冕堂皇的理由，说不定吉部长就会在他“总协调人”的工作上加码。

3

安泉决定去找一份工作，多多少少是为了得到一个理由，以便跟吉部长的事撇清关系。当然了，吉部长没事给安泉授予个总协调人什么的称号，出发点不可能是坏的，兴许他还是出于为安泉着想的考虑呢。但安泉如果自己有了一份最好是称得上忙碌的工作，吉部长就没有那么个“为他着想”的积极性和必要性了，果真他是为安泉着想的话。

如果不是为了得到那么个外在的理由，安泉可能不会去找工作，至少不会才办完自主择业手续就去找。每名自主择业人员每个月拿一份数额与同龄公务员工资单上的收入相当的退役金，社保按普通公务员的待遇走，挺不错的，安泉的情况，比多数自主择业人员还要好那么一点点：

安泉的爱人吉梦现在是市第五人民医院的皮研所当二把手，主管医学美容这一块，除了正常收入，还有黑色收入，可以说，收入很是可观；女儿安吉力南因为小学时连跳三级，今夏才二十岁就大学毕业了，也就是说，安泉和吉梦如今已不再需要再在女儿身上花钱了；吉梦是个很有经济头脑的女人，手里有点余钱就买房，现在，他们平时就住在一个高档小区里，另外他们在本市还有两套投资性住房，两套房都一百平方米以上，按现在的房市行情，兑成钱这些房值小一千万。

当然，跟所有自主择业的人一样，安泉刚结算到一笔退役金，五十多万，再加上他和吉梦卡上的钱，这个家的现金流还是比较充裕的。

综合以上这些方面可见，在这个消费并不算太高的二线城市里，应该说，安泉是毫无生存压力的，现在没有，以后也不见得会有。如果找工作只是为了解决生存压力的话，安泉还真就没有必要找工作。

安泉这个人也是比较安静的，他爱看书，喜欢听音乐、喝茶和写东西，深谙独处之道。他甚至比那些只能靠旅行来激活感受能力的人多一个能力，不旅行也能找到类似旅行的乐趣，关在书房里，让自己随着文字去想象的世界里游弋，那不是一种更畅快的旅行吗？有这么一种人，在自娱自乐方面是个天才，安泉就属于此类。在这方面，必须依靠外部世界的热闹来证明自己的吉部长，完全是安泉的另一极。如果找工作是为了让自己不无聊，安泉也没有找工作的必要。

除了生存必需，除了避免去过那种无聊生活，找工作还有什么别的目的吗？好像安泉一时半会儿还真找不到。可是，找工作都是需要理由的不是吗？

不要紧，安泉现在有了一个理由了。

安泉专门去他喜欢的拉夫•劳伦旗舰店买了一件当季的夹克和一条修身运动长裤，戴上吉梦给他买的劳力士手表，打扮得跟个事业有成的老新郎似的，不像是去应聘，倒像是去跟人比帅去的。他就这样开着车，不疾不徐地来到了一家酒店。军转办用短信告知安泉，这儿今天有一个专门针对军队自主择业人员的人才招聘会。军转办不定时地会给自主择业人员发这种短信，以体现他们的关心，安泉才刚去他们那儿报过到呢，他们就开始为他尽心了。

这其实是三家企业的联合招聘会。安泉虽然是出于某种可笑的原因来应聘，但究其实质，他连找工作的心理准备都没有，也没有真正在心里建立起一个找工作的必要性理由。安泉找了个位置坐下来后，环视了一下今天来应聘的自主择业人员。有一小半的人表情过于放松，坐姿过于潇洒，穿着过于随心所欲，这不是迫于需要得到工作的人所应该有的表情、坐姿和穿着打扮，这说明今天他们跟安泉是抱有同样的心态来这儿的，也就是说，今天这儿抱着无所谓的态度来应聘的人，有小一半。

负责招聘的三家企业的代表身经百战，安泉他们这一部分自主择业人员的心态，三个代表了然于胸，其中一个代表对此进行了一番赤裸裸的拆穿，她是这么说的：

“三年前，我也是坐在你们当中的一员，那时候，我刚自主择业。作为一个过来人，我知道在座的当中，有不少人今天只是过来看一看，至于最终能不能应聘上，这一部分同志是无所谓的。不，不能称你们为同志，这是部队的称谓，现在你们不在部队了，应该称你们先生或女士。不幸被我言中的那一部分先生和女士，我不太赞同你们的那种心态。在我看来，敢于选择自主择业而不是安置的，都是部队里的精英。如果你们放任自己这种无所谓找不找工作的心态，那是对自我的放逐，对国家和社会来说，是人才资源的巨大浪费。”

安泉在这位招聘人说着这番话的起始，因为被拆穿而下意识地环顾左右寻找盟友，一个人的目光跟他对上了，应该在哪儿见过，一下子又想不起来是谁，从对方的目光里，安泉也读出了同样的感受。三个代表全部发言完毕，招聘会进入一对一恳谈的时候，安泉和此人同时把对方想起来了：

“这不是吉政委的女婿吗？”

“你是黄……黄……”

“黄深。”

安泉这一下子对上号了。十几年前，那时候吉部长从宣传部部长的位置上调任某师级单位当政委。有一天晚上，安泉正在岳父母家吃饭，吉部长手底下一个连长敲门进来了。他是来给吉部长送礼的。那天晚上，吉部长发了很大的火。“你怎么能搞这一套呢？我像是一个吃拿卡要的领导吗？这两盒深海鱼油，都顶你半个月的工资了吧？你花这个钱真的不心疼吗？”

吉部长如此这般地把这个叫黄深的连长教训了一顿。黄深特别有意思，他不接受吉部长的训斥，怒气冲冲地怼了吉部长一句就走了。安泉还记得黄深怼岳父的原话。“我就是觉得我是你的小老乡，过来看一下你，我总不至于空着手来吧？那样也太没教养了。”

安泉之所以把这个多年前才一面之交的黄深记住了，是因为那天晚上黄深这一怼，让安泉觉得他跟自己是同类——太有性格。这种人在部队不大可能混出名堂来。

果如所料，他们不约而同地选择了自主择业。略有不同的是，黄深比安泉早了两年。

“你怎么也转业了？不应该啊。我还以为只有我们这种在部队没有一点关系看不到前途的人，才会转业呢。你不但跟我们一样转业了，还跟我这种特立独行的人一样选了自主择业。”

安泉撇了撇嘴，说：“我们这些自主择业的人，当时在部队的时候，有几个在同事眼里不是独行侠？”

黄深贼兮兮地笑了，“兄弟，你说得可在理了。”又说，“吉政委就这么同意你转业了？这不像吉政委他们这帮对部队有深厚感情的人能做出来的事啊。”

安泉听得懂黄深所说的“深厚感情”者能“做出来的事”，无非就是吉部长他们这种在部队从青春干到白头的人，一定会认为自主择业是安泉他们这种人最差的一种人生选择，所以会阻止安泉。事实也正是如此，转业前，为了能够说服岳父同意他自主择业，安泉可费了不少口舌，有一阵子，吉部长还因为安泉固执地要自主择业而不跟安泉说话呢，甚至于因为安泉的不听话，他在背地里跟盛一兰说，当初根本不该同意让吉梦嫁给他。他心目中的理想女婿人选，应该是可以把他未曾实现的军人理想去实现一下的那种人，比如可以帮他去完成当将军的理想。吉部长这辈子最遗憾的，就是没有调上将军。吉部长觉得，照安泉的基础和素养，坚持在部队好好干，调将军的希望是很大的。安泉四十出头就拍拍屁股离开部队的行为，让吉部长觉得他是个没有闯劲的人。照当前流行的话讲，叫格局太小。

“那你对自主择业感觉如何？”安泉问黄深。

“如果再让我选择一次，我不会选择自主择业。”黄深说，“不过呢，选也选了，自己摘的苦果再苦也要强行吞下。不是有首歌这样唱的嘛，‘再苦再难，也要坚强，只为那些期待眼神’，哈哈！”

黄深这又唱又笑的，让安泉不知道他说的感受是真是假。不过安泉有点喜欢黄深热热闹闹的性格，主动加了他的微信。这时负责叫号的工作人员喊黄深的名字，黄深连忙以跑步动作过去，坐下来，一对一地恳谈。

黄深浑身上下都写满了找工作的急迫性和必要性，这么看来，他不属于安泉他们这种找不找工作无所谓的“一小半人”。以后安泉会知道，黄深家里挺困难的，他是属于因为生存压力而找工作的人。

跟黄深对谈的正是先前那位拆穿安泉他们的女士，她是一家建筑公司的办公室主任。没谈几分钟，就当场签约。

原来，黄深认识那位女士，她曾经在黄深当教导员期间以导师的身份去黄深当时所在的新兵训练中队做过一次讲座。那时候她的身份是文化教员。当然，这也是刚才黄深在与她说话期间辨认出来的。

“自主择业出来的人，我就服这位许兴兴。”黄深说。

无疑许兴兴是该女士的名字。

黄深又说：“许兴兴才出来三年，就做到了这家大型建筑公司分公司办公室主任的位置。你别小看她的成就。三年做到这样，对一个自主择业的干部，是不容易的。你看我，我就是个反例，自主择业两年了，工作换了又换，这个月都跑了十几个招聘会了。”

这个时候许兴兴走过来。黄深忙对安泉说：“我介绍你认识一下她。”

安泉现在有一种开放的心态。才离开部队重新踏上社会，那些像样的人，结交一下挺好的。让安泉不曾预料到的是，这个许兴兴居然跟他扛了一下，扛什么呢？还是那个话题——作为一名部队的精英，自主却不择业，对国家和社会来说，是人才资源的巨大浪费。自主择业，这是一个联合词组，自主并择业，这是这个词组的全部意思，不择业，那不能算一个健全的自主择业人。这是许兴兴对自主择业这件事情的深刻认识。她似乎是一个有思想症的人，一出口就是定见，而且她表达所思所想的方式很固执和强势。

“你必须真心诚意地想找工作，才能找到工作，也才能意识到有工作对人生的重要性。”许兴兴说。

“许主任，澄清一下，我没有不想找工作。”安泉辩解。

“安先生，你脸上写的，嘴上说的，不一样。你满脸都写着‘有没有工作无所谓’”。

安泉有点反感这种强势女性。他习惯了吉梦那种温文尔雅的小女人气质的女性。眼前的这一款，让他不太适应。

“我不找工作来这儿干什么？体验生活吗？我还没那么无趣。你感觉我像是无所谓的样子，其实只是按你们三家企业今天的招聘阐述，没有适合我的工作。”

“如果你真的想找工作，我立马给你介绍一个合适你的。”

在他们说话的期间，许兴兴已经快速翻看了安泉的简历。

“什么工作？”安泉确实是来找工作的，不是吗？

“私立学校校长助理，绝对适合你。”听起来好像是有点适合安泉。

许兴兴当场打电话，像猎头公司的专业谈判专家那样，她当着安泉和黄深的面跟电话对面的人推销安泉。她的口才好到了安泉佩服的地步，而且她的记忆力极好，她已经几乎背下了安泉简历里的主要信息。这么好的口才和记忆力，这番推销不成功可能性不大。就是这样，在安泉瞠目结舌十来分钟之间，他就成为一所民办学校的准员工了。

“确定了。请明天直接去学校找校长本人报到。”

许兴兴明快的办事作风和古道热肠，无法不让任何一个刚认识她的人对她记忆深刻。这一来，安泉对她的第一印象立即获得了更新，他都觉得自己自主择业后遇到什么与此相关的问题，如果要找人咨询的话，最应该找的人就是许兴兴了。她看上去在这方面像一个专家。黄深看出安泉与他一样，对许兴兴已经有所佩服，揶揄道：

“安兄，自主择业群体里有意思的人不止一个许兴兴。我带你去认识更多有意思的人。”

黄深加入过几个自主择业人员的微信群，其中一个是本市的，今天该微信群里来了好几个群友。安泉就这样一口气认识了七八个自主择业的人。从某种角度说，军人是过惯群体生活的，离开了部队，就一下子离开了群体生活本身，会有点不习惯。安泉才刚离开部队，好像这两天就隐隐约约感觉到这种不习惯了，现在出现在他面前的这些自主择业者立即让安泉有种重新进入群体生活的感觉，他也欣欣然入了该微信群，回家去了。

4

晚餐有点隆重，都带有仪式感了。不隆重不足以表达吉梦的生活态度。她觉得一个优雅的女人应该懂得适时在生活中制造美感，她本来就是个以美为业的女人嘛。制造美感要落实到具体的行动上，比方讲，家庭人员中的某位有点什么好情况，一定要庆祝一下。今天安泉顺利应聘成功，自然是没有理由不应祝的，那简直是一个镀了金的好由头。

家里应聘成功的今天还不止安泉一人，力南也是。下午，有家公司给她打来电话，谈判入职条件。这意味着，这家公司愿意聘力南。今天早上力南才给他们发过去简历，他们真是快速，看来对力南是有诚意的。现在普通大学毕业的大学生找工作真难，有个公司对应聘者那么积极，尤其对力南的情况来说，太值得庆祝了。

力南小时候表现得像个天才少女，上完一年级就直接跳到四年级。但是很奇怪，中学之后，力南的学习成绩越来越差，简直像是被诅咒了一样，第一次高考她居然落榜了，补习一年再考，分数勉强够读三本。

夏天毕业以来，力南一直在找工作，到现在已经三个多月了。安泉、吉梦、吉部长三人，一度找了些关系，帮力南找过在他们看来还不错的工作，两次，不承想，力南心高气傲，每次上班居然没超过半个月就觉得这个问题那个问题，最终自作主张地辞职了。后来，他们也帮她找不到关系了，只能任凭她每天往 58 同城、猎聘网之类的招聘网站投简历。

投简历、面试，再投简历、再面试，最近一个月里，力南陷在这种死循环里，在一次次的失败中，脸色一天比一天难看。有时候，她把自己反锁在卧室里，躺在床上往微信上发一些怨气很重的朋友圈。她还不像别的孩子那样，发这些负能量的话时，就把父母屏障一下，她完全向父母敞开思想。安泉和吉梦觉得在找工作这件事上因为眼高手低不断失败的力南，再这么下去会坏事。

有一个周末，在吉部长家里，安泉和吉梦看到力南和吉部长一边喝茶，一边发表同样的感慨：

“要放到过去，我根本就看不上。”

“看不上”什么不重要，重要的是这一类话表明，吉部长和力南都觉得现在的他们受到了生活的怠慢。生活应该像过去某一个他们最引人瞩目的时期那样，是个人都来追捧他们，而不是像现在这样对他们百般刁难、时时处处苛求，这就是以前红过现在不红了的人的心态。

他俩倒好像真的都红过呢，吉部长一个乡下放牛娃最终成长为共和国军队的一名师级干部，那可不叫红吗？力南小时候连跳三级，那当然也是红啊。

可是力南跟吉部长毕竟不一样，她才二十岁，一切都还没到尘埃落定的时候，这样一副不念今朝忆昨日的心态，她是没有权利有的。她不应该是个眼里只有未来的阳光美少女吗？

那天安泉和吉梦看着力南和吉部长这一老一少很有共同语言交谈的样子，很是替力南担心。

现在，吉梦向力南笑了笑，说：“力南，这个工作不错。来！跟妈碰个杯，恭喜你！”

力南不情不愿地给吉梦碰了下杯子，用嘴唇沾了沾杯子里的蓝莓汁。“我没觉得哪里好了，上班又远，还要求住宿舍。你没听给我打电话那个人的语气，月薪三千是你们这个专业的应届毕业生的市场价，我有那么便宜吗？上次月薪五千的工作我都没要。而且她那语气，我现在想起来还觉得不舒服，好像是她要赏我一口饭吃似的，我还没到要饭的地步对不对，爸、妈？”

吉梦看了看安泉。看这力南的百般嫌弃，这个工作又得黄。有什么办法能让力南接受这次来之不易的工作机会呢？安泉和吉梦两个人眼睛里面一时间装足了苦恼，长长地对视着。

安泉今天也算是有了一次找工作的体验了，他以己度人地忖度力南，难道力南也是一种无所谓找得到找不到的心态？

家境不错，她又是个终究要嫁人的女孩子，父母在这件事上也从来没有给过她压力，力南不是不可能有这种心态。她又有自视甚高在心里为虎作伥，这种可能性就更大了。

可她和安泉毕竟不一样，一个严格地讲从没正式进入过社会的年轻人，有这种无所谓的心态，是非常要不得了。工作对年轻人来，不仅仅是一个饭碗啊，还是成长的机会，年轻人太需要快速成长了。如果不工作，只能缓慢成长甚至停止成长，那简直太可怕了。

“力南，你跟爸坦白，你是不是觉得找不找工作无所谓?”

吃过饭，回来家中，安泉马不停蹄地跟力南交流思想。

力南想了想，说：“如果是待遇好、发展好的工作，公司也不那么普通，我自然是会重视的。可我找到的工作，都不好，也没有一个看得出来有发展。那些个公司，一个比一个不像样。”

“工作不好的结论，是怎么得出来的呢？你的判断标准是什么？有没有发展，你又是怎么看出来的？你能跟爸详细讲一讲吗?”

力南有点词穷。其实她就是在找茬子，各种茬子。事情是好是坏本没有定论，想让它坏，就拼命找茬。世上本没有坏事，找茬的人多了，它便成了坏事。任何好人好事，你只要找个放大镜拼命去找瑕疵，一准儿就成了坏人坏事。

“反正……就是不好，就是没有发展。”力南郁郁地说。

安泉还想说点什么，力南把大耳机戴上了。对于他们这一代人来说，这是不想跟父母再交流下去的标志性动作之一。

只能像以前一样，又是一次失败的思想交流。安泉离开了力南的房间。

晚上入睡前，安泉还在想力南的问题，力南到底是怎么想的呢？他对她充满了好奇。到底是没有想通。后来安泉给自己做了一个指示，他去那个学校要好好工作，就算是给力南做个榜样吧。如果连他都那么不挑不拣地有个工作就好好干了，那力南还不警醒吗?

这么想，自然有点一厢情愿的意思。但不管怎么说，安泉现在又有了一个择业的外在理由了，加上吉部长那一个，他有两个择业的外在理由，这种叠加有没有那种心里自然长出的必须找工作的理由那么有分量，那只有拭目以待了。

5

安泉很意外，甚至于有点震惊。这所学校的校长是个退伍兵，今年刚满三十岁，比安泉小了一轮还要多。这也正是安泉没干几天就辞职的深刻原因。只是，安泉要敢于面对自己的内心世界里黑暗的那一部分，才会认同这个原因。

毫无疑问，安泉半月后之所以辞职，也有各种义正辞严的外在理由。

这位姓邢的校长当兵时有一段在军区歌舞团帮助工作的经历。当然了，他能去歌舞团帮助工作，可见他在文艺方面还是有个拿得出手的特长的。

事实上，他的才艺真的令人瞩目，去歌舞团之前，他已经是个集吹小号、唱歌、说相声、演小品、跳街舞、写歌词等多种才艺于一身的某团业余演出队副队长了。只不过，正式调入歌舞团，还是有所限制，人人都知道，这种限制最终会变成个别人决定用不用谁的私人权杖。邢校长当时不想去找关系，就没调成。

以上这些，是邢校长自己说的。

安泉不是特别相信邢校长的话。这个以前的部队战士、现在的本市知名艺术培训学校校长，现在看上去非常老于世故，不像是个在决定个人命运的关键时候不愿走关系和不懂得如何走关系的人。

邢校长八年前一从部队出来，对自己的期待值就很低，只要能做一件可以让他在这座城市活下来的事情就可以。他在一个居民小区里租了一套三室两厅的房子，办了个私人工作室，月租一千五。他的业务范围很窄，就只教孩子吹小号。那可是个居民区，住改营本身就是违法的，何况邢校长的房子每天从早到晚传出来的是高亢的小号声，一个月没到，他就被邻居投诉了。

邢校长只好把私人工作室搬出了住宅楼。他本来在居民楼搞培训就是为了省租金，他那点退伍费要省着花。这下好了，想要继续搞培训的话，就必须去租那些租金高的商用房。邢校长有点魄力，马上改变思路，他心想，反正都要大投入了，那还不如大搞。他索性就把退伍费全部砸出来，并且把家里父母的两套房子抵押给了银行，办了一个场地面积有四五百平方米的中型艺术培训学校，业务范围也全面拓展，只要与艺术相关的都搞。

邢校长赶上了教育培训最辉煌的时期，那时候做的人也不多，政府层面上也有各种实锤的支持动作。学校搞了两年，在本市就已有影响，很快就有资金主动找上门来。他又换了地方，扩大了规模，影响就更广泛了。前年，政府专门给这个明星培训学校在三环外批了一块地，他找到了几个实力雄厚的大股东，马上让新学校破土动工，次年就正式搬到了在这儿。

现在的这所培训学校，由外观上看，完全跟一般人想象中的培训学校不一样，可容纳上千人的阶梯教室、教职员工办公楼、宿舍楼、灯光球场、大片的草坪，简直达到了一座大学分部的规模。事实上，现在的“我邢艺术工作室”已经正式改名为“我邢艺术培训学校”了。

邢校长特别喜欢向别人如数家珍地说一说自己堪称传奇的创业史。作为他的私人助理，安泉无可逃避地变成了他的第一听众了。随时随地，这位事业有成的新锐校长都在向安泉诉说和教导。

“创业不仅仅凭的是运气，还要有眼光，那么多跟我同期搞艺术培训的，真搞成我这个规模的，全市只有我一家。为什么我能做到这样？眼光。没错，我要感谢我自己的眼光。八年前的某一天，我突然灵光一闪，我听到自己心里的一个声音。那个声音告诉我说，教育培训才刚开始，它的春天很快会到来，到时候，它是这个社会最赚钱的行业之一。因为这样一个认识，我不顾一切、不计后果地投入了我的全部身家。后来的事情你都看到了，跟我预料的一个样。”

安泉耐心地听着邢校长永不停歇的倾诉。他对邢校长是佩服的。邢校长无疑是退伍军人的骄傲，作为一名前军人，他也以邢校长为荣。

“我刚从部队出来的时候，为了创业成功，我到了什么地步你知道吗？我去相关部门办证件，有一次，一个办事的女士看我不顺眼，对我百般刁难，我当场就在她面前跪下来了。我是真的跪下来，一点儿都不骗你。要想做成事，哪有不委屈自己的道理。”

邢校长的这番话，是针对安泉几分钟前的愠怒脸色而说的。

几分钟前，学校来了几个意向新股东，邢校长陪他们参观学校。走到教学楼下，不知道当时说到了什么话题，邢校长突然指了指安泉，说：“你们看到了吧，这个人以前是军区机关的干事，我当兵的时候，看到这种人要敬礼的，敬礼人家还不一定搭理我呢。现在，他是我的助理，为我鞍前马后地服务。我退伍的时候，就是一个一期士官，他转业的时候，可是上校，你们知道一期士官和上校之间，差多少级吗？”

邢校长用手比量了一下，似乎想给出一个确切的长度，但好像无法具象地比量出来，于是他就作罢了，劈了一下手，说：“总之差了很多级。现在怎么样呢？我还不是叫他干吗他就干吗？”

安泉当时脸上就挂不住了。他一下子就挑剔症附了身。他暗忖，这个邢校长，之所以雇他做助理，会不会就是因为他想满足一个前战士指挥一个前上校的虚荣心？不然这事儿确实有点奇怪，按说他应该配一个年轻貌美的女硕士来做他的助理。也说不定啊，他现在已经满足了那一种虚荣心，接下来就需要去满足别的虚荣心了，一个第一学历是技校的男人雇佣一名漂亮女硕士，那也是很酷的。

邢校长雇安泉之前，就是一个暨南大学毕业的女硕士做他的助理。人家已经满足了这一类型的虚荣心。这个是在邢校长针对安泉脸上的愠色说教了一番后的第二天，安泉才知道的。

安泉在邢校长身边干了半个月，邢校长拿安泉的历史满足虚荣心的事情，一再发生。除此之外，邢校长还表现出一个功成名就的年轻人通常都会有的毛病，比如喜怒无常，引发安泉内心里对他的不满全面爆发的，是有一天深夜，他用电话把安泉从睡梦中吵了起来。

“你给我去买……买了给我送过来，送过来……送到……快去买……啊……真棒……”

安泉反应了半天才弄懂，喝醉了的邢校长是叫他马上买一盒安全套给他送到某个酒店房间里去。邢校长打电话前一刻，正要上马开弓，发现酒店房间里摆放的安全套过期了。他好不容易混到了今天这种地步，讲究生活品质是必须的，过了期的安全套怎么配得上他年轻有为的身体？这就是他连夜紧急呼叫安泉的原因。

等不到安泉拒绝，邢校长就把电话挂了。安泉拿着手机躺在被窝里发愣。这个时候，吉梦也醒了，打开台灯坐起来问安泉什么事。安泉就把情况跟吉梦说了。吉梦是个把美当成事业做的女人，这个事里面无所不在的污浊感，怎么能让她受得了！她捂着嘴巴，瞪大了眼睛，整个表情都在诠释“难以置信”这个成语的意思。

“我没骗你，这是真的。”安泉都快笑起来了，又好气又好笑那种笑。

“辞职吧！老公。”吉梦睡意全无，愤慨地说。

她从来也没要求过安泉去找工作。如果是给这样的一个人打工，首先不能接受的是她。如果不是吉梦这句话，安泉可能还要犹豫一段时间，毕竟，他还要给力南做榜样，如果有了干半个月就辞职的前科，他就不再有资格在找工作这件事情上教导力南了。

“辞职，今天就辞掉。”第二天早上，吉梦还在为邢校长打扰了她和安泉清梦的那个电话耿耿于怀。

“你就算这一辈子都不再工作了，我也养得起你。”吉梦大气地说。

安泉那晚自然是没有尽到一个随叫随到的助理的责任，邢校长最后是将就地用了酒店里的过期安全套，还是找酒店服务生换盒没过期的来，这个安泉一概不清楚。因为第二天安泉找到了邢校长，没等对方说什么就交上了辞职报告。

6

安泉和黄深一人握着一瓶啤酒在吃露天烧烤。这是傍晚稍稍过去的时候。听安泉吐槽完他人生第一次择业遇到的老板，黄深表现出一点儿都不感到意外的样子。

“你这算什么？我自主择业第一年，开了两个月的专车，什么人没遇到过？有一次，一个男的说我服务态度不好不停数落我，我忍不住回了一句嘴，这龟儿子当即脱了裤子往我车上撒了一泡尿。我那可是用部队结算给我的那笔退役金买的新车。”

安泉吃惊地问：“这人素质这么差？”

“还有更过分的。也是自主择业第一年，我在一个技术园区做管理工作，有一天值夜班，我一个人去巡视，两个男的，听清楚了，是两个男的，不是一男一女，在一个天台上做那种事。我就用手电筒照着他们，说，赶紧走，赶紧走。你猜怎么着？”

“怎么着？”安泉问。

“其中一个男的，居然裤子也不提，大摇大摆地走到我面前，对我说，帅哥，要不要一起来？”

“你居然是个帅哥？”

“你是说我长得不怎么样是吧？你还别瞧不上我，同理，你也别瞧不上你自己，就我们那总也阴魂不散的军人气质，多年当兵练出来的体格，就这两个资本，在这花花世界里，还是挺吃香的，懂吗？”

“我不懂。”

“你真是个菜鸟。也难怪，你才从部队里出来，经历得太少了。我跟你讲啊，有一个女老板，还提出要包养我呢。我去试了一下的，真不是人干的活啊，简直不把男人当人看，你猜她叫我干什么……太侮辱人了。”

“你还去试了一下？”安泉有点吃惊。

“我什么没试过？给高档小区当保安，在社区干管理人员，在律师事务所打杂，做老板的司机兼保镖，没头没脑地跟人合伙创业，我还差点被人骗去干传销……没办法，我需要钱。我刚自主择业，我爱人就查出得了白血病，你说这早不得晚不得，非得是我刚变成一个什么都不是的人了，就查出来了。要是早查出来，我就不离开部队了啊。在部队，我家里要出了这个事，组织上还会看着不管？组织出点钱，再以组织名义，号召这个捐款那个捐款的，我爱人治病，每个月一两万的药钱就不差啦。说不定，因为我对爱人的不离不弃，我还成了新闻报道的宣传对象了呢，到那时候，别说我爱人治病的钱不差，我自己也因祸得福、仕途通达了呢。现在呢，我一个什么位置什么身份都没有的人，谁管？谁会搭理？”

黄深说的这些，也不算胡说八道。就听黄深叹息道：“那病可是个吸钱的大坑啊，最后肯定要做骨髓移植嘛，我还要攒这笔钱。我太需要钱了。我农村里的老父老母，都八十多了，我有两个哥哥、一个姐姐、一个妹妹，但他们过得不好，收入只能自保，他们眼里的我一直是兄弟姐妹中最有出息的。以前我确实如此，所以只有我来负责父母的日常开销和看病用钱了，我爱人没得白血病的时候，我给父母按月寄钱，得了白血病我还照样寄。”

安泉今天才得知黄深还有如此重的家庭负担。想想同样是一个从部队出来的自主择业人员，他衣食无忧，黄深一家却过着吃了上顿不知道下顿在哪里的日子，难怪黄深一天到晚急慌慌的，总把自己搞得像刚接到抢险救灾命令似的，没错啊，他家里好像真的充满了险情、危机和灾变势头，就等着他这个救世主去扭转乾坤呢。

只坐了半个钟头不到，黄深就火烧火燎地说，“兄弟，不好意思，我不能陪你太久，老婆需要照顾，我得赶紧回去了。”

安泉立马说：“你赶紧回去。真不好意思，这么晚了，你家里这么个状况，你这么忙，我还把你叫出来。”

早知道黄深是这样的家庭状况，安泉今天就不找黄深出来说话了。黄深身上还保留着军人身上常见的义气，他又这么聪明，知道安泉今天找他出来，应该属于一个新晋自主择业人员向他这资深同类讨教的情况，怪他的话痨体质，人家安泉还没把讨教的话说出来呢，他划拨给这次见面的时间已经用完了，于是黄深利落地打出去一个电话。这个电话已经开讲了，安泉才听出是打给许兴兴的。

“美女领导，噢不前辈，有个自主择业菜鸟的职业生涯出现了一点问题，是那种心理上的问题，需要你这个专家来答疑解惑，你收不收答疑费我不管，反正你得来向他面授机宜……再说了，他的第一个工作也是你介绍的，你帮人帮到底，一定得过来。”

黄深挂了电话，跟安泉说，“她就住在附近，很快的，她说马上就到。这样吧，我等她来了再走。”

在许兴兴过来之前，安泉又跟黄深说起了一个话题，就是一名曾经的军人离开部队回到地方后，什么是该摒弃掉的，什么又是该保留的。他们共同认为邢校长在这个问题上把持得不好，把最该保留的军人相对高尚一点的品质丢掉了。

“可是，高尚是高尚者的墓志铭啊，卑鄙是卑鄙的通行证。”黄深又说，“谁说邢校长能走到今天这一步，跟他已经没有道德包袱有关系？也说不准人家一开始就没有道德包袱。我们在部队待过那么多年，又不是不知道，部队里面，有些人没有道德的程度，比地方人还要过分。你看这几年抓出来的那几个军中大老虎，地方有几个人有他们那么卑鄙？其中一个你我都熟啊，做过我们军区领导，你不记得了吗？他是怎么在一次又一次的会议上抨击那些丑恶社会现象的？按他所表现出来的刚烈，谁能想到他贪了那么多？简直是把做婊子又要立牌坊这回事做到了极致，恶心！”

这就扯得太远了，有些话题，他们习惯点到即止，还是部队带出来的习惯，那种叫作政治敏锐性的东西，就像树长了根一样，早就种在他们的骨头缝里了。两个人正说着，许兴兴来了。见到许兴兴，黄深嘴巴子像抹了蜜油一样，把她好生夸了一通。他也不算完全言不由衷，许兴兴的外形确实是很出众的。可惜她年近五旬了，却还是单身，这一点让她有种神秘感。

“要是我和安泉都没成家，我们一定是你追求者的第一梯队。”黄深戏谑地说。

黄深现在被许兴兴招聘过去，在公司的企业经营部做业务员。照理，黄深现在跟许兴兴是一个单位，她职务比他高，他应该对她有所忌惮，适度保持距离，但黄深没有表现出这一点，他在许兴兴面前有一种油滑，这让他显得跟安泉记忆中那个怒怼吉部长的直性子连长迥然不同。

如果把刚才他和安泉讨论的这个问题直接安到黄深身上的话，那黄深本人可能也要遭到抨击，最起码，一个真正把军人本色保留下来的人不会去“试了一下”的，也会对油滑这种品行心生抵触。

可能，黄深是被眼前的生活逼的吧。他确实有点太惨了，自主择业人员中，像他这么惨的，应该不多，他算是一个极端例子吧。

没过几分钟，黄深匆匆抓了一支烤五花肉串，一边用嘴撕着，一边向他街边的车走去。许兴兴和安泉目送着黄深走到车边，并将剔清的竹签随手扔到马路边上，这才回转过头来，向彼此看了看。

“听说你辞职了?”毫无过渡，许兴兴毫无感情色彩地对安泉说道，仿佛是她找的安泉，她来兴师问罪了。毫无疑问，她事先已经从邢校长那里知道了安泉辞职的事情。不可能是她找邢校长问的，只能是邢校长向许兴兴这个介绍人“投诉”的。

“邢我放是我外甥。昨天他找我吃饭，跟我说了你辞职的事。”

邢我放正是邢校长的名字。安泉有点意外邢校长跟许兴兴是这层关系。

“让你失望了，辜负了你一片好意。”安泉真诚地向许兴兴道歉。

“我放昨天是因为你的事专门来找我吃饭的，他说你挺好的，也感觉跟你挺投缘，他就是心里还住着一个小兵，不管见到现在还在做军官或以前做过军官的人，心底里都有点发虚。但是他现在毕竟又是个少年有成的企业家，越来越想驱除掉心里住着的那个小兵。可是呢，他对这个小兵又是爱的，他的企业家身份和过去的小兵身份关系，有点像一个外来的占领者对原住民的态度，这种关系最终会外化成他对你这种人相对特殊的表达方式。”

许兴兴像个心理学家，对邢校长做了一次生动的剖析。安泉没有想到的是，邢校长因为他的辞职而心生内疚。

许兴兴又说：“我能想到，我放的言行，会让你不舒服。但我没有想到的是，你这个人格局那么小，一点小事情就伤到了你脆弱的心。不是吗？不然又没有出什么大事情，你怎么才干半个月就辞职了？”

“格局太小”，跟吉部长批评安泉的话如出一辙。安泉就沉默在那里。他在想，这个事情好像邢校长并没有什么问题。那么，有问题的好像真的是自己了。为什么他出了问题呢？根子在于，他没有做好找工作的心理准备，他没有必须找工作的内在理由。

“真是很抱歉！对你，我抱歉；对邢校长，我也抱歉！”安泉说。

“你要是觉得抱歉，就继续回去干吧。这个工作挺好的。我放的企业现在做得如火如荼，你如果干好了，可以升职的，以后说不定还可以参股。”许兴兴说。

安泉想了想，说：“我还是不回去了吧。”

许兴兴冷笑。“安先生，我说一句不中听的话。你虽然已经离开部队了，并且做出了一副迎接社会的开放姿态，但在我看来，你只是做出这个样子，并且你自己以为这就是你的真实姿态，其实并不是。真实的你，还留在部队里。我不是说你留恋部队，我说的是，你把自己还是封闭在一个特定的世界里，这个世界以前是部队，现在是你的家，本质上，都属于一个封闭空间。你如果还是这样去分毫不容侵犯地保持着部队带出来的自我，你别想真正找到工作。当然了，我那天在招聘会上指出过你们这类出来择业的自主人的心态、你们的那种无所谓的心态，那是另一个话题，跟我这会儿说的话题没有关系。”

安泉没有理由不觉得许兴兴说的不是他，也许她自己就是那么过来的，那是她曾经的自己，所以她对眼下安泉的心态了如指掌。安泉越想越觉得许兴兴说得有理。如果看不清自己，就看别人吧，他家里还有一个现成的观察对象。力南一而再、再而三地找了工作又辞、辞了又找，百般的不顺，对任何工作都不满，不就是“分毫不容侵犯地保持”学校“带出来的自我”吗？他也曾经用同样的意思批评过力南，没想到今天这个观点放到他这儿也适用了。

“要不这样好了，我留意一下，如果有新的合适你的工作，我给你介绍。”

许兴兴说完说走了，安泉这边其实好像还意犹未尽呢，因为许兴兴好像打开了一个广阔的话题，即，作为一个像他们这样的自主择业干部，回到社会上，到底该如何在各个层面上安放自己的心理位置。

还有一个，许兴兴为什么会对安泉的事情那么上心呢？她对所有新认识的自主择业干部都这样吗？她对安泉特殊对待？她为什么要这么做？安泉对许兴兴的好奇心更大了。

7

吉部长给安泉发了一个通知，让他几点几分到什么地方开一个电视剧工作的推进会议。通知行文非常正式，标题是黑体字，正文是仿宋体，落款是楷体。吉部长是比安泉还经验丰富的老政工干部，对公文自然在行。通知是用微信发给安泉的。吉部长对新生事物接受得还是比较快，几年前，家里是吉部长比力南还要先用微信。

稍微有点奇怪的是，吉部长这次发通知，没有直接给安泉发。他是先发给力南，再由力南转给安泉的。这是个什么情况？安泉再次把这个通知从头到尾看了一下，发现抄送一栏里，有两个被抄送者，一个是他，一个是力南，力南的名字居然排在他前面。

力南怎么也跟这个事情挂到一起去了？而且在吉部长的心目中，力南的位置排在安泉这个“总协调人”前面，这到底是怎么回事？

去往开会地点的路上，安泉把心里的疑惑跟力南聊了聊。力南的回答又把安泉惊到了。

“外公要做电视剧，他让我当这个剧的总协调人。”

原来总协调人这个职务易主了？当然了，吉部长有什么决定，是不需要跟安泉商量的，他说了算，安泉只管听好命令就行。可是，他把力南这么一个急需找到一个像样工作的孩子拉进了这么一个四六不靠的事情里，这怎么也该跟安泉和吉梦商量一下吧？这老头子，搞的什么鬼？

力南却显得很兴奋。“爸！外公在做电视剧，你早就知道了，也不跟我讲一下。”

从她的语气可以听出来，她现在是很乐于跟吉部长干了。这一老一少什么时候变得这么投缘了？

安泉连忙对力南说：“力南，外公做的这个事吧，没你想的那么好。

一个电视剧，得花多少钱？现在这个时候，经济不景气，谁敢给一个退休老同志投那么大一笔钱？你或许看到外公似乎找了一些来投钱的人，可你知道他们是些什么人吗？现在都知道搞影视搞得好了可以赚大钱，于是谁都想跑过来淘金了。有一次，我遇到一个卖茶叶的，他就开了一个茶铺而已，他居然也说要投资电视剧了。以前是有钱的煤老板都去做影视去，现在更有意思，一个卖茶叶的、一个镇上的小包工头，兜里揣着的钱还不够在北上广买一套房子里面的一间厕所，见了人也敢说要投资影视。外公这一喊出去要搞电视剧，多少这样的人像个笑话一样围上来了。外公这个人你是知道的，给人家三句好话一说，一奉承，也辨不清楚人家是真有钱还是假有钱，到最后，白白浪费了一堆时间。所以说，外公那边你还是别当回事，该找工作你还是要积极、勇敢地继续去找。今天到了那儿，你糊弄老头子几句行了，回来该干吗干吗，好不好？”

“外公没有你想得那么不辨真伪。他是有本事的人。”力南说，“我相信，外公现在给我的这个事，就是一个很好的工作。我学的是公共关系，这也算是适合我的专业。”

到了开会地点，安泉又一次被惊到了。这是干休所楼里的一个茶馆，里面黑压压坐了几十个人。这些人是来干什么的？答案很快揭晓。坐在他们中间的吉部长见安泉父女到了，拍了拍手，示意大家肃静。他声如洪钟地说：

“同志们，现在人都到齐了。我们正式开会。先给大家介绍一下，这个漂亮小姑娘，是我的外孙女。她可是个天才，小学的时候连跳三级。今年她刚刚大学毕业，正好我在做电视剧，就让她来给我帮忙。我正式宣布，安吉力南同志是这个剧的总协调人。”

力南站起来，向前后左右的叔叔阿姨爷爷奶奶们深深地鞠了一个学生气很重的躬，笔直地坐下了，严格按照大学里礼仪课上要求的那样，右手握着左手反扣在膝盖上，并用一种下级对上级的目光不眨眼地看着吉部长。吉部长又介绍安泉：

“这是我的女婿。原来他是这个剧的总协调人，他也是最适合这个职务的，但是现在他被一个很厉害的学校高薪聘请过去协助校长工作。”

安泉没有跟吉部长讲过他辞职的事情。吉部长这边继续着他的领导发言：

“我这个剧又需要一个总协调人，怎么办呢？就让力南当总协调人了。我对力南的任职，各位如果没有意见的话，就这么定了。”

座中黑压压的一片头都动了起来。“没意见，我们没意见。”

“我有意见。”安泉站起来说。

“我们这是一个民主自由的会议，谁有意见都畅所欲言。”吉部长说，“小安，你有意见尽管提。”

“吉部长！请示一下职务命名这个问题。总协调人是部队上搞活动的时候可能会用到的一个临时职务命名，现在咱们是在做电视剧，一切都得按影视行业的规矩来，就譬如命名，那也得规范。”

“有道理。那你说，不叫总协调人叫什么？”

“反正有总制片人、艺术总监、文学总监、总编剧、总导演类似这些职务名。”

“有总演员吗？”有个人大声地开了个玩笑。

这个玩笑比较肤浅，但也是最受欢迎的一类玩笑，它的到来立即引发了雷鸣般的哄笑。更多肤浅的玩笑轮流从几十个人口中冒了出来，好像这里一下子成了山寨德云社根据地了。又因为大家都要比赛说肤浅笑话的能力，所以这里一下子就乱糟糟了，山寨德云社一下子降格成了农村集贸市场。吉部长很满意地看着热火朝天的场面，像看着他最熟悉的部队集会现场，他放任大家闹了一会儿后，把两只手举起来，向下面压了压。大家都明白吉部长的意思，停止了七嘴八舌。

“小安刚才那个问题提得非常好。”吉部长说，“我就需要这样带有建设性的意见。你们大家看呢？如果不是总协调人，该怎么给力南命名？”

大家又开始七嘴八舌，可是丝毫讨论不出头绪。看来黑压压的人阵当中，没有一个真正属于影视圈的人，他们到底都是些什么人呢？不是安泉势利眼，瞧他们的穿着、打扮和气质，很难想象他们今天是来开一个电视剧工作的推进会的，他们都是群众演员？可主创班子还没搭呢，群众演员就先找好了？搞电视剧也可以按这种程序的吗？安泉也不太懂电视剧，只好继续心存疑惑。

力南说话了：“这样好了，既然大家都想不出为了怎么重新命名，那我就给自己取名好了。”。

“好好好！”吉部长说，“力南，你说，你要取个什么名？”

“总之这个取名是要‘总’的，‘总’什么不清楚而已，先就不用把‘总’什么弄清楚吧，直接叫‘总’就可以，我姓安，大家以后叫我安总好了。”

怪不得力南对这个事那么上心。她现在这个话暴露出来她某些心态了。年轻人嘛，虚荣心强，一不小心就成了安总，说出去多威风啊。

“我同意！”吉部长说，“大家没有意见的话，力南的职务命名就敲定了。有没有人有意见？”

“没有。”众人一起喊道。

这样一种集体附和，立即又让今天的会议呈现出了一种过家家的浓烈气质。安泉忧心忡忡地看了看力南，然而力南根本不看他，只是专注地看着吉部长。

吉部长说：“在座的各位，我就不一一介绍了。你们都是有意向投资这个电视剧的人。今天就是把大家拢一块儿，见见面。各位到底想不想投资，想投多少，请五号之前做出决定。”

在来的路上，力南跟安泉说过，先前安泉见过的那位说要投资该剧的公司老板，被吉部长骂走了。原来吉部长最终还是看出了这个人是来空手套白狼的，看来他的眼力还是宝刀不老。

力南当时说，吉部长已经想到一种新的筹集资金的方法。现在安泉清楚了，吉部长在搞众筹。他确实是紧跟时代啊。众筹这个词好流行啊，他一不小心就又站在潮头浪尖上了。

安泉这时发现，有好几个人不太高兴地嘀咕着往外走去。安泉便竖起耳朵听他们在嘀咕什么，隐约听说，他们感到今天是受骗了，他们来之前好像并不知道这是个什么会议，就跟着朋友来了。难不成他们以为这儿搞产品促销？他们是过来拿免费赠送物品的，比如一个布偶、一只钥匙串上的合金饰品、一串假泰国佛珠手串、一袋一公斤的东北长粒香米、一盒转基因的圣女果？

临阵脱逃的那几位，看起来没有惹吉部长不开心。他是个擅长开会的人，非常懂得会场上如果出状况的话如何保持仪态。吉部长又示意大家肃静，接着又用五分钟的时间简明扼要地把这个剧的情况向各位介绍了一下。

介绍完毕，安泉看到人们都是非常想说话的样子。吉部长却在看手表。按照安泉对他的了解，他划拨给这次会议的时间到了，接下来他要进入另一件事。吉部长每天把他的日程安排得满满的，他会严格按照时间表行动。那些人当然不了解吉部长，嗡隆隆地讲着安泉听不清的话。吉部长就又声如洪钟地说：

“会议进入最后一个议程，请各位畅所欲言。我没想到，今天意外到场的股东会那么多，所以，我没有安排那么多的发言时间。这样吧，想发言的请举手，我点五个人，每个人发言五分钟。”

便有人开始举手，吉部长点名。五五二十五分钟后，吉部长精准计时，他又把双手向上举了一下，向下压了压，说：

“今天的会议到此结束。下来以后，各位有什么意见和想法，包括你们决定了要投资的，想投多少钱，所有这些，都找安总。你们记一下安总的电话。”

力南早已经把她的手机号写在了一个白板上，高高举起来。大家便拿出手机记，有人还立即打力南的电话，像是要核实一下号码的真伪，力南也不知道是座中人打的，接通了电话，刚“喂”了一句，发现前面有个人在向他挥手，她一下子就明白了，也向对方远远地挥了挥手……总之，场面又陷入了混乱。

吉部长在这样的混乱中，以一种力挽狂澜的气势大步走出茶馆。安泉和力南赶紧跟上去。感觉有点欠妥，安泉又踅身回来对大家喊了声“散会啦”。

安泉想，就算吉部长真的找到了投资，就算银行打开金库让他随便从里面掏钱，他也未必能干得成这事吧。哪有把一个这么大的事只是当作他每天例行活动之一、应付于事地走走形式就能干成的？这种事就算全力以赴也未必干得成吧？

走到茶馆外，吉部长一步也不回头地径直往他所住的那幢楼走。按照安泉和力南对他的了解，他整个的身体姿态都是“跟我走”的意思。力南带着对吉部长身体语言的强烈服从，快步奔走到吉部长身边，挽起了他的手。安泉悄悄走上前去，拍了拍力南的肩，打着手势并用哑语要力南不要跟吉部长去他家。力南显然明白了安泉的意思，但她现在只想服从外公，于是她放慢脚步到吉部长身后，也用手势和哑语向安泉表达了她的不同意。安泉只好也跟着上去了。

安泉本意是想赶紧回去开一次家庭会议的。就他们这个家庭的会议，只有安泉本人，还有吉梦、力南三个人。不是包括吉部长、盛一兰在内的那种大家庭会议。安泉觉得，他和吉梦必须好好跟力南谈一谈了，力南不能跟吉部长搅和到一起，谁知道这一搅会搅和几年，对一个年轻人来讲，找工作的事，一个月都不能耽误。

力南却已经跟着吉部长开始爬楼梯了。安泉想到，吉部长应该是回家换个衣服接着就要出门的，所以他和力南在里面也不会待得很久，那就去吧。果然，吉部长就是回家换了件正装，又出门了。他今天还要参加一个老年活动中心的书画展览，活动议程有他的发言。

傍晚，在吉部长回家前，安泉百般推脱，终于说服了盛一兰接受他们父女二人不在这儿吃饭的要求，然后安泉拉着力南回家了。在家里吃过晚饭之后，安泉和吉梦简单地在他们的卧室里通了个气，就来到客厅，跟力南谈心。

安泉说："外公做这个事吧，不能说他老人家不是真正想做成，如果这样说他，未免不是一种污蔑了，他肯定是想做成的。但是，外公这个年纪的人，有他的人生哲学，这样的事情再重要，也没有过好每一天重要。所以，到头来，外公做这个事客观上还是会比较三心二意的。这么大的一个事，三心二意怎么能够做得成呢？不可能做成的。你跟外公不一样，他可以去做一个必定做不成的事，因为他在乎的是这个过程丰富了他的晚年生活，但你才二十岁，你做任何事情都要有益于你的前途和个人成长，对吧？"

力南有点厌烦安泉的说教，不吭声。

吉梦就过来打圆场。这个三人家庭里，吉梦始终是个游离在外的人，这种游离，在现在这种情境中，就摇身一变成为她一个打圆场的动作。

"力南，你要真对外公这个事情感兴趣，可以跟他做一段时间。记住哈，就只做一段时间。接着你还是要去找那种像你爸说的有益于你前途和个人成长的事情。"

力南忽然生气了。“什么是有益于前途和个人成长的事情？我的前途和成长方向到底是什么？连你们都不知道，不是吗？你们每天都只是想着过好自己的生活，有像别的父母那样好好给我规划过我的人生吗？要不是因为你们从小对不这个不管那个不管，从来不监督我，美其名曰是西化教育，让我自由发展，如果不是你们这样，我一个小学连跳三级的人后来会成绩越来越差，到最后会只是考上个三本，到头来连个像样的工作都找不到吗？”

这样的责问，是第一次。安泉和吉梦面面相觑，惊觉力南说的是事实。不过，他们以前还以为，不像别的家长那样过于去约束孩子，是一种先进的教育理念呢！没想到，好像真的是因为他们对力南过于放松，使力南到今天这一步了。安泉和吉梦都有点愧疚。就听力南突然说了一句狠话：

“爸爸，妈妈，不知道有没有人跟你们讲过，你们都是自私的人。”

这个话如当头棒喝，让安泉和吉梦蒙住了。他们是自私的人？万万没有想到，在力南心里，他们是自私的。吉梦有点难过，擅长露出八颗牙齿做标准微笑状的她难得地脸色阴沉了下来。

“力南，不能这样说爸妈。”

也是觉察到自己说了过头的话，力南低下了头。过了一会儿，她小声说：“爸，妈！外公说，这个剧到时候会让我来主演。”

啊？吉部长居然跟力南这样承诺。也可以理解，在外公眼里，哪个外孙女不是如花似玉、光芒四射呢？他当然觉得，力南只要有机会去演一部戏，没准儿就变成另一个范冰冰了。更何况，在安泉看来，力南的身材和长相比起电视里那些女明星也不逊色太多。

现在弄明白了，力南之所以受到了吉部长的蛊惑，是因为吉部长无意之中把力南心里的那点儿年轻人都有的自我膨胀全调动出来了。一个涉世未深的孩子，哪经得起这么大的诱惑？又是“安总”又是“主演”的，力南现在不昏了头才怪。

8

许兴兴给安泉介绍的新工作，是给一个集团分公司的市场部做企划工作。安泉听到这个工作，条件反射般觉得它适合力南。他自己找不找工作的确无所谓，力南找工作才是大事。安泉就问许兴兴，能不能介绍力南去，他就不去了。许兴兴一口否决了安泉。

市场部的总监也是自主择业出身的人，他对部队有特殊的感情，招人只招部队出来的。

“那你能不能给我女儿介绍个工作?”

中间黄深、安泉和许兴兴聚过一次，那天安泉详细地跟许兴兴说了说力南。在安泉的心目中，许兴兴在介绍工作方面是个能人。当然，他也不清楚许兴兴何以在这方面能力超强并热心于此。

许兴兴痛快答应了安泉：“这个事包我身上。”

安泉按照约好的时间来到了那集团公司市场总监的办公室。这是个精干的中年人，看起来比安泉要年轻五六岁。干部干满二十年方可自主择业，这是部队的硬条件，安泉可是一满二十年就马上出来了，在自主择业人员中，眼下他是最年轻的一拨，怎么这个据说已经自主择业四年的人，比安泉要年轻那么多呢？原来这位市场总监是个少年兵，十四岁初中毕业时为了达到应征年龄，找人武部的人帮忙在档案上把年龄写成了十七岁，学历写成高中。

安泉后来还了解到，这位姓尹的市场总监是该集团董事长的女婿。他是不久前才调任眼下这个分公司的市场部当总监的，在此之前，他在公司的其他好几个位置干过。这么说来，作为集团董事长的女婿，尹总监不可能在当前这个位置上干太久，他需要去集团各个岗位上做一遍，以便尽快被他岳父打造成一名扎实的家族企业继承人。尹总监是那种攥着金钥匙离开部队的人，在自主择业人员中，算是另一个极端的特例。

安泉发现，不断出来应聘有一个好处，可以迅速知道情况各异的自主择业人员，通过这种了解，他迅速对社会有了一个深接触。不能否认的是，他在部队待了二十年，虽然有很长一段时间是在一个位于城市中心地带的大院里上班，但本质上他与社会还是有深重隔膜的。眼下他确实需要对社会加强了解。

尹总监在约见安泉之前就已经看过安泉发给他的简历了，他对安泉挺满意的。在部队期间，只说在干事这个岗位上，安泉干过文化干事，成功策划过多台联欢会、晚会和歌咏、体育比赛活动，组织能力没得说；他还负责过教育，写材料是一把好手；他大学毕业特招入伍前，学了四年的计算机专业，虽然到部队不久他就改行做政工干部了，但他一直保持着对计算机的兴趣，这方面的水平比一个网络工程师也不差太多；他还有过连、营两个级别政治主官的工作经验，指挥能力不错，综合以上这些方面，安泉是个复合型人才，有很多潜力可挖，在社会上，入对了行，他是有发展空间的。

“你在部队的经历太丰富了，不像我，在部队的时候，待在一个地方就没挪过窝。我特别遗憾在部队那二十年，经历太单一，那可是人生中最有活力的二十年啊。我羡慕你们这些在部队的时候也有很多经历的人。”尹总监甚至放下身段来恭维安泉。“我是怀着十二万分的真诚邀请你加入我的团队，就看你怎么想了。”

安泉却显得有点犹豫。从正式办完自主择业手续到今天，才不到一个月的时间，他连续受到两份工作的垂青，这多少让他得到些自信心。坦率地说，真正出来找工作之前，他是不敢想象找工作会如此顺利的。他经常在网上看到自主择业人员找工作吃闭门羹的帖子。这种顺利，也让安泉性格中的一个弊端放大性地呈现了。那就是，他这个人是比较优柔寡断的。别人同意要他了，他这边就开始犹犹豫豫了。

见安泉犹豫，尹总监说：“你不必马上回答我。你可以明天告诉我你的答案。”

安泉回去想了一晚上，决定放弃这份工作。他这次的理由很简单，据尹总监说，作为一个新人，安泉上岗后可能需要经常喝酒。安泉在部队的时候，就讨厌部队那种喝酒的作风，可那时候难以避免地要去喝酒，平均一个星期能有一回。一个月喝一回安泉都不能忍受，年过四十之后，在注重养生的吉梦的影响下，安泉特别排斥喝酒。

毫无疑问，吉梦这次赞同安泉放弃。

安泉把这个决定用电话告知尹总监后才几分钟，许兴兴的电话就来了。“安先生，你怎么故伎重演了呢？我还以为，经过了上一次，你会珍惜这个唾手可得的工作机会。真想不通，你到底想干什么。”

安泉把理由跟许兴兴说了一下。

“这确实是个理由。但我还是那句话，你要真心想找工作，什么样的理由你都能克服，你都不会把它当成理由，再多的理由，也不为成其为理由。”

许兴兴声音有些不忿，声音挺大，正好吉梦也在场，从安泉手机里传来的声音，她听得清清楚楚。吉梦在一旁嘀咕起来：

“她怎么对你的事这么上心？”

前几天，许兴兴得知安泉的爱人在市第五人民医院皮研所当二把手，去找吉梦做了一次脸部光子嫩肤，这样吉梦算是也跟许兴兴认识了。女人本能的警觉，让吉梦对许兴兴的动机产生了疑惑。

“她不会是看上你了吧？”吉梦又小声说了这么一句。

这话安泉听得真切，所以他一下子有点失神，错过了一句来自许兴兴的提问。电话里面许兴兴的声音突然不见了，安泉有点纳闷，“喂”了一声。

许兴兴的声音出现了。“你还没回答我的问题呢。”

“你……问我什么？”安泉说。

“我问你，下次，如果我还给你介绍一个工作的话，你还会像前两次那样放弃吗？”

“应该……不会吧。”

“‘应该’?！你这个用词很可怕。那就说明，你还是会放弃，那我还在你身上做这些无用功干什么呢？”

安泉心里面说，是啊，你为什么要在我身上做这些无用功呢？我俩非亲非故，认识也不过个把月的工夫。当然，安泉完全不认同刚才吉梦的那个说法。这根本就不可能。从哪个角度去想，都不可能。看不看上这玩意儿，太俗气了。这个世界除了男盗女娼的情节之外，还有一种情节叫出人意料，以许兴兴的深邃和显而易见的孤傲，怎么可能容许那么俗套的情节发生在她身上？一定是有比这深刻的理由，可那是什么呢？安泉正在打着这样的肚皮官司，就听许兴兴说：

“算了吧，我也算是尽到一个自主择业前辈的义务了。”

安泉以为许兴兴要挂电话了，却听许兴兴说：

“安先生，我想跟你说的是，我们这个自主择业，形式上跟退休有点像，但我们跟离退休的老同志还是有很大不同的，毕竟我们正值壮年。如果把自主择业后的生活过成退休，那太可惜了。我们的人生才走了一半，接下来这么长一段时间，却要过成退休，那是对自己人生的不负责。”

安泉下意识地想起了吉部长，吉部长在他们的群体里，已经算是积极的了，他们中的有些比吉部长这种正师退下来的人级别高一点的人，每年都会利用在部队积攒下来的人脉，年复一年去全国各地游山玩水，他们去很多地方，都有当地的部队以组织的名义下接待通知、全程专人陪同、食宿绝对一流。可即便这样，安泉心里还会对吉部长的行为有些微词。

许兴兴的话提醒了安泉。的确，他自主择业之前，并没有太过周全地思考过自主择业后该怎么过。反而，他觉得不去设想和计划，正是一名自主择业人员的应有特殊待遇。不是吗？在部队那么多年，不管在机关还是在基层，不管是坐办公室还是在操场，安泉他们这些人每天都是高度紧张的。严肃、紧张、活泼，这是部队经常写在墙上的标语，也是所有部队对军人的基本要求，但实际情况上，军人们是严肃和紧张绰绰有余，想真正让心里活泼起来很不容易。都紧张了二十年，还让他们去给自己的后半生做一番规划，那不是另一种紧张吗？不干。正是这样的心理，让安泉自主择业前最多只是设想过一到地方报完到，就赶紧把护照办了，出去旅个游，系统而全面地让自己的身心放松一下，除此之外，真的没有任何规划。现在，照许兴兴的意思，作为一名自主择业人员，不对自己的未来做详尽的规划，说轻点是对自己的人生不作为，说重点是对自己的人生犯罪，有这么严重吗？

安泉琢磨着许兴兴的话，那边她已经把电话挂了。安泉听着手机里传来的“嘟嘟”声，回过神来，就见吉梦一直歪着脑袋站在他旁边，揣测地看着他。

“人家都挂电话了，你还在那儿发呆。你那颗不老心给人家勾去啦？”吉梦揶揄。

“你这话说得有点捕风捉影哈。”

“公然在我面前来秀恩爱，我哪里捕风捉影了？”

“人家是单身，你可别制造这种八卦，传出去对人家影响不好。”

“对你就好了？你，就不怕影响了？你，就不在乎人家说你一个有妇之夫跟单身大龄女中年勾搭成奸？”

“你到底是真的怀疑她或者我，还是在开玩笑啊？”

“像我这么高情商的女人，当然是用开玩笑的方式给你敲警钟啦。以前，人家管你叫同志，现在，人家管你要叫先生了。亲爱的安先生，从同志变成先生，有一个东西请你始终如一地把持住，那就是，看到别的女人，尽量地把眼睛向后上方十五度角以上别过去。”

“我眼睛近视，就算正眼看，也看不清别的女人长什么样。”

“请继续保持你的近视。”

“吉梦，我跟你商量个事。”

“安先生，什么事呀？”

“我在想，在我真正做好找工作的心理准备前，我不再去找工作了。”

“行啊！我还是那句话，你不找工作，我也养得起你。”

安泉看着吉梦，发现若干年来，他都始终不渝地那么爱他，这其中的一个原因，是她也始终不渝地爱着他。总的来讲，吉梦与这个家庭之间有种游离关系，这使得安泉可以经常享受自我。当然，吉梦的这种游离感，是她从小养尊处优的生活、一直顺遂的事业所带来的，像她这样的人，有理由让自己沉浸在那些与美有关的想象世界里，不问家庭琐事。

安泉说：“吉梦，我明天去办护照，也好出个国、旅个游什么的。”

“我没什么意见。我还建议，在护照拿到之前，你如果不想在家闲着，就在国内那些没去过的地方转转，看看我们祖国那些个大好河山跟你想象的有何异同。”

9

安泉其实对旅游这种事情没有太大的兴趣，相对于字面意义上的旅游，他更喜欢在书海里进行思想旅行。况且，安泉在部队期间，由于身处大机关，工作上的出差也不少，借着出差的机会，国内该去的地方也去得差不多了。但是自主择业人员似乎有一种潮流，一从部队出来之后，第一件事就是到处旅游，美其名曰是为了尽情享受失而复得的自由的感觉。好像旅游成了自主择业者的标配了，如果安泉不去旅游一下，有点对不起自主择业这个充满着美好自由气息的专有词语。

此番去的地方是川西，同行者全部是那个本城自主择业微信群里的同类，团员们强调不许带家属。这是一次纯粹的自主择业“族群内部旅行”，有人说。为了确保旅行不会无聊，又有人说，“男女配比上也有一定的要求”。最终达成的比例，是男女比例一比一，六男六女，正好一个男女混合班。这个比例，无疑意味着某种预谋。“不出点故事，都不好意思叫旅游”，有人这样说。他的话间接证明了那种预谋。一路上，十二个人迅速自动成对。与安泉组对的那位女士姓肖。

一天，他们到达一个镇。这儿有一个部队。安泉想起这个部队里曾经出过一个见义勇为而牺牲的上尉，当时机关做这位烈士的材料，安泉跟着工作组来过这个部队三天。安泉有点想进去看一看，不过当时这里面接待他的官兵肯定早就不在这儿了，就算在这儿的，也不太可能认出一个来这个地方待过三天的机关干事。安泉就有点可惜，这个时候肖女士说：“我可以找人让你进去，你们谁想进去，都可以进去看一看。但是我就不进去了。”众人就奇怪：“你为什么不跟我们一起进去呢？”过了许久，肖女士才说出原因，那位烈士正是她的前夫。

突然，气氛就压抑了，走在镇路上的这一群中年男女，一个人都不开腔说话了。他们就在这个部队正门口马路对过的一家川绵阳米粉店坐了下来。肖女士沉浸在悲伤中无法自拔，她抽泣着说，她前夫出事前一天，还和他的文书在这儿吃过一碗米粉。她泣不成声了。

“肖战友现在需要一个肩膀。没有哪位绅士主动把肩膀送出来，让肖战友靠一靠的吗？”

有人发出这样一个提议。他仍然用部队的称谓，“战友”。这个提议在几天行程后，在男女之间显得颇为亲密的现在，倒也不显得突兀。五位男士像得到口令似的，齐刷刷把目光对准了安泉。

“安战友！就只有你的肩膀是空着的。只好劳你大驾啦。”一位男士说。

安泉只好应景，屁股连着凳子地移近肖女士。后者就把头靠到安泉肩上。大家都会心地笑了起来。

“我前年到底还是没有拗过孤独，再婚了。”肖女士感伤地说，“他牺牲后，我一直思念他，不想结婚。谁也比不上他，我们是从一个大学入伍的，从来没有能够调到同一个部队，但他对部队从来没有怨言。我敬佩他，他是这个世界上最忠于职守的好军人。”肖女士凄然一笑。“我和他，是一个关于军人家庭的悲伤故事。”

肖女士的这个感慨之后，大家都开始回想起以往军旅生活中那些令人感慨的悲壮往事了。曾经都是军人，即便一直在和平的时代当兵，这些事情都还是有所经历的。悲壮的事情说完，话题引申到军旅生活中所有令人记忆犹新的事。就这样，米粉店里完全是一种怀念的氛围了。有那么一个瞬间，安泉想起吉部长经常坐在干休所里面的那个茶馆里，与他邀来的不同离退休老同志，也是这么聊天的。现在这十一个人，在安泉的感觉里，都变成了吉部长。

安泉怀着一种轻微的恐惧感，与十一个人一起来到了草原。在那里，骑过马的，没骑过马的，开始了一次骑马比赛。大家在马背上呐喊，有人甚至应时流下热泪，也有人用部队练出来的粗犷的口令式发音唱起了一首情歌。草原上的这些人，用他们酣畅的言行，恣意地挥散着一种自由的感觉、散漫的感觉、不管不顾的感觉，仿佛是为了报复在军旅生涯里失去的禁锢的生活。安泉又想起吉部长，有些时候，吉部长把盛一兰命令得不爽了，吉部长会说：“我这辈子都交给了部队，老子命令一下你怎么了？”安泉觉得吉部长在说这话的时候，那种特殊的心态，与眼下大家的那种恣意，如出一辙。

吉部长是安泉的一面镜子。现在，这团队里的多数人仿佛也在成为安泉的镜子。安泉逃也似的结束了这次旅行。

回到家中当晚，安泉就给许兴兴发了一个微信，希望她不计前嫌，有对路的工作，请给他再次介绍。当然安泉除此之外，也采用了常用的找工作方式：他像力南一样，做了一份简历，然后向那些在招聘网站上发招聘广告的用人单位投放。在投放简历的过程中，安泉觉得自己似乎做好了找工作的准备了，不知道这是不是他的一种错觉。

安泉接到过五家用人单位的通知，他很积极地去面试，发现都与他所希望的工作大相径庭，最后这些工作他一个也没接受。“这些工作，就是出卖体力，就是消耗年轻的资本。我宁愿没有工作，也不去干这些。这也叫宁缺毋滥。”力南经常在安泉要求她找工作的时候这样辩解。现在，安泉感觉自己跟力南的心思靠近了一点，他多少有点理解力南了，这种理解，不知道是否应该。

他给许兴兴发过那个微信后第四天，接到许兴兴打来的电话，说她帮他找到了一个合适的工作，只要他愿意，不用面试，就可以直接去上班。一问才知道，招工的正是许兴兴公司的经营部。黄深现在就是在经营部当业务员，由他嘴中，安泉得知，再过一个月，公司会进行一次内部人事调整，到时候，许兴兴将从办公室主任的岗位移步到经营部。按照级别对等的原则，许兴兴去经营部不可能当一个普通的职员，只能是总经理。许兴兴现在好像就对经营部用人说了算了，是不是说明其实她暗中已经开始进行工作交接了？如果安泉同意，他以后就要成为许兴兴的下属了？

那次招聘会，许兴兴要招的是去她办公室工作的人员，这也是安泉完全没有考虑许兴兴公司的原因。他在部队待办公室已经待够了，现在还要去一个专门负责事务性工作的办公室，他怎么受得了？现在不同，是经营部，这是一个比较生动的部门，现在的安泉相对更接受这样的工种。

“我当然要这份工作。”安泉对许兴兴说。

他不能再放许兴兴的鸽子了，再来一次，许兴兴不会再帮他了。他还想着许兴兴帮力南找工作呢，把她惹恼了，这事也就别提了。

“这个工作免不了应酬，应酬么，免不了要喝点酒了。”许兴兴说，“你现在不怕喝酒了？”

“这个我可以调整心态，工作需要喝酒，我勇敢接受。”

“这次可是你自己主动找我要的工作，你要再三心二意，我只有跟你友尽了。”许兴兴带了点威胁的口气。

“请许总放心，我绝不再撂挑子。”

“‘许总’？”许兴兴敏感地听出了这个称呼的言外之意。

“以后，我就是许总您的下属了。请许总放心，我一定干好自己的本职工作。”

许兴兴愣了一下：“我调任的事，公司还没正式宣布，你务须保密。”

“我这两天应急找了一本《职场须知》翻了翻，里面说，在职场中，少八卦，多做事。许总放心，我不会乱八卦的，而且，我一个大男人家的，也从来没有学会过八卦。”

“那就好，明天先去市场部报到。报到完了，到我的办公室去一趟。我想跟你聊一聊。”

次日，安泉在经营部报过到后，来到了许兴兴的办公室。

“你一定对我从认识你的第一天起，就对你的事情这么上心、就无私且积极主动地那么帮你，充满好奇吧？你是不是还会觉得，我做这些，是因为对你有男女间的那种好感？如果你这么想，那是你的自以为是，那是你的自作多情，那是你的自大。”

安泉非常吃惊。这真是个聪明绝顶的女人，也是个直截了当的女人，这样的女人，依稀能看出部队女将军的气势，但又不尽相同，她比前者更爽直和接地气。有那么一瞬间，安泉都对她产生了一点儿敬佩了。

“当然，我相信，你也不会那么想。”许兴兴莞尔一笑。

这正是她高明的地方，说话的目的只是为了让别人明白，不是为了显自己聪明，更不是为了伤人自尊。许兴兴的聪明里有某种从社会上历练出来的练达和圆融。

安泉想了想，说：“许主任，你人好，喜欢帮人，你一定经常帮我们这些刚刚加入自主择业大学的社会菜鸟。这就是你帮我的原因。仅此而已。谢谢你的多次关照！”

“不完全对。我不是什么自主择业菜鸟都帮。有的人你其实帮不到他什么。比如黄深，在事业层面上，他一直在基层干，素质相对单一，我就不容易帮得到他。”

“你这句话让我心里产生了好几个‘为什么’，还请许主任不吝赐言。”

许兴兴站起来，走到窗口那边，面对窗外，给安泉一个剪影。安泉坐在这边的沙发上，听到许兴兴的剪影里传来她一番深思熟虑的话：

“安泉，我刚自主择业那年，我也像你一样，无所谓有没有工作，我甚至都没有去找过工作。我就这样虚度了半年，自然地，我也认为这种虚度是我该得的奖赏，是我作为一个在部队紧张了多年的人的特权。半年后的某一天，早上醒来，我突然没有一点要起床的动力。我就这样静静地躺在床上，任凭思绪游走。在那一刻，我感觉我的生活凝固了。最可怕的是，我觉得这种固化，是不可摧毁的。这是一种非常可怕的感觉。我那时四十二岁，我排斥这种感觉。

“又过了一个月，我发觉这种感觉更加强烈。那种凝固，更加坚不可摧。我想了几天，认为自己找到了这种凝固感的根源。你已经猜出来了，那就是：我需要去工作，我需要有一个与社会对接的方式，我需要一个具体的平台来实现这种对接，这个平台当然是一个工作单位。于是，我去找工作了。

“但是可怕的事情发生了，那种凝固的感觉，仅仅只是我自主择业半年以后慢慢积累下来的凝固感，其实不是那么容易驱逐的。我找了一个工作，很快发现，相对于每天早上睡到自然醒，没事找三五好友喝茶聊天，偶尔出去旅行一下，顺便在微信上发几张图博别人几个点赞的生活，就算一个普通的工作，那也实在是太艰辛了。诚如你所知道的那样，我会想，我每月有一份退役金，生活上的物质基础早已打得不错，为什么还要去承受这份艰辛呢？这个声音立即让我又凝固了回去，我不想工作了。

“就这样又过了两个月，我发现那种凝固更加难以撼动了。我当时惊恐地预感到，如果我再不把它推开，它就要把我封住一辈子了，我就彻底石化成活化石了。这种惊心动魄的预感，像铁锤一样击打着我。我开始痛苦地挣扎。那种挣扎，感觉上像是在巨石堆里的一种挣扎。如果不费尽九牛二虎之力，就根本爬不起来。最终，我以巨大的勇气爬了起来，以一种决不掉头的勇气，我扑进了工作场。就这样，过了一年之后，那种凝固的感觉，终于不见了。我感到自己又鲜活了起来，像最早到了部队做新兵的那种鲜活的感觉。

“安泉，我们才四十多岁，我们的人生应该是鲜活的。我们不能允许自己的人生就此开始固化。”

安泉听着许兴兴长长的剖白。她直观而生动的剖白，多少让他有些共鸣。那种凝固的感觉是什么呢？目前，安泉没有体会到，是不是这种感觉如果自己不小心就会悄悄到来，到那时候，他再想跑，就跑不掉了。那么，许兴兴从一开始就如同逼迫一般要他工作，就是为了防止他走她的老路了。她不想任何一个自主择业者走她的老路。

许兴兴正是这么说的：“安泉，你条件非常好，我不希望看到你从我的老路上走一遍后再来自省。我觉得我有这个义务，来帮助你，以防止你走弯路。”

接下来许兴兴的话，是让安泉意外的。

“更重要的是，我觉得，我们这群自主择业人，需要榜样。不是吗？自主择业政策算下来也已经实行十五年了，现在全国自主择业这个群体，已经有十二三万人了。这并不是一个小群体。

“可是，你以后渐渐会发现，我们这个群体，基本上是处于自生自灭状态的。而且，社会上对我们这个群体是缺乏关注的热情的，为什么？他们觉得，我们是一个生活优渥的群体，每月有固定退役金可拿，国家也对我们有一定的保障，相比于贫困山区的农民、富士康车间里一天工作十几个小时的工人、大学一毕业就失业的部分年轻人，我们的情况实在是太好了，再对我们多关注一点，那简直是一种不公正。

“这种思维不能算错。这个社会有那么多需要优先关注的人，相比于他们，我们确实不值得关注。但是，这个社会上的每一个群体，都有他不为人知的苦闷和烦恼点。我们中的大多数，都曾经是名牌、重点大学的高材生，在部队里，我们多少有过些辉煌或成功的经历，长期的部队思想训练，让我们比常人更严格地要求自己，这些，造就了我们活跃的思维。越是思维活跃的越容易苦恼不是吗？我们中的每一个个体，在苦恼袭来的时候，难道不需要来自外部的救援力量吗？这份救援力量谁给？只有我们自己给，自己建立。怎么建立？那是一个工程，是一种科学。比方讲，我们需要榜样。在我们苦恼的时候，榜样会让我们看到一个方向。

“安泉，那天我在招聘会上看到你的简历后，我觉得你就是我要找的那种可以成为自主择业者在就业这个问题上奉为榜样的人。我希望看到你成为那些在择业中遇到困难时可能会因为自己有退役金而打退堂鼓的自主择业者的榜样。要成为榜样，你就必须从现在开始，用努力和坚持，为自己经营一份漂亮的择业简历。

“你可以做到的，安泉。”

安泉听到这儿，对许兴兴有点刮目相看了。他还略略感到了一点儿震动。许兴兴居然除了努力于她的事业之外，还惦记着一个群体，想着为一个群体来做点什么事，这种内心的伟岸，这心怀天下，是部队带出来的吗？

“安泉，如果你一直是用外部理由逼自己找工作，如果你到现在为止还缺乏找工作的内在理由的话，那是因为你从来只考虑到你自己，你做好你自己就行，这也是一种明哲保身，从某种角度讲，也是一种过度自我，甚至是一种自私。如果你跳出自我和自私去想，你是可以为他人做点事的，你马上就会有去工作的内部理由。”

许兴兴的意思是：安泉坚定地去工作，去在工作中做出成绩，去成为某一行业的骄子，这样就可以成为自主择业群体的一个榜样，可以照亮别人，这就是他可以去实现的自我价值，这就是可以成为他去工作的内在理由。

安泉无法不觉得，许兴兴说的是有道理的。

许兴兴又说：“当然，我也没有说，不找工作就是错误。人一辈子，只要不做违法乱纪的事情，不管怎么过，只要自己舒服和开心，都是值得赞同的。我只是觉得，针对我们当中那些相对优秀的人来讲，不工作实在是太可惜了。”

等安泉在公司上了几天班后，安泉从黄深口中得知，许兴兴的父亲是一个比较成功的商人，但是去年人还健在的他就立下遗嘱，死后要将遗产全部捐给社会。看来许兴兴身上那种“治国、平天下”的气质，不是部队带出来的，是来自遗传。

10

许兴兴介绍力南去一家企业做网络编辑工作，安泉跟力南一说，她就毫无余地地拒绝了。

“我严肃地、认真地再次向你申明，我现在的工作，是一份正式的很好的工作，而且我做这个工作非常顺手，你让我丢掉一份好工作，去干一个一点儿都没前途的网络编辑，知道咱俩关系的会说你是为我着想；是好心办坏事，不知道的，还以为你想坑我。”

安泉有点拿力南没办法了，但是一想到她就这样跟着吉部长混下去，这要是吉部长把这个事搞成二万五千里长征，她还不是一混就混出去好几年了？这个事情对吉部长来说那么难，还真的不是没有可能不被他搞成二万五千里长征。有一次，安泉脑海里忽地闪过一个幻象，他看到十年后，将近耄耋之年的吉部长满头华发地站在一群老人中间，向他们讲述他十年如一日地做着一个电视剧的历史，安泉几乎听到了吉部长悲凉的声音：

“十年了，我不觉得我失败了。至少，我们这个工作，还在一点一点地进步中。我坚信，只要我坚持，就一定能看到胜利的那一天。”

吉部长的这一结局一定会到来，这是他选择的宿命。安泉想着想着，觉得太可怕了。现在，安泉听到力南这么一说，越来越觉得力南如果不赶紧从这个事情里退出来，后果不堪设想。怎么办呢？他和吉梦想做力南的主，恐怕是做不了的，更何况，力南背后现在有吉部长撑腰。看来只有去找始作俑者了。就跟吉部长明言相告：你做这个事情可以，但你不要把大家庭里的其他人扯进来陪绑。特别是力南，你得赶紧把她辞退。对！你自己主动辞退力南。

周末，安泉和吉梦来到吉部长家。来之前先跟吉部长在电话里约好了的，他每天如此密集的安排，贸然去见他，他多半不在。吉部长自然是守约的，他已经在客厅里坐好，还吩咐盛一兰泡了一壶吉梦喜欢喝的金骏眉茶。安泉直接切中正题，把希望他辞掉力南的要求说了出来。吉部长显得颇为不解。

“小安，力南在我这儿干得很好啊。为什么要辞掉她？”

吉梦说：“爸爸，可能安泉觉得，力南应该去找一个大公司，这样发展前景更广阔一点儿。”

“我也给力南开工资了。五千块一个月保底，电视剧做成了，她也参与分红。只不过，工资要等找到投资，一并结算。分红么，当然也是电视剧拍出来卖出去之后的事。你们不要急嘛。红军二万五千里长征，是一天就能走下来的吗？”

安泉说：“爸！算你帮我和吉梦的忙，你就辞退力南吧。”

吉部长想了想：“孩子是你们的，你们说了算。虽然不理解你们的想法，但我会尊重你们。这样吧，如果力南想辞，我一定同意。”

“力南这不是不想辞吗？”安泉说。

“对啊，力南也不想辞，我也不想辞掉力南，你俩为什么非得要我辞掉她呢？”

吉梦说：“爸，我是没意见的，是安泉想得有点复杂，我认同他而已。”

安泉突然对吉梦的和事佬作风不满，一下子就有点火，好在他摁住了。想了想，安泉又说：“爸，要不这样，我来帮你干，你让力南自己去找别的工作。”

吉梦提醒道："安泉，你前几天才找了工作吗？"

安泉急声对吉梦说："我这不是为了把力南替换下来吗？"又缓和了一下语气。"那个工作我随时可以辞掉，爸的事要紧。"

吉部长脸色忽地变得十分地凝重。"小安，问你个话，你老实回答。"

安泉说："爸！您别客气，您问吧。"

吉部长说："你根本就不看好我能做成这个事，对吧？这是你要我辞退力南的最根本原因。"

安泉一震，不敢说话了。吉梦跟他使眼色，他赶紧说话：

"爸！我哪里会不看好您这个事。您以前在部队有那么多的成就，区区一个电视剧，在您老这儿就是一碟小菜。我肯定不是这个意思。"

"你当然就是那个意思。"吉部长不动声色地说，"你是觉得，我一个正师职退下来的老同志，没有这么大的能量来做这个事。"

"爸！跟您退休前的职务没有关系。再说正师也不小了。我才干到副团，比你差了三级，三级啊，那么大的差距，可我也没有妄自菲薄过。"

吉部长不听安泉在说什么，他自说自话："多少个从将军位置退下来的人，都在做这个事，没听到他们的子女反对的。而且他们当中有些同志也做成功了。为什么独独你们两个会反对我，难道不是因为你们觉得我一个正师职老同志能量比他们将军差？"

安泉心里想，吉部长说到点儿上了，是差了一点儿。将军跟你这种师级干部还是有很大差距的，至少在办事的方便性上有很大差距。但他怎么敢把这个话说出来呢？说不定吉部长要去做电视剧，就是因为看到好些个以前的将军在做，而且有人做成了，他想跟他们攀比，也做了起来。

吉部长退休前是差点当成将军的，他工作成绩也有，该做的背后工作他也一件不落地做了，最后却还是被竞争对手打败了。这个竞争对手，现在住在另一个专门住将军的干休所，那个干休所比这个干休所条件好太多了。就是这个人，上半年开始做电视剧。这个人上半年才做，吉部长下半年就跟着做了，不是跟老对手较劲是什么？可吉部长与他即便都是离退休老同志，社会身份还是有差距的，人脉档次也不同，人家能干成的，吉部长未必能干成。

"我真的没有觉得您做不成这事。"安泉还是继续违心地说着。

吉部长语气缓和了下来。“我相信你也不会、也不敢小瞧我。”

“可不是吗？爸，您一直是我的偶像。”

“我这个偶像不会白当的。我会让你知道，选我做偶像是没有错的。你就等着我的电视剧上央一吧。我下面还有个事情，你们在这儿跟你妈继续说话吧，我不陪你们了。”

吉部长出去了。看来，再也不可能跟他说力南的事了，可就只能任凭力南在他手下混了吗？安泉还是没有放弃，回家后，他与吉梦在卧室里小声商量了一下，最后觉得照力南眼下的情况，其实可以让她去考研究生。读三年，提升了学历，再找工作，就没现在这么难了。而且力南年纪小，就算读完研，也才跟应届本科生年纪差不多大。

商量完毕，安泉和吉梦来到力南的房间，把考研的意思跟力南说了一下。对于父母的这个提议，力南没有排斥，而且她说，其实她本来就打算考研的，不但要考研，还要读博。她说她发现最近的两年，她的学习能力似乎又上来了，感觉如果再去学习的话，小学时候那种“打遍天下无敌手”的水平会回到身上来。力南用一种后悔的语气说：“可能小学后她总跟不上同学的节奏，就是因为小学时候跳级，跟一群平均年龄大她三四岁的人PK，她是很吃力，这种吃力最终变成了沮丧，沮丧变成了自信心的丧失，最后就搞成那样了。”

“其实我考研材料都已经买了两本了，只是没跟你们说而已。”

力南打开书柜，拿出两本书给安泉和吉梦看，果然是考研材料。安泉突然有种心里那块石头要落地的感觉，他有点兴奋地看着力南。

“那不就成了，你安心在家学习，我和你妈全力做好你的后勤保障，你也别出去找工作了，除了学习，什么事都别做。”

力南说：“我虽然买好了部分考研资料，但今年我没有绝对的把握一定能考上，我不想再让人看我的笑话了。要么不考，要么一考就中。所以，我要明年才报考。”

“不管你是明年报考还是今年报考，对学习的要求都一样啊，都需要全力以赴地学习，不让任何事来影响你的学习。”安泉有点急了。

“还是不一样。明年毕竟离的时间还长，我这长达近两年的时间闲在家里，会跟社会脱节的。我考研最终还不是为了找到一个好工作吗？不能跟社会脱节。”

力南这话倒是挺成熟的，让安泉无法反驳。安泉还想说什么，力南忽然撒起娇来：

“爸，妈，你就别阻止我跟外公做事了。求你们了。”

吉梦说：“好好好，我回头做做你爸爸的工作，让他别再阻止你了。”

安泉简直要被吉梦气晕。他很不高兴地出门去了。

11

安泉把黄深约到一个茶馆里来说话，他有不少牢骚要发。黄深自然是时间很紧缺的，他说只能给半个小时的时间听安泉发牢骚。不过这半个小时最后只花了十分钟，而且变成了黄深的吐槽专场。安泉才吐槽了女儿两句，黄深就烦躁地打断了他：

“老安啊，你这女儿还算正常的了，我儿子骁骁才不正常。前几天，他突然坐火车从郑州回来了。我和爱人都很吃惊，这也没到放假时间，回来干什么呀？回来也不跟我们提前打个招呼。你猜怎么着？我儿子说，他退学了。我和爱人吓了一跳，赶紧问他怎么回事。他吞吞吐吐地跟我们说出了事情的原委。原来，他偷偷去报名参加《快乐男声》，初赛入围了，按道理，再下来的比赛，学校是会支持的，但是可能是骁骁自己比较傲气，请假的时候话讲得不好，学校就不给他假了。这小子居然一不做二不休，退学了。”

安泉一听，黄深家的骁骁确实比力南还不让父母省心。怎么什么事都让黄深遇到了呢？

“我听说他要退学，就要他赶紧回学校去。因为我听他说，他只是打了退学报告，学校还没正式批呢，赶紧回去肯定可以不用退学。你猜我儿子怎么说？他说，他本来就不喜欢理科，更不喜欢现在这个专业，是我们硬要叫他学的，现在正好参加歌唱比赛得了个不错的成绩，证明他可以搞音乐，那么好，他就趁此机会放弃眼前的专业，专门去搞音乐。老安，你说这孩子怎么这么没有社会经验呢？搞音乐太难了啊，他那点三脚猫的功夫，要去混那么难的圈子，怎么混得出来？我当然不同意啊！我儿子就跟我犟，我这脾气，还不揍他一顿？这一揍出大事了，他离家出走了。我今天打了他一上午的电话，关机，一直关机。我跟你说老安，现在的孩子，你都得哄着来，可不能跟他们顶着上。”

安泉急忙问：“今天早上走的吗？你报案了吗？”

“报什么案啊？失踪二十四小时才能立案，真要过了二十四小时，该出的事早出了。”

“我觉得骁骁不会出事，他就只是不想搭理你，关个机而已。”

“但愿是这样吧。但我还是不放心，你说我爱人已经这样了，这要是孩子也有个三长两短，我还活个什么劲？”

安泉安慰黄深：“不会出事的，我陪你一块儿去找找孩子吧。”

“你当然得陪我找啊。要不我今天这么忙会答应你的约请来这儿喝茶？我哪有工夫喝茶？我过来就是找你和我一起去找孩子的。”

“那赶紧走吧。”

他们结了茶水钱，出了茶楼。先前黄深已经请人分别去本市的三个火车站去守候，他也分别给儿子常联系的家在本市的几个同学和朋友打过电话，现在他们要去黄深儿子以前喜欢去的几个街区找找看。到了一个街区，把骁骁可能去的咖啡店和商店、饭馆都去完了，没有惊喜。他们开车直奔城市另一头的一个街区。去往那地方途中的二十分钟时间里，黄深表现出很是失态的样子，一迭声地抱怨，抱怨的不是别人，正是他自己，外加抱怨一下部队和社会：

“老安，你说我们怎么这么倒霉啊，怎么就赶上裁军了呢？当年我们可是带着雄心去部队的，想在部队有一番大作为的，我不知道你有没有像我一样梦想过混个将军当当，我不但想当将军，而且想进北京，让我爱人和孩子都变成北京户口，可是一纸裁军命令，就让我的梦想全部泡汤了。”

黄深的话让安泉也坠入回忆。他跟黄深不同的是，这次大裁军，裁不到他头上来，他是部门里最优秀的，怎么也轮不到他。是他自己早就不喜欢部队了，打过了好几次转业报告，前几年都不批他，转不成。这次裁军，变成了他的一个机会，单位放手了。

“你在想什么？”黄深问。

安泉回过神来。“没有，我没有想什么，你继续说。”

黄深变得愤怒起来，对自己的愤怒：“你说裁军就裁吧，铁打的营盘，流水的兵，裁军这种事情对军人来讲也不算是个意外。可是我怎么会选自主择业呢？我选安置不好吗？我也不知道我当时怎么想的，可能是因为我在部队混得不太好，觉得自己不适合体制，出去混兴许会混出点名堂吧，我就这么鬼使神差地选了自主择业。我这么一选，就全完了。我真是蠢啊。古往今来，中国人不就想当个官吗？只要在体制内，在别人眼里好歹是个‘官’，别人下意识地把你当成个人；离开了体制，你什么都不是了啊！不出事还好，最多办事没以前那么容易了；一出事，那可是叫天天不应，叫地地不灵了啊。也怪我自己，当年太感性，爱情至上，找了个缺乏工作能力的女人做老婆，又一直也没给她弄个工作干干，我最没有预见性的是，我什么保险都没给她办过，现在好了，得个病花的所有钱都得自己掏。你说我怎么就这么糊涂呢？”

安泉听着黄深的发泄和诉说，心里面同情着黄深的遭遇。正如黄深先前说的那样，如果是在部队，或者黄深还在体制内，黄深这样的情况，一定会有组织出面号召大家捐个款什么的，力度大点，捐得还挺多。现在黄深遇到这样的家庭困局，还真是没有组织操这个闲心来救他一把。突然，安泉心里一动，他想到了许兴兴。许兴兴现在是公司的高层管理人员，有没有可能由她出面给上层打个报告，号召大家像部队那样给黄深捐个款？

周一上班，见了许兴兴，安泉就找机会跟她说这个想法。安泉在经营部入职的岗位，是许兴兴的助理。

整整两天过去了，骁骁还是没有消息，黄深也把自己搞失踪了，他没有来上班。安泉打他的手机，是开着的，打了两次也没人接，过了一个小时，黄深也没有回电。如果黄深在家里，他自己不接，他爱人会接的，这是安泉的经验。那么黄深肯定不在家。他去哪里了呢？

安泉对黄深有种隐隐的担忧，他就把这种担忧向许兴兴说了出来，借着这个话头，他又含蓄地提出了请许兴兴出面协调给黄深捐款事宜。许兴兴心里早就揣了黄深的事，与安泉不同的是，她想，得要细化和周到一些。他们这可不是在部队，也不是在慈善机构。他们现在身处的，是无数追求利益最大化的商业公司中的一个。黄深才来公司几天啊，公司里面家庭有困难的老员工多着呢，给一个入职没几天的员工捐款，那些老员工会怎么想？凭什么黄深就会特殊化？

“捐款这个事儿吧，我看不具备操作性。”许兴兴说，“但我也挺想帮黄深的。”

许兴兴拉开抽屉，拿出钱包，抽出一张银行卡，对安泉说：“你待会儿帮我去一下财务，找一下吕会计。这个月多给黄深打一万块钱，这笔钱不要体现在工资单上。你叮嘱吕会计，到时候单独找黄深解释一下这笔钱，就说是公司对新员工的补助，但让他不要往外说。”

“你的意思是，你要偷偷给黄深打一万块钱？”安泉问。

“你帮我去办吧。一定叮嘱吕会计，把话说圆，不要让黄深起疑。我感觉得到，黄深是个自尊心很强的男人，如果他知道了，有可能会难受。”

安泉有点感动，仿佛又回到了部队，许兴兴就像一个指导员，黄深是连队里的一个兵。可许兴兴只是个体重不到一百斤的女子啊，而且才比安泉和黄深大了一两岁而已。许兴兴这种无私助人的品格，就算在部队都难找。安泉油然对许兴兴产生了另一种敬佩。

许兴兴又问了问安泉入职几天来的感受。可能是因为在许兴兴手底下干，加上许兴兴对安泉的了解，虽然是在地方头一次工作，这几天来安泉也没有感到任何不适应。甚至他觉得，现在的工作跟他以前的工作有点像。部队和地方在工作上还是有很多相通的地方。安泉就如实回答，说感觉挺好的。

许兴兴表扬了安泉一句，安泉用周末时间连夜赶出来的月度工作报告，许兴兴看了，她也拿给大领导看了，大家都觉得许兴兴招来了一个工作仔细、文字功夫了得、思维缜密的好员工。

“这次不会辞职了吧？”许兴兴开安泉的玩笑。

即便现在她是安泉的领导了，她还是没有故意跟安泉拉开距离。

“许总说笑了。我不可能辞职的。除非许总觉得我干得不好，开除我。”

安泉嘴上这么说，心里面也是这么想的。他绝不可能再像前两次那样说辞就辞职了。就算他直到现在也没找到必须工作的内在理由，但仅凭“士为知己者死”这一个外部理由，他就不容许自己再次辞职，许兴兴如此厚待他，他要是辞了，就太不像个“士”了。

只是，安泉还是不曾体会过许兴兴那段长篇大论中的任何感觉，或许是男女有别吧，虽然同为自主择业者，许兴兴有的感觉，安泉未必会有。

“如果你像之前那样干几天就辞了，我都不好跟大领导交代。现在有你这个保证，我就放心了。”许兴兴说，“既然你已经安心于工作了，就去准备一下，下午我要去见一个大客户。”

安泉像在部队一样用敬礼的方式对许兴兴开了个玩笑。“是！首长！”安泉敬了个礼。

“要喝酒的哦。”许兴兴笑着对安泉说。

“许总可别小看我。我其实酒量挺大的，放倒一桌没问题。”

“这是一个你没有写在简历上的特长。如果你把这个特长写到简历里，你在人才市场上会更抢手的。”

12

安泉从电视上看到，吉部长的老对手，就是如今住在另一个干休所的那位，这人的电视剧开机了。在省台播出的是开机仪式，就在本城开机的。新闻时长虽不足十秒，却也能说明吉部长老对手的这个剧是不算小动静的剧。很多剧开机是上不了新闻的。

吉部长是这个大家庭里最注意看电视新闻的人。特别是央视和本省一台的新闻，他每天必看。他看到这个新闻后，会做何感想呢？

通过安泉后来的观察，他越来越觉得吉部长非要做一个电视剧，多少是有和老对手较劲的目的了。“我在部队没干过你，现在我们都退休了，咱俩再来一战！”安泉猜想，这大概是吉部长的心声。

想来还有点悲壮啊，战斗要持续到退休之后，甚至会直到这一生的结束，可见吉部长多么重视跟这个人的战斗，多么需要得胜，以便掰回一局，让他们的人生打个平手。

安泉通过想象吉部长的心态，发觉到一个吉部长可能永远都无法洞悉的事实，那就是：吉部长一辈子都活在部队的壳里。就算他退休时间再长，那个壳也褪不掉，它就像一个习惯，深深嵌进吉部长的肉里了。

吉部长那个众筹的事情就像一个笑话，那次众筹会议开过那么些天了，筹过来的钱一个子儿也没有。那些不知道从哪里冒出来的市民百姓，说不定当时还以为那是个迅速能让他们得到油水的事情呢，这就是当时他们积极参加了那次会议的原因。自然的，他们多精啊，回去一想就能想清楚这不是一个踏实的事，所以当然就作鸟兽散啦。

吉部长并未因这次失败受到任何打击。这个事也不是他的主意。那次会议后，安泉得知，那是力南的主意呢。这也是合理的，也只有力南这种幼稚的孩子会想出这么想当然的主意。

吉部长其实一直在找一两个有实力的投资人。可以说，他每天都在打探和寻找渠道，与意向中的投资人面谈，以试探他们的实力，发现这个不靠谱，马上放弃，继续寻找靠谱的人，他其实是在以一种百折不挠的精神、一种永不言败的精神、一种绝不回头的作风在顽强地推进这个事呢。他的这种老军人的精神，安泉还是服气的。

一个新的意向投资人出现了，这个人与以往跟吉部长接洽过的人都不同。首先，这个人是省电视台的在编干部；其次，这个人自己有一个公司，公司有过投资小成本影视并成功的经验；第三，这也是最关键的，这个人非常认可吉部长现在要做的这个军旅题材电视剧。他说，这几年，他一直想做一部军旅剧，但找了好几个题材，发现都比较落套，不像吉部长他们那几个老同志商量出来的这个军旅剧选题那么有独到之处。

独到这个层面，那是自然的了。吉部长写的可是当年他父亲、叔叔和爷爷们的故事，正因为他觉得自己家族的故事够新鲜并且够正能量，才有这个自信要做这个剧的。

吉部长和力南带着这位姓乔的电视台干部去了一趟广安老家，站在他家的老宅子前，吉部长对此人说，乔总啊，宅子是拆过重建的，但位置还是当初的位置，当年，我父亲就是跟土匪头子的女儿，也就是我妈，在这个地方拜天地的。

吉部长的父亲与土匪头子的女儿相爱并成婚，是吉部长那个家族故事里的精彩一笔，但他的家族故事的精彩远不止于此。

叫乔总的中年男人就做出很感兴趣的样子，说："拍的时候，就在这儿搭个景，让演员在故事原型当年成婚的原址演，效果一定会更好。"

"那当然，效果一定很好。"吉部长把力南往身边拉了一把，"乔总，你如果想知道我妈长得有多漂亮，就看看我外孙女。她跟我妈简直是一个模子里刻出来了。"

乔总就认真仔细地看了看力南。其实在来的路上，他是经常看力南的。

看了那么多次还不坏事？正是这样，从吉部长老家回来后第三天，力南哭着从外面回来了。

“太……太……无耻！”力南气得简直说不出话来。

那个姓乔的电视台干部居然在力南单独去找他谈工作的时候，对力南动手动脚。力南严词警告他之后，他就开始嘲笑她和吉部长。原话是什么，生气的力南已经不记得了，大意是吉部长太外行、太不自量力，无非是力南这种什么都不懂的姑娘居然好意思称自己为“总”，力南受到的是双重侮辱，她怎么受得了？姓乔的这个时候却认为他以他的方式制服了力南的精神，他无耻地说，没有圈子里的人实实在在地来帮你，你就是想到这个圈子里去给人提鞋，那也是做梦。你想我帮你吗？说到这儿，他的动作又上来了，这一次，她把力南摁到了床上。力南可是学过跆拳道的，膝盖用力往他的私处一顶，他就像一台破手机一样突然死机了，趁着他懊恼的瞬间，力南抓起他的胳膊将他从床上掼到地上，愤然离开了酒店。

“我不干了！”力南大声说，“外公这个事真是不靠谱，都找的是些什么人嘛，不干了！我坚决不干了！让外公自己一个人折腾去吧。”

居然是因为这突然横生的枝节，让力南远离了吉部长的事情。

力南是决绝的，说不干就真的不干了。但是这件事似乎并没有让力南对找工作这件事产生应有的领悟，她对找工作的态度还是令安泉不可理解。安泉突然发现自己对女儿十分生疏。他根本不懂她在想什么。安泉突然意识到，他从前对女儿缺乏真正的关心，为什么会这样？似乎，军人天生就有怠慢家人的权利，是这样的吗？现在，他不是军人了，他必须尽快补足教育子女这一堂课。

力南不跟吉部长干了，却又不把不干的原因跟吉部长说一下。吉部长那儿可是不太理解了，最终还是吉梦去跟吉部长说了说原因。

吉部长大发雷霆：“太可恶！可恶！这个同志，简直丧尽天良。我要去找他，叫他再敢搞这些没名堂的事！”

吉部长去找了那个人理论，当然是没有结果了。人家怎么可能承认他对力南做过那种事，当时又没别的人在场。这个事情就这样不了了之。

但是这件意外发生的事对吉部长是有打击的。敢对他的外孙女下手，从他这个角度看，还是没把他放在眼里的意思。吉部长是最恨别人不把他放在眼里的。从前，他还在位的时候，谁敢不把他放在眼里？就算不把他放在眼里，也不会表现出来，总之他不会知道这一点。现在这个姓乔的人把他对吉部长的漠视和不屑通过力南向吉部长不加修饰地敞开，吉部长连杀掉这个人的心都有。有一天晚上，安泉和吉梦去他那儿吃饭，吃到中途，吉部长突然把筷子重重地拍到桌上。

“为什么现在的人都那么浮夸、虚伪，没有一点点真心？”

吉部长的这声责问让他像一个老愤青。在他这个年纪，本不该有愤青思维的。

过后的一天，因为要过春节的原因，老干办召集吉部长他们这些离退休老同志开茶话会，吉部长的对手自然也到会了，并被安排在非常显要的位置，这让吉部长甚为不爽。中间，这个人还上去发了个言，着重向大家宣传了他已经开拍的电视剧。当晚回到家，吉部长就病了。

“没想到今天这么冷，我路上着了凉。”

吉部长这么解释。他永远不改“死要面子活受罪”的本色。盛一兰也参加了茶话会的，当时吉部长难看的表情她都历历在目，她暗中觉得吉部长的病是气出来的。

13

黄深头朝下，半个身子倒栽入一个失去井盖的窨井里，他的另外半截身子朝天竖在井外。窨井周围，有几团已经干了的呕吐物。黄深大前年用退役结算金买的那辆白色大众POLO车敞着门停在路边。这是郊区一条荒凉的马路。出事应该是深夜，但因为深夜甚少有人经过，那个窨井也比较隐蔽。夜间路过的司机，未必会发现出事的黄深，故而天亮的时候黄深的尸体才被路过的民工发现。

车子没有被盗，黄深放在副驾驶座上的钱包和手机还在，这两点让他杀的可能性初步排除。很有可能，黄深深夜开车路过这里，喝了许多酒的他突然想吐，就将车停在路边，慌慌张张地从车里跑出来吐一下，依稀看到那边有口井，他就过来吐了，接着就倒栽着掉进去了。他大概当时确实很晕，不太有警觉性，掉进去后也顺势就让自己休息了一下，等到他意识到危险，已经没有力气爬出来了。

只能这样去猜测中间的过程。当时到底是怎么个情况，危险到底是怎么发生的，已经变成了一个谜，要待公安立案侦查之后才有结论。

安泉不太明白，黄深那么晚了，去那么远的郊外干什么呢？是去郊外看看能不能找到骁骁？还是纯粹因为心情太过郁积，大半夜到郊外来散散心？没有任何朋友和同事在那晚跟黄深喝过酒，失事夜的醉酒显然是他一个人借酒浇愁。

后来有一天，安泉从黄深爱人口中得知，他其实经常一个人晚上开着车出去喝闷酒的，有两次还因为酒驾被交警抓住了。按黄深爱人的说法，他深夜去个郊外，一点儿也不意外。

他不会是自杀吧？要知道，一个人喝再多的酒，头下脚上地掉进窨井的第一时间，怎么都会因为强烈的不适而意识到危险的存在，立即就会挣扎。黄深胳膊上的腱子肉不输在部队当年，两只手按在井沿稍微用力一撑，对他来说就是最容易的双杠练习的动作，很轻易就撑出窨井了。除非他在那一刻放弃了熟练的双杠练习动作。难道他真的是自杀？

未必没有这个可能啊。爱人长年卧病在床，每个月花在她身上的医药费一直比黄深的月工资要多；作为一个孝子，他对父母从来都是有求必应，这方面的开销虽然不大但固定；眼下，儿子又说退学就退学了。他的人生，整个儿就是一个败笔啊。以黄深的性格，不是没有可能走极端。

安泉想起那天和黄深一起找骁骁时，他在车上那顿悲愤的吐槽，那天他所表现出的强烈的悔意和对自己的责难，难道黄深不是那个时候就已经开始走极端了吗？难道黄深不是比那个时候更早的某个时候，就开始走极端了吗？为什么安泉当时没有意识到，黄深除了需要来自他人的经济援助，更需要心理援助？

黄深去世一周后，安泉还陷在自责里无法自拔。他甚至觉得自己是自私的，力南和许兴兴都说得对，他总是过分地关注自己，很少去关心外部世界里的人和事，那不是自私是什么呢？

安泉在办公室里跟许兴兴聊到他心里的自责，许兴兴突然说，应该有人去做一个自主择业者心理援助机构，这个事谁去做呢？只能是她去做了，一定要尽快去做这个事。她问安泉：“你有兴趣跟我一起做这个事吗？”安泉当然是有兴趣的，说：“好啊。”许兴兴就说：“那么好，我们记着这个事，再想想该如何去做。要做，就把它做好，不要徒具形式。”这个当然是以后的事情，现在怎么办呢？黄深已经走了，他爱人还是个白血病患者，她的生活会因为黄深的死更加雪上加霜，谁来帮助她呢？

安泉没有告诉许兴兴，也没有征得吉梦的同意，一个周末，他一个人开着车来到超市，买了一堆食品和日常用品，而后来到了黄深家。这是黄深转业前的部队老单位自建的集资房，房龄应该有二十年以上了，看起来又破又旧，这种房子不但没有土地证，连小产权房的那种房本也没有的。黄深的爱人对这个房子充满了怨言。

“虽说也有九十平，不算太小，但真要是缺钱，想卖了它，也卖不掉啊，没有房本怎么卖呢？”

这是安泉坐下来不久后，他随口聊到这个房子时，她脱口而出的抱怨。黄深的死，对她来说是个天大的意外。在她看来，黄深性格乐观，家里有再大的困难，也不会自己去寻死的。一定是有人谋杀了他，她对此十分坚信。后来，她哭泣了起来，一边哭一边数落黄深：

“你倒是好，拍拍屁股就走了，留下我和骁骁孤儿寡母在这个世界上受苦。骁骁这边大学也退了，以后也不知道会怎么样，我呢，这一副病身子，每个月要吃一大把的药。以后这个家该怎么办呢？我该怎么办呢？你说，我该怎么办呢？”她泪光莹莹地问安泉。

安泉低下头，思忖了片刻，把肚子里早就准备好的话说了出来：“嫂子，以后你和骁骁的生活来源和你看病的医药费，你不用太担心，黄深可能没有跟你讲过，我们自主择业这个群体的人自发成立了一个组织，组织里有一个规定，谁家里出了重大意外事故，就要对其进行资助。以后，你和骁骁每月都会得到我们的资助，等你的自身条件可以做骨髓移植了，并且医院找到了配型的骨髓，我们也会出钱给你做骨髓配型。”

黄深的爱人将信将疑：“真有这事儿吗？”想了想，她又问：“那你们这个组织的经费从哪儿来呢？”

安泉早想到黄深的爱人可能会这么问，便把准备好的回答说了出来：“主体部分还是来自于企业赞助，你要知道，我们自主择业这个群体当中，是出了不少企业家的。还有一部分，来自于我们每一个自主择业人员个体按月交纳的一笔钱，交这笔钱的作用，就是为了享受我刚才跟你说的那个待遇。”

“这就有点像一个人向保险公司买保险是吧？”黄深的爱人说。

“对对对！”安泉连连点头，“也是巧了，黄深上个月刚刚签了会员协议，所以，他可以享受那个待遇。这是黄深签的协议，他放在办公室抽屉里的。可能因为上个月刚签，他也没来得及跟你讲。”

安泉拿出事先准备好的假的协议。黄深的爱人颤抖地拿着它，看着看着，眼泪就又掉下来了。

“幸亏还能享受到这个，不然我和骁骁以后真不知道怎么办，真是死路一条了。”

安泉又从包里取出八千块钱，交给黄深的爱人。这笔钱正好是他一个月的退役金，他来之前刚从银行里取出来的。黄深跟安泉说过，他爱人每个月花在药上的钱，有一万出头一点。安泉的月退役金用来支付黄深爱人每月的药费，还缺了点，但是没关系，这只是暂时的，到了这个月末，安泉会开始领一份工资，到时候，他用两份月金来支付黄深爱人的药费，一定是够的。

毫无疑问，安泉在今天来到黄深家之前，就已经做出了要资助黄深爱人并资助到底的决定。在这个想法产生之后，他几乎没有犹豫，就做出了决定。

那个组织当然是子虚乌有的，安泉虚构了这样一个组织，只是为了不让黄深的爱人因为他的资助而难堪而已。但是现在子虚乌有，不代表以后就没有啊，许兴兴不是说了吗？他们这个群体需要有一个心理援助组织，那么有一个这种可以在资金上产生互助的组织，不也是很合理吗？事在人为，说不定哪天，他真的会去操办这件事。

他们这个群体的人，是在组织里待惯了的，突然没有了组织，真是有点心慌。也许，他们就该自己去成立这样的组织，把他们自己的心重新安放到一个叫作组织的实体里去。

安泉还没想好，以后怎么向吉梦解释消失了的退役金和永远不会出现在她面前的他的工资收入。安泉只是相信吉梦在金钱这种事上，是比较大气的，如果有一天他把真相告诉她，她只会支持，不会反对。

回去的路上，安泉摇下车窗。风从外面吹进来，让安泉感到清醒，有一个时刻，安泉甚至有点感谢黄深的爱人。因为她的存在，让他有了一个好好工作下去的足够大的外在理由。

为了持久而顺利地资助黄深的爱人，安泉不好好工作是绝对不行了，不是吗？

回到家的时候，安泉看到力南抱着手提电脑窝在沙发上看网上的《快乐男声》直播。安泉把头凑过去看了看，正好播到一个叫黄子骁的选手的演唱画面。黄子骁正是骁骁的大名。他的表演松弛而自在。

据黄深的爱人说，骁骁在黄深出事后第三天就自己打电话回家了，还向妈妈道了歉。黄深的爱人没有把他爸爸出事的情况告诉骁骁，只对他说，她和家里一切都挺好的，希望他认真比赛。他还央求骁骁给学校打个电话回去，收回退学申请。如果比赛很快被淘汰下来了，他也可以马上去上学啊，就像什么都没发生过那样。可能因为比赛成绩不错，骁骁心情好，答应了妈妈。

现在，安泉看着屏幕上的骁骁，他对这个孩子有种强烈的责怪的心理。他知道是他下意识地把黄深的死部分归结为骁骁的原因，这对骁骁是不公平的，但是他无法驱逐心里的责怪。或许，这就是他们这些七〇后和骁骁、力南这些近〇〇后之间的代沟吧。

不能不说，安泉和力南是有代沟的。这是安泉最近不断在审视的一个问题。

14

那个事情对力南似乎没有产生太大影响，这是让安泉和吉梦感到意外的。力南依然在自己的世界里誓将我行我素进行到底。这一天，力南突然神秘兮兮地对安泉和吉梦说，她有一个重大的决定，要向他们宣布。然后，她说出了一个对安泉和吉梦来说堪称晴天霹雳的决定：“我要去当按摩师！”

这是安泉在建筑公司上班三个月后的一个晚上。在这段时间里，公安机关对黄深有了结论，是自杀；吉部长的电视剧依然没有实质性的进展，不过，他老对手的戏已经拍完，进入了剪辑阶段；许兴兴果真在利用她的社会关系来筹办那个心理援助机构，一切的一切，似乎都在正常范围之内，没有料到，力南突然给安泉和吉梦来了一个意外。

“不是商量好了，要去考研的吗？你怎么突然要去当这什么按摩师？”

“我不去考研了。我已经想明白了，这个时代变化太快，以前十年一变的节奏变成了现在的一个月一变，学校的教学体系根本跟不上时代变化的速度，那些成天玩学术腐败的老师根本就跟不上节奏，去学校能学到什么东西？还不如自己抱着电脑跟社会学，迈开两腿跑出去跟社会学。”力南振振有词地发表着她的新宣言。

“那你就算不去考研，也该找个正正经经的工作啊，为什么要去当按摩女？”安泉急切地说。

“爸爸，我提醒你一句，我是去做按摩师，不是按摩女。这是有本质区别的。按摩女是那种打着按摩的幌子搞歪门邪道的女人。我说的按摩师是真正的、完完全全的、单纯地靠按摩吃饭的按摩技师。现在凡是一提到按摩师就想到色情服务的，都是你们这些过去时代出来的老脑筋的人。我们这些年轻人一听到按摩师，就知道是专门做按摩职业的。你们的思维跟不上节奏了。”

吉梦也有点急了：“算你说得对，你是去做真正的按摩工作。但是，这也不是个好的职业吧？你以前不是眼界高过天际、一般的职业都看不上的吗？怎么这一次连这么差的职业你都能看得上了呢？这样吧，如果你对按摩有兴趣，可以到我的皮研所去干，我那儿可以学理疗，理疗跟按摩也接近，但比按摩高级多了，怎么样？”

“对啊，你真想学按摩，就去你妈的单位学理疗吧。又有你妈照顾着，又是个很正当的职业，再好不过了。”安泉说。

安泉和吉梦觉得，他们的建议简直没有任何不合理的地方，却没想到力南被他们惹火了：

“小的时候你们放养我，对我从来都是不管不问，现在你们却要控制我了，是吧？你们怎么一切都是倒过来的呢？没见过你们这样做父母的。还有，我再次严正警告你们，按摩师不是一个下贱的职业，跟理疗师没有贵贱之分，按摩和理疗是两个迥然不同的职业，我要学的是按摩，不是理疗，请你们尊重一下我的选择好不好？”

“要不，你还是去跟你外公去干吧。”安泉说。

力南颇感意外地看着安泉：“你和妈妈刚才不是说要我去做个正正经经的事吗？以前你们可是认定了外公做的这个事不是什么正经事的，怎么现在你们让我去做你们所认为的不正经的事了？”

安泉和吉梦还没把辩词想出来，力南已经随便想了一个借口出门去了。过了两天，力南主动找安泉和吉梦聊了聊她要学的这个按摩。这一次，安泉和吉梦仔细且耐心地听力南一个人讲。后来安泉和吉梦发现，力南不是一个没有想法的孩子，她和她的几个同龄朋友正是看到按摩这个行业前些年被老百姓玩坏了，而现在正在渐渐正规起来，这意味着，这个改革开放后冒出来的行业其实现在才算真正开始，这是一个新兴行业啊，大有空间，大有施展的余地。

力南说，她和她的那几个朋友已经做好了一系列的策划，她们要以她们的努力为按摩这个词更名，要做全城最有意思、最优雅的按摩公司。

虽然安泉和吉梦多少有点理解了力南，但还是觉得她理想化了，这就是没有社会经验造成的。安泉和吉梦还是不同意力南去学按摩，只不过，这次他们把不同意压在心里，表面上，还是任由力南去学这个东西了。

再次让安泉和吉梦意外的是，没过多久，力南就放弃做按摩师的想法和打算了。原来，她和她的朋友当时是看了一个网络热搜话题，话题中一个留学回来的九〇后不顾父母反对要去当按摩师。力南他们从这个热闻中得到灵感，如法炮制了一下。这就是她们这些二次元少女的行事作风，非二次元的人类根本摸不准她们的行事逻辑。

力南现在要和她一拨朋友合伙去创业。至于创什么业，她和她的朋友们正在商量。安泉和吉梦现在也想开了，力南只要不出什么大问题，就让她自己扑腾去吧。一代人有一代人的活法，或许，力南他们这二次元一代，面临与安泉他们当时不同的社会际遇，现在这样的扑腾，都是合理的。有一点安泉至少是欣慰的，力南从始至终都是在以一种积极的态度面对她的工作和事业。这一点，遗传自吉部长。从某种角度讲，安泉在这方面还应该跟力南和吉部长学习呢。

15

吉部长惹上了事儿了，给他写电视剧的那个编剧要告他。编剧说，限你一个月内把该给的稿费给我结清，不然我们法庭上见。

这个编剧其实不能算是编剧。编剧你得有作品，他没有作品。没有作品，你至少也得是个作家吧，可以对外行说我约等于编剧，可是严格地讲，他连作家也算不上。他只是在军区报纸干过几年编辑，裁军时把军区这个报纸给裁掉了，他被迫转业，到地方一个什么局当公务员。当然，由于是编辑的关系，他对写东西还是感兴趣的，这么些年来他在全国的大报小报发表过十几篇豆腐块，都是不超过一千字的那种，加起来字数也抵不到一个中篇小说。

安泉认识这个人，当初吉部长找这个人写的时候，安泉还想劝吉部长别找他呢，但是想了想他就没劝。为什么呢？吉部长这个事本来就有点不着边际，你找正式的编剧，人家也不愿意干啊，只有这种不正式的编剧才会积极主动地跟吉部长干这个事。

做这个事之前，吉部长跟这个人讲好，只要这个人写的本子过审，吉部长就给钱，而且约定的总酬也不少，是这个人当前月薪的几十倍了。这么大一笔钱是有诱惑力的，他就非常兴奋地同意了，马不停蹄地按吉部长的交代进入了创作。没想到，大纲早就出来了，而且按吉部长先后找的那些个意向投资改了好几篇，吉部长这边还是没有找到一分钱。这个人就不干了，开始要求吉部长先把大纲部分的这笔钱给他结清。吉部长跟他说了很多次，只要他一找到钱，就马上给他结，但是这个人因为前后看吉部长找了那么多人也没找到钱，继而觉得他不可能找得到钱的，于是就不同意。他对吉部长说：“你找不找得到钱，那是你的事。你找不到钱，也得给我马上结清。”

吉部长很生气，也很难过。他站在客厅里，奋力将他的钢化玻璃杯挥出去，杯子坠地的同时，里面的红枣、枸杞、金银花、胖大海撒了一地。他大声地向安泉、吉梦和盛一兰斥责着这个人：

“你们都知道的，当年要不是我给他说话，他根本不可能提得了干。他要是提不了干，就得滚回他的农村老家。是我改变了他的命运。他倒是好，以前的事情全不记得了，现在要去告我这个老头子。忘恩负义，世上哪有这么忘恩负义的人啊。太让我寒心了。”

盛一兰叹气：“现在的人，都是过河拆桥的。你现在退休这么多年了，人也老了，人家觉得你没用了，当然就不把你放在眼里了。”

“那他不把我放在眼里，当初为什么答应我给我写？”吉部长怒声道。

安泉想，这个人显然也是不知道行情的，他当初答应吉部长，很可能是他觉得吉部长能找到钱，他也是在事情发展过程中逐渐发现，他对吉部长误判了。绝对是这个逻辑。

“我又不是说不给他钱。我是要给的，而且我还打算等事情成了多给点呢。我就是这种风格，不会亏待手下。我这不是没找到钱吗？谁能料到，找个钱那么难找。真是想不通，我这个故事那么有意思，居然没有人真心诚意地想投资，上来的全是些骗子！”

安泉突然想到，其实这是一个劝说吉部长知难而退的好时机。他正想着如何劝呢，吉部长突然来了一句出乎所有人预料的话：

“这样好了，他要钱，我给他。”

“你哪来的钱？”盛一兰问。

“把那套商品房卖了，给他钱。我吉长宏当年在位的时候，有多少机会吃拿卡要，我拿过别人一分钱没有？我有那么多的贪污机会，我像那些人一样贪了没有？我没有。我这辈子清清白白，怎么临到老了，倒要这个忘恩负义的人往我身上泼一盆污水，我不会让他得逞的。我卖房，先把钱给他结了，我再去找别的编剧，等我的剧拍成了，赚到钱，叫这臭小子后悔去吧。”

吉梦小心翼翼地问：“爸，你这是气话吧？”

“我不是气话，我就是要给他钱。这种忘恩负义的人，我再也不想见他。”

这就太孩子气了。安泉和吉梦完全没有想到，吉部长这把年纪了，居然还有这样一份孩子气。他是怎么做到把这份孩子气保持到现在的？安泉甚至又要照着以前的思维惯性把这笔账算到部队头上了，是保护着吉部长的那个叫作“部队”的重重的壳，让吉部长在某些方面永葆幼稚。

安泉正式道：“爸，如果你真的出于不想跟这个人扯淡的目的，想迅速把这笔钱跟他结清，那也可以。不过，不需要你卖房，你和妈在外面就这一套房子，它是你们唯一的投资，不能卖。我和吉梦来给你还钱好了。大纲的钱你跟他讲好是十万对吧？这笔钱我和吉梦拿出来也没有压力，真的不用你去卖房。不过呢——”

“不过什么？”吉部长看了看安泉，有点感动，又不耐烦地补充，“你怎么总是那么多的‘不过’，你还是认定了我做不成这个事？”

安泉忙道：“不是不是，我没有我没有。”

“那你到底想‘不过’什么？”

安泉说：“你和他又没有正式签过协议，从法律角度讲，他跟你要钱，你不给他，也不犯法。你们只是口头协议，那在法律上是不作数的。”

“就你聪明？我难道不知道他如果真的告更加不可能拿到钱吗？”吉部长冷笑道，“再有，他难道不知道他如果告，在法律上也没有个站得住脚的真正依据吗？他是知道的。他是瞄准了我的性格在威胁我而已。这个人讨厌就讨厌在这儿嘛。哼！我要是当年看出他这么没有党性的话，哪会力排众议帮他提干？”

看来吉部长心里亮堂堂的。在部队里什么风浪没经见过，怎么可能糊涂？安泉也不知道该怎么办好了。吉部长忽然发出一声沉重的叹息：

“唉！我吉长宏今天算是认清了，我已经成了一个不遭人待见的老东西。”沉默片刻，又继续道：“其实，我以前不是看不清这一点，我只是不愿意让自己看到这一点。我总是相信，人多少还是要讲点感情的，不会因为我不在位而对我的态度有所改变。现在看来，我高看人性了，我高看这个社会了。到处都是肮脏的灵魂，真让我失望。”

就在这个时候，一直开着的电视里播出了吉部长老对手的电视剧的一段宣发视频。在这段视频里，吉部长的老对手满面红光、神采奕奕地对着镜头讲述他为什么要拍这个剧。吉部长凑近电视机看了一会儿，看着看着，他大笑了起来。

“他拍的是个什么破东西，还好意思成天到电视上面去讲。拍的这么个破东西，一看就是打打杀杀，表面、肤浅，一点儿社会责任感都没有。哈哈哈！我的剧要是拍出来，比他的好看一百倍。”

吉部长说完这些，就向卧室里走，走着走着，安泉他们感觉他的步子有点不对劲。具体是哪儿不对劲呢，一时间他们也说不上来。是他那样子显得比较悲凉？有点这种感觉，但不全是。是什么呢？吉梦和安泉就过去搀扶吉部长往卧室里走。在此期间，安泉觉得，吉部长瞬间就老了好几岁。

那天，习惯早睡早起的吉部长很晚才上床睡觉。上床前，他一直待在书房里。他戴着老花眼镜，把书房里的顶台和台灯全部打开，让里面亮堂堂的。他就这样坐在明亮的书房里，把书柜里存放的他的奖状、立功证书、奖杯全部掏出来，摆放在书桌上。书桌很大，却也被吉部长摆得满满的。他看着它们，一一抚摸着它们，很久很久。

第二天，安泉和吉梦在家里起床洗漱完，正准备去上班的时候，盛一兰的电话来了。盛一兰的声音里带着哭腔：

“你们快来帮我啊，你爸中风了。”

16

许兴兴说她帮安泉争取到了一个机会，让他协助公司的一位资深人员去做一个具体的项目，她问安泉想不想干。在这样的公司干，谁不想有一个做项目的机会？安泉却表现出顾虑重重的样子。

“我做得了项目吗？我才来公司几个月，说实话，我对建筑这一行还不太懂呢。好在我一来公司就是你的助理，可以慢慢去懂专业上的事，要不然，我都觉得我连一个普通的公司员工都无法胜任。”

“又没有叫你一个人去做，是叫你跟着别人去做，而且，你只是协助。你不懂，不是正好趁这个机会可以去学吗？多协助别人做几次，慢慢就可以自己单独负责了。”许兴兴耐心地说。

毫无疑问，许兴兴在栽培安泉。按安泉的资历和经验，让他去协助别人去做一个项目，他确实还不够格。安泉却还在犹豫：

“我回去考虑一下！”

许兴兴突然就生气了：“安泉，枉我一片苦心想栽培你，你倒是好，好像我想栽培你是我一厢情愿，跟你一点点关系都没有。”

“那……我就去干吧。”

“笑话！一个如此重要的项目，你这种勉为其难的工作态度，公司敢交给你吗？我向你宣布，你已经错失了一次提升自己的机会。等下次吧。下次还有没有这样的好机会，就要看你的运气了。”

说完，许兴兴还不尽兴，又补了一句：“安泉，你身上缺乏一种闯劲。这是你人生最大的败笔。”

安泉一惊，这和当时吉部长阻止他自主择业时批评他的话几乎一模一样。如果真是这样，安泉当时选择自主择业，从某种角度讲，就是一种逃避了，逃避那种需要闯劲的人生。安泉思考着许兴兴的话下了班，与吉梦一同去医院接吉部长。

吉部长这次算是幸运，只是小中风，在医院住了几天，医生说可以接回去了。只要家属照顾得好，病人自己也努力，要不到几个月，应该就可以恢复，至于能不能完全恢复正常，那要看吉部长的造化。

安泉和吉梦把吉部长从医院里接到车上。回到干休所，安泉把事先买好的电动轮椅先拿下来，再把吉部长从车上抱下来放到轮椅上。吉部长有一只手使得上劲，一上了轮椅他就用那只手紧紧抓住控制挡，控制着电动轮椅使它缓慢前行。安泉和吉梦要上前帮吉部长，吉部长嘴里发出“呜呜”的声音，用扭曲的表情向他们发出抗议。安泉和吉梦还有盛一兰三人，就不敢去触碰吉部长了。他们紧跟在吉部长身后，随着忽快忽慢、东倒西歪的轮椅往前走。前方有正在整修的路，两头树立着挡板，旁边立着一块“请绕行”站牌。这条路是通往吉部长家那栋楼的捷径，往常，吉部长出去或回家，都选择走这条路。现在吉部长仿佛没看见那挡板和站牌，奋力摇着轮椅冲上前去。

安泉和吉梦忙上前阻止。“爸爸！那儿挡着呢，走这边这条路吧。”

吉部长对安泉和吉梦的提醒充耳不闻，继续向前冲，就这样，轮椅以一副碾压一切的气势向挡板冲撞过去。到底吉部长是个中风病人，一只手还使不力呢，就这样，挡板没撞开，倒是把轮椅给撞歪了。眼看着吉部长就要随着轮椅倒向旁边的草地，安泉眼捷手快，抓住了轮椅。吉部长用那只能动的手，拍打着椅子扶手，嗓子里发出悲怆的呜噜声。如果是往日那些能正常发音的时候，这个时候他一定是在呵斥：

“让我过去！让我过去！别拦我，你们谁也别拦我！我就不信，我冲不过去！”

这一道障碍，不足半米高的这道障碍，对一个正常的成年人来讲，轻轻一跨就过去了，但对一个中风尚未痊愈的老人来讲，它就是天堑。这就是吉部长要面对的客观事实。

安泉想象着吉部长无法发出的呐喊，心里一阵绞痛。一个红过的人，怎能忍受无法越过一个矮小障碍的事实？要吉部长接受这个事实，等于是让他推翻自己的人生。这个时候，安泉听到头顶上传来的声音。安泉和吉梦、盛一兰都抬起头来。好几个老同志站在自家阳台上，往下面这儿看，指指点点的样子。他们当中，就有陈政委。吉部长的耳朵里传来陈政委欢快的说笑：

“傻子，他是个傻子。明明那条路过不去，他非要走。他是个傻子，哈哈哈！”

吉部长努力地把头向后上方向扭，也只是扭过去一个小到可以忽略不计的角度，他就保持着这样一个小角度，“呜呜”地呐喊着，回应着陈政委的评论。如果吉部长的这番“呜呜”声翻译出来，那应该是：

“你连自己是谁都不记得了，你脑子坏掉了。你才是傻子，你是真傻。我不过是小中风，偏瘫，我脑子清楚得很。我很快就会恢复正常的，但是你呢，永远就要这么傻下去了。等着瞧吧！”

大家听着吉部长工的“呜呜”声，这时盛一兰不耐烦地说：“老头子，你别犟了，别走这条破路了。就让安泉推着你，走那边的路吧。我们赶紧回家去，别在这儿让别人看你的笑话。”

吉部长这一生哪里容得盛一兰来指挥他！当年，要不是他们定的是娃娃亲，再加上如果毁掉婚约的话他在部队绝对得差评，没办法他才娶了她。现在，就算冒着成为干休所新笑话的危险，他也要犟下去。吉部长开始把轮椅调到最快速度，向前冲啦。“砰”！挡板中的一块，居然被轮椅冲开了。吉部长脸上露出一种像是笑的狰狞表情，在整修的这条路上行进起来。这路上，有些砖已经敲掉了，怎一个坑坑洼洼了得，就这样，吉部长在这条破路上摔倒了。他“呜呜”地一只手抓住轮椅，试图让自己重新坐上去，但是这对他来说何其困难，于是，他就紧紧地用那只灵活的手抓住轮椅，身体在地上悲伤地抽动着。安泉看着地上的吉部长，想象吉部长此刻的心境。这一刻，吉部长多么希望身体里蹦出一头狮子来，拉着他咆哮着奔跑起来啊。这头狮子，以前一直在他的身体里，现在不见了。吉部长心里面为一头狮子唱着挽歌，嘴里面却发不出歌曲该有的韵律和节奏，他简直要被自己的无能气死了。

安泉看着吉部长，仿佛看到了每一个男人都会到来的明天，一时心如刀绞。他冲上前去，不顾吉部长的愤慨和抵触，扛起了吉部长，快步奔向楼洞。

春天仿佛就在安泉扛着吉部长走向楼洞的那两三分钟时间里，突然就到来了。满院的树，都带着绿芽迎风摇曳起来。这是一年中最鲜明地体现新老更替这一自然规律的时候。趴在安泉肩上的吉部长看着这春天里的一切，心里面很清楚，也很明确，那个电视剧他绝对要干下去的。他必须跟这下滑的人生对抗到底，这就是他作为一个红过的人的不二选择。

17

几天后，安泉和新老员工一起见证公司成立三十周年庆典大会，中间有几位优秀员工演讲，其中一位是许兴兴。许兴兴演讲的时候，安泉总是在走神，一会儿想起许兴兴几天前跟他的那场简短对话，一会儿脑海中又闪出吉部长倒在地上悲怆的样子。这时许兴兴开始讲起她刚到公司就职时的心路历程。与其说她是在讲当时的入职体会，还不如说她是在讲一个军队自主择业干部的就业心得。许兴兴说道：

“有一天我突然意识到，二十多年的军旅生涯，使我身上长出了一个坚硬的壳，这个别人看不见，如果自己不思考，就也无法看见，要让自己从这个壳里跳出来，何其困难，还不如彻底打碎这个壳，同时打碎自己，让自己跳脱出来。”

晚上，公司新老员工在一个饭店里聚餐，许兴兴领着安泉去给经营部的同事们敬酒，她突然说：“安泉，今天你敢不敢把自己喝得烂醉如泥？”

安泉揣测许兴兴的话。这个话既可以看着上司的一种命令和要求，也可以看作是一个自主择业前辈对安泉的一种引导。

你敢打碎你自己吗？只要打碎原来的自己，才能重组出一个新生的自我。这就是许兴兴引导的题中应有之意。

“没问题，许总。我今天豁出去了！”安泉对许兴兴说。

“我倒要好好看看你是怎么豁出去的。”许兴兴端着酒杯走出了自己的位置。安泉紧跟而上。

这个夜晚，安泉把自己喝得几乎不省人事。他怀着一种破坏一切的冲动，把一杯又一杯的五粮液、干红、纯生倒进自己的口腔，用它们一遍又一遍地冲刷自己的食道，冲击自己的胃。那种被彻底灌满后随时可能爆炸的感觉，说不上来是愉悦还是痛苦。不管它。安泉需要从许兴兴说的那种壳子里彻底地爬出来。尽管他并未强烈地感到那个壳的存在。可是许兴兴不是说了吧？“如果自己不思考，就也无法看见”，万一是安泉自己现在无力看得见它呢？非得到了吉部长这个年纪，就算终于看见了，却也于事无补，非得那样吗？

后来，安泉像吉部长倒在草地上那样，在热闹的餐会上倒下来了，与吉部长不同的是，安泉迅速依靠自己的力量爬了起来。壮年人就是好啊，手臂粗壮，内心粗壮，一切都粗粗壮壮的，跌得再疼、再深，只要想爬起来，那都无须太费力气。

安泉爬起来之后，给自己斟满一杯酒，跌跌撞撞地向他的下一个敬酒对象走去。在这短短的路途中，安泉打开朦胧的醉眼，看到了人体与酒杯之间，许兴兴向他投来的一瞥。这一瞥里，既有欣赏和期待，又有关心。安泉心里面有什么东西“噌”地一掠而过，这是一种久违的感觉。当年，安泉和吉梦热恋的时候，就时不常地这样今天“噌”一下明天“噌”一下的。这种感觉很好，但它往往是有专门属性的，不能乱出场。安泉吓了一跳，他站在那里，回想刚才的那一下子，希望那是他的错觉。那怎么可能是错觉呢？安泉突然又想到，最近一段时间来，他开始在心里挑吉梦的刺了，比如她与这个家庭的游离、她在家庭里的和事佬作风、她与他一样疏于对孩子的教育，有一次，安泉甚至想，一个像吉梦一样如此优秀的女人为什么会在家庭问题上犯那样明显的错误，难道她有外遇？天哪！他为什么会变成会这样去想吉梦的人？他根本不应该这样去想，不对吗？

安泉就慌了，他失去主意地往前走了两步，终究还是淡定了起来。就这样，他一边往前走，一边告诫自己，不管最终他会把自己打得多碎，该捡的东西他还是会捡回来。他对吉梦的专注和爱，他是不会、也永远不能改变和丢弃的。也许，这是未来的他要面临的一个大大的课题，但这个课题再大再困难，他也不敢掉以轻心。

怀着一颗庞杂的心，安泉端着酒杯向人们走去。他走得笃定，但不轻松。他有一种感觉，直到今晚，一切才刚刚开了个头，而之前的那几个月里的一切，加在一起充其量只能算是一个心思缜密的人在战争来临前的一次实兵推演而已。

选自《解放军文艺》2018 年第 2 期

在晚云上

/董夏青青

群山高举。阿克鲁秀达坂西侧的03号雪峰，铅矿一样沉静，在雾霭凝结的白光中漂流。鹰在落日里乘着上升的气旋，带着它自身凯旋之美。

每年这时候，七八月份，连队会进山与南部边境线相接的141团1连会哨一天。先进点位互赠锦旗，会餐时再互送礼物。临行前，副团长让随行的司务长核点一遍物资。司务长的爱人前两天来电话，医生说她们刚要上的第二个孩子不再吸收母体营养，必须终止妊娠。连长原本不让司务长这一趟跟着进山，但指导员说有副团长参加，保障工作还是得找靠得住的人。司务长嘴里念念有词，挨个翻了翻马背上的背囊，过会儿来报告说，副团长，可以走了。

这个季节进山巡逻，一般选择晨间出发。那时山谷气温低，少有融雪，河水量小平稳。等到午时，山谷被晒化的积雪奔流而下，下午七点左右，河里就开始发洪水。这次会哨的03号峰海拔4529米，途中翻过两座山。早晨从连队走，夜里在护边员萨哈提家休息一夜，第二天一早十点左右就能到达阿克鲁秀达坂的前哨点。

一行人骑着连队的十二匹马，跟站在营房台阶上的指导员和全连弟兄挥挥手，就向西面山里进发了。

下午六点多，骑马过回水湾。一个一期士官拽着缰绳在岸边打转，他的马怕水，不肯下。士官跳下马，抚摸马头，给它梳理鬃毛。牵着马在河边站了一会儿，之后再上马，骑着它绕行小跑了两步。将要下水时，马突然在岸边急停，把士官甩进河里。副团长和连长听见喊声掉头回去，看见卫生员抛出背包绳给他。士官伸手够了两次没碰到绳子，被急流冲到了河道七八米宽的地方。这时他展开四肢，挥动胳膊，扑棱几下游回了岸上。

"乖乖，头一回见青海来的会游泳。"卫生员说。

青海士官的马把他撂进河里就跑了，连带马背上的背囊。卫生员给他裹上毯子，拿了一瓶水一个馕。他和其余人招招手，自己往回走了。

夕阳已西沉，气温骤降。映照在他们身前山冈上最后一抹明晃晃的余晖也已淡去。松林色的夜间到来了。连长将脑袋缩紧，听马蹄噌噌地踏击着岩块。副团长骑乘的那匹棕栗马，发出一声低沉和缓的嘶鸣声。

"它的马掌。"副团长回过头来看着连长，下巴朝他骑的马努了努，"蹄钉松了。"

"想着走山路不用跑，还没补。"连长说。

副团长用脚碰了碰马肚子上的背囊，回过身去不说话了。

司务长勒了一把缰绳，马头靠向连长。看看连长，再瞪了一眼副团长，嘴角一瘪，意思说，副团长刚才怎么没飚？

连长也瘪了瘪嘴，表示不太清楚。连长手伸进内兜，摸出一根烟递给司务长。他伸出戴着皮手套的左手稳当地接住，轻轻插进棉帽的卷边里。

看远处四周。如此巨大的空间一度有过海洋，而现在，岁月悠远，冰层凝固。各种事物都慢慢脱离了海洋的属性。只有月亮，仿佛忠于往昔的时光，依然在老地方。

到萨哈提家时已近夜里十一点，除去路上一个士官的马踩进旱獭洞伤了前蹄，带马返回连队，一行还有十人。萨哈提和他老婆在大屋里烧奶茶，焖羊腿肉抓饭，连长和司务长在杂物间炖杂烩。

那时，连长刚上山任职。晚上司务长来连部，说在山下刻了两枚章子送给他，一枚公章，一枚私章。公章用的宋体，私章用的楷体，私章侧边刻着"恭喜发财"四个小字。过了几天，司务长来找，问怎么不用他给的那枚私章，连长说这里不是发财的地方。之后在连队这两年，司务长对财务的事比较可丁可卯。

“你媳妇怎么样了？”连长问司务长。

“还可以。”司务长蹲下，捣了捣灶底的柴说。

“有个儿子其实也可以了。”

“就是。”

“咸不咸？”连长问。

司务长从锅里冒出来的热气抓了一把，往脸前一闻。“嗯，还可以。”

“那他妈肯定够咸，吃你的饭就是伤肾，跟你说。”连长说。

“狗屁，你少弄两下，肾好好的。”司务长说。

卫生员嚼着黄瓜进来了，蹲在灶前捅了捅柴火。

司务长边说边在锅里翻铲子，“一回家儿子就叫我讲故事，回回都是葫芦娃大战奥特曼，再真没得可讲了。”

“那你给他讲葫芦娃大战七仙女啊。”卫生员说，“还能隐身呢，又是水又是火。”

“还能大能小呢。”连长说。

“哎，大，能兴云吐雾，小，则隐芥藏形。”卫生员说。

这会儿一个士官抱着一沓子馕进来，对卫生员说：“说龙呢吗？”

卫生员看了他一眼，“说你呢。”

两锅炖菜端到炕上很快就捞完了，就着连队大棚里摘的鲜黄瓜，喝点背囊里带的可乐，萨哈提老婆端上来的羊腿肉抓饭也被吃得精光。萨哈提搬进来一袋羊粪饼，司务长和两个二期士官在炕前架火。几个士官去了隔壁屋打钩机。副团长盘腿坐在炕中间，伸手摸了摸右面土墙上结着的霜。

这是副团长从野战师作训科调来团里任职的第五年。他想，这还是个说得过去的年头，如果再待上两年不调职，他父亲就该说这是个阴谋了。像父亲当年在正师职岗上退休，他说这是被人算计的阴谋。二〇一五年反法西斯战争胜利七十周年阅兵，据说邀请爷爷所在部队，出生于一九二九年之前的抗日战争老英雄出席，他爷爷恰好生于一九三〇年一月，未能成行，对此，父亲也有不平。他认为有些事只是运气，父亲则认为一切事都是人事，既然是人事，就能被操控和修改。

犹记得军校毕业时，父亲说你爷爷是团职干部，我是师职干部，对你没要求，自己看着办。

父亲从来不提具体要求。这促使他选定了一种文明的、不痛快的堕落形式——凡事追求最谨慎妥帖的一面，拒绝任何鲁莽、轻率，限制一切意料之外的精神释放。军校期间，他状态积极。并不因为他珍惜学习机会，或对参军真正有兴趣，他只是听从安排，照猫画虎。毕业两年，刚从野战师基层调到机关那段时间，每晚加完班，得吃上两片睡美宁才能睡一会儿。

回家吃饭，父亲抢过母亲手中给他添饭的碗摔在客厅里，要他放下筷子去厕所照照，一个军人蓬头垢面，胖得像头猪。他不会说自己神经衰弱，周末加班，两天睡了四个小时。也不会说他总在事情出差错时责骂身边同事，他们极少打扰他，也从来没有邀请他到他们的家，热闹地吃上一顿。为什么他们这拨大院的孩子，明明可以出去做任何一种工作，却像一捆湿柴堆在这里？为什么父辈越挺拔，他们越松垮？

父亲在离职前那段时间，蓄积着强烈的斗志。身上的慢性湿疹和神经性皮炎发作频繁，仍强迫性的不停洗手。他坐在父亲身旁看新闻，父亲接了一个电话后回来坐下，盯着电视里的洗衣液广告双手反复搓揉，毫无意识地撕指甲盖边缘和手掌皴起的皮痂。他觉得那双手想说点什么，说出某种历史性的古老的惶惑。他也想站起来洗个手了。

屋里架起火来，有些燥热，脸烫得很，脚像结了冰。连长掀开挂在门口的毛毡走出屋去，深吸了一口山谷里寒冷的夜气。积雪覆盖的山脊厚实、整洁又浑圆，白过冰。月光直直切下，在雪上发出微蓝的光。这里没有烧羊粪的烟味，没有米饭、黄萝卜丁、奶疙瘩、奶皮子、羊腿的香味，没有萨哈提炕上从厚毡子里冒出来的烈酒气，没有人挤在一起嘴里嗝出来的潲味，和脱下作战靴的酸臭气。

他们骑上来的马伫立在牲口棚里，厚重的鬃毛披盖着它们的脸。副团长骑乘的棕栗马喷出一声鼻响，雾气在空中凝结成细小的冰珠。健壮的肌肉随前腿迈步时拉伸，带出一阵热气。过一会儿，棕栗马收回它的腿，定在那里，和连长一起嗅着棚下香甜的甘草气。

副团长上任第二年。有天下午，连长和司务长在大棚里扎架子，指导员在荣誉室磨石头，各班有的睡觉，有的打游戏。副团长的车开到营房跟前，连队值班员才看见。文书去荣誉室把指导员叫下来时，副团长已径直跑上二楼，踹开一班、二班、三班的门，又跑下楼踹了炊事班的门。“他妈的一帮肉头。”他边踹边喊。整个契利尔边防连在营区人员，除了哨兵，三分钟后都跑进大厅。副团长解开迷彩服拉链，要连长打开枪械室，他走进去，拿起一杆枪摸了摸灰，拉栓试了两把，放下枪，一脚踹翻了凳子。

指导员拽下迷彩帽扔在地上，回连部关门上了锁。连长集合连队，请副团长讲话。副团长阴沉地看了所有人一眼，说你们自己看着办。就和陪他一起上山的作训股长下山了。

副团长的车还没出连队，指导员的告状电话就打到了团部。政委到山上时已是夜里，车停在连队大门口拦车的吊杆前，政委等了等，见吊杆没有升起来，就下车步行进了连队。指导员拉起袖子，给政委看胳膊上给铁丝划的血道子。跟政委说，全连除了站哨值班的，大清早都跑去边界线拉铁丝网，干到下午才回来。连长在菜地里绑西红柿架子，他在磨石头，大家都原地休整，表现还要怎么好？政委劝慰他，意思是，副团长从野战部队调过来，对边防连的要求也是依凭老单位的标准。

那天后半夜，指导员回屋写检查，连长和政委在招待室又坐了会儿。政委说这两天他闺女在学校跑体能伤了右膝的半月板，怕她承受不住训练强度会抑郁。现在又怕指导员或者副团长不适应环境抑郁了。连长给他点了根烟。政委在这个位置上待了八年，有时候觉得他不过是一个人，有着人应有的限度。

听政委讲，副团长的父亲原是军分区的师职首长。副团长大概从来不用像指导员这样可怜，操着一口云南腾冲的山人口音陈述委屈。他的职业生命从其父亲前程初备形态时就已成形。

大屋里热气缭绕，蓝色的香烟从副团长的鼻孔里喷出来。刚才连长掀门帘出去了，此时屋里就他一人。对面屋子打牌、起哄的吵闹声传过来，油、蛋、羊腿肉、烂白菜的香味在他的肠胃里暖烘烘地发酵。饱是饱了，他还想再掰半个馕泡奶茶解馋。

以前在家吃饭，父亲要求每餐光盘。有一次母亲看他回家，多炒了两个小菜，父亲就在桌上骂起来。说他母亲做事没有计划。他母亲不吭声，埋头吃，把多做的菜都咽进去了。他母亲嫁人之前在毛纺厂当质检员，喜欢拿点出口的毛料做衣服裙子。现在，父亲要求他母亲买衣服不超过五百元。他军校时给母亲买了一件羊绒衫，母亲收起来一直不穿，过两年他想起这事，母亲找出来一看，已经被蛀了些窟窿眼。

在漫长的生活过程中，他默认了母亲的态度，与母亲一起领受父亲的要求和意愿。高考前夕父亲很少回家，到家必是列出对他的几项不满意。父亲走后，母亲继续回到电视机前坐下，不发一语。他带着书走到院子里的小树林，点上烟先吸两口，烟头再照胳膊上摁两下。

工作后不久，父亲表扬了他。那个周末他一瘸一拐地回到家，说起单位分给他的老房子紧挨着垃圾站，那天看出太阳，开了会儿窗户。晚上下班回家一开灯，客厅的窗帘上爬了几十只苍蝇。他拿起苍蝇拍去打，苍蝇四散飞进各个屋子。追着打了两个多小时，还有几个钉在客厅天花板上。他找来一把高凳子踩上去，用力挥拍子时眼前突然一黑，凳子向前滑倒，人摔了出去。他母亲听完叹气，说也不找找人，要套新一点的房子。他父亲骂了他母亲几句，告诉他回去自己掏钱安个纱窗。凡是做大事的人都能忍耐。不要开口要好房子，给别人留话柄。又说起听战友讲，某某的儿子当了团长，在训练场上夺过战士的枪，对天当当连放了好几发，以示自我庆祝。父亲说，这种愣逼没前途。还是自己儿子好，做事沉稳，不多言多语，是成事的材料。那天晚上，父亲进他屋坐了一会，放下一瓶美国进口的安眠药。

前些年，父亲还有自己的一摊事分散精力。现在，他感觉那些被重新调动起来的不甘、愤懑，都集中到他身上，而他无法说出那句话。他只是告诉父母，他在喝减肥茶，瘦了之后，体能会很快回升。

他看了一眼刚从屋外进来，坐在炕沿上的连长，他的右手胳膊肘搭在屈起的右腿上，整个身子一副防卫的架势。他知道连长的父亲是当警察的，连长身上也有那么点意思。他小口小口地啜着碗里凉下来的奶茶，突然呛着咳了起来。没放稳的碗倒向一边，毡子上出现一小片湿渍。

“去把锦旗找出来。”说话时他的鼻孔还在不停地翕动。“挂起来弄展一点。”说完，端起碗把剩下的茶抿得干干净净。

“这个包里没有。”司务长舔了一圈嘴唇说道。

“几个背囊你都找了？”连长两手在包里翻找，朝放背囊的墙角扬了扬脖子。

司务长连连点头，结结巴巴地说：“我……操……我卷巴卷巴放进筒里，那个筒也找不见了……好像真是挂在门后头忘拿了。”司务长直起脖子四处张望。

连长找出北斗手持和连队联系，等了一会儿，没有回复。

副团长走进来，线条分明的嘴唇紧闭，绷着面孔。

“没找到。”连长说。

“没找到还是没带。”副团长说。

“应该是忘带了。”连长说。

“应该是？”

“我给连队发信息了，可能没收到。”连长说。

副团长毫无表情地盯着司务长：“那预备怎么办？明天跟人家说锦旗落连队了？”

“我回去拿。”司务长说。

“现在几点？”副团长问。

“十二点。”连长说。

一行人聚到屋里。商量让一个二期士官去东南方向的武警边防哨卡，找他们用卫星电话和连队联系，连队派人往上送，连长和司务长骑着马往下跑，争取早一点会合，拿上锦旗就往回返。顺利的话，明天一早能赶回来。

几人一道去牲口棚里牵马，之后二期士官向南面去了，连长和司务长向山下骑行。脚蹬透过鞋底传来凉意，虽然天这么冷，连长还是觉得口渴。

司务长给连长递烟，说自己大意了，连带害了他一下，过意不去。连长接过烟，点着抽了两口才跟他说，刚才的炖菜放多了盐。

连长的父亲在他读小学时还是基层刑侦警察。有一年市里发生一起杀人碎尸案，抽调他父亲过去协查。连续一周的现场勘查中，他们只提取到碎尸用的钢锯，就是找不到作案刀具。那天父亲跟着侦查指挥员和专案组同事去另一个关联现场查找分析。指挥员顺手从写字台的笔筒里拿出一把美工刀，裁开几张 A4 纸分发下去，让他们现场做观察报告。中午发盒饭，父亲端着他的饭盒坐到写字台上，把美工刀和那沓纸往边上一推。过会儿父亲放下盒饭，拿起美工刀对着光看了又看。他拆开美工刀，在刀鞘里发现了被冲洗后残留的血迹和人体组织。

父亲由此受到上级重视，开始岗位调动。连长高二时的大年初一，叔叔来家吃饭。父亲陪他在小屋里喝酒，叔叔提醒他注意一点，别贴着个别人走太近。父亲哈哈大笑，说在儿子出生那天，他去一家旅馆办案，推门进去，受害人仰面倒在血泊中，一枚弹丸从其眉心穿过。父亲看到他的手中，尚紧紧地握着一把扑克牌。一副好牌。

半年后，连长父亲的上司被查，他随之停职。那段时间，连长在银行工作的母亲眼压升高，青光眼愈加严重，处理完手头客户的两笔贷款后离职。几乎与此同时，父亲保住平安，得到一个重回基层岗位的机会。

连长升上高三那年，叔叔把在他们家楼下的那套房子腾出来，让他住进去复习。父亲在离家公交车程四十分钟的派出所当片警。有一天，父亲下楼给连长送切好的哈密瓜，连长说不想吃让他端走，他坚持往桌上放，被连长夺过盘子一把甩出去。父亲把碎盘子、瓜块扫干净，光脚在地上来回划拉了两趟，没说话，关门出去了。第二天晚上，连长看桌上放着一部对讲机，拿起来时它响了。父亲问，吃不吃哈密瓜？

高考填报志愿，连长想报军校。父亲问他记不记得三岁那年，他的生日愿望是和爸爸一起穿警服上班。连长说记得。但现在，那个愿望背后的神秘和魔力已经不存在了。那年父亲给叔叔讲的故事不错，摸到什么牌都好，能打出去就行。

送连长去学校报到不久，母亲做了青光眼手术。手术失败，视神经烧死。三个月里，母亲两次试图自杀。有一天父亲上班时接到母亲电话，母亲说如果他二十分钟内不能到家，她就跳楼。父亲赶回家，发现母亲躺在阳台的藤椅上睡着了，额头延伸至太阳穴的位置上，画着很多条黑道道。

一天晚上，母亲宣布从今天起，她要做一个瞎子。父亲下了班回到家倒腾家具，将摆设调整到适合母亲起居的状态，再架着母亲胳膊一遍一遍熟悉走道。他一方面好像想把那几年在外的蹉跎补回来，另一方面好像是母亲在领着他走。母亲让他敬畏，给他希望。

自从知道母亲再也看不见了，和她说话时，连长反而会专心致志地注视她。不东张西望，也不会掏出手机来看。有时她边说话边转过头来面向连长。强烈的阳光从她身后窗户斜照进来，让她的身影变得虚化。她的眼睛，那一对蓝色的瞳仁，使得她养成了一种表情，让她的样貌有了改变。那种表情不是悲伤，也说不上愤怒，就像是她看到儿子小时候在作业本上，一直把阿拉伯数字 8 写成两个上下脱节的 o。或是药太烫喝不下去，先放在一旁，想起来去喝时已经凉了。

连长问她有什么愿望。她说想出去做个眉毛。以前她看不上同事文眉，觉得不自然，现在自己也画不成。母亲文完眉毛那天下午，连长陪她在小区散步。她让那个院子里想看笑话的人大失所望。她镇定自若，无动于衷，看起来依然容貌清新，身姿挺拔。仿佛灾难发生在别家，与她无关。以前家里的生活似乎通过一根看不见的线牵在某人手里，想收就收，想放就放。现在线挣断了。但他们从不认为生活已经到头，母亲在生活中的权威至今真真切切，这个家庭仍有一种深层的稳定心态。

人可能拿起一把裁纸刀，拿拇指推了两下就改变命运。可能今天能自己画眉毛，明天就不能。也可能把锦旗装进筒子里，挂在门后忘了拿。

山风奔袭，打算要将他们和胯下的马吹出山外。寒气一个劲从领子、袖筒里钻进去，肋骨和脊背冻得发硬。两条腿麻木如铁。俩人缩着头，生怕喉咙抽筋。

“你说世界上有没有鬼？”司务长说。

“快有了。”

“啥意思？”

“咱俩啊。”

“真他妈的……唉。”司务长又烦躁又懊恼地咳出口痰吐了。

“我妈以前从来不信，这两年老跟我说有。”连长说。

“你妈不是眼睛不好吗？”

“嗯，她自己在家坐沙发上看电视，说就感觉有人坐过来，沙发那头往下陷了一点。看了会儿可能没意思，那个东西就起身走了，去了卧室。然后我妈听见衣橱抽屉拉开了，有窸窸窣窣的声音。”

“然后呢？”

“我妈就喊，说你轻一点，别翻乱了。”

司务长笑起来，俯身弯腰抚摸了两把被风吹向一侧的马鬃。

“我媳妇那天打电话给我说，我们儿子那天在家玩船模，突然就抬头对着厨房喊了一声，我媳妇问他干吗，他说厨房有人进来了，我媳妇说门和窗户都关着，瞎说。我儿子说他从厨房进来，又从前门出去了。”

“小畜生那通胡说八道估计把我媳妇吓着了。”司务长说。

“要是我在家，啥屁事没有。”他又嘀咕道。

司务长之前想退役，连长和指导员接连几夜做他的工作。这里的骨干想走都难。三连连长在朋友圈发过一个笑话，孟婆和阎王说，我在奈何桥边待了几万年，实在无趣，想投胎去人间走一圈。阎王说，好，你把这碗汤喝了吧。喝完就问孟婆，你还记得你是谁吗？孟婆说不记得了，阎王说，好，你以后就叫孟婆，你去奈何桥边给人送汤吧。

“你说连队的人出来了没有？”连长问。

“最好他们先过回水湾，不用咱们过河。”

司务长紧了紧缰绳。刚才猛烈的风渐渐小了，雾霭裹挟着乌云涌上来，不一会儿飞雪遮住天空。马用胸膛压着风往前走，蹄铁在沙砾地上沙沙带过。雪落在领子上化得很快。吸口气，牙齿酸疼。

到回水湾时看了下表，还不到四点。连长想把腿从马镫上抽出来却发现动弹不了，刚才骑行时间过长，忘了把脚放下去抻一抻。司务长跳下马，过去拉住他从马上往下拽。连长一屁股掉到地上，坐了好一会儿。

司务长从包里拿出应急手电，拽出三根背包绳开始打结。

“你先过，我拉着你，有情况马上拖你上来。”司务长说着，把绳子往连长腰上绑。

“你试试拉紧了吗？”连长说。

“行了。”

司务长抽上根烟，拽着绳子站在河边，右脚掌抵住一块石头。冰块浮动的水流嘎嘎作响。连长上马，回头看他，他冲连长摆手：“去吧，不会淹死你。”

雪青色的河水向东涌动，连长勒着缰绳引马下河。冷风剐走毛孔里的热气，不止裆下没有知觉，也感觉不到腰上的绳子。下了几百万年的雪持续不断飘落，河面的反光叫他心烦。

上山之后的第二年探家，连长和初中同学在聚会后来了一次。初中开了游泳课，大家自带泳衣和救生圈。她穿了一件救生衣，胸口写着“抗洪”。探家那次，发现她参加工作以后知道收拾自己了。个子也长了，比连长高出半个头。连长的脚后跟摩挲她的脚腕，像抚摸泡在温水里的鹅卵石。那一次确实做了很久，久到连长怀疑这是阳痿的先兆。如果眼下掉进水里，这个温度大概能把他的卵蛋冻成妈了个蛋。这几天那个地方还有点痒，可能是摸了猫没洗手就去解手导致的。连队的猫整栋楼里跑，哪儿都钻。有时候晚上睡着了，第二天掀开被子，它先蹿出来。

前天夜里查完哨，连长去荣誉室准备打个电话。看见荣誉室里亮着灯，副团长蹲在地上，正在给那只猫揉肚子。过会儿捏起它下身一截软骨搓动。那只猫嘶叫一声，抽搐起来。副团长袖起手看着它，又伸手按了按它的肚皮，哼起了军歌。

连长不明白副团长为什么会在这个荒僻的地方凭此打发时间。在这种寂寞无聊的环境里，他的家庭背景、招女人喜欢的外貌和文雅的风度毫无用处。他的特权，就是和连队这些人一起靠体力劳动默默忍受。或许，他的家庭真的给了他信仰和抱负，使得他由衷地相信自己正在分配正义，献身荣誉。又或者，他就是单纯地喜欢晋升，为自己处于家族序列中的重要位置深感骄傲。

连长俯下身，弓起后背。这时，马的肌肉有一阵不由自主地抽搐。它嘶叫了一声，稳健地踏上河岸。

司务长在背后喊了一声。连长回过身，看对面河岸有两个人正朝司务长小跑过来。

指导员和一个上等兵走到近前。指导员抱起膀子在对岸一块石头上蹲下。“去你妈的，刚爬上来就看见你下河了。”指导员喊话时音调低沉发抖，在风中呼出明显的哈气。

马抬起前蹄，打了个激灵。连长紧了紧手里的缰绳，掉转马头，再次下河。

上岸后，指导员带的那个上等兵湿漉漉地走过来，帮连长解开腰上的背包绳，连长问指导员："没去找老乡借匹马？"

"肯定是借了骑过来的啊。可是你敢拉人家老乡的马下河？我冲走了国家赔，马冲走了是咱俩赔，好吧？"指导员的湿衣服贴在身上，看起来格外瘦弱。

上等兵把装着锦旗的筒子递给司务长，司务长感激地拍拍他的肩。

指导员动了动肩膀披着的雨衣，指着上等兵说："这小子挺机灵，还知道带件衣服，虽然穿上没什么卵用。"

"你们俩骑走一匹马吧，背包绳也给你们，这个气温过两趟河受不了。"连长说。

天地之间呈现淡淡的紫色。霞光在远处显露，用自身平静的光亮照耀皑皑群山。副团长在屋里整理好被褥，下炕走到屋外。山谷里空气稀薄，落雪的地方到处空荡荡的。

五年了，他仍然感觉得到她，在每个仰面躺下的夜，与她重返往日。幼儿园的午间，她等老师离开休息室后爬到他床上，陪他入睡。上小学，俩人脖子上挂着各自家中钥匙，每天中午一起走回大院食堂吃饭。初二时，她母亲病逝，随父亲回到西安生活。大学他奔赴西安，她考去北京。她父亲去学校找他谈话，说我可以把你当成自己的儿子一样看待，但你想和她在一起，不可能。彼时，她的父亲升至副军，他是个离职的师职干部的儿子。

她订下亲事那年，他回疆工作。在她婚后第六年，父亲留置，她也离职受查。同年，她与丈夫离婚，两岁的孩子判给丈夫。他再度联系她，电话里恳请她回到自己身边。

一天，他进山考核，她到师部所在的县城宾馆后给他打电话。他跑出帐篷，又飞快地折回去翻出一面镜子举着冲出来。他让她站到窗边，面向十点钟方向，他就在城外两座山之间的山坳。电话里，他问她是否越过迎宾大道的滚滚车流和车窗，反光看见山坳里的闪光？她回答他看见了，她看见从他手中镜子反射而出的光。看到了全部。一个月后某天夜里，她发来信息，说很想妈妈。凌晨时，她翻出了阳台。

她走后，他一直在找一种媒介，得以再看见她、听到她。他相信她在死后仍能生存，相信她在这世界所得的记忆和感情仍会保留，她的灵魂就像他伸手触碰的物质一样坚不可摧。听师部的家属说，昌吉有一位信仰佛教的维吾尔族女人能通灵。他休假时去找过那位女人。女人在入定之后半晌沉默，回过神了告诉他，她的灵魂回避与他再见，她已无话可说。

这些年，每一个吃药和不吃药的夜晚，他都能梦见她，醒来后寡言少语，却心绪简洁，情感宁静。只有在前两年她的那一次生日，他不知为何内心如刀割，呼吸困难，看不清文件上的字。他带人开车跑到全团位置最偏的连队，发了一场疯，后悔至今。

他和师里保卫科一位清华大学计算机博士聊天，问他实景 VR 能不能让过世的人与活着的人再度见面。也许以后的社会，路边会建起几座小屋子，当人突然被心念所俘，可以走进这样一个地方。扫码支付，输入逝者 ID 编号，与她见一面，说出只能对这个人说出的话。博士告诉他，技术好实现，困难在于采集逝者生前的资料信息。信息汲取越多，重现时才会逼真鲜活。而这些，最好在逝者生前完成。

去年这时，和他在大院一起长大的发小在驻训地，跟另外四个战友一起跑武装五公里时患了热射病，那四个人当天就走了。发小的父亲，也是他父亲彼时的上级领导，连夜跑去北京找来空军总医院的专家，多留了孩子四十来天。他去医院看发小，碰巧发小从昏迷中醒过来，但说不出话。发小的父亲站在一边，老得一眼就能看出今生只会有这一个孩子。他走后第二天，发小陷入深度昏迷，听说最终由发小的父亲撤下了呼吸机。这些年，他不再往自己手上放烟头。他曾想过父亲彻底失望的时候，也想过自己终于一事无成。此刻最庆幸的，却是自己和父亲都健康平安，还能彼此观望。

家里冰箱的冷藏柜里，一直冻着几盒胶卷和一盘卤猪蹄。胶卷里是他父亲给爷爷拍的照片，他爷爷要求要等到他过世后再洗出来。那盘卤猪蹄，是爷爷在世时吃的最后一样菜。冷藏柜里永远放着这两样东西，正如他心里也将始终存放父亲对他的厚望。对父亲、对她的这两样情感，结结实实捆绑着他，让他尝到活着的滋味。

此刻站在阿克鲁秀达坂脚下，山风回荡在附近耸立的幽谷之间。黑褐色的岩崖上被雪水冲出一道道印子。他能看见河水泛着泡沫流过巨石，河水也回看他。岭间万物安谧。

他们牵着马爬上山坡，看见副团长站在马槽前望向这边。司务长举起筒子朝他挥了挥，从连长手里牵过缰绳折向马厩。

“回来得挺早。”副团长说。

“还可以。比想象的顺利。”连长回答。

副团长把右手举到连长脸前。他拿了个鸡蛋。

“你看。”

副团长把鸡蛋递给连长。

“这怎么了？”连长接过鸡蛋看了看，上头有个小窟窿眼。

“昨晚上萨哈提把咱们带上来的物资点了一遍，什么是咱吃的，什么是给他的。结果落了一盒鸡蛋在窗台上，今早上一看，每个鸡蛋都被鸟啄了。”

“这啄的眼还挺小。”连长说。

“应该是不大的鸟，像麻雀那样的。”副团长说。

连长在马槽边坐下来。副团长的脸有些浮肿。指导员说副团长有毛病，很少睡觉。连长觉得人老觉少不算病，不找女人才是。

“副团长，我有个事请示您。”连长说。

“你说。”

“今年我家里给介绍了个对象，我们一直微信联系，从来没见面，这次上山之前她突然给我打电话，说她过来了，想见一面。现在应该在县里。我想会哨下去之后，请两天假去看看她。”

副团长坦率地叹了口气，右手搁在额头上来回搓弄。

“她从老家来找你的？”副团长问。

“是。”

“挺远的啊。”

“是。”

“你俩有感情吗？”

“还可以吧，家里亲戚介绍认识的。我跟她说，我母亲看不见了，父亲工作也一般，我又是这么个情况。她也不介意。前两天跑到我家去，给家里做了一顿饭，还录了段视频发给我看。这事干的，怎么说呢，觉着挺好。”

“是挺好的。”副团长眼睛一直看着别处。那边好像有个受了伤的、蹒跚的东西试图飞走。

“他们说以前阿克鲁秀这里有个小庙，后来塌了。”副团长说。

“不可能吧？”连长说。

“我也是听人说的。”副团长说。

“小时候我们那儿有个庙，里面供的可能是三清，不知道为什么不伦不类的。”连长说，“还有一条狗，可能是哮天犬，大年初一家家户户都去，我跑过去一时好奇，看见狗舌头露在外面，我就一扳，断了，把我吓得……更绝的是后来那座庙拆了，神像被搬走了，杂物就扔在旁边一个房子里。我上大学时放假闲得没事，漫山遍野乱跑，一天不知怎么就看到那个房子，门锁了，我就把窗户开开，翻进去，一下子就看到那狗，舌头还是断的，正好盯着我，把我吓得，差点尿了，再也不愿意去庙里了。”

副团长大笑起来，脸上一瞬间有了柔和的神采，表明他曾有过这样的表情。

“我们全家都是坚定的唯物主义者。”他笑着说。

“我家里的人没什么观念，看得见摸得着就行。”连长掐了根草，放在嘴唇边啃咬。

“实实在在的东西都挺好。”副团长又说。

过阿克鲁秀达坂时，副团长放开喉咙唱起军歌。司务长使劲赶着马，嘴里叼着他自己卷的烟。几个士官步伐矫健，一声不响地踏着积雪和草棵子往前走。路旁是黑黝黝的深谷。淡蓝色的天际覆盖在峰峦之上，云似一条条波浪铺开。连长的马踩过一丛驼绒藜，打了声响鼻。

昨天下午进山，连长看见晚云上有一只麻雀飞过。那么高的地方，怎么会有麻雀呢？但那肯定不是一只鹰。他心想，既然麻雀能飞到那么高的地方，那爱我的女人也能跑到这里来看我。而我也应该排除一切困难，去看看她。

选自《长江文艺》2018 年第 5 期

声　明

本套“北岳·中国文学年选系列丛书”收录了2018年度众多优秀文学作品及文化时评类文章。在编选过程中，我们及各选本主编已尽力与大多数作者取得了联系，但仍有部分作者因故未能取得联系。见此声明，烦请来电，以便奉送薄酬及样书。

联系人：庞咏平

电　话：0351—5628691